« L'instinct des femmes pour le jeu est entièrement satisfait par le mariage. »

Gloria Steinem

Chapitre premier

Il était une fois, songea Minerva Dobbs accoudée au comptoir d'un bar huppé plein à craquer, *un monde peuplé d'hommes honnêtes.* Son regard se promenait sur le visage de celui qu'elle avait eu l'intention d'inviter au mariage de sa sœur.

— Nous deux ça ne peut pas marcher, déclara David.

Et si je lui enfonçais le touilleur de mon cocktail en plein cœur ? pensa Min. Tout de même, elle ne ferait jamais une chose pareille : le bout de cette tige n'était pas assez pointu. Et puis, ça ne se faisait pas dans cette région du sud de l'Ohio. Ici, on préférait manier les fusils à canon scié.

— … et tu sais très bien pourquoi, poursuivait David sans s'apercevoir qu'il s'emportait.

Il devait se croire raisonnable et détendu. *Moi, au moins, j'assume d'être furieuse,* se dit Min. La colère s'empara d'elle, faisant grimper sa température comme David n'avait jamais su le faire.

À l'autre extrémité de la pièce, une cloche retentit au-dessus du comptoir en forme d'immense jeu de roulette. David perdait encore un point : il rompait avec elle dans un bar à thème. *Le Faux Jeton.* Le seul nom de l'endroit aurait dû l'alarmer.

— Je suis désolé.

Ces paroles manquaient cruellement de sincérité, et Min dut croiser les bras sur son veston gris à carreaux pour se retenir de le gifler.

— C'est parce que je ne veux pas venir chez toi ce soir, c'est ça ? Tu sais, on est mercredi, demain on travaille tous les deux, et j'ai payé ma tournée.

— Ce n'est pas ça, dit David d'une voix noble et blessée digne d'un grand homme à la morale indéfectible. Tu ne fais pas d'efforts pour que ça marche, notamment en…

Notamment en refusant de coucher avec toi alors qu'on sort ensemble depuis deux mois ? Min fit la sourde oreille et balaya du regard la foule qui l'entourait. *Si je versais quelques gouttes d'un poison indétectable dans son verre, là maintenant, pas un seul de ces bureaucrates ne s'en apercevrait.*

— … et si nous devions avoir un avenir ensemble, il faudrait que tu y mettes un peu du tien, poursuivait-il.

Ben voyons, ça, c'est hors de question, pensa Min en accordant ce point à David. Pour autant, refuser de coucher avec lui ne justifiait pas qu'il rompe avec elle moins d'un mois avant ce jour où elle devrait porter une robe de demoiselle d'honneur qui la ferait ressembler à une bergère folle à lier.

— Mais on a un avenir ensemble, argua Min en s'efforçant d'apaiser sa colère. Des choses prévues depuis longtemps : Diana se marie dans trois semaines et tu es invité à la cérémonie, au dîner de répétition, à l'enterrement de vie de garçon. David, tu manquerais la stripteaseuse ?

— Alors c'est comme ça que tu me vois ? s'emporta David. Je ne suis qu'un cavalier pour le mariage de ta sœur ?

— Mais non, tu es bien plus que ça. De la même façon, je suis bien plus pour toi qu'une copine de baise, pas vrai ?

Il ouvrit la bouche mais la referma aussitôt.

— C'est évident, je ne disais pas ça pour toi. Tu es une fille intelligente, brillante, responsable…

Elle l'écouta, parfaitement consciente que les adjectifs « belle » et « mince » ne viendraient pas compléter la liste. Si seulement il pouvait avoir une attaque. Chez l'homme, seuls quatre pour cent des crises cardiaques surviennent avant la quarantaine, mais l'espoir fait vivre. Au moins, s'il mourait, même sa mère se ferait à l'évidence qu'il ne viendrait pas au mariage.

— … et tu ferais une mère formidable.

— Je te remercie, ça, c'est romantique.

— Min, je pensais que ça mènerait quelque part, nous deux, renchérit-il.

— C'est sûr, acquiesça-t-elle en balayant du regard le bar bruyant. Ça nous a menés ici.

David poussa un soupir et prit sa main dans la sienne.

— Je te souhaite d'être heureuse, Min. Restons en contact.

Min retira sa main.

— Tu ne ressens aucune douleur à ton bras gauche ?

— Non, répondit David en fronçant les sourcils.

— Dommage.

Elle rejoignit ses amies qui les observaient depuis l'autre bout de la pièce.

— Il semblait encore plus coincé que d'habitude, fit remarquer Liza qui, appuyée contre le juke-box, paraissait encore plus grande et plus séduisante que d'habitude.

Sa chevelure rougeoyait sous les éclairages. David n'aurait jamais été aussi dur avec Liza. Il aurait eu trop peur qu'elle le découpe en morceaux. *Je dois essayer de ressembler à Liza*, songea Min en parcourant les titres que proposait la machine.

— Tu es fâchée contre lui ? demanda Bonnie.

De l'autre côté du juke-box, elle inclinait sa jolie tête blonde pour exprimer sa compassion. David n'aurait jamais rompu avec Bonnie non plus. Personne ne voulait de mal à la gentille petite Bonnie.

— Oui, je lui en veux. Il m'a larguée.

Min s'arrêta sur l'une des pages cartonnées. Miracle, le juke-box avait du Elvis Presley ! Le café lui parut soudain moins barbant. Elle glissa quelques pièces dans la machine et appuya sur le bouton pour sélectionner *Hound dog*[1]. Dommage qu'Elvis n'ait pas interprété une chanson intitulée *Tête de con*.

— Ce mec, je ne le sentais pas, affirma Bonnie.

Min se dirigea vers le bar en forme de roulette et lança un sourire crispé à la barmaid au corps de rêve dans son costume de croupier. Ses longs cheveux bruns tombaient sur ses épaules en belles boucles soyeuses. *Voilà une autre raison pour laquelle je n'aurais jamais couché avec David*, songea Min. Une fois détachés, les siens frisaient et partaient dans tous les sens, or David était du genre à remarquer ces petits détails.

— Un rhum coca s'il vous plaît, commanda-t-elle à la serveuse.

Une raison qui expliquait peut-être que Bonnie et Liza n'avaient jamais de problèmes de cœur : leurs cheveux. Liza, mince comme un fil dans sa robe de cuir orange à fermeture Éclair, hochait la tête en direction de David

1. *Hound dog* signifie « chien de chasse » mais également « bâtard » en anglais. *(NdT)*

avec une satisfaction non dissimulée. Bon, d'accord, leurs différences capillaires n'expliquaient peut-être pas tout, car si Min s'amusait à se boudiner dans la somptueuse robe de Liza, elle ferait penser à une obscène cousine de Casimir.

— Light, le coca, précisa-t-elle.

— Ce n'était pas le bon, dit Bonnie les poings posés sur ses hanches frêles et élancées.

— Un rhum light, aussi ! rectifia Min à l'intention de la barmaid qui s'éloignait en souriant pour préparer la boisson.

Liza fronça les sourcils.

— Mais comment as-tu pu sortir avec ce type ?

— Je pensais qu'il pouvait être le bon, déclara Min, une pointe d'exaspération dans la voix. Son intelligence, sa réussite et sa gentillesse m'ont laissée penser que je faisais le bon choix. Et puis tout d'un coup il s'est mis à me prendre de haut.

Bonnie lui tapota le bras.

— C'est une bonne chose qu'il t'ait quittée. Au moins maintenant tu es disponible pour le prince Charmant. Il est en route, je le sens.

— C'est ça… Il était en route, mais un tracteur l'a fauché en chemin.

Bonnie s'accouda au comptoir telle une sexy petite fée Clochette.

— Ce n'est pas comme ça que ça marche. Si c'est écrit, il parviendra jusqu'à toi quels que soient les obstacles et vous serez ensemble jusqu'à la nuit des temps.

Liza lui lança un regard incrédule.

— Qu'est-ce que tu nous chantes ? Le rêve bleu de Barbie ?

— Tu es bien mignonne, Bonnie, renchérit Min. Mais en ce qui me concerne, le dernier homme digne de ce nom sur cette Terre a disparu le jour de la mort d'Elvis.

Liza se tourna vers Min.

— Je ne suis plus sûre d'avoir eu raison en faisant de Bonnie notre courtière en optimisme. Si ça se trouve, sans elle on serait déjà de puissantes actionnaires dans le Royaume magique.

Min tapota le comptoir du bout des doigts pour se détendre.

— Je n'arrivais pas à coucher avec David et ça aurait dû me mettre la puce à l'oreille. Je me suis trompée sur lui. À notre troisième rendez-vous, quand le serveur nous a apporté la carte des desserts, David lui a dit : « Non merci, nous faisons un régime. » Évidemment, il n'était pas concerné puisqu'il n'a pas un pet de graisse. Alors voici ce que j'ai fait : je me suis promis de ne jamais retirer mes vêtements devant lui, j'ai payé ma part de l'addition et je suis rentrée chez moi plus tôt que prévu. Après ce soir-là, chaque fois qu'il me faisait des avances je repensais au serveur et je croisais les jambes.

— Ce n'était pas le bon, répéta Bonnie avec conviction.

— Tu crois ?

Devant l'air désolé de Bonnie, Min ferma les yeux.

— Pardon, pardon. Excuse-moi, Bonnie. C'est juste que c'est encore un peu frais, et je suis furieuse. J'ai des envies de meurtre, et non des élans romantiques à regarder l'horizon en attendant le prochain crétin qui croisera ma route.

— Bien sûr. Je comprends.

Liza secoua la tête.

— Écoute, tu t'en fichais de ce David. Donc si ce n'est pas ton cavalier pour les noces de Di, tu n'as rien perdu. Et d'ailleurs, je vote pour qu'on n'y aille pas. Un énorme panneau marqué « désastre » flotte au-dessus de ce mariage, sans compter qu'elle épouse le mec de sa meilleure amie.

— *L'ex* de sa meilleure amie. Et je suis forcée d'y aller, je suis demoiselle d'honneur, affirma Min en serrant les dents. Ça va être l'enfer, et pas seulement parce que je me retrouve sans cavalier, chose qui confirme toutes les prédictions de ma mère, non, le pire c'est qu'elle *adore* David.

— Oui merci, on sait, souffla Bonnie.

— Elle parle de lui à tout le monde, ajouta-t-elle en repensant au petit visage cupide de sa mère. Sortir avec ce type, c'est la seule action que j'aie pu faire de bien à ses yeux depuis ma maladie en première année de fac qui m'a fait perdre cinq kilos. Maintenant, il n'y a plus de David.

Elle prit le rhum light que lui tendait la barmaid, la remercia et la gratifia d'un généreux pourboire. On ne remercie jamais assez un serveur efficace et réactif dans un moment difficile comme celui-ci.

— D'habitude, je me fiche bien de ce que peut penser ma mère puisque je peux toujours l'éviter. Mais au mariage ? Aucune chance.

— Tu dois donc te trouver un autre rencard, conclut Bonnie.

— Impossible, lança Liza.

— Merci bien ! s'exclama Min en tournant le dos au comptoir tape-à-l'œil.

Ce design en roulette lui donnait des vertiges. Ou bien était-ce la rage qui lui montait à la tête ?

— Tu ne peux t'en prendre qu'à toi-même, fit remarquer Liza. Si tu arrêtais un peu d'évaluer les probabilités d'échec de chacune de tes aventures potentielles avec des types croisés dans la rue, et si tu sortais tout simplement avec un homme qui t'attire, peut-être que tu passerais enfin du bon temps.

— Je ne serais qu'un lambeau d'ego ravagé ! Il n'y a rien de mal à réfléchir avant d'accepter un rencard. C'est comme ça que j'ai trouvé David.

Elle s'aperçut trop tard que cet argument ne jouait pas en sa faveur et vida son verre quasiment d'une traite pour s'épargner les commentaires de ses amies.

Liza refusa de l'écouter.

— On va devoir te trouver un mec, déclara-t-elle en passant en revue les clients du bar.

Un bar bondé de mâles qui l'avaient déjà repérée, elle.

— Pas lui. Ni lui. Ni lui. Non. Non. Non. Tous ces types te forceraient à placer toutes tes économies en Bourse.

Elle se redressa soudain.

— Ding ding, nous avons un gagnant !

Bonnie suivit son regard.

— Qui ? Où ça ?

— Le beau brun en costume bleu marine. Là-haut, celui du milieu près de la porte d'entrée.

— Au milieu ?

Min plissa les yeux vers l'entrée du bar qui surplombait la pièce. Elle était assez large pour accueillir une rangée de fausses tables de poker. Quatre hommes étaient assis à l'une d'elles et discutaient avec une jolie brune en robe rouge. David était parmi eux, et surveillait son territoire d'un œil avisé par-dessus la rambarde en fer forgé parée de faux dés. C'était un demi-étage, en réalité, mais David parvenait à se faire croire qu'il était sur un balcon. Il devait rassembler toute sa volonté pour ne pas agiter le poignet façon reine Élisabeth.

— C'est David, dit Min en lui tournant le dos. Avec une brunette. Bon sang, il s'est déjà trouvé quelqu'un d'autre.

Fiche le camp d'ici ! ordonna-t-elle intérieurement à la jolie brune.

— Oublie la fille et regarde le mec du milieu, reprit Liza. Attends, il va se retourner par ici, David n'a pas l'air de beaucoup l'intéresser.

Min épia à nouveau l'entrée. Le type en costume bleu marine était plus grand que David, et ses cheveux étaient plus foncés et plus épais. Mis à part ça et de dos, il était une sorte de David numéro deux.

— Je n'ai pas envie de revivre le même scénario.

Il se retourna.

Un regard ténébreux et assuré, des fossettes saillantes, un menton classique, de larges épaules... Une silhouette dessinée qui semblait plus intéressée par les mouvements de la foule que par David. Min trouva soudain beaucoup de traits communs aux deux hommes.

Son souffle se fit court lorsqu'une pensée s'imposa comme une évidence : *Celui-ci.*

Puis elle se retourna avant qu'on la surprenne dans sa contemplation béate. Elle savait que ce n'était pas le bon, mais son ADN à l'affût d'un donneur de sperme de haute qualité s'emballait à la vue de cet homme. Chaque femme en possession d'ovaires en état de marche et présente dans l'assemblée devait regarder ce type en se disant : « Celui-ci. » Mais la biologie ne faisait pas tout. Il était préférable de l'oublier, étant donné l'étendue des dégâts dont un homme aussi séduisant était capable sur une femme comme elle. Elle but une autre gorgée pour conforter son idée.

— Il est mignon.

— Non ! s'exclama Liza. Justement, il n'est pas mignon. David est mignon. Alors que ce mec-là est un adulte.

— Bon d'accord, il est bourré de testostérone, reconnut Min.

— Non plus, ça, c'est le type à sa droite qui a une tête d'obus et qui doit sans cesse parler de sport en tapant les gens dans le dos. Le gars en costume bleu marine a ce petit quelque chose de civilisé. Dis-lui, Bonnie !

— J'en doute fort, objecta Bonnie le visage sombre. Je le connais.

— Au sens biblique du terme ? demanda Liza.

— Non, il est sorti avec ma cousine Wendy, mais…

— Alors c'est une bonne cible, affirma Liza.

— … il jette les nanas comme des Kleenex. D'après Wendy, il envoûte celle qu'il convoite pendant deux mois de bonheur, puis il rompt et passe à une autre. Les pauvres filles n'ont même pas le temps de le voir venir.

— Quelle brute, lança sèchement Liza. Mais quand même, les hommes ont le droit de quitter les femmes qu'ils fréquentent.

— Oui, mais lui les rend folles amoureuses avant de les abandonner. Et ça, c'est digne d'une brute.

— Comme David, souligna Min en observant que son mauvais pressentiment sur ce type en costume bleu marine visait juste.

Liza s'énerva.

— Ben voyons, comme si tu l'avais aimé, ton David !

— *J'essayais* de l'aimer.

Liza secoua la tête.

— Bref, tout ça n'a pas d'importance. Ce dont tu as besoin, c'est d'un cavalier pour le mariage. Si la Brute met deux mois à rompre, c'est bon, tu es dans les clous. Alors va le voir et…

— Non.

Min tourna le dos à tout le monde pour se recentrer sur ses priorités et contempla les posters en noir et blanc accrochés au-dessus du comptoir : il y avait Paul Newman en pleine partie de billard dans *L'Arnaqueur*, Marlon Brando jouant aux dés dans *Blanches Colombes et Vilains Messieurs*, W.C. Fields le regard en coin au-dessus de ses cartes dans *Mon Petit Poussin chéri*. Mais où étaient passées les joueuses ? Il faut dire qu'être une fille était déjà une grosse prise de risque en soi. Vingt-huit pour cent des homicides de femmes étaient commis par leur mari ou leur amant.

Maintenant qu'elle y pensait, cela expliquait pourquoi peu de ses congénères pratiquaient les jeux d'argent. Elles misaient déjà bien assez gros en vivant avec des hommes. Une envie soudaine la saisit de se retourner pour regarder de nouveau la Brute là-haut sur son étage. C'était décidé : la meilleure chose à faire était d'arrêter les rencards et d'adopter un chat.

— Tu sais bien qu'elle n'ira jamais l'aborder, fit remarquer Bonnie. D'après les statistiques, l'issue de cette entrevue ne sera pas favorable.

— Oublie ça, dit Liza en donnant un petit coup de coude à Min qui renversa un peu de son coca. Imagine la tête de ta mère si tu ramenais un engin pareil au mariage. Elle te laisserait peut-être même manger des glucides. Comment il s'appelle déjà ? demanda-t-elle à Bonnie.

— Calvin Morrisey. Wendy achetait des revues de mariage quand il l'a quittée. Elle écrivait « Wendy Sue Morrisey » sur des morceaux de papier.

Le visage de Liza se décomposa.

— Je comprends qu'il ait pris ses jambes à son cou.

— Calvin Morrisey…

Malgré ses intuitions alarmantes, Min se retourna pour l'observer.

— Va les voir, insista Liza en la poussant du bout de l'ongle. Tu souhaites à David un bon rétablissement pour son urticaire, tu te présentes ensuite à la Brute, tu lui souris, mais ne parle surtout pas de statistiques.

— C'est tellement superficiel. À trente-trois ans j'estime être mature. Je me fiche bien d'arriver seule au mariage de ma sœur, je vaux mieux que ça.

Elle imagina la tête de sa mère lorsque celle-ci apprendrait qu'avec David c'était terminé. *Non, je ne vaux pas mieux que ça.*

— Non, tu ne vaux pas mieux que ça, lança Liza. Mais tu es trop froussarde pour traverser la foule.

— Tu as tes chances, intervint Bonnie en plissant les yeux vers l'autre extrémité du bar. Tu pourras toujours le larguer après le mariage, il verra un peu ce que ça fait.

— Voilà, ce plan est parfait ! s'exclama Liza en levant les yeux au ciel. Fais-le pour Wendy et toutes les autres nanas.

Cal s'était tourné vers David. *On pourrait graver son profil sur des pièces de monnaie*, songea Min. Un homme aussi beau ne sortirait jamais avec des potelées incurables, c'était évident. En tout cas pas sans faire la grimace, or elle avait eu sa dose de mépris pour la soirée.

— Non, dit-elle en se retournant vers le comptoir. Vraiment, je préfère l'idée du chat.

— Écoute, Stats, objecta Liza, une pointe d'exaspération dans la voix. Je sais que tu es du genre classique, mais ces derniers temps tu en deviens presque rigide. Fréquenter David, ce devait être comme fréquenter un bloc de béton. Et regarde ton appartement, même tes meubles réclament un coup de neuf.

— Mes meubles appartenaient à ma grand-mère.

— Exactement, tes fesses s'assoient dessus depuis ta naissance. Tu as besoin de *changement*. Et si tu ne te décides pas toute seule, je vais devoir m'en mêler.

Le sang de Min ne fit qu'un tour.

— *Non...*

— Ne la menace pas, intervint Bonnie. Elle changera et réussira à grandir. Pas vrai, Min ?

Min se retourna vers l'étage. L'idée d'y aller ne lui sembla soudain plus si mauvaise. Elle pourrait se mettre sous cette rambarde en fer forgé immonde et laisser traîner une oreille. Si Calvin Morrisey était capable d'un minimum de gentillesse – c'était peu probable, non ? – elle pourrait monter les quelques marches, dire un mot agréable à David et se faire présenter. Comme ça, Liza n'irait pas profiter qu'elle soit au travail pour appeler les déménageurs et jeter tous ses meubles aux encombrants.

— Ne me force pas à le faire pour toi, menaça Liza.

Effectivement, rester là à bouder accoudée à un comptoir en forme de roulette ne l'avançait pas à grand-chose. Il était peu probable qu'il parvienne à lui infliger plus d'humiliations qu'elle n'en avait déjà subi ce soir. Min redressa les épaules et prit une profonde inspiration.

— Je tente une percée, coach.

— Interdiction de manier les pourcentages jusqu'à la fin de la soirée, conseilla Liza.

Min tira sur son veston gris à carreaux et prononça une courte prière afin de dénicher une phrase d'approche géniale avant d'atteindre les marches, évitant ainsi de passer pour une cruche. Et si ça devait arriver, elle n'aurait qu'à cracher sur la Brute, pousser David par-dessus la rambarde et aller se trouver un chat.

Au moins j'ai un plan B, songea-t-elle en entamant sa traversée.

À l'étage, Cal Morrisey caressa l'idée de pousser David par-dessus la rambarde. *J'aurais dû m'éclipser quand je les ai vus arriver*, pensa-t-il. Tout ça, c'était la faute de Tony.

— T'as vu ? Cette rouquine a des jambes de rêve, avait dit Tony. Tu la vois ? Au comptoir, avec la robe orange à fermeture Éclair. Tu crois qu'elle aime les footballeurs ?

— Ça doit faire quinze ans que tu n'as pas touché un ballon.

En sirotant sa boisson, Cal s'était laissé glisser dans un bien-être légèrement alcoolisé quoique un peu irrité lorsqu'une personne au goût douteux avait choisi de passer *Hound dog*. Pour lui, les deux seuls points noirs du lieu étaient ce décor immonde et la présence d'Elvis Presley parmi les propositions du juke-box.

— OK c'est vrai, je n'ai pas joué depuis un bail, mais elle n'est pas censée le savoir, se défendit Tony en regardant la jolie rousse. Je te parie dix billets que je l'emmène avec moi ce soir. Je lui ferai mon baratin sur la théorie du chaos.

— Pas de paris, dit Cal. Même si cette affreuse théorie réduit considérablement tes chances.

Il plissa les yeux en direction du comptoir en forme de roulette, à l'autre bout de la pièce. On ne pouvait pas la rater, sa rouquine. Tout à fait le genre de Tony. À côté d'elle, il y avait une petite blonde toute joyeuse, pour laquelle se damnerait leur ami Roger. De l'autre côté du comptoir, Shanna le voyait regarder par là et lui fit un signe de la main mais sans sourire. Cal se demanda ce qui se passait et hocha la tête.

Tony posa un coude sur l'épaule de Cal.

— Il faut que tu me donnes un coup de main, elle est avec des copines. Tu vas là-bas, tu fais du gringue à la rondelette dans son veston gris à carreaux, et Roger va draguer la petite blonde. Je te l'aurais bien laissée, la petite blonde, mais tu connais Roger avec les naines.

Roger tira la manche de Cal.

— Quoi ? Quelle petite blonde ?

Il scruta la pièce jusqu'au comptoir.

— Oh… *Oh!*

— Un veston ?

Cal observa de nouveau le bar.

— Oui, le veston gris, dit Tony en désignant Min du menton. Entre la rousse et la mini blonde. C'est sûr qu'on a du mal à la voir à côté d'une rouquine qui t'éblouit comme ça. Je te parie…

— Oh !

Cal plissa les yeux pour distinguer la femme de taille moyenne qui se tenait entre la rousse et la blonde.

Elle portait un veston gris à carreaux triste et informe, et son visage tout rond avait l'air renfrogné sous ses cheveux bruns tirés bien haut en chignon.

— Hors de question, dit-il en reprenant une gorgée.

Tony lui assena une si vigoureuse tape dans de dos qu'il avala de travers.

— Allez, profite de la vie. Ne me dis pas que tu es encore à fond sur Cynthia.

— Je n'ai jamais été à fond sur Cynthia. (Cal promena son regard sur la foule.) D'ailleurs, garde un œil sur elle, tu veux ? Elle porte ce truc rouge qu'elle met chaque fois qu'elle cherche à obtenir quelque chose.

— Elle peut l'obtenir de moi, si elle veut, rétorqua Tony.

— Tant mieux ! fit Cal avec ferveur. Je suis prêt à draguer le veston gris pour que tu te maries avec Cyn.

Tony s'étrangla dans son verre.

— Me marier ?

— Oui, elle veut se marier et ça m'a mis une sacrée claque. (Il repensa à Cynthia, un grand cœur à la volonté inébranlable.) Je ne sais pas d'où elle a sorti l'idée qu'on était si proches.

Roger regarda par-dessus l'épaule de Cal.

— En parlant du loup… Elle monte l'escalier.

Cal se leva et poussa Tony pour qu'il libère le chemin jusqu'à la porte.

— Ôte-toi de là.

Tony ne bougea pas de son siège.

— Tu ne pars pas, je veux ma rouquine.

— Alors va la chercher, dit Cal en essayant de le contourner.

— Cynthia est avec David ! lança joyeusement Roger.

— Cal ! appela David dans le dos de ce dernier. Justement celui qu'on cherchait !

Sa voix était perçante, mais quand Cal se retourna David souriait.

Ça sent le roussi, pensa Cal en souriant avec la même hypocrisie.

— David, Cynthia, content de vous voir.

— Bonsoir, Cal, susurra Cynthia en levant vers lui sa figure en cœur cruellement adorable. Comment vas-tu ?

— Super, on ne peut mieux. Toi aussi, ça a l'air d'aller. (Son regard glissa vers David, derrière elle. *Emmène-la loin de moi, par pitié,* pensa-t-il.) Tu as beaucoup de chance, David.

— Ah bon ?

— Oui, de sortir avec Cyn.

Il se força à rendre sa voix la plus encourageante possible. Cynthia prit le bras de David.

— On vient de se rencontrer par hasard. (Elle tourna le dos à Cal pour lever son visage radieux vers David.) Mais je suis ravie de le revoir.

Puis elle reporta son attention sur Cal qui, tant bien que mal, esquissait un sourire et tentait de dégager une aura d'indifférence.

David baissa les yeux sur ce minois sublime en battant des paupières. Un pieu de compassion s'enfonça dans le cœur de Cal. De près, Cynthia était superbe. Et de loin aussi. De partout, en réalité ; ce qui expliquait comment il s'était retrouvé à prendre tous ses désirs pour des ordres. Cal jeta un œil sur ce petit corps impeccablement moulé dans sa robe rouge incroyablement ajustée avant de faire un pas en arrière pour s'arracher à sa contemplation, et se rappeler combien la vie était simple et paisible sans elle. La clé était de poser de la distance, accompagnée, pourquoi pas, d'un crucifix et d'un collier de gousses d'ail.

— C'est évident, continuait David d'un ton triomphant. On pourrait aller dîner tous ensemble, tout à l'heure.

— Non, on ne va pas vous retenir.

Cal fit un autre pas en arrière et se cogna contre la rambarde.

La jeune femme perdit un peu de sa gaieté éclatante et libéra le bras de David.

— Je vais me rafraîchir avant d'y aller.

Tony et David regardèrent fixement son déhanché de rêve lorsqu'elle s'éloigna, alors que Roger n'avait d'yeux que pour la blonde féerique à l'autre bout du bar, et que Cal se requinquait avec une nouvelle gorgée en souhaitant très fort être ailleurs. N'importe où. Il passerait peut-être au restaurant d'Emilio pour manger un morceau dans sa cuisine. Il n'y avait jamais de femmes, dans la cuisine d'Emilio.

— Donc, David, disait Tony. Qu'as-tu pensé de notre formation ?

— C'était génial. Je ne croyais pas possible d'expliquer ce nouveau logiciel à ces espèces d'idiots, mais toute la boîte est au poil. On a même…

Il poursuivait alors que Cal hochait la tête en songeant que l'une des raisons pour lesquelles il n'aimait pas David était cette tendance qu'il avait de traiter ses employés d'« espèces d'idiots ». Mais David avait toujours réglé ses factures dans les temps et reconnaissait la qualité de leur travail ; c'était un très bon client. S'il devait s'emparer du cœur de Cynthia, Cal était même prêt à ressentir une sincère gratitude envers lui.

David baissa d'un ton en finissant sa phrase, et regarda en bas de l'escalier.

— À propos de Cynthia, je croyais que tous les deux, vous…

— Non, le coupa Cal en secouant la tête avec vigueur. Elle m'a quitté il y a deux mois.

— Ce n'est pas le contraire, d'habitude ?

En levant le sourcil comme il le faisait, David avait l'air vraiment ridicule. Qu'est-ce que les femmes pouvaient bien lui trouver ? La vie était un grand mystère. Les femmes aussi, d'ailleurs.

—Tu n'es pas celui qui ne se prend jamais de carton rouge ? demanda David.

—Non.

—Il commence à rouiller, dit Tony. Je lui ai trouvé une proie facile et il a refusé.

—Laquelle ? interrogea David.

—La nana avec le veston gris à carreaux accoudée au comptoir.

Tony tendit son verre dans cette direction. David regarda le comptoir avant de se retourner vers Cal, l'humeur soudain adoucie.

—C'est peut-être vrai, que tu rouilles. Elle doit pas être difficile à attraper, c'est loin d'être une « Cynthia ».

—Elle est correcte, fit Cal toujours sur ses gardes.

David se pencha vers lui.

—Après tout, personne ne te dit jamais « non », pas vrai ?

—Quoi ?

—Je suis prêt à parier que tu ne l'auras pas, cette fille. Cent dollars que tu la chopes pas.

Cal se raidit.

—*Quoi ?*

David se mit à rire, mais sa voix devenait tranchante.

—C'est juste un pari, Cal. Vous adorez prendre des risques, les gars. Je vous ai vus parier sur tout et n'importe quoi. Et puis celui-là n'est pas énorme. On devrait doubler la mise : 200 dollars.

Et c'était là, à cet instant, que Cal caressait l'idée de lui ficher une bonne raclée. Tony tourna le dos à David et ses lèvres bougèrent : « Joue le jeu. » Cal soupira. Il y avait bien quelque chose à mettre sur la table qui ferait revenir David sur sa décision.

— La balle de base-ball, dans ton bureau. Celle que tu gardes dans une mallette.

— Ma balle de Pete Rose ? s'étrangla David en montant d'une octave.

— Ouais, celle-là. C'est mon enjeu.

Cal engloutit le reste de son scotch et chercha une serveuse du regard.

David secoua la tête.

— Même pas en rêve. Mon père a attrapé ce bijou et me l'a offert en soixante-quinze. Mais j'aime ta hargne, ta façon de faire monter les enchères comme ça, dit-il en se penchant encore un peu. Voilà ce qu'on va faire. La dernière formation de remise à niveau que tu as organisée chez nous m'a coûté dix mille billets. Si tu gagnes, je te donne 10 000 dollars. Dans le cas contraire, j'ai droit à une formation gratuite.

Cal se força à sourire.

— David, je rigolais…

— En revanche, pour les 10 000, tu dois la mettre dans ton pieu. Je vais être sympa, je te laisse un mois pour lui faire tomber son veston gris à carreaux.

— Les doigts dans le nez, acquiesça Tony.

Cal lui lança un regard noir.

— David, je ne parie pas ce genre de chose.

— Mais moi si, insista David en rejoignant les sourcils.

Bon sang, il va aller au bout de son histoire, et nous, nous avons besoin de sa boîte, pensa Cal.

C'était évident, l'alcool avait noyé la raison de David. Une fois dessoûlé et en pleine possession de ses moyens, il reviendrait sur ses 10 000. Cette somme était absurde alors que David était toujours très réfléchi lorsqu'il était question d'argent. Ainsi, Cal n'avait qu'à gagner du temps en attendant que David cuve, puis il n'aurait plus qu'à prétendre que cette discussion n'avait jamais eu lieu. Un bref coup d'œil en direction du comptoir l'enchanta : la fille au veston gris s'était éclipsé pendant qu'ils discutaient.

Cal se retourna vers David.

— Tu sais, j'aurais bien tenté le pari mais elle est partie.

Dieu te bénisse, inconnue au veston gris, pour t'être éclipsée, songea-t-il en reprenant une gorgée.

Finalement, les choses se passaient comme il le souhaitait.

En traversant la pièce, Min se demanda ce qui valait le mieux : engager une conversation avec ce type ou subir le mariage de Di sans cavalier ? Le dilemme était terrible. Une fois proche de l'escalier, elle longea le mur sous la rambarde en surprenant au passage des bribes de conversations et ne s'arrêta que lorsqu'elle crut reconnaître la voix de David.

— En revanche, pour les 10 000, tu dois la mettre dans ton pieu.

Quoi ? Il y avait beaucoup de bruit là-haut, elle entendait mal…

— Je vais être sympa, je te laisse un mois pour lui faire tomber son veston gris à carreaux.

Min baissa les yeux sur son veston gris à carreaux.

— Les doigts dans le nez, dit l'autre.

Mais quelle enflure! pensa Min. *Le monde est vraiment rempli de pervers.* Elle se força à continuer d'avancer pour s'empêcher de grimper sur la rambarde et de les étrangler tous les deux.

De retour vers Bonnie et Liza, elle fulminait. Elle savait pertinemment ce que préparait David : puisqu'elle avait repoussé ses avances, il était persuadé qu'elle ne coucherait avec personne d'autre. Elle lui avait pourtant dit de cesser de tirer des conclusions hâtives, mais au lieu de l'écouter il avait continué de l'inviter à sortir avec lui.

Il pensait que j'étais une proie facile, comprit-elle. Il devait la regarder en se disant : « Cette petite futée en surpoids ne me trompera jamais et sera reconnaissante que je veuille bien coucher avec elle. »

— Enflure ! fit-elle tout haut.

Elle devrait coucher avec Calvin Morrisey rien que pour lui rendre la monnaie de sa pièce. Mais là, Calvin Morrisey gagnerait un point. *Bon sang, quelle idiote! Grosse et idiote, le duo gagnant!*

— Ça ne va pas ? demanda Liza en la voyant revenir. Tu lui as parlé ?

— Non. Quand vous aurez fini vos verres, je veux bien qu'on s'en aille.

Min se retourna vers le balcon et jeta un œil vers eux juste au moment où ils regardaient vers elle.

David avait l'air ravi alors que Calvin Morrisey s'agrippait à son verre comme s'il venait de voir la Mort en face.

— La voilà ! exulta David. Je t'avais dit qu'elle reviendrait. Va la cueillir, champion !

— Euh, David…

Il considéra l'inconnue au veston gris à carreaux comme le pire des châtiments.

— Un pari est un pari !

Cal posa son verre sur la rambarde et réfléchit rapidement. La fille au veston paraissait vraiment abattue, il n'y avait donc aucune chance pour qu'elle accepte de sortir manger quelque part s'il l'invitait.

— Écoute, David. On ne joue pas avec le sexe. Je joue petit, mais je ne suis pas un pourri. Tu veux que je lui file rencard pour 10 dollars, très bien. Mais on arrête là, rien de sérieux.

David secoua la tête.

— Ça non ! D'accord pour les 10 dollars si elle quitte le bar avec toi. Mais les 10 000 restent en jeu. Si tu échoues… (Il sourit à Cal en laissant bien traîner l'« échoues ».)… tu organises une formation gratuite pour ma boîte.

— David, je ne peux pas parier une telle chose. (Cal changea de tactique.) J'ai deux partenaires qui…

— Moi, je suis partant, dit Tony. Cal ne rate jamais une proie.

Cal lui jeta un regard furieux.

— C'est que *Roger* n'a pas envie de…

— Eh, Roger ! Tu marches ? lança Tony.

— Comptez sur moi ! acquiesça Roger sans quitter la blonde des yeux.

— *Roger !* désespéra Cal.

— C'est la plus jolie créature que j'aie jamais vue.

— Roger, tu viens de parier que je coucherais avec une femme, déclara Cal en rassemblant toute la patience dont il était capable. Alors dis à David que tu refuses de parier une formation de 10 000 dollars pour du sexe.

Roger tourna enfin la tête vers eux.

— Quoi ?

— J'ai dit…

— Pourquoi tu parierais un truc pareil ?

— Là n'est pas la question, les coupa Tony. La question c'est : en est-il capable ?

— Bien sûr, fit Roger. Mais…

— Dans ce cas le pari tient, intervint David.

— Non, il ne tient pas, contra Cal.

— Tu ne t'en crois pas capable, c'est ça ? Tu rouilles, mon vieux, le provoqua David.

— Ça n'a rien à voir avec moi.

Cynthia réapparut dans leur petit groupe et posa la main sur le bras de David en se pressant tout contre lui. Cal sentit son sang ne faire qu'un tour.

— Elle est là-bas et elle t'attend, dit David d'un ton sec.

— Elle ? Tu vois quelqu'un ? demanda Cynthia dont le visage s'assombrit.

Et merde, songea Cal.

— Cal ? insista David.

— Cal ? répéta Cynthia.

— Je me régale, sourit Tony.

— Hein ? fit Roger.

Cal soupira. C'était l'inconnue au veston ou Cynthia, la pierre ou le confort rêvant de mariage. Il sépara la douce main du bras de David.

— Oui, je vois quelqu'un. Si vous voulez bien m'excuser…

Il passa entre Cynthia et David, et se dirigea vers le comptoir en leur souhaitant la pire chose qui puisse leur arriver : finir ensemble.

Min regarda Calvin Morrisey se faufiler vers les escaliers. *La brute*. Cet individu pensait pouvoir l'avoir en un mois, qu'elle serait assez pathétique pour…

Sa raison rattrapa le flot de ses pensées et elle se raidit.

— Est-ce que tu vas nous dire ce qui ne va pas ? insistait Liza.

— Un mois, murmura Min.

Il descendait les marches et se frayait un chemin parmi la foule, ignorant les regards aguicheurs des femmes qu'il dépassait.

Il venait la draguer.

Et si elle le laissait faire ?

Et si, les trois prochaines semaines, elle le menait en bateau avant de l'emmener au mariage de Di ? Il ne pourrait pas rompre puisque pour gagner le pari il était forcé de rester avec elle un mois entier. Elle n'aurait qu'à refuser de coucher avec lui pendant trois semaines, le traîner au mariage, puis le laisser tomber.

Min s'adossa au comptoir et tourna la situation dans tous les sens. Il méritait largement d'être torturé, et elle profiterait des trois semaines pour réfléchir à un moyen de faire souffrir David. Sa mère jacasserait dans l'oreille de tous les convives en pointant du doigt celui qui accompagnerait sa fille : un homme beau et séduisant. *A priori*, le plan fonctionnerait au poil.

La barmaid réapparut et Min commanda :

— Rhum coca light, s'il vous plaît. Un double.

— C'est ton troisième. Non, c'est même ton quatrième, observa Liza. La dose d'aspartame est suffisante pour te mettre à l'envers. Qu'est-ce que tu fais ?

— Il a été méchant avec toi ? demanda Bonnie. Qu'est-ce qui s'est passé ?

— Je ne suis pas allée lui parler, dit Min en leur faisant signe de s'éloigner. Allez un peu plus loin. On va venir me draguer et vous me faites perdre mes moyens.

— On a raté un épisode, fit remarquer Liza.

— Bouge, rétorqua Bonnie en la tirant par le bras.

Min se retourna vers le comptoir pour saisir la boisson que lui tendait la barmaid. Lorsque la Brute l'aborda, elle tourna brusquement la tête vers lui et reçut de plein fouet toute la force de son charme sans y être préparée : un regard de braise, des pommettes saillantes et des lèvres à se damner. Le cœur de Min fit un bond jusque dans sa gorge et elle dut déglutir pour le remettre en place.

— J'ai un problème, susurra-t-il.

Sa voix la charmait, cette chaleur était si onctueuse qu'elle crut la sentir obstruer ses artères. *Du chocolat noir*, pensa Min le souffle court en posant sur lui un regard ahuri.

— Un problème ?

— C'est-à-dire que d'habitude je propose : « Je t'offre un verre ? » mais là tu en as déjà un.

Quand il lui sourit, une vague de testostérone émana de son costume hors de prix.

— Effectivement, c'est un sacré problème.

Elle lui tourna presque le dos.

— Donc je me suis dit… (Sa voix chuta d'une octave alors qu'il se penchait plus près d'elle. Le cœur de Min battait à tout rompre.) … qu'on pourrait aller ailleurs, et je t'inviterais à dîner.

Plus il s'approchait, plus il était beau. Min se fit la réflexion qu'il était comme un commercial en véhicules d'occasion : l'escroc en séduction. Elle essaya de mettre de la distance entre eux. Les affaires avec un commercial en véhicules d'occasion ne sont jamais avantageuses pour le client. Ils gagnent à tous les coups puisque leur métier est de vendre des voitures d'occasion, alors qu'on n'en achète pas plus de deux ou trois dans une vie. D'après les statistiques, le client est marron avant même d'entrer dans le magasin. Min se demanda combien de femmes ce type avait traumatisées dans sa vie. Ses pensées déferlaient.

Sur le visage de cet homme, le sourire s'effaça tandis qu'il attendait la réponse de Min. Il avait l'air vulnérable maintenant qu'il s'était jeté à l'eau, et mimait parfaitement la fragilité. *Rappelle-toi que cet escroc te parle pour se faire 10 dollars.* En fait, pour 10 dollars, ce qu'il cherchait à se faire, c'était Min. *Quel radin.* Soudain, respirer normalement lui sembla beaucoup plus facile.

— Un dîner ? répéta-t-elle.

— Oui, acquiesça-t-il en se penchant plus près d'elle. Un lieu plus calme pour pouvoir discuter. Tu m'as l'air de quelqu'un qui a des choses très intéressantes à dire, et je suis du genre à avoir très envie d'écouter.

Min lui sourit.

— Cette réplique est affreuse. Elle fonctionne, d'habitude ?

Il se figea un instant puis décida d'abandonner la sincérité pour revenir à la puérilité.

— Ça marchait jusqu'à présent.

— Sûrement grâce à ta voix, tu déclames somptueusement.

— Merci, dit-il en se redressant. On reprend à zéro, ajouta-t-il en lui tendant la main. Je m'appelle Calvin Morrisey mais mes amis m'appellent Cal.

Elle lui serra la main et la relâcha aussitôt avant de sentir une quelconque chaleur dans cette étreinte.

— Min Dobbs. Mes amies m'appelleraient « Min-imum de réflexion » si je quittais cet endroit avec un inconnu.

Il sortit son portefeuille et en retira un billet de 20 dollars.

— Attends. C'est le prix d'une course. Si je suis trop entreprenant, tu sautes dans un taxi.

Si c'était Liza, elle prendrait le billet et l'enverrait balader. C'était une solution, mais elle n'avait pas besoin d'un cavalier pour un mariage. Que ferait Liza, sinon ? Min saisit le billet qu'il coinçait entre ses doigts.

— Si tu es trop entreprenant, tu auras droit à une rouste.

Elle plia le billet, défit les deux premiers boutons de sa tunique et fourra les 20 dollars dans le décolleté de son sage soutien-gorge en coton pour n'en laisser dépasser qu'un coin vert. Il y avait au moins un avantage à accumuler les kilos : le décolleté n'en était que plus ravageur.

Min leva les yeux et le surprit à loucher sur sa poitrine. Elle s'attendait à un commentaire, mais il se contenta d'un sourire.

— C'est de bonne guerre, observa-t-il. Allons dîner.

Elle se força à garder à l'esprit que cette bouche sublime cachait une langue fourchue.

— D'abord, promets-moi d'arrêter avec ton baratin ridicule, lança-t-elle les yeux rivés sur cette mâchoire qui se serrait.

— Tout ce que tu voudras.

Min secoua la tête.

— Et allez, tu continues. Je suppose que tu ne peux pas t'en empêcher. Ma foi, un repas gratuit ne peut pas me faire de mal, maugréa-t-elle en récupérant son sac à main posé sur le comptoir. En route.

Min s'éloigna avant qu'il ait le temps de dire quoi que ce soit et il lui emboîta le pas. Ils passèrent devant une Liza stupéfaite et une Bonnie enchantée, traversèrent la pièce avant de monter les marches vers la porte, et la dernière chose que Min aperçut avant de quitter le bar fut le visage décomposé de David.

La soirée s'annonçait bien meilleure qu'elle ne l'avait imaginé.

Chapitre 2

Liza regarda l'entrée, la mine renfrognée : ça sentait le roussi. Et lorsque Calvin Morrisey revint dans le bar pour dire deux mots à David, son mauvais pressentiment ne fit qu'empirer.

— D'après toi, c'est l'effet de l'alcool ? s'enquit Bonnie.

Liza réfléchit vite.

— Je ne sais pas, mais je n'aime pas ça. Pourquoi est-il venu la draguer elle ?

Bonnie fronça les sourcils.

— C'est pas ton genre d'être jalouse.

— Je ne suis pas jalouse, répliqua Liza en foudroyant Bonnie du regard. Réfléchis. Min ne lui envoie aucun signal, il ne lui a jamais adressé la parole et ne peut donc pas deviner à quel point elle est brillante. En plus, elle est habillée comme une bonne sœur en études de droit, et malgré ça, il traverse la foule et vient l'accoster…

— Et pourquoi pas ? demanda Bonnie.

— … alors qu'il vient de parler à David, termina Liza en désignant du menton l'étage où un David au visage rougi s'attelait à séduire la jolie brune.

— Oh ! s'exclama Bonnie, l'air accablée. Oh non !

— Il ne nous reste qu'une chose à faire, déclara Liza en redressant les épaules. Découvrir ce que manigance Calvin la Brute.

— Mais comment…

Liza hocha la tête en direction de la mezzanine.

— Il était accompagné de ces deux types, là-bas. Tu préfères lequel : le grand blond benêt ou la tête d'obus ?

Bonnie suivit son regard en direction de l'étage et soupira.

— Le blond, il a l'air inoffensif. Face d'obus me semble trop délicat à gérer, je n'ai pas la tête à ça ce soir.

Liza posa sa boisson sur le comptoir et s'y adossa. La tête d'obus avait les yeux rivés sur elle.

— Eh bien, moi si. La dernière fois que j'ai vu des sourcils pareils c'était sur une diapositive en cours de biologie, fit-elle remarquer en plongeant son regard dans celui de sa cible pendant cinq bonnes secondes avant de se retourner vers le bar. Je lui laisse deux minutes.

— Il y a beaucoup de monde ici, laisse-lui trois minutes, plaida Bonnie.

Alors qu'il regardait Cal ouvrir la porte à Min, David fut foudroyé par un éclair de jalousie enragée. Ce n'était pas tant qu'il voulait frapper Cal – il avait toujours eu envie de frapper Cal. Ce type n'avait peur de rien, ne faisait jamais de faux pas en affaires, ne perdait jamais un pari et ne se prenait jamais de râteau. *Ta psy t'avait pourtant prévenu*, songea David. Mais ce n'était pas seulement ce besoin d'être le premier partout : cette fois, sa jalousie était à double tranchant.

Cette fois, Cal avait choisi Min. Cette femme honnête cachait une épouse idéale. Malgré sa rigidité sur certains sujets – avec le temps, il en serait venu à bout – elle aurait fini par retomber dans ses bras. Mais maintenant…

Il se raidit en apercevant Cal qui revenait dans le bar pour lui faire signe d'approcher.

— On va dîner, lui glissa Cal en tendant la main. Tu me dois 10 dollars.

Il semblait irrité, ce qui remonta le moral de David alors qu'il lui glissait un billet dans la main.

— Tu m'as caché qu'elle détestait les hommes, bien joué.

Et il disparut. David retourna à la table près de la rambarde.

— Je crois que j'ai fait une bêtise, dit-il.

— Ah bon, toi aussi ? observa tristement Cynthia son verre de martini à la main.

David jeta un regard vers la porte.

— Ta rupture avec Cal ne venait pas de toi ?

— Non, fit Cynthia en regardant également la porte. J'estimais qu'il était temps de me marier alors je lui ai dit : « C'est maintenant ou jamais. » Il m'a répondu : « Désolé », conclut-elle avec un petit sourire crispé.

Elle poussa un profond soupir. Sous sa robe de jersey rouge elle ne portait pas de soutien-gorge, et David s'efforça de ne pas le remarquer.

— Il ne sait pas ce qu'il perd.

David s'appuya contre la rambarde pour ne pas plonger son regard dans le décolleté de Cynthia ; ce serait rustre, du Calvin Morrisey tout craché.

— Cal n'est qu'un abruti, reprit-il.

Elle se retourna vers le bar alors que Tony quittait la table voisine pour descendre les marches, suivi de Roger. Ses cheveux d'un noir soyeux étaient dignes d'une publicité pour un shampoing et frôlaient gracieusement ses épaules.

— Merci. Je rêve de savoir d'où Cal connaît cette femme. Je jurerais qu'il ne l'a pas choisie au hasard.

David caressa l'idée de lui avouer que Cal avait choisi Min à la suite d'un pari, mais se ravisa. Ce pari ne faisait pas sa fierté. D'ailleurs, il ne comprenait pas pourquoi il avait fait une chose pareille, comme si un diablotin avait chuchoté à son oreille. Non, c'était la faute de Cal, voilà ce que c'était. La situation était désastreuse, parce que si Min venait à découvrir cette histoire de pari…

— Tu la connais ? interrogea Cynthia.

— C'est mon ex.

— Oh, dit-elle en reposant son verre. Alors j'espère que Cal est désolé de l'avoir choisie et qu'il se rendra compte de son erreur une fois qu'il l'aura ramenée chez lui.

— Ils n'iront pas chez lui. Pas elle, en tout cas. Elle n'aime pas le sexe, expliqua-t-il tandis que Cynthia était pendue à ses lèvres.

La jeune femme sourit.

Il haussa les épaules.

— En tout cas elle n'en avait pas envie pendant les deux mois de notre relation, alors j'ai rompu.

Cynthia hocha la tête, toujours le sourire aux lèvres.

— Tu n'as pas laissé assez de temps à votre relation. Que fait-elle dans la vie ?

La critique irrita David.

— Elle est actuaire. Deux mois, je trouve que quand même…

— David, si tu voulais coucher dans les cinq minutes, il fallait sortir avec une stripteaseuse. Les actuaires sont des gens prudents. Sa carrière l'a formée à éviter les risques au maximum, et en l'occurrence elle a eu raison.

Ses réflexions commençaient à agacer David.

— Comment ça « elle a eu raison » ?

Cynthia se pencha vers lui et David feignit de ne pas lorgner sa poitrine moulée dans sa robe.

— Tu l'as quittée à cause du sexe. David, c'est *mon* domaine. Si tu l'aimais vraiment, tu ne lui aurais jamais posé un ultimatum pour une histoire de sexe.

— C'est quoi, ton métier ? demanda-t-il froidement.

— Je suis psychologue.

Elle reprit son verre. Quelques rumeurs revinrent à l'esprit de David.

— C'est toi le gourou de l'amour ! Tu es passée à la télé...

Son irritation laissa place à un nouvel intérêt. Cette fille-là était presque une star.

— J'ai participé à quelques pubs, mes recherches sur les relations amoureuses ont eu beaucoup de succès. Toutes ces études m'amènent à te dire qu'on ne pose pas d'ultimatum pour une question de sexe.

— Tu l'as fait avec Cal.

— Pas à cause de notre sexualité. Je n'ai jamais refusé de coucher avec lui. Et ce n'était pas un ultimatum, c'était stratégique. On était ensemble depuis neuf mois, le béguin avait cédé la place à l'attachement. Il ne lui manquait plus qu'un signal physiologique pour le mettre face à ses véritables sentiments.

— Je ne comprends rien du tout.

Cynthia lui sourit poliment.

— Mes recherches m'ont révélé que quatre étapes mènent à l'amour sincère. (Elle leva un doigt.) Lorsque tu rencontres une femme, tu cherches inconsciemment des indices indiquant si oui ou non cette femme te correspond. C'est l'étape de la supposition. (Elle leva un deuxième doigt.) Si elle franchit cette étape, tu apprends à la connaître et découvres si vous vous accordez bien ensemble. Si c'est le cas, tu es *attiré* par elle. (Un troisième doigt se leva.)… si, alors que vous apprenez à vous connaître, l'attirance croise le chemin d'une grande joie, d'une grande peine ou des deux, tu auras le béguin pour elle. Et… (Enfin, un quatrième doigt rejoignit les autres.) … si vous créez une connexion qui vous attache l'un à l'autre pendant l'étape du béguin, vous passerez alors à l'amour sincère et inconditionnel.

—Tout ça m'a l'air bien chirurgical.

David feignit l'intérêt, après tout elle était presque une célébrité.

—Ce n'est pas faux pour autant, riposta Cynthia. Prends la supposition, par exemple. Ton subconscient passe les femmes au crible et sélectionne celles qui correspondent aux suppositions que tu as concernant les filles qui t'attirent.

—J'aime penser que je ne suis pas sectaire, affirma David.

—C'est précisément la raison pour laquelle je me demande pourquoi Cal est intéressé par ta Min, dit Cynthia en sirotant son cocktail. L'une de ses suppositions, c'est que ses femmes doivent être sublimes.

—J'ai toujours trouvé Cal très superficiel.

S'il l'a choisie, c'est uniquement pour ce pari, le salaud, pensa-t-il.

—Non, il n'est pas superficiel, le défendit Cynthia. Puisqu'ils ont passé l'étape des suppositions, leur subconscient va maintenant jauger l'attirance. Par exemple, s'ils marchaient au même rythme en quittant le bar cela pouvait leur donner un indice psychologique de leur compatibilité, indiqua-t-elle en fronçant les sourcils. J'aimerais pouvoir les observer pendant le dîner.

— Pour quoi faire ? s'enquit David en reprenant sa boisson. Les voir manger à l'unisson ?

— Non, pour voir s'ils reproduisent les mêmes gestes, comme croiser les jambes de la même manière, si elle accepte le contact physique avec plaisir, ou encore s'ils échangent un regard copulatoire.

David s'étrangla à ces derniers mots.

— C'est un regard qui dure quelques secondes de trop, expliqua Cynthia. Un signal sexuel évident, toutes les espèces le pratiquent.

David hocha la tête et se promit de ne plus regarder fixement les femmes à l'avenir.

— Si leurs conversations s'enchaînent sans aucun temps mort, ça relèvera de l'attirance. Même chose s'ils arrivent jusqu'à l'étape des petits surnoms.

— Min déteste les surnoms.

L'épisode désastreux du « ma petite brioche » lui revint en mémoire.

— S'ils partagent les mêmes goûts musicaux, les mêmes films fétiches, s'ils partagent des secrets ou des petites blagues qu'eux seuls comprennent, s'ils ont les mêmes valeurs. Est-ce que Min travaille à son compte ?

— Non. Elle bosse pour la Mutuelle Alliance, son père est vice-président de la boîte.

Un sourire traversa le visage sublime de Cynthia.

— Excellent. Cal a un faible pour le jeu, il admire donc les gens qui aiment prendre des risques. C'est d'ailleurs pour ça qu'il a refusé de reprendre le flambeau de son père et a créé sa propre entreprise. Il ne sera pas impressionné par quelqu'un qui marche dans les pas de son père. Il la trouvera barbante.

— Tant mieux.

Quel crétin superficiel, pensa David.

Son verre à la main, Cynthia acquiesça.

— L'attitude de Min fera la différence. Le charme ne se dégage de nous que lorsqu'on est attiré par l'autre, par sa présence. Et bien sûr, ta Min sera absolument ravie d'être avec lui, ajouta-t-elle, l'air affligée.

— Pas du tout. (David se sentit soulagé.) Dans l'immédiat, elle en veut à tous les hommes parce que je viens de rompre avec elle. Et elle n'a pas sa langue dans sa poche.

Cynthia rayonna.

— Il fera donc l'amalgame entre son mauvais caractère et l'analyse de ses habitudes de fille ultra classique. Ça s'annonce très bien, David. Elle va le laisser payer l'addition ?

David secoua la tête.

— Min insistera pour faire moitié-moitié. Elle est pour la parité.

— Le dîner en tête à tête fait partie des rituels de séduction chez toutes les espèces, expliqua Cynthia. Une femme qui refuse que l'on paie l'addition fait barrière à la séduction. Elle croit peut-être avoir raison et agir en faveur de la parité, mais tout au fond d'elle-même elle sait qu'elle te raye de sa liste de flirts éventuels.

— Elle ne le laissera pas payer.

David repensa à sa propre position. Dès que Min serait de retour, il l'inviterait à dîner.

— Donc, ils vont se battre pour régler la note, c'est parfait, conclut-elle en s'enfonçant dans son siège avant de se détendre. Vu ce que tu m'as raconté, Cal doit déjà regretter de l'avoir invitée à dîner.

— Tant mieux, renchérit David, ravi à cette idée.

Le sourire de Cynthia s'estompa.

— En définitive, est-ce que tu comptes m'inviter ou est-ce que tu m'as appelée seulement pour attiser la jalousie de Cal ?

Un dîner. S'il emmenait Cynthia dîner, Tony et Roger s'empresseraient de rapporter à Cal qu'ils sortaient ensemble. Voilà qui lui ferait les pieds. Il tenait l'occasion de quitter le bar au bras de la belle brune qui avait plaqué le célèbre Calvin Morrisey. Il en sortirait gagnant.

Il reposa son verre.

— Je t'ai appelée parce que j'ai très envie de t'inviter à dîner.

Le sourire de Cynthia l'éblouit. Cal était stupide d'avoir abandonné une femme pareille.

— Tu pourras m'en dire plus sur Min, hasarda Cynthia.

— Pas de problème.

Tout sur Min, et rien sur le pari.

Min avait attendu dehors que la Brute retourne au bar pour récupérer Dieu sait quoi. *Ses valeurs morales, peut-être.* L'air frais de cette soirée de juin balaya ses réflexions et adoucit sa colère. Cette rue était l'une de ses préférées, avec toutes ses petites boutiques farfelues, ses restaurants, et son cinéma qui ne passait que de vieux classiques. Une légère brise souffla dans les branches des arbres maigres, le long de la route, eux qui essayaient tant bien que mal de pousser malgré leur cage de fer. À la vue de ces arbres, une pensée traversa l'esprit de Min.

Je sais exactement ce que vous ressentez. Enfin, pas pour la maigreur, mais en tout cas pour le sentiment de captivité.

Pas de doute, elle était coincée. Coincée dans une robe de demoiselle d'honneur ridicule, sans cavalier – au grand dam de sa mère –, tout ça pour voir sa sœur se marier à un pauvre type. Il fallait regarder les choses en face : elle n'arriverait jamais à garder un homme tel que Calvin Morrisey pendant trois semaines. *Quelle idée stupide, née d'un trop-plein de rhum et d'amertume.* L'espace d'un instant, elle souhaita vivement se trouver dans son appartement sous les toits, recroquevillée sur le canapé couleur citrouille hérité de sa grand-mère, à écouter en boucle l'album *Moody Blue* d'Elvis. Elle ne devait pas être faite pour les rendez-vous galants. Il était temps de laisser parler ses gènes de vieille fille et d'accepter de jouer les tatas pour l'inévitable progéniture de Diana. Elle n'avait aucune envie d'avoir des enfants. À quoi d'autre pouvait lui servir un homme ? Au sexe, d'accord, mais étant donné leur conduite à ce sujet, merci mais non merci.

Une sonnerie de portable la fit sursauter. Elle se retourna et aperçut Calvin Morrisey, déjà de retour. Il plongea la main dans sa veste et en sortit un de ces téléphones dernier cri dont les innombrables options sifflaient et sonnaient plus que de raison. La décision de Min s'en trouva confirmée : il était hors de question de passer trois semaines avec un de ces bureaucrates sans cervelle juste histoire de ne pas aller seule au mariage de Diana. Une fois le dîner terminé, elle paierait sa moitié de la note, et lui dirait « au revoir et à jamais ». *Enfin un plan sensé !*

Elle croisa les bras en anticipant la petite comédie du coup de fil professionnel capital. Mais il éteignit son téléphone.

Min leva les sourcils.

— Et si c'était important ?

— La seule personne à laquelle j'aie envie de parler est juste en face de moi, dit-il en lui lançant un sourire « Ultra brite ».

— Non mais je rêve ! Tu peux éteindre ça, aussi ?

— Pardon ?

Son sourire s'estompa.

— Ton baratin ! s'exclama Min qui se remit en route. Tu as obtenu ce que tu voulais, maintenant tu peux te détendre.

— Je suis toujours détendu. Où on va ? demanda-t-il en la rattrapant en une foulée.

Min s'immobilisa net et Cal la dépassa d'un pas avant de s'arrêter à son tour.

— Le nouveau restaurant en vogue est par là. *Le Serafino.* D'après une de mes connaissances, le chef de ce restaurant s'exprime à travers sa cuisine. Je pensais que ça te conviendrait. Tu avais une autre adresse en tête ?

Elle songea à David et posa son regard sur Cal. *Ils font la paire, tous les deux.*

— Oui.

Il posa un doigt sur son épaule et poussa doucement pour la faire tourner. Dans le mouvement, Min le chassa d'un haussement d'épaules.

— Mon restaurant est par là, poursuivit-il. Ne va jamais dans un établissement dont le cuisinier essaie de parler avec sa nourriture. À moins que tu ne préfères *Le Seraf*…

— Non, c'est bon. (Min se retourna et se remit en marche.) Je veux vérifier tes critères en matière de restaurant. Je suppose que ce sont les mêmes qu'avec les téléphones : très « branchés ».

— J'adore les gadgets, admit-il en la rattrapant. Je ne pense pas que ça en révèle beaucoup sur moi.

— J'ai toujours voulu faire une étude sur les portables et la personnalité, mentit Min alors qu'ils passaient devant le cinéma Griffon. Tous ces designs originaux, ces coques personnalisables, tandis que d'autres refusent d'avoir un téléphone. À croire que…

— Le tien est noir, simple et fonctionnel. Attention au verre !

Il tendit la main pour saisir son bras et éviter qu'elle ne marche sur une bouteille de bière brisée, mais elle la contourna d'elle-même en esquivant le geste de Cal.

Ce dernier baissa les yeux sur les pieds de Min, feignant sans doute l'inquiétude. Elle s'arrêta aussi.

— Quoi ?

— Jolies chaussures.

Elle baissa à son tour les yeux sur ses escarpins ouverts en plastique dépoli avec ses nœuds noirs tombants.

— Merci, dit-elle, surprise qu'il les ait remarqués.

— Je t'en prie.

Il fourra les mains dans ses poches et reprit sa marche à grandes enjambées.

— Mais tu te trompes, renchérit Min en accélérant le pas pour le rattraper. Mon portable n'est pas noir. Il est vert avec de grosses marguerites.

Il marchait à présent devant elle sans même faire mine de ralentir pour se calquer sur son rythme. Elle trotta quelques mètres pour arriver à son niveau.

— C'est faux. Il est noir ou argenté avec le minimum d'options, ce qui est bien dommage parce que le jour où tu seras bloquée quelque part tu ne diras pas « non » à une bonne partie de poker.

Quand elle leva les yeux vers lui, sa beauté la frappa tant et si bien qu'elle s'arrêta pour le faire interrompre sa course. La clé, c'était de rompre l'équilibre, pas de s'extasier devant son magnifique visage. En particulier lorsque, à son grand désarroi, il avait raison pour son téléphone noir.

— Excuse-moi, dit-elle avec raideur en croisant les bras une nouvelle fois, mais je sais encore à quoi ressemble mon téléphone, et il a des marguerites. Ce n'est pas parce que je porte un veston de costume que je suis barbante. Mes dessous sont en soie rouge.

— Non, c'est faux.

Avec ses mains dans ses poches, il paraissait grand, imposant, et plus prétentieux que jamais.

— Eh bien, ce n'est pas en adoptant cette attitude que tu le vérifieras.

Elle se remit en route. Lorsqu'elle se rendit compte qu'il ne la suivait pas, elle se retourna et vit qu'il la regardait.

— Bon, on va dîner ? lança-t-elle.

Il avança tranquillement alors qu'elle l'attendait, et une fois à son niveau il se pencha vers elle.

— Je parie 10 dollars qu'il n'y a pas de marguerites sur ton téléphone.

— Je ne parie jamais, rétorqua Min en se retenant de faire un pas en arrière.

— Je double la mise et parie que tu portes un soutien-gorge blanc uni.

— Si tu penses vraiment que je suis si rasoir, qu'est-ce que tu fabriques avec moi ?

— J'ai vu le soutien-gorge quand tu y as glissé les 20 dollars. Et tu es du style classique, il y a donc peu de chances pour que ton téléphone ait des marguerites. La seule chose excitante chez toi, ce sont tes chaussures.

Aïe! Min lui décocha un regard noir.

—Eh!

—Et quant à ce que je fabrique avec toi? reprit-il, manifestement à bout de patience. J'essaie de t'emmener dans un excellent restaurant, à quelques pas d'ici. Alors si on pouvait faire une trêve avant d'arriver à destination, ce serait pas mal.

Min se remit en route.

—Pas de paris? lança-t-il derrière elle.

—Pas de paris.

Min marcha plus vite, mais il la rattrapa sans effort. *Des jambes longues*, se dit-elle avant de s'en vouloir de penser à une quelconque partie de son corps. Tout de même, il avait remarqué ses superbes chaussures. Typiquement le genre de chose qui n'échappait pas à un type comme lui. *N'oublie pas le pari avec David*, songea-t-elle. *C'est un parieur sans scrupules.*

Le parieur sans scrupules s'arrêta face à une devanture à peine éclairée dont la fenêtre était voilée de rideaux courts en velours violet. Au-dessus des rideaux, l'enseigne de *La table d'Emilio* brillait en lettres dorées.

—C'est ça, le restaurant? demanda Min, surprise qu'il n'ait pas choisi un endroit plus clinquant.

—Ouais.

Il se dirigea vers la porte.

—Attends, l'arrêta Min en jetant un œil sur le menu affiché à l'entrée. Ça ferme à 22 heures les soirs de semaine. Il est 21 heures passées, on devrait peut-être…

—Je suis le client préféré d'Emilio, affirma-t-il en ouvrant la porte. En tout cas jusqu'à ce qu'il te rencontre.

— Encore ton baratin ? dit Min, exaspérée.

— Non, répliqua-t-il avec une patience évidente. Continue de me tirer dans les pattes tout le repas et Emilio t'offrira le dessert.

— Je croyais que tu étais son client préféré.

— Je le suis, mais ça ne signifie pas qu'il n'apprécie pas le spectacle. Bon, tu entres ou pas ?

— Oui, acquiesça Min en passant devant lui pour entrer dans le restaurant.

La montre de Liza indiquait qu'une minute trente s'était écoulée lorsque la tête d'obus lui tapota l'épaule.

— Excusez-moi, dit-il, mais il me semble que vous m'avez fait de l'œil.

Liza le regarda avec des yeux ronds.

— C'était par consternation, j'avais du mal à croire que vous étiez si lent.

— Lent ? s'exclama-t-il, manifestement insulté. Personne n'aurait traversé cette foule plus vite que moi. Je n'ai même pas croisé d'obstacle.

Liza secoua la tête.

— Tu m'as repérée il y a une bonne heure déjà. Tu faisais quoi ? Tu restais assis pour y réfléchir ?

Il leva les yeux au ciel.

— On m'avait prévenu que les rouquines avaient un sacré caractère, lança-t-il en s'accoudant au comptoir. Je m'appelle Tony, et tu as une dette envers moi.

Génial, nous y voilà ! pensa Liza avant de s'accouder au bar à son tour pour l'imiter.

— Une dette envers toi ?

— Oui, dit-il en esquissant un sourire. À cause de la théorie du chaos.

Liza secoua la tête.

— La théorie du chaos ?

Il se rapprocha d'elle.

— D'après cette théorie, les systèmes dynamiques complexes se déséquilibrent à la suite de perturbations causées dans leur environnement par un élément d'attraction étranger pris dans la trajectoire de la tension.

Liza posa sur lui un regard incrédule.

— C'est ça, ton baratin ?

— Je suis un système dynamique complexe.

— Pas si complexe que ça.

— Et tu m'as perturbé, car avant que tu arrives dans mon environnement, j'étais stable.

— Pas si stable que ça.

Tony lui adressa un sourire béat.

— Puisque tu es l'élément d'attraction le plus étranger de cette pièce, j'ai suivi la trajectoire de la tension, et elle m'a mené jusqu'à toi.

Liza se retourna pour s'adosser au comptoir et lui présenter son épaule.

— Tes yeux suivaient autre chose, si tu veux mon avis. Propose-moi mieux que ça, sinon je trouverai quelqu'un d'autre pour me distraire.

Du coin de l'œil, elle vit l'autre type, le grand blond benêt, se pencher vers Bonnie.

— Elle est toujours comme ça ? demanda-t-il à Bonnie.

Liza se retourna vers lui pour le jauger. *Grand, costaud, rasoir.*

— Votre ami, c'est pas le prince Charmant non plus, répondit Bonnie.

Elle lui adressa son sourire le plus papillonnant que Roger lui rendit avec plaisir.

— Moi non plus, c'est grave ? dit-il.

Non mais franchement, pensa Liza avant de croiser le regard de Tony Face d'obus.

— Il le pense vraiment, expliqua Tony. Roger n'a pas de baratin en réserve.

— Après l'épisode désastreux de la théorie du chaos, lui, il marque un point, souffla Liza.

— Pauvre petit chou ! compatit Bonnie en posant la main sur le bras de Roger. Bien sûr que non, ce n'est pas grave. Je m'appelle Bonnie.

Roger baissa les yeux sur elle avec une adoration évidente.

— Moi c'est Roger, et tu es la plus belle femme que j'aie jamais vue.

Bonnie arborait un sourire jusqu'aux oreilles alors qu'elle se rapprochait de lui.

— Pour autant, il sait parler aux femmes, dit Tony stupéfait.

— Je commence à saisir son charme, fit Liza en se retournant vers Tony. Et le tien, il est où ?

— Je suis très doué au lit.

— Ben voyons ! Tu n'as aucune chance, mais je te laisse m'offrir un verre et tout me raconter de ta vie. Et de celle de tes amis.

— Tout ce que tu voudras, dit Tony en faisant signe à la barmaid aux cheveux bouclés d'approcher. Eh, Shanna, tu ne joues toujours pas dans ma cour ?

La barmaid secoua la tête.

— Non, mais le jour où je change de bord, tu seras le dernier au courant.

— Au moins, je suis quelque part sur ta liste. Shanna, je te présente Liza. Et on a besoin d'une autre tournée.

— Tu le connais ? s'enquit Liza.

— Il traîne avec mon voisin de palier, répondit Shanna. Je le connais, mais seulement à cause de Cal.

— Cal ?

Et mince, j'aurais pu seulement poser la question à la barmaid au lieu de me farcir l'autre mufle, pensa Liza. *Bon, je reviens vers elle tout à l'heure.*

— Crois-moi, tu ne veux rien savoir de Cal, trancha Tony. Il est dangereux, les femmes devraient rester très loin de lui.

Shanna leva les yeux au ciel et s'éloigna.

— Intéressant…, dit Liza avec un petit sourire. Pourquoi ce Cal est-il dangereux ? Je veux en savoir davantage.

— Je plaisante, il est génial. On s'est rencontrés aux cours d'été, et…

— Vous étiez ensemble au lycée ? demanda Liza, interloquée.

— On était ensemble au CE2. Mais je ne vois pas en quoi tu peux trouver intéressant…

Je veux tout savoir de toi, mon poussin. Tu es fascinant.

Tony acquiesça naturellement à cette idée.

— Je suis né…

— Toi *et tes amis*. Donc toi, Roger *et Cal*…

Tony se mit à parler alors qu'elle entendait Bonnie discuter avec Roger derrière elle.

— Tu sais, ma maman t'aimerait beaucoup, disait-elle.

— Je serais ravi de rencontrer ta maman, répondait Roger.

Liza tourna soudain la tête vers lui.

— Est-ce qu'il dit ça à toutes les nanas ?

— Quoi ? demanda Tony interrompu dans son récit sur sa célébrité en tant que footballeur au CE2.

— Laisse tomber. On saute directement à l'adolescence. Toi, Roger *et Cal*...

Cal observa l'onde de choc parcourir le visage de Min au moment où elle entrait dans *La table d'Emilio*. Elle découvrait son restaurant favori dans toute sa splendeur : les chandeliers en fer forgé et leurs ampoules d'ambre en forme de flammes, les vieilles photos en noir et blanc accrochées aux murs, les nappes rouges à pois blanc sur les tables carrées, les bougies dans les vieilles bouteilles de chianti, les menus écrits à la main et les couverts dépareillés. Il s'attendait à la voir pincer les lèvres, mais constata que c'était impossible puisqu'elle avait la bouche grande ouverte. *Bien fait pour elle, ça lui apprendra à être aussi chi...*

— Mais c'est génial ! s'écria Min avec un petit rire. Bon sang, comment quelqu'un comme toi a pu trouver un endroit pareil ?

— Comment ça « quelqu'un comme moi » ?

Elle s'approcha des murs pour jeter un œil aux photos de la famille d'Emilio étalées sur les quatre-vingts dernières années.

— Comment les propriétaires ont-ils récupéré ça ?

Lorsqu'elle souriait, ses lèvres douces s'entrouvraient et ses yeux noirs brillaient.

— Ah ! Monsieur Morrisey ! (Emilio apparut derrière lui et Cal se retourna pour croiser le regard de son ancien colocataire.) Comme il est exquis de vous revoir !

— Emilio, voici Min Dobbs. Emilio fait le meilleur pain de la ville.

— Je suis sûre que vous êtes le meilleur tout court, Emilio, dit Min en lui tendant la main.

Elle leva le regard vers lui les cils recourbés, et lui sourit d'un air coquin.

Emilio se sentit flatté et Cal pensa : *Eh ! Pourquoi je n'ai pas eu droit à ça, moi ?*

Le cuisinier saisit la main qu'elle lui tendait.

— Pour vous, mon pain sera poème. J'apporterai celui-ci tel un hommage à votre beauté, une ode à votre charmant sourire.

Il embrassa le dos de sa main. Min rayonna sans la retirer de son emprise.

— Emilio, c'est mon rencard, intervint Cal. Alors arrête avec les baisers.

Min lui lança un regard dénué de toute étincelle.

— Je ne suis le rencard de personne. Et puis, on ne s'apprécie même pas. (Elle se retourna vers Emilio et lui sourit de nouveau.) On partagera la note en deux, Emilio.

— Non, on ne partagera pas, Emilio ! (Exaspéré, Cal n'y tenait plus.) En revanche, on aimerait une table !

— Pour toi, tout ce que tu voudras, souffla-t-il à Min en déposant un nouveau baiser sur sa main.

Incroyable, se dit Cal en donnant un coup de pied à Emilio lorsque Min se retourna pour admirer encore la décoration du lieu. *Ce type est marié, bon sang !*

— Veuillez me suivre.

Emilio grimaça de douleur en les amenant à la meilleure table, près de la fenêtre. Il installa Min dans un siège de bois cintré puis s'arrêta un instant près de Cal pour chuchoter à son oreille.

— J'ai renvoyé les serveurs chez eux il y a une demi-heure, espèce d'enflure.

— Mais je t'en prie, dit Cal tout haut en hochant la tête.

Emilio baissa les bras et s'éclipsa en cuisine.

Chaque détail de la pièce était passé au peigne fin par la jeune femme et Cal la regarda faire.

— On dirait un de ces restaurants italiens qu'on voit dans les films. En fait, non. Je l'adore, et j'adore Emilio, aussi.

— J'avais remarqué. De toutes les femmes que j'ai amenées ici, tu es la première à en venir aux baisers avec lui avant même qu'on se soit assis.

— Eh bien, il va me donner à manger, argua-t-elle en dépliant sa serviette. C'est toujours bon signe chez un homme. Sauf que…

Elle posa la serviette sur ses genoux, puis son sourire s'effaça et elle reprit un air tendu. Cal se prépara à une nouvelle pique.

Elle se pencha vers lui.

— Je ne peux pas manger de pain, ni de pâtes, mais je ne voudrais pas le vexer. Tu peux commander autre chose ?

— Bien sûr, répondit Cal, surpris. De la salade. Et du poulet au marsala, il n'y a pas de pâtes avec ça.

— Merci, sourit Min. Je ne voudrais pas gâcher sa soirée.

— Je crois que tu l'as illuminée, sa soirée.

Ses lèvres étaient pulpeuses et douces, et lorsqu'elle lui sourit avec gratitude, son visage de gardienne de prison sinistre se mua en celui d'une poupée de porcelaine. Mais la petite étincelle de malice qu'il avait aperçue dans ses yeux lorsqu'elle flirtait avec Emilio avait disparu, et c'était bien dommage.

Emilio apporta le pain, et Min se pencha pour le contempler.

— Oh, ça sent bon ! Je n'ai pas mangé à midi, donc c'est parfait.

— Tant mieux, dit Cal. Emilio, on prendra la salade maison en entrée, puis le poulet au marsala.

Cal savait pertinemment que ces plats étaient les plus simples et les plus rapides à préparer.

— Excellent choix, monsieur Morrisey. Un bon rouge pour accompagner le tout ?

— Ce serait parfait.

Il leur servirait sans doute une bouteille déjà ouverte qui traînait encore dans la cuisine, pour faire au plus simple.

— De l'eau fraîche pour moi, soupira Min, les yeux toujours sur le pain.

Une fois Emilio reparti, Cal tenta de la persuader.

— Le pain est délicieux, il le fait sur place.

— C'est bourré de glucides.

L'air renfrogné était de retour sur le visage de Min, et Cal avait assez entendu parler de glucides pendant ses neuf mois avec Cynthia, il préféra donc abandonner la partie.

— Sinon…, reprit-il en attrapant une petite tranche. Qu'est-ce que tu fais, dans la vie ?

Il rompit le pain dont la levure encore tiède éveilla ses sens.

— Je suis actuaire, répondit Min de sa voix tranchante.

Une actuaire. Il dînait avec une experte en statistiques, grincheuse et à la diète. Il était tombé bien bas, cette fois-ci.

— C'est très… intéressant.

Le regard rivé sur le pain, elle ne l'écoutait plus. Il lui tendit la moitié de sa tranche.

— Allez, mange.

— C'est impossible. Il y a cette robe dans laquelle je dois rentrer dans trois semaines.

— Un bout de pain n'y changera pas grand-chose.

Il le secoua sous son nez, parfaitement conscient que l'odeur du pain préparé par Emilio pouvait faire craquer les plus solides adeptes de *Weight Watchers*.

— Non.

Elle ferma les yeux et pinça les lèvres ; chose inutile puisque ce n'était pas la vue du pain qui la ferait craquer, mais son odeur irrésistible.

— C'est peut-être ta première et dernière occasion de goûter au pain d'Emilio.

— Quelle misère ! grommela-t-elle en ouvrant les paupières avant de prendre le morceau qu'il lui tendait. Tu es vraiment une brute.

— Qui, moi ?

Cal la regarda arracher un bout et le mordre de bon cœur.

— Oh ! soupira-t-elle.

Elle mâcha le pain lentement, les yeux clos, se laissant peu à peu submerger par le plaisir.

J'aimerais te faire cet effet, pensa-t-il.

Quelqu'un lui donna une tape sur l'épaule.

Il leva la tête et s'aperçut qu'Emilio se tenait derrière lui une bouteille de rouge à la main et le regard posé sur Min. Il hocha la tête et murmura à Cal :

— Celle-ci, tu la gardes.

Min ouvrit les yeux.

— Emilio, tu es un génie.

— Tout le plaisir est pour moi.

Cal lui arracha la bouteille des mains.

— Merci, Emilio, insista-t-il de manière explicite.

Le cuisinier opina du chef et repartit dans ses quartiers pour préparer les salades.

Une fois les entrées servies, Cal reprit la parole.

— Donc, tu es actuaire.

Min leva encore sur lui un regard méprisant.

— Pitié, arrête, tu te fous éperdument de savoir ce que je fais. Prends ta soirée de repos, Roméo.

— Eh ! s'exclama-t-il en reprenant du pain. Je ne fais pas ça tous les soirs, je n'ai pas accosté une inconnue depuis très longtemps.

Toujours en mâchant, Min regarda sa montre.

— Pour sûr, ça doit bien faire vingt-huit minutes.

— À part toi. Ma dernière relation s'est terminée il y a deux mois, et depuis je savoure mon paisible célibat chaque instant, déclara-t-il alors qu'elle levait les yeux au ciel. Et lorsque je décide de sortir à nouveau avec une fille, il faut qu'elle me haïsse. Pourquoi tant d'hostilité ?

— Hostilité ? Quelle hostilité ? (Min enfonça sa fourchette dans la salade et la goûta.) Bon sang, ce que c'est bon !

Sa bouchée la plongea dans un état de béatitude devant le regard perplexe de Cal. Où était le problème ? Il était charmant, nom d'un chien, elle devait au moins l'apprécier !

— Sinon, qu'est-ce qui t'intéresse dans la vie à part les belles chaussures ?

— Je t'en prie, glousa Min en avalant sa bouchée de salade. À toi de parler, je sais pourquoi je t'avais à l'œil, maintenant dis-moi pourquoi toi, tu es venu flirter avec moi.

Il se figea, son verre à mi-chemin jusqu'à sa bouche.

— Tu m'as fait de l'œil ?

Min secoua la tête.

— Je t'avais *à* l'œil. Tu étais là-haut et je t'ai remarqué. En fait non, c'est ma copine Liza qui t'a remarqué, mais elle s'est éclipsée pour me laisser la place.

— Très généreux de sa part. Donc lorsque je suis descendu te voir, tu m'attendais ?

— Plus ou moins, dit Min qui lui tendit brusquement le pain. Enlève cette corbeille de sous mon nez, je suis ridicule.

Il tira la panière vers son assiette.

— Alors pourquoi tu es si désagréable avec moi ?

— Tu me trouves désagréable ? Tu n'as pas dû beaucoup souffrir à cause des femmes.

— En tout cas, pas les cinq premières minutes ! Généralement, elles gardent ça pour plus tard.

— Oui mais on s'en fiche, nous n'aurons pas de « plus tard », rétorqua-t-elle en regardant le pain avec envie. Alors j'ai anticipé cette étape.

Cal repoussa la corbeille vers elle.

— Pourquoi n'aurait-on pas de « plus tard » ? demanda-t-il même s'il partageait cette opinion depuis la première seconde de leur rencontre au comptoir du bar.

— Parce que le sexe ne m'intéresse pas.

Elle arracha un nouveau morceau de pain et le mordit à pleines dents. Le plaisir reprit ses droits sur le visage de Min, toujours sous le regard fasciné de Cal.

Menteuse, songea-t-il.

— Ce qui veut dire que je ne t'intéresse pas, termina Min en même temps que sa bouchée.

— Eh ! s'indigna Cal. Qu'est-ce qui te fait penser que je ne suis intéressé que par le sexe ?

— Parce que tu es un mec, rétorqua-t-elle en reprenant du pain. D'après les statistiques, trois choses passionnent les hommes : leur carrière, le sport et le sexe. Ce qui explique leur adoration pour les pom-pom girls professionnelles.

Cal reposa sa fourchette.

— Ça, c'est sexiste.

Min chassa avec la langue une miette au coin de sa bouche et l'agacement de Cal s'évapora. Quand elle ne râlait pas, elle était plutôt agréable à regarder : une peau douce et laiteuse, de grands yeux noirs, un joli nez rond, et cette bouche rose, délicieuse, pulpeuse, douce…

— Oui peut-être, mais c'est la vérité, non ?

Cal s'efforça de trouver sa place dans cette conversation.

— Quoi ? Oh, tu parles de cette histoire de sport et de sexe ? Pas du tout. On est au XIXe siècle, on a appris depuis bien longtemps à être sensibles.

— Vraiment ?

— Bien sûr ! Sinon, on ne coucherait jamais.

Elle leva les yeux au ciel alors qu'il s'emparait de la bouteille de vin pour lui servir un verre.

— Je ne peux pas, protesta-t-elle. J'ai déjà trop bu au bar.

Il lui rapprocha le verre.

— Je veillerai à ce que tu rentres chez toi en un seul morceau.

— Et qui veillera à ce que j'échappe à tes griffes ?

Il reposa la bouteille.

— Ça, c'était un coup bas ! s'exclama-t-il plus sèchement qu'il ne le pensait.

Elle croisa son regard.

Quoi encore ? songea-t-il.

Mais elle hocha la tête.

— C'est vrai, tu as raison. Tu ne l'as pas méritée, celle-là. Excuse-moi, dit-elle en fronçant les sourcils comme si quelque chose la tracassait. En fait, excuse-moi pour ce soir. Mon petit-ami m'a larguée à peine une demi-heure avant que tu descendes ces marches, et…

— Hmm ?

— … ça m'a rendue folle de rage. Et puis je me suis rendu compte que je n'étais même pas sûre de l'aimer, voire de l'apprécier encore. La seule personne à qui j'en veuille vraiment c'est moi. Ma réaction est complètement idiote.

— Tu n'es pas idiote. Faire des erreurs n'est pas idiot, c'est comme ça qu'on apprend.

Confuse, elle le regarda en clignant des yeux.

— Merci… Bref, tu n'y peux rien pour cette soirée. Enfin si, tu as ta part de torts, mais je ne dois pas me venger sur toi. Désolée.

— C'est rien, répondit-il, confus. *(Comment ça « ma part de torts » ?)* Bois ton vin, il est très bon.

Elle prit son verre et sirota le vin.

— C'est vrai, il est délicieux.

— Tant mieux, on reviendra, lâcha-t-il en le regrettant immédiatement car il savait qu'ils ne se reverraient plus.

— Encore une de tes phrases, fit remarquer Min sans animosité. On n'ira plus nulle part ensemble, et tu le sais parfaitement. C'est quoi ton problème ? Dès que tu es avec une femme, il faut que tu te mettes en « mode séducteur » ?

Cal recula dans son siège.

— Et ça, c'est encore à cause de ton ex ? Parce que j'ai comme l'impression que tu as une dent contre moi.

— Mon pauvre petit cœur ! se moqua Min en arrachant un nouveau morceau de pain. Tu as un visage magnifique, toutes les femmes ont les jambes en coton à la vue de ton corps de rêve, et voilà que tu te lamentes.

Cal lui décocha un sourire en coin.

— Et toi, tu as les jambes en coton à la vue de mon corps de rêve ?

Min mordit son morceau de pain et se mit à mâcher.

— Oui, jusqu'à ce que tu te lamentes, dit-elle une fois sa bouchée engloutie. Maintenant j'ai gratté le vernis et la magie s'est envolée.

Le regard fixé sur sa lèvre supérieure sur laquelle elle passait la langue, Cal sentit remonter en lui le résultat de deux mois de célibat et de toute une vie de mauvaises habitudes.

— Laisse-moi une chance. Je te parie que je peux faire revenir la magie.

Elle se figea, la langue encore sur la lèvre. Leurs regards se rencontrèrent pendant un instant long, sombre et brûlant. Cette fois-ci, l'étincelle était bien là, dans les prunelles de Min. Le bruit avait laissé place au silence, et chaque cellule du corps de Cal lui chuchota : *Celle-ci.*

Puis elle rentra la langue, il secoua la tête pour se remettre les idées en place et songea : *Même pas en rêve.*

— Je ne parie jamais, dit Min. Statistiquement, les jeux d'argent sont un moyen trop aléatoire de générer du bénéfice.

— Ce n'est pas un moyen de générer du bénéfice, rectifia Cal. C'est un art de vivre.

— On ne peut pas trouver plus incompatibles que nous deux.

— Effectivement.

Mais les yeux de Min se dérobèrent en croisant les siens, et il la regarda retenir son souffle.

En se tournant, il aperçut Emilio arrivant les bras chargés d'un plateau de poulet au marsala : des filets brun doré parés d'énormes champignons baignant dans une sauce au vin à la fois sombre et lumineuse. Le fumet embaumait la pièce.

— Oh, mon Dieu ! s'exclama Min.

Le cuisinier, ravi de sa réaction, se mit à les servir.

— C'est un plaisir d'officier pour quelqu'un qui apprécie la bonne cuisine. Goûte-moi ça.

Min découpa le poulet et dégusta un morceau. D'abord étonnée, elle ferma les paupières et commença doucement à mâcher, le rouge aux joues tant elle se délectait. Une fois la bouchée avalée, elle leva sur Emilio un regard éblouissant.

— C'est à peine croyable !

Sur moi ! s'exclama Cal intérieurement. *Pose ces yeux-là sur moi !*

— Goûte les champignons, s'émerveilla Emilio, heureux comme un coq en pâte.

— Tu peux disposer, lança Cal.

Mais son ami ne bougea pas tant que Min n'eut pas mordu dans l'un des énormes champignons et n'eut pas exprimé, du fond du cœur, à quel point le cuisinier était génial.

— Est-ce que tu peux m'être un tantinet reconnaissante de t'avoir amenée ici ? protesta Cal une fois Emilio retourné en cuisine.

— Oui, tu es un génie pour dénicher les restaurants. Maintenant tais-toi, que je puisse me concentrer là-dessus.

Cal poussa un profond soupir et se résigna à abandonner l'idée de faire la conversation pour le reste du repas. Seul un léger accrochage rompit le silence lorsque Min voulut payer sa part de la note, mais Cal n'en démordait pas.

— Je t'ai invitée, je paie. Arrière, femme !

Visiblement prête à protester, elle se ravisa et hocha la tête.

— Merci, c'est gentil, dit-elle finalement. Tu m'as offert un délicieux repas et tu m'as fait découvrir une de mes nouvelles adresses préférées.

Pour la première fois de la soirée, il sentit sa reconnaissance.

Au moment de partir, elle embrassa Emilio sur la joue.

— Ton pain est divin, Emilio, sans parler de ton poulet. Une véritable œuvre d'art !

Puis elle l'embrassa sur l'autre joue.

— Eh ! protesta Cal. Je suis là, j'ai payé pour ce poulet !

— Ne réclame pas, le réprimanda Min avant de sortir.

— Morrisey, je crois que tu as rencontré un adversaire à ta taille, sourit Emilio.

— Même pas en rêve, répondit Cal heureux d'être séparé d'elle ne fût-ce qu'un instant. C'était notre premier et dernier rendez-vous, le seul et l'unique.

— Faux. J'ai vu le regard que vous avez échangé.

— Oui, un mélange de crainte et de répugnance, admit Cal en ouvrant la porte.

— Bon sang ce que tu peux être bête ! lança Emilio.

Mais Cal fit la sourde oreille et sortit dans l'obscurité retrouver Min.

Chapitre 3

— Le béguin, c'est la partie la plus amusante du processus de l'amour, expliqua Cynthia à David une fois qu'ils furent confortablement installés à une table du *Serafino* et que leurs filets hors de prix furent déposés par un serveur déjà occupé à une autre table.

David lui sourit et songea : *Je parie que Min ne parle pas psychologie avec Cal. Qui sait ce qu'elle fait avec lui, d'ailleurs*. Quoi qu'ils fassent, il allait devoir trouver un moyen de les arrêter.

— Lorsqu'on a le béguin, une réaction chimique appelée « PEA » opère dans le cerveau, continuait Cynthia. Ton pouls s'accélère, tu peines à respirer, tu trembles et tu perds le fil de tes pensées. Les gens confondent souvent ces symptômes avec ce qu'ils croient être de l'amour, on passe tous par là, ajouta-t-elle en esquissant un joli sourire rêveur. Notre béguin était magnifique, on ne pouvait pas résister l'un à l'autre.

— Hmm, fit David en prenant son verre de blue margarita glacé. Redis-moi pourquoi ça ne peut pas fonctionner entre eux ?

— Eh bien, à l'heure qu'il est Cal doit déjà se dire qu'il est temps de limiter les frais. Il accompagnera Min à sa voiture pour s'assurer de sa sécurité, il lui serrera la main en lui souhaitant : « bonne continuation », et ce sera terminé.

— Et si jamais elle l'attire ?

— Je te l'ai dit, c'est impossible, insista-t-elle en perdant le sourire. Mais si, par extraordinaire c'était le cas, il l'invitera encore à sortir pour trouver d'autres indices, d'autres preuves qu'elle lui correspond. Par exemple, si la famille ou les amis de Cal apprécient Min, ce sera un bon indice. Mais elle n'est pas le genre de Roger, il aime les blondes qui rient bêtement. Quant à Tony, je doute fort qu'elle soit apparue dans son champ de vision puisque c'est un scanner à mensurations. Cal n'a donc sûrement pas été influencé par ses amis quand il est allé la voir.

— Va savoir pourquoi il a fait ça, dit David feignant l'innocence.

— Et puis, elle ne rencontrera sûrement jamais sa famille, mais si ça devait arriver, la mère de Cal la détesterait. Elle désapprouve tout ce qu'il fait, il n'y aurait donc aucun indice fourni par la famille.

— D'après toi, c'est tout ce qu'il faut pour qu'ils se rejettent l'un l'autre ? Le veto de leurs proches ?

— Oui, à moins que Min ne soit fâchée avec sa famille ou qu'elle veuille se rebeller. À ce moment-là, si les siens désapprouvent Cal elle se jettera dans ses bras, mais je ne pense pas que ce soit le cas.

David repensa aux deux repas passés en compagnie des parents de Min ces deux derniers mois.

— Non. Ils sont très proches.

— La famille et les amis ont une grande influence, ce qui explique pourquoi j'ai été si gentille avec Tony pendant neuf mois. Mais, David, ça n'arrivera pas. Cal est à l'étape de l'amour sincère. Il est attaché à moi, il ne peut donc pas être attiré par Min.

— L'amour sincère, c'est l'étape… numéro quatre ? s'enquit David pour se montrer intéressé.

— C'est ça, le béguin ne dure pas car il dépend d'un contexte, et ce contexte évolue. En revanche, le véritable amour évolue vers un sentiment sincère et inconditionnel. De nouvelles réactions chimiques s'opèrent alors dans le cerveau, des endorphines qui te font te sentir bien, en sécurité, satisfait et heureux lorsque tu es avec l'être aimé, expliqua-t-elle en prenant une profonde inspiration. Et abattu lorsque tu es loin de lui, car sans lui le cerveau ne produira plus ces réactions chimiques.

— Oh, comprit soudain David. Donc tu es en période de carence en endorphines.

— Temporairement, admit-elle en relevant le menton. Cal reviendra. Se priver de sexe est une torture pour lui, c'est un indice physiologique suffisant pour qu'il privilégie son attachement en ma faveur.

— Une torture ?

L'idée de faire souffrir Cal laissa David rêveur, Cynthia hocha la tête.

— Pour pouvoir passer du béguin à l'attachement, Cal devra ressentir de la joie ou de la peine en présence de Min. La joie peut être déclenchée par une conversation fascinante ou une partie de jambes en l'air phénoménale, alors que la peine peut trouver sa source dans la jalousie, la frustration, la peur… bref, tout ce qui provoque du stress. L'indice de l'attachement développé dans la peine explique pourquoi on découvre autant d'histoires amoureuses nées en temps de guerre… ou dans les bureaux.

— C'est vrai, acquiesça David en repensant à une stagiaire rencontrée lors de ses débuts dans le métier.

— Mais d'après moi il y a peu de chances pour que cela arrive ce soir ; il va sûrement s'ennuyer à mourir. Je dois avouer que je suis rassurée d'apprendre que ta Min est insipide et frigide.

— Je n'ai jamais dit qu'elle était insipide et frigide. Je ne serais jamais sorti avec une fille insipide et frigide !

— Dans ce cas tu aurais dû te montrer patient. En toute circonstance, le béguin peut durer de six mois à trois ans, il est impossible de savoir si c'est la bonne personne avant d'avoir passé cette étape. Tu es parti après deux mois, donc aucun de vous n'a pu entrer dans l'attachement, fit-elle remarquer dans un haussement d'épaules. Grave erreur.

— De six mois à trois ans ? s'exclama David. Et tu as forcé la main à Cal après neuf mois ? Grave erreur, l'imita-t-il en levant les épaules.

Cynthia reposa sa fourchette.

— Non, pas « grave erreur ». Je connais Cal, j'ai écrit des articles sur lui, et je peux t'assurer que nous sommes tous les deux dans l'étape de l'attachement.

Consterné, David cessa de manger.

— Tu as écrit sur ton amant ?

— C'est-à-dire que… je ne l'appelais pas par son vrai nom, et je ne disais pas qu'il était *mon* amant.

— Ce n'est pas un peu malsain ?

Cynthia repoussa son assiette à peine entamée.

— Non. Notre rencontre était fondée là-dessus. Des clientes m'ont parlé de lui, il avait une sacrée réputation.

Cal Morrisey apparut à l'esprit de David dans des positions scabreuses : le cadeau divin destiné aux femmes.

— Oui, je sais. Une réputation très peu justifiée, d'ailleurs.

— Tu plaisantes ? Je *l'étudiais* et il m'a eue, affirma-t-elle en faisant la moue. La Nature lui a offert ce visage et ce corps alors que, lorsqu'il était enfant, ses parents ne lui octroyaient de l'affection que s'il le méritait. On l'a habitué depuis toujours à plaire pour avoir un retour des autres, et les gens à qui il préfère plaire, ce sont les femmes. Elles ne demandent que ça parce qu'il est physiquement très séduisant. Son apparence lui garantit de passer la première étape de la supposition haut la main, et son charme remporte celle de l'attirance. Il est l'une des solutions adaptatives les plus élégantes que j'aie eu à étudier. Mes recherches sur son cas ont retenu énormément d'attention.

Difficile de se représenter Cal Morrisey en enfant en mal d'affection, songea David. Il ne l'imaginait qu'en gamin en smoking, les cheveux noirs et une gueule d'ange, adossé au pied d'une balançoire pour lancer des sourires en coin aux petites filles.

— Est-ce qu'il sait que tu as publié des études sur lui ? s'enquit David.

— Non, il l'ignore et ne le saura jamais. J'ai achevé ces recherches, la page est tournée. Je suis maintenant sur un livre qui a déjà trouvé son éditeur, il sera bientôt terminé, dit-elle dans un sourire de sphinx. Pour en revenir à son cas, je ne suis pas l'une de ses victimes qui s'exclament entre deux sanglots : « Mais je croyais qu'il m'aimait ! » Non, moi, j'ai des preuves cliniques qu'il m'aime et qu'il me reviendra si Min ne le distrait pas trop en chemin.

— En résumé..., chuchota David en se penchant vers Cynthia, si on veut s'assurer qu'ils ne passent pas à l'étape de – quoi déjà ? – l'attirance, qu'est-ce qu'on doit faire ?

Les yeux de Cynthia s'agrandirent.

Elle reposa son verre de vin pour y réfléchir.

— Que faire ? On pourrait peut-être parler à leurs amis et à leur famille, histoire d'empoisonner la relation à la racine, si j'ose dire. En parallèle, on peut leur apporter de la joie sous différentes formes pour contrecarrer l'évolution de leur relation mais ce ne sera pas… David, nous n'avons rien à faire. Cal est fou de moi.

— C'est ça.

La famille, songea-t-il en s'enfonçant dans son siège, *j'ai un ticket avec la famille de Min.*

Cynthia lui sourit.

— Assez discuté d'eux, dit-elle. Qu'est-ce que tu fais dans la vie ?

Il était temps qu'on parle un peu de moi, pensa David.

— J'ai une entreprise de développement de logiciels informatiques, répondit-il.

Le regard de la jeune femme se glaça.

À l'extérieur de *La table d'Emilio*, Min respira profondément la fraîcheur de cette soirée d'été tout en se disant : *Je suis heureuse.* Visiblement, la bonne nourriture était un excellent remède contre la colère et l'humiliation. À l'avenir, elle essaierait de s'en souvenir.

Puis Cal apparut…

— Où est ta voiture ?

… et brisa son bien-être.

— Pas de voiture, je rentre à pied, repartit-elle. Merci pour cette agréable soirée. Enfin, il me semble. Au revoir.

— Non, lança Cal en ignorant la main qu'elle lui tendait. Tu habites vers où ?

— Puisque je te dis que je peux marcher ! s'exclama Min à bout de patience.

— Seule en ville et en pleine nuit ? Non, tu ne peux pas. J'ai une éducation, moi. Je t'accompagne jusque chez toi et tu ne m'en empêcheras pas. Donc quelle direction prenons-nous ?

Elle était à deux doigts de l'envoyer balader, mais cela ne mènerait nulle part. Les quelques heures passées avec Cal Morrisey avaient suffi pour prouver à Min qu'il obtenait toujours ce qu'il voulait.

— D'accord, j'abandonne. Merci beaucoup, c'est par là.

Elle s'engagea dans la rue, savourant la douce brise qui soufflait dans les branches et les bruits sourds de la ville en pleine nuit. Cal adopta la même allure à côté d'elle, tous deux bercés par le rythme des pas mêlé au claquement des talons.

— Sinon, qu'est-ce que tu fais dans la vie ? demanda Min.

— Je dirige une compagnie de formation professionnelle avec deux partenaires.

— Tu es professeur ? dit Min, interloquée.

— Oui. Alors comme ça tu es actuaire. J'ai beaucoup de respect pour cette profession : toi elle te permet de gagner ta croûte et moi pour passer le temps, mais finalement on l'exerce tous les deux…

— On fait quoi ?

— Nous calculons notre coup et nous misons, précisa-t-il en baissant les yeux sur elle. Tu aimes parier, et tu joues avec les millions de dollars d'une compagnie d'assurances. Moi, je le fais pour 10 dollars.

— Peut-être, mais je ne perds jamais un centime de ma poche.

— Moi non plus, affirma Cal.

— Tu ne manques pas d'air. C'est pour ça que tu as créé ta propre entreprise ? Pour ne prendre aucun risque ?

— Non, je voulais être mon propre patron, ça ne m'a donc pas laissé d'autre choix.

— C'est ici qu'on tourne, indiqua Min en ralentissant au coin de la rue. Écoute, je peux…

— … continuer de marcher.

Elle s'exécuta.

— Et cette entreprise, comment s'appelle-t-elle ? poursuivit-elle.

— Morrisey, Packard, Capa.

— Packard et Capa, c'étaient les deux types attablés avec toi à l'étage ? Le grand blond et la tête d'o…

— Ce sont eux, ricana Cal. Une tête d'o-quoi ? D'original ? d'otarie ? d'ornithorynque ?

— L'une de mes amies m'a fait observer qu'il avait une tête d'obus, grimaça Min. Mais venant d'elle c'était un compliment.

— J'en suis certain. C'est la rouquine, c'est ça ?

— Tu l'as remarquée, marmonna-t-elle avec une pointe de jalousie.

— Non, c'est la tête d'obus qui l'a remarquée.

— Ne lui répète pas qu'elle l'a appelé comme ça, elle ne voudrait pas le vexer.

— Il en faut davantage pour vexer Tony, la rassura Cal. Mais je ne dirai rien.

— Merci.

Plus ils s'éloignaient des rues passantes, plus la lumière se tamisait malgré les réverbères et Min se sentit finalement soulagée d'être accompagnée.

— Et pourquoi les gens font appel à toi pour les formations ? Je veux dire, pourquoi toi et pas un autre ?

— Nous proposons des formations sur mesure. Dans n'importe quelle situation d'instruction, un certain pourcentage des étudiants échoue malgré tout à manipuler le programme. Mais pas chez nous : nous assurons la réussite de cent pour cent de nos étudiants et nous poursuivons la formation tant que ce quota n'est pas atteint.

— On dirait un slogan publicitaire, le railla Min.

— C'est la stricte vérité.

— Comment t'y prends-tu ? Tu leur fais du charme ?

— Qu'est-ce que tu as contre le charme ? demanda-t-il en haussant un sourcil.

— Charme ne rime pas toujours avec honnêteté, grommela-t-elle.

Cal poussa un soupir.

— Certaines personnes se ferment par peur de l'échec. Notre première étape est de trouver qui ressent cette crainte parmi les étudiants, et comment chacun peut la surmonter. Certains d'entre eux sont pétrifiés, Roger s'occupe particulièrement de ceux-là. C'est un type très délicat, il sait rassurer ses élèves tout en leur enseignant sa leçon.

— Il est louche, celui-là, intervint Min en imaginant Roger le gourou manipulateur en développement personnel.

— Tu es très méfiante, tu sais ? Il y a aussi ceux qui cachent leurs angoisses derrière leur image de fauteur de troubles et qui font les malins en classe. Tony se charge d'eux. Il plaisante avec eux jusqu'à ce que la tension retombe.

— Et toi, tu hérites de quels élèves ?

— Moi, je me charge de ceux qui sont rongés par la colère, confia Cal. Ceux qui s'en veulent d'avoir peur.

— Tu leur fais du charme pour les apaiser ?

— Je ne l'aurais pas dit comme ça, mais oui, c'est une façon de voir les choses.

« Ceux qui sont rongés par la colère ». Ils marchèrent en silence, leurs pas se faisant écho. Puis Min leva les yeux vers lui.

— Avec moi ce soir, ça n'a pas dû te changer du travail.

— Faux, répondit Cal. Tu n'es pas en colère parce que tu as peur, je ne pense pas que te retrouver seule t'effraie beaucoup. Non, toi, tu es en colère parce qu'un type s'est conduit comme un minable avec toi. Et tout le charme du monde n'y fera rien tant que tu n'auras pas résolu toi-même ce qui t'a blessée au fond de toi.

— Mais tu as quand même essayé de me charmer.

— Non, pas du tout. Lorsque tu m'as dit qu'on venait de te quitter, j'ai arrêté mon petit jeu.

Min se repassa le film de la soirée.

— Oui, tu dois avoir raison.

— Est-ce que maintenant tu t'en veux d'avoir été aussi grincheuse toute la soirée ? badina Cal.

— Non, parce que tu me noyais déjà de ton charme au bar, comme si tu essayais d'obtenir je ne sais quoi… (*Coucher avec moi pour gagner un pari, espèce de saligaud !*) … tu l'as donc bien mérité.

Après quelques pas silencieux, Cal répondit :

— C'est de bonne guerre.

Dans l'obscurité, Min esquissa un petit sourire. *Il y a au moins une pointe d'honnêteté en lui. Mais juste une pointe, dommage.*

Ils continuèrent d'avancer en silence jusqu'aux marches qui menaient à la maison de Min.

— Nous y voilà, dit-elle. Merci beaucoup…

Cal regarda autour de lui.

— Où ça ? Je ne vois pas de maison.

— Elle est là-haut, indiqua Min en pointant la colline du doigt. Les marches sont ici, donc nous pouvons…

Cal plissa les yeux vers la colline noyée dans l'obscurité.

— Bon sang, c'est l'Everest ce truc ! Il y a combien de marches ?

— Trente-deux, et encore vingt-six une fois là-haut pour monter jusqu'à mon appartement sous les toits, précisa-t-elle en lui tendant la main. C'est là que nos chemins se séparent. Merci de m'avoir raccompagnée, et bonne chance pour l'avenir.

Il l'ignora et leva de nouveau les yeux.

— Hors de question. Je ne te laisse pas grimper jusque là-haut toute seule dans le noir.

— Ça ira, se défendit-elle. Soixante-dix-huit pour cent des agressions sur les femmes sont commises par des hommes qu'elles connaissaient déjà.

— Est-ce que je dois prendre ça pour une nouvelle attaque en règle ?

— Non, je ne connais aucun homme qui grimperait trente-deux marches pour m'agresser, alors je ne risque rien. Tu peux rentrer chez toi la conscience tranquille.

— Non, insista-t-il patiemment. Hors de question. Avance, je te suis.

Me suivre ? Trente-deux marches avec le regard de ce type planté sur son derrière ?

— Même pas en rêve ! s'exclama Min.

— Bon, écoute, il est tard et je suis fatigué, alors si on pouvait…

— Tu me suivras pendant trente-deux marches quand les poules auront des dents. Si tu veux grimper, tu y vas le premier.

— Pourquoi ? protesta Cal, stupéfait.

— Tu ne monteras pas cette colline en me reluquant les fesses pendant cette longue ascension.

Il secoua la tête.

— Tu sais, Dobbs, comme ça on pourrait croire que tu es une fille sensée, et puis dès que tu ouvres la bouche…

— Grimpe ou rentre chez toi, le coupa-t-elle.

Après un profond soupir, Cal gravit la première marche.

— Attends une minute, dit-il. Maintenant c'est toi qui vas me reluquer les fesses tout le long !

— Oui, mais tu as sûrement des fesses de rêve, la situation est totalement différente.

— Je ne peux même pas voir les tiennes, se lamenta-t-il. Il fait noir et ton veston est trop long.

— Grimpe ou rentre chez toi.

Cal poursuivit sa progression dans l'escalier.

Une fois en haut des marches, il eut un moment d'hésitation. Min aperçut dans ses yeux le reflet de sa vieille maison de pierre et de stuc ; une demeure ténébreuse du siècle dernier, usée et rongée par un rosier grimpant si vieux qu'il s'était transformé en mur épineux.

— Elle est agréable, se défendit Min.

— Oui, de jour elle est sûrement géniale, répondit-il poliment.

Elle passa devant lui pour grimper les quelques marches qui menaient au porche, et glissa la clé dans la serrure.

— C'est ça. Voilà, tu vois ? Tu peux partir, maintenant.

— Ce n'est pas ta porte. Tu as dit qu'il fallait vingt-six marches supplémentaires pour arriver chez toi.

— Très bien, monte jusqu'au grenier.

Elle lui fit signe de passer devant pour entrer dans le vestibule de la demeure. Les tapisseries bleu fané et les boiseries de chêne insipides – habituellement agréables – se transformèrent en décor lugubre avec la présence de Cal, ce qui irrita la jeune femme.

— Monte, lui lança-t-elle en lui indiquant un escalier étroit collé contre un mur.

L'escalier lui parut plus exigu encore que d'habitude avec Cal au pied des marches qui semblait bloquer le chemin avec ses kilomètres d'épaules carrées. Deux étages plus haut, il arriva au palier étriqué, Min le suivant de près.

Il avait vraiment de belles fesses.

Mais c'est tout ce qu'il y a de charmant chez lui, se persuada Min. *Garde la tête froide, ma belle, tu ne le reverras pas.*

— L'avantage, c'est que tu sais que quelqu'un tient vraiment à toi lorsqu'il accepte de te raccompagner chez toi une deuxième fois, fit-il remarquer en gravissant les dernières marches.

Alors qu'il parlait, il s'arrêta pour se retourner vers Min qui, deux marches plus bas, admirait encore son derrière en continuant d'avancer. Elle se cogna brutalement l'œil contre le coude de Cal, perdit l'équilibre et trébucha en arrière. Au dernier moment, elle saisit la rambarde et finit les fesses sur les marches.

— Bon sang, c'est pas vrai ! s'écria Cal. Je suis désolé.

Il se pencha vers elle, mais elle le repoussa.

— Non, non, c'est ma faute. Je te suivais de trop près.

Aïe ! pensa-t-elle en massant avec précaution l'endroit où il l'avait cognée. *Voilà ce qu'on récolte quand on reluque la Brute comme ça.*

— Laisse-moi voir, dit-il en essayant de regarder son œil.

D'un geste délicat, il prit la joue de Min dans sa main pour lui faire lever le menton.

Des frissons la parcoururent, elle repoussa la main de Cal.

— Non. Je vais bien. Sauf que maintenant je fais partie de ces soixante-dix-huit pour cent de femmes agressées par un homme qu'elles conn…

— Par pitié, épargne-moi tes discours, dit-il en se redressant. Tu vas bien, oui ou non ?

Elle se releva et le contourna pour ouvrir sa porte.

— Oui. Tu peux y aller.

— Parfait, lança-t-il en prenant sa main pour la serrer. Ravi de t'avoir rencontrée, Dobbs. Désolé pour le coude dans l'œil. À jamais et bonne continuation.

— Mais j'y compte bien. J'arrête les hommes, et je me prends un chat.

Elle se faufila dans son appartement et lui claqua la porte au nez avant même qu'il ait le temps de rétorquer.

« Bonne continuation », non mais il se prend pour qui ? Lorsqu'elle alluma la lampe en porcelaine de sa grand-mère près de la porte, son salon un peu vieillot mais rassurant s'illumina.

Sur son répondeur, la petite lumière rouge clignotait. Elle s'approcha, appuya sur le bouton et écouta le message en se frictionnant les tempes.

« Min, disait sa sœur. Demain il y a les retouches des robes, tu n'as pas oublié ? Ce serait bien que tu viennes. »

Diana avait une petite voix, cela ne lui ressemblait pas. En réécoutant le message, Min eut la certitude que quelque chose clochait.

— Les filles Dobbs sont condamnées à l'échec, soupira-t-elle en repensant à Calvin Morrisey.

Elle s'approcha du manteau de la vieille cheminée où étaient exposées en ligne toutes ses boules à neige, et observa son reflet dans le miroir terni qui avait un jour trôné dans le vestibule de sa grand-mère. Un visage rondelet, des cheveux ternes, voilà ce que Cal Morrisey avait eu devant les yeux toute la soirée. Maintenant, un joli hématome venait couronner le tout. En soupirant, elle attrapa la boule à neige que Bonnie lui avait offerte à Noël : Cendrillon et son prince, tous les deux sur les marches de leur château bleu sous une volée de colombes. Cal Morrisey aurait sa place sur ces marches, alors qu'elle… on la prierait de bien vouloir passer par l'entrée des domestiques.

— Je n'ai pas le profil des contes de fées, dit-elle en reposant la boule pour rejoindre sa chaîne hi-fi et appuyer sur le bouton « Suivant » jusqu'à ce qu'Elvis entonne *Devil in Disguise*.

Ma petite Dobbs, n'oublie pas que c'est exactement le profil de Calvin Morrisey : le diable déguisé, songea-t-elle.

Un peu d'arnica sur son bleu et un bon bain chaud l'aidèrent à effacer de sa mémoire tout souvenir de cette soirée. En tout cas, toute la partie impliquant David. Après cela, il fallait bien avouer que la soirée ne s'était pas si mal terminée.

Mais une chose était sûre : elle ne reverrait plus jamais Calvin Morrisey.

Lorsque Cal arriva au travail le lendemain matin, tout allait pour le mieux : le soleil brillait derrière les grandes fenêtres de son bureau en *open-space*, l'odeur du café chatouillait ses narines, Roger lui faisait signe de son bureau près de la fenêtre et Elvis Costello chantait *The Angels wanna wear my red shoes* à la radio. Il posa un dossier sur la vitre dépolie de son bureau, se servit une tasse de café et rapprocha son fauteuil, paré à rendre le monde meilleur pour tous ces pauvres gens condamnés à suivre des formations professionnelles.

Tony déboula dans la pièce et lui donna une tape dans le dos.

— Bien joué, hier soir ! Allez, dis-moi que tu as gagné le pari.

— De quoi tu parles ?

— Le pari avec David sur la fille au veston gris à carreaux. Dis-moi que tu l'as gagné.

— Bien sûr, fit Cal en s'enfonçant dans son siège. Tu m'as vu partir avec elle.

— C'est vrai, tu as raison, j'aurais dû te faire confiance. Tu l'annonces à David ou je le fais ?

— Lui annoncer quoi ? s'impatienta-t-il en se retournant vers son Mac pour cliquer sur le bouton « Réception » de sa messagerie.

— Que tu as couché avec elle.

— *Quoi* ? s'écria Cal les yeux plissés sur son écran et une oreille toujours à l'écoute d'Elvis en musique de fond. Bien sûr que non, je n'ai pas couché avec elle !

— Oh, fit Tony. Remarque, tu as toujours un mois pour le faire.

La liste de messages non lus se déroula à l'écran.

— Tony… Je ne sais pas de quoi tu parles mais j'ai la certitude que tu me fais perdre mon temps.

— David t'a accordé un mois pour coucher avec la nana au veston et a parié que tu échouerais, expliqua Tony plus patient que jamais. Je ne dirais pas « non » à cet argent, donc si tu pouvais…

— Non, je n'ai jamais accepté de relever ce défi.

— David pense que si, insista Tony.

— Non, il ne pense rien du tout. À l'heure qu'il est, il est sobre et très loin de s'imaginer qu'il a parié 10 000,00 dollars que je ne pourrais pas mettre une inconnue dans mon lit. Est-ce qu'on peut se remettre au travail, maintenant ? Il y a de l'argent pour toi en jeu. C'est notre métier, on nous paie pour ça.

Il poussa vers Tony le dossier posé sur son bureau et ce dernier le ramassa pour le feuilleter.

— Les doigts dans le nez, dit Tony en s'éloignant. Au fait, j'oubliais : Cynthia est partie avec David hier soir.

— Tant mieux pour eux, répondit Cal avant de retourner à ses mails.

— Ça ne te fait rien ?

— Pourquoi est-ce que tu me harcèles, ce matin ?! s'exclama Cal d'une voix tranchante.

— Je veux simplement m'assurer que tu ne souhaites plus la revoir. Mon avenir est en jeu, dans cette histoire.

— Comment ça ?

— Tu vas te marier le premier, expliqua Tony en venant s'asseoir sur un coin du bureau. Tu fais toujours tout le premier. Ensuite, ce sera au tour de Roger : il se mariera et s'installera dans les beaux quartiers comme ta future femme et toi, mais puisque sa moitié sera au moins aussi coincée que lui, je vais devoir venir vivre chez toi. Or, Cynthia ne m'a jamais aimé, elle sera donc difficile à convaincre.

— Moi aussi, figure-toi. Fous le camp de mon bureau.

— Chez toi mais pas forcément dans ta maison, précisa Tony. Je pensais plutôt à un appartement cosy au-dessus de ton garage, ce sera plus pratique pour toi : tu pourras venir regarder les matchs et boire jusqu'à plus soif puisque tu rentreras à pied. Je pourrai même garder les enfants quand vous voudrez sortir.

— D'abord, je ne vais pas me marier alors oublie la femme. Ensuite, si j'étais assez fou pour me marier, je ne ferais pas d'enfants pour autant. Enfin, si j'étais assez fou pour me marier et faire des enfants, je ne te laisserais jamais garder mes mômes.

— Tu sais, on aura tous les deux mûri d'ici là. À l'heure qu'il est, je ne me laisserais jamais garder des mômes non plus.

— C'est moi qui me marierai le premier, lança une voix derrière eux.

Tous les deux se retournèrent. Tout sourires, Roger se tenait là dans la lumière des baies vitrées, apaisé, du haut de sa stature de grand blond.

— Je vais épouser Bonnie, annonça-t-il.

Cal fronça les sourcils.

— Qui est Bonnie ?

— La mini blonde qu'il a rencontrée hier soir, répondit Tony une pointe de dégoût dans la voix.

— Elle s'appelle *Bonnie*, rectifia Roger d'un ton sec qui les figea sur place.

— Il ne plaisante pas, dit Cal à Tony. Qu'est-ce qu'il lui est arrivé ?

— La rouquine me faisait de l'œil, alors j'y suis allé. Roger m'a suivi pour brancher la mini… pour brancher *Bonnie*. Quelque part entre ce moment-là et ce matin, je crois qu'il a perdu la tête. (Il opina du chef et se tourna vers Roger.) Tu ne la connais que depuis douze heures alors que ça t'a pris un an pour choisir un canapé. Tu songes sérieusement… ?

— Oui, le coupa Roger. C'est la bonne.

— Peut-être bien, intervint Cal. *(Tu ne sais pas à quel point.)* Mais tu ne le lui as pas dit, j'espère. Si ?

— Non, j'ai pensé que c'était encore un peu prématuré.

— Non, tu crois ? fit Tony avec sarcasme. Putain, j'y crois pas…

— Je vais l'épouser, alors arrêtez de hurler et faites-vous à cette idée. Cette fille est parfaite.

— Aucune fille n'est parfaite, rectifia Tony. C'est pourquoi on doit continuer de chercher. Tu la vois ce soir ?

— Non, elles se retrouvent tous les jeudis. Bonnie appelle cette soirée le *Dîner des Si*.

— Elles ?

— Bonnie, Liza et Min.

— Qui est Min ? demanda Tony, un peu perdu.

— Celle avec qui je ne coucherai pas, répondit Cal en songeant que si Bonnie était le même genre de fille que Min, Roger n'était pas sorti de l'auberge.

— Et vendredi, tu verras Bonnie ? s'obstina Tony.

Roger hocha la tête.

— D'après ce qu'elle m'a dit, elles seront au *Faux Jeton*. Ce n'est pas le bar où elles vont d'habitude mais elle m'a donné rendez-vous là-bas. Ensuite, je la verrai samedi au match, et je l'inviterai peut-être à dîner le soir.

— Elle vient te voir entraîner des gamins au base-ball ? s'étonna Cal. Elle doit vraiment être folle de toi.

— Pas encore, mais ça viendra.

— Vendredi…, répéta Tony en les ignorant. Parfait, je vais pouvoir draguer Liza pendant que Cal poursuit son histoire avec la fille au veston.

— Hors de question ! s'indigna Cal.

Roger prit un air compatissant.

— Qu'est-ce qu'il s'est passé ?

Cal retourna à son ordinateur.

— C'est une actuaire ultra classique et contre le jeu qui a passé tout le repas à me lancer des piques. Puis je l'ai raccompagnée chez elle, tout en haut de ses cinquante-huit marches pour m'assurer qu'elle ne se ferait pas agresser, et je l'ai cognée à l'œil avec mon coude. C'était le pire rencard de toute ma vie, et je pense que c'était aussi parmi les cinq plus mauvais de sa liste.

— Tu l'as cognée ? s'étonna Tony.

— Je ne l'ai pas fait exprès. Je lui aurais bien envoyé des fleurs pour me faire pardonner, mais elle est aussi contre le charme. C'est terminé, alors n'en parlons plus.

— Si je comprends bien tu abandonnes une deuxième fois, lança Tony en hochant la tête.

Visiblement irrité, Cal leva les yeux vers lui.

— Et si on évoquait un peu tes relations sérieuses et durables, à toi ?

— Oui bon, moi, c'est différent, je suis un mec superficiel.

— Bonnie vit au premier étage d'une grande maison, dit Roger comme s'il ne les entendait pas. J'ai dû monter trente-deux marches pour arriver chez elle, elle s'est sentie gênée alors elle m'a invité à prendre le café. Je pourrai m'y faire, aux marches.

— Ça signifie que Liza vit au deuxième ? demanda Tony.

— Non, Liza vit à Pennington. Elle déménage tous les ans, à peu près chaque fois qu'elle change de boulot. D'après Bonnie, Liza aime le changement.

Cal observa Tony.

— Tu n'as pas ramené Liza chez elle ?

— Elle s'est éclipsée quand je suis allé aux toilettes, se lamenta Tony. À mon avis, elle joue à la fille inaccessible.

— Min, c'est pareil, fit remarquer Cal en reportant son attention sur son ordinateur. Sauf qu'à mon avis elle ne joue pas la comédie.

— Bonnie et moi avons raccompagné Liza chez elle, dit Roger. C'était chouette, j'ai pu passer plus de temps avec Bonnie.

— Bon sang, mon pote. Ressaisis-toi ! s'exclama Tony.

— Tu es vraiment sérieux, Roger ? s'inquiéta Cal en se retournant vers lui.

— Oui.

La détermination se lisait sur son visage.

— Dans ce cas, félicitations ! fit Cal bien décidé à se renseigner sur cette Bonnie. Mais attends un mois avant de la demander en mariage, sinon elle prendra peur.

— C'est ce que je me disais.

— Vous êtes complètement fous tous les deux, lança Tony.

— Bon, si on ne se remet pas au travail, nos clients vont finir par nous flanquer à la porte, observa Cal. Commencez avec la formation de Batchelder.

— D'après Bonnie, Min est une fille géniale, insista Roger. Elle avait l'air gentille.

— Min n'est pas gentille, rectifia Cal. Min en veut à la terre entière et passe ses nerfs sur le premier mec qu'elle croise. Pour en revenir à la formation de Batchelder…

— Tu es vraiment sûr que David a oublié le pari ? s'enquit Tony.

— Absolument certain. Je ne reverrai plus jamais cette fille. Je disais donc, la formation de Batchelder…

Cet après-midi-là, à seize heures trente, Min entrait dans le salon d'essayage drapé de rideaux de moire ivoire. Cette boutique de robes de mariée était la plus cotée de la ville, et Min était en retard sans s'en soucier vraiment. Sa mère était sûrement tellement occupée à harceler Diana et la couturière que…

— Tu es en retard, observa Nanette Dobbs sèchement. Nous avions rendez-vous à 16 heures.

Min traversa l'épais tapis doré, contourna la montagne d'exaspération aux cheveux bruns qui l'avait mise au monde et laissa tomber son veston sur un fauteuil cousu d'ivoire.

— J'ai un travail, moi. Ce qui veut dire que la compagnie d'assurances est en tête sur ma liste des priorités. Si tu veux vraiment me voir arriver pile à l'heure, donne-moi rendez-vous après le boulot.

— Bref, c'est ridicule, aboya Nanette. Ta robe est dans l'autre cabine. La couturière est avec Diana et les filles, alors passe-moi ta tunique, tu vas la laisser par terre.

D'un geste arrogant, elle tendit à sa fille une main parfaitement manucurée, et Min soupira en se déshabillant.

— Oh, Min ! s'exclama sa mère d'un ton grave et satisfait mais sans surprise. Où as-tu trouvé ce soutien-gorge ?

Min baissa les yeux sur ses sous-vêtements : parfaitement corrects et cent pour cent coton.

— Je ne sais plus, pourquoi ?

— Du coton blanc, désespéra Nanette. Franchement, Min. Le coton uni, c'est tellement plan-plan…

— J'aime les soutiens-gorge plan-plan.

— Pas très excitant.

Min cligna des yeux.

— J'étais au travail, c'est pas très excitant non plus.

— Je te parle des hommes, expliqua Nanette. Tu as trente-trois ans, tes jeunes années sont derrière toi et tu portes du coton blanc !

— J'étais *au travail*! répéta Min à bout de patience.

— Aucune importance.

Sa mère secoua la tunique et jeta un œil sur l'étiquette. Lorsqu'elle vit la mention « soie » ses traits s'adoucirent légèrement.

— Si tu mets de la lingerie en coton blanc tu te sentiras « coton blanc », tu te comporteras « coton blanc » : or, le coton blanc ne séduit pas les hommes et ne les empêche pas d'aller voir ailleurs. Ne porte que de la dentelle.

— Tu ferais une bonne maquerelle, lâcha Min en s'éloignant vers la cabine.

— Minerva !

La jeune femme s'arrêta pour se retourner vers sa mère.

— Bon, excuse-moi. Maman, franchement, j'en ai assez de cette conversation. Je ne suis même pas sûre de vouloir me marier et voilà que tu critiques ma lingerie parce que ce n'est pas un bon appât à testostérone. Tu ne peux vraiment pas…

Nanette leva le menton, la mâchoire plus crispée que jamais.

— C'est typiquement le genre d'attitude qui te fera perdre David.

Min prit une profonde inspiration.

— À propos de David…

— Quoi ? bafouilla sa mère les nerfs soudain tendus dans son tailleur taille trente-six. Qu'y a-t-il à propos de David ?

Un sourire enjoué se dessina sur le visage de Min.

— Nous ne sommes plus ensemble.

— Oh, Min ! gémit Nanette la tunique de sa fille serrée contre sa poitrine, le portrait parfait du désespoir sur fond luxueux d'or et d'ivoire.

— Ce n'était pas le bon, maman.

— D'accord, mais ne pouvais-tu pas le garder au moins jusqu'au lendemain du mariage ?

— Manifestement, non. Venons-en au fait : qu'est-ce que je peux faire pour qu'à l'avenir tu ne prononces plus jamais son nom ?

— Porte de la dentelle.

— Ensuite tu me lâcheras les baskets ?

— Au moins pendant un temps.

Min lui adressa un grand sourire avant de retourner vers la cabine.

— Tu es un sacré numéro, lança-t-elle.

— Toi aussi, ma chérie, répondit Nanette en inspectant sa fille aînée. Je suis très fière de toi, tu sais ? Tu as une grosse tache de fond de teint au-dessus de l'œil. Qu'est-ce qu'il t'est arrivé ?

— Non mais je rêve !

Min referma la porte derrière elle, ouvrit la fermeture Éclair de sa jupe et la laissa glisser sur le tapis doré. Elle étudia son reflet dans le miroir encadré d'or.

— Tu n'es pas si mal, murmura-t-elle sans conviction. Il te faut simplement trouver un homme qui aime les femmes très charnues.

Après avoir décroché la jupe longue couleur lavande de son cintre doré, elle entreprit de l'enfiler en prenant soin de ne pas arracher le froufrou de mousseline de soie plissée qui ornait le bas, et rentra le ventre pour la refermer. Puis elle revêtit la blouse de mousseline couleur lavande et accrocha tous les minuscules boutons. Il lui fallut tirer sur le tissu pour le boutonner sur sa poitrine, et le soutien-gorge dépassa sur les côtés du long corsage rectangulaire. Elle secoua les manches pour faire glisser le double froufrou de mousseline jusqu'à ses poignets. *Très pratique pour faire tomber tous les objets alentour le soir de la réception.* La blouse, parée elle aussi de fanfreluches sur le côté, la boudinait aux hanches.

— Mais c'est parfait, dit-elle. Encore un peu de volume sur les hanches, je n'en avais pas suffisamment comme ça.

Puis elle attrapa le corset bleu et lavande confectionné à partir d'un tissu moiré et lacé de rubans lavande. Il lui avait paru si joli, lorsque Diana l'avait choisi six mois plus tôt, que Min avait commandé à la couturière un dessus-de-lit dans ce même tissu. Maintenant, elle observait le corset minuscule. *Je ferais mieux de porter le dessus-de-lit, parce que je ne rentrerai jamais là-dedans*, songea-t-elle. Elle prit une profonde inspiration et enveloppa le corset autour d'elle. Il faisait remonter sa poitrine à une hauteur irrespirable et il manquait cinq bons centimètres pour le fermer. *Les glucides.* Un flash de Cal Morrisey en plein jeu érotique avec le pain d'Emilio lui apparut à l'esprit. Elle étala le surplus de fond de teint sans trop découvrir l'hématome et sortit de la cabine pour retourner affronter sa mère dans le salon.

Au lieu de cela, elle trouva Diana juchée sur l'estrade où on procédait aux essayages devant l'immense miroir au cadre doré, flanquée de ses deux belles demoiselles d'honneur – des filles que Min aimait surnommer Chouine et Couine – sur fond de Dixie Chicks en boucle sur le lecteur CD portable de Diana.

— *Ready to run* [1], remarqua Min. Cette chanson est complètement hors contexte.

— Hmm ? fit Diana les yeux rivés sur son reflet dans le miroir. Non, en fait c'est *Just Married (ou presque).*

— Ah, d'accord.

Min se souvint que sa sœur s'était mis dans la tête que les musiques qui accompagneraient son mariage proviendraient toutes de bandes originales de films avec Julia Roberts. C'était en tout cas ce qu'elle avait prévu.

— J'ai a-do-ré ce film, dit Susie.

Dans sa mousseline de soie verte corsetée, elle avait l'air blonde, maussade, attristée et… chouineuse : elle avait hérité de la robe de demoiselle d'honneur la plus laide.

— J'ai trouvé ce film ridicule, objecta Karen, *alias* Couine.

Elle prenait des airs arrogants de femme sophistiquée avec ses cheveux noirs et sa mousseline de soie bleue corsetée.

Min fit signe à Couine de se pousser.

— Ramène-toi par ici, que je puisse voir ma sœur.

Couine s'enleva et Min put enfin regarder Diana.

— Waouh !

Dans sa robe de satin et de mousseline ivoire, Diana semblait tout droit sortie d'un conte de fées. Ses cheveux noirs bouclés s'échappaient d'un chignon artistiquement relâché pour tomber sur ses épaules en jolies mèches perlées, encadrant son visage ovale et clair. Sa nuque se dégageait gracieusement de l'échancrure révélant juste ce qu'il fallait de sa peau douce, grâce au même corsage très long à col carré qui dévoilait le soutien-gorge blanc de Min.

1. *Ready to run* signifie « Prête à m'enfuir » en anglais. (*NdT*)

Son décolleté était paré de froufrous de mousseline tombant en cascade sur le corset perlé d'ivoire moulant à merveille sa taille de guêpe. D'autres fanfreluches émergeaient de ses poignets et de sous son corset, et se séparaient juste assez pour dévoiler une jupe cousue de nouveaux ornements en forme de paniers sur les côtés. Le bas de sa jupe plissée frôlait le bout de ses ballerines à boucles de satin. Lorsque Diana se retourna pour se regarder dans le miroir, Min aperçut les mouvements agités de la mousseline rassemblée à la base de sa colonne vertébrale ; l'explosion de plis et de froufrous donnait l'impression que la robe avait pris vie et vibrait à chaque mouvement de Diana.

— Qu'en penses-tu ? demanda-t-elle le visage dénué d'expression.

Je pense que tu as l'air d'une princesse nympho chargée à l'héroïne, songea Min.

— Tu es sublime, répondit-elle finalement car c'était vrai aussi.

— Tu es magnifique, renchérit Couine en tirant inutilement sur la jupe déjà parfaite.

— Hmm hmm, confirma Chouine.

La pauvre, Min avait envie de la plaindre : ce devait être difficile de voir sa meilleure amie se marier avec son ex, surtout en se retrouvant habillée de vert, la couleur la moins seyante à son teint. Mais Chouine était si molle qu'il était difficile de compatir.

— Ce serait hors de propos pour un mariage matinal, fit remarquer Diana en tripotant le nœud de ruban accroché à son décolleté. Et ça ne correspondrait pas non plus à un mariage de soirée. Mais la cérémonie se déroulera au crépuscule, l'instant le plus magique d'une journée, et ça change tout.

— C'est toi qui es magique, susurra Min.

Mais dans la voix de sa sœur, elle entendait cette même détresse qu'elle avait cru percevoir la veille sur son répondeur.

— Tout va bien ? s'enquit-elle.

Diana pivota devant le miroir.

— Tu ne ferais jamais une chose pareille, si ?

— Si j'avais ton physique, peut-être que si.

Couine examina Min de la tête aux pieds et, au passage, prit de plein fouet la vision du corset prêt à éclater et du soutien-gorge blanc apparent.

— Ce n'est pas le style de Min, dit-elle.

— Oh vraiment ? ironisa Min. Zut, j'avais pourtant l'intention d'aller au travail affublée de ce corset, une fois toute cette histoire derrière nous. Est-ce que je peux dire deux mots à ma sœur en privé, s'il vous plaît ?

Couine leva les sourcils mais Chouine s'éclipsa volontiers dans les salons d'essayage, et lorsque Min croisa les bras et fit les gros yeux, Couine abandonna et s'en alla à son tour.

— Qu'est-ce qui t'arrive ? demanda-t-elle à sa sœur alors que les Dixie Chicks terminaient leur chanson pour laisser la place à Martina McBride et son *I love you* aussi joyeux que peu crédible.

— Rien, répondit Diana, les yeux rivés sur son reflet dans le miroir. Enfin si, nous avons des problèmes avec le gâteau, sinon le reste est parfait.

— C'est Greg, n'est-ce pas ? insista Min.

Moi, je n'aurais jamais épousé avec un dégonflé pareil, même très beau et très riche, pensa-t-elle. Si elle devait se marier un jour, ce serait avec un homme qui aurait du chien, un homme malin et vif avec qui elle ne s'ennuierait jamais…

— Greg est parfait, marmonna Diana en jouant avec les froufrous qui, étrangement, affinaient ses hanches déjà sublimes.

— Bon d'accord, alors quel est le problème avec le gâteau ?

— On n'a… On ne l'a pas commandé dans les temps, dit Diana d'une voix brisée.

— Mais je croyais que Greg connaissait un pâtissier hors pair.

— C'est le cas, mais… il a oublié. Donc maintenant c'est trop tard, et je dois trouver un nouveau pâtissier.

— Qui peut confectionner une gigantesque pièce montée en trois semaines ?

— Ce n'est pas la faute de Greg. Tu connais les hommes, tu sais qu'on ne peut pas compter sur eux pour ce genre de choses. C'est ma faute, je n'ai pas vérifié s'il l'avait bien commandé.

— Certains hommes peuvent être fiables. Hier soir, j'ai rencontré une véritable brute mais je suis sûre que ce type aurait pensé à ce gâteau.

— Eh bien, Greg n'est pas une brute, le défendit Diana. Je préfère avoir un homme bon qui oublie les gâteaux qu'une brute qui y pense.

— Tu n'as pas tort, admit Min. Bon, écoute, je vais te le trouver ton gâteau. C'est la moindre des choses pour me rattraper de tous mes ratés.

Diana relâcha les froufrous et se retourna vers sa sœur.

— Qu'est-ce qui t'arrive ? De quels ratés tu parles ?

— J'ai perdu David et je suis trop grosse pour rentrer dans ce fichu corset, se lamenta Min en soulevant les extrémités des rubans.

— Tu n'es pas grosse, dit Diana qui descendit tout de même de son estrade. On a dû t'envoyer la mauvaise taille, fais-moi voir.

Min délaça son corset et le tendit à sa sœur qui le manipula d'une main experte.

— Qu'est-ce qui s'est passé avec David ? demanda Diana en fronçant les sourcils sur l'étiquette.

— Je refusais de coucher avec lui, alors il a rompu.

— Quel abruti !

Confuse, Diana ajouta :

— Tu sais, c'est une taille quarante, ça devrait pourtant t'aller.

— Sur quelle planète ? se révolta Min. Même à la naissance je ne rentrais pas dans du quarante, qui a commandé ce truc ?

— C'est moi, dit Nanette derrière elle. Je pensais que tu perdrais du poids pour le mariage de ta sœur. Tu suis toujours ton régime, au moins ?

— Oui, maugréa Min en se retournant vers sa mère. Mais soyons réalistes, tu as commandé une blouse à ma taille. (Elle baissa les yeux sur les petits boutons tendus au garde-à-vous sur sa poitrine.) Enfin, en quelque sorte. Alors pourquoi pas…

— Tu as eu un an, la coupa sa mère en tenant contre sa poitrine toute la dentelle qu'elle venait de récupérer au rayon lingerie. Je me disais que le corset pourrait effacer les quelques kilos que tu n'aurais pas réussi à perdre. Tu as eu un an pour faire ce régime.

Min prit une profonde inspiration et déboutonna sa jupe.

— Écoute, maman. Je ne serai jamais mince, je suis norvégienne. Si tu voulais une fille mince, il ne fallait pas te marier à un homme dont les ancêtres féminines emmenaient les vaches en pâture.

— Tu es à demi norvégienne, corrigea Nanette. Et ce n'est pas une excuse puisque de nombreuses Nordiques sont de sublimes beautés. Tu manges n'importe quoi juste pour me provoquer.

— Maman, parfois ça n'a rien à voir avec toi, dit Min sèchement en retenant sa jupe autour de sa taille. Parfois, c'est dans les gènes !

— Ne fais pas ta grosse voix, ma chérie. (Elle se tourna vers Diana qui tenait toujours le corset dans ses mains.) Nous allons tout simplement le serrer plus fort.

— Merveilleuse idée, approuva Min. Comme ça, lorsque je m'évanouirai près de l'autel, tu pourras montrer à tous comme je suis mince et nordique.

— Minerva, il s'agit du mariage de ta sœur ! insista Nanette. Tu peux faire quelques sacrifices.

— Tout va bien, tout va bien, les coupa Diana en levant les mains. Nous avons encore le temps de commander un corset à la bonne taille pour Min. Tout ira bien.

Min monta sur la plate-forme pour s'observer dans le miroir en triptyque. Elle ressemblait à la servante débraillée d'une auberge derrière un château, celle qui fouille les poubelles pour s'habiller des vieux tissus de la princesse.

— Oh, parfait. C'est fou comme ça ne me correspond pas.

— Min, la couleur te va à ravir, souffla Diana en montant sur l'estrade derrière sa sœur.

Min se pencha en arrière pour reposer son épaule contre Diana.

— Tu seras la plus sublime des mariées, dit-elle. Toute l'assemblée sera bouche bée en te voyant.

— En te voyant aussi, murmura Diana en serrant les épaules de sa grande sœur.

C'est ça, surtout lorsque mon corset explosera sous le nez du pasteur.

— Qu'est-il arrivé à ton œil ? chuchota Diana à l'oreille de Min pour que Nanette ne l'entende pas.

— La Brute m'a cognée hier soir. (Sa sœur se figea.) Non, non, ce n'était pas sa faute, je me suis cognée à son coude.

— Ce soutien-gorge ne va pas du tout avec la robe, dit Nanette derrière elles.

— Tu ne serais pas ma belle-mère, par hasard ? lança Min au reflet de sa mère dans le miroir. Parce que ça expliquerait beaucoup de choses.

— Tiens, ma chérie, fit Nanette en lui tendant des soutiens-gorge en dentelle de cinq couleurs différentes. Entre dans la cabine, enfile un de ceux-là et rapporte-moi *cette horreur* de coton blanc. Je me chargerai personnellement de la brûler.

— Quelle « horreur de coton blanc ? » demanda Diana.

— Je porte un soutien-gorge en coton blanc uni, expliqua Min en descendant de la plate-forme les bras chargés de lingerie fine.

Le visage de Diana prit une expression pincée et consternée.

— Mon Dieu, alors tu iras en enfer ! rit-elle.

— Diana ! s'exclama sa mère.

— Eh oui, je sais, dit Min en se dirigeant vers la cabine. C'est la destinée des plus grands.

— Minerva ! appela sa mère. Où vas-tu ?

— On est jeudi, lança sa fille par-dessus son épaule. Je vais retrouver Bonnie et Liza pour notre dîner, et je ne veux plus entendre parler de mes sous-vêtements. (Elle s'arrêta à mi-chemin.) Commandez le corset plus grand – *beaucoup* plus grand, maman – et je reviendrai l'essayer lorsqu'on l'aura reçu.

— Pas de glucides ! aboya sa mère dans son dos alors qu'elle pénétrait dans le salon d'essayage. Et pas de beurre !

— Je sais que tu m'as enlevée à mes vrais parents, eux me laissaient manger du beurre ! lança Min pour toute réponse avant de fermer la porte derrière elle pour interrompre Nanette dans son élan alors qu'elle s'apprêtait à ajouter quelque chose comme : « Et attention aux sucreries ! »

Chapitre 4

Après sa journée de travail, Cal rentra chez lui, appuya sur l'interrupteur de son plafonnier blanc, jeta ses chaussures dans un coin et se dirigea vers sa cuisine pour se servir un verre de Glenlivet. Le bruit du whisky se déversant dans le verre ne parvint pas à couvrir la voix d'Elvis Costello qui braillait *She* depuis l'appartement voisin.

— Putain, c'est pas vrai ! souffla Cal en appuyant la boisson fraîche contre son front.

Apparemment, la romance boiteuse de Shanna s'était finalement cassé la figure. Il but son whisky d'une traite et alla frapper à la porte de sa voisine.

Le joli visage bouffi par les larmes sous une tignasse emmêlée de cheveux doux et frisés apparut dans l'embrasure de la porte.

— Salut, Cal, entre, marmonna Shanna en reniflant.

Il la suivit dans son salon, autrement plus coloré que le sien, et fit la grimace pour qu'elle baisse le volume à un niveau raisonnable.

— Dis-moi tout.

— C'était affreux, se lamenta-t-elle.

Elle se dirigea vers sa bibliothèque rouge écarlate pour dévoiler la bouteille de Glenlivet qu'elle gardait spécialement pour Cal, cachée derrière une statuette de divinité tahitienne.

— Merci, mais je viens d'en boire un.

— Je croyais que cette fois c'était la bonne, pleurnicha Shanna en remettant la statuette en place avant de pivoter vers le vieux canapé recouvert d'un dessus-de-lit indien violet. Je pensais que c'était pour la vie.

— Tu penses toujours que c'est pour la vie, rectifia Cal en s'asseyant près d'elle puis il passa son bras autour de ses épaules. C'était qui, cette fois-ci ? J'ai perdu le fil.

— Megan, répondit Shanna, le visage déformé par une nouvelle crise de larmes.

Cal posa les pieds sur le vieux coffre qu'elle utilisait comme table basse.

— Ah oui, Megan la Conne. Tu sais, tu devrais peut-être arrêter les relations sérieuses et prendre du bon temps : fais une pause. C'est ce que je fais, et…

— Megan avait beaucoup d'humour.

— Megan n'était qu'une emmerdeuse renfrognée. Ça me dépasse, pourquoi t'obstines-tu à sortir avec des nanas qui te font culpabiliser ? Celles-là, je les fuis comme la peste.

Une ombre de sourire se dessina sous les larmes de son amie.

— Tu les fuis toutes comme la peste.

Derrière lui, Elvis termina sa chanson par un puissant « She ! » avant de recommencer du début ; Shanna l'avait mise en « mode répétition ».

— Bref, je ne suis pas là pour parler de moi. Quant à toi, trouve-toi une nouvelle chanson de rupture.

— Mais j'adore *She* !

— Moi aussi, je l'adorais. Mais c'était il y a bien longtemps, avant que tu décides de m'en bassiner les oreilles dès que ta dernière conquête désastreuse prend la porte. Tu massacres Elvis Costello !

— Personne ne peut massacrer Elvis. C'est un dieu.

— Au fait, Megan ce n'était pas celle qui détestait Elvis ? demanda Cal.

— Non, ça, c'était Anne. Mais Megan n'était pas très fan non plus.

— Voilà, c'est ça la solution. Passe du Elvis lors de ton premier rendez-vous et si la fille ne l'aime pas tu te débarrasses d'elle avant de t'attacher.

Shanna laissa tomber sa tête sur le bras de Cal.

— Tu fais comme ça, toi ? Quel est ton secret pour sortir indemne de toutes tes relations ?

— Je ne suis pas là pour parler de moi mais de toi. Arrête de choisir des personnes que tu crois pouvoir aimer sincèrement et sors avec des nanas qui te font passer du bon temps.

— Elles existent, ces nanas ?

— Au début, elles sont toutes comme ça, acquiesça Cal en repensant à Min. Enfin, sauf celle que j'ai invitée à dîner hier soir. Elle était franchement casse-pieds dès le début.

— Évidemment, tu as dragué une fille hier soir, soupira Shanna en tournant la tête pour le regarder. On pourrait t'enfermer dans des vestiaires pour hommes, et tu trouverais toujours le moyen d'en ressortir au bras d'une conquête. Mais comment tu fais ?

Cal esquissa un sourire malicieux.

— Mon charme naturel.

En disant cela, il revit l'actuaire lever les yeux au ciel.

Shanna retourna la tête de l'autre côté.

— Le pire, c'est que tu as raison. Je n'ai aucun charme naturel.

— Bien sûr que si. Tu ne l'utilises pas, c'est tout.

Shanna le regarda de nouveau.

— Tu crois ?

— Quand tu n'essaies pas d'impressionner une espèce d'idiote prétentieuse, tu es géniale. C'est agréable de passer du temps avec toi, tu es drôle et futée.

— Tu trouves ?

— Je viens souvent te voir, non ?

— Oui mais bon, c'est parce que tu es gentil.

— Je ne suis pas gentil, rectifia Cal. Je suis un égoïste de la pire espèce. Donc, puisque tu m'as clairement fait comprendre que tu ne coucheras jamais avec moi, il faut bien que tu me fasses assez rire pour que je passe du temps avec toi, non ? Enfin, ces soirées Elvis larmoyantes ne comptent pas.

— Peut-être, marmonna Shanna avec l'ombre d'un sourire.

— Tu sais que mes attentes en matière d'humour sont placées très haut, tu es donc forcément géniale. Ton seul défaut est de sortir avec les pires connes que j'aie jamais connues.

— Oh, pitié, toutes celles que tu fréquentes sont des anges, peut-être ?

— Je ne suis pas là pour parler de moi. Si tu continues de te prendre des râteaux et de te faire briser le cœur, c'est parce que tu manques de confiance en toi et que tu ne fréquentes que des nanas qui aiment ça chez toi.

— Je sais, soupira Shanna.

Elle s'installa sur le tabouret rouge près du passe-plat et poussa le rideau jaune qui voilait l'ouverture pour attraper son bocal de biscuits Betty Boop.

— Tu devrais choisir celles avec qui tu te sens bien, insista-t-il.

Shanna ouvrit le bocal et en sortit un Oreo.

— Je sais.

— Combien de fois avons-nous eu cette conversation ?

— Un millier, grommela Shanna en croquant le biscuit.

— Et chaque fois, tu abuses d'Elvis. C'était une bonne chanson et tu l'as essorée jusqu'à sa dernière goutte. Un jour tu paieras pour ce sacrilège.

— Je sais, répéta-t-elle la bouche pleine.

— Choisis plutôt un morceau qui a du mordant. Il doit bien exister une chanson de rupture ultra-énervée, non ?

— J'ai toujours adoré *I will survive*, proposa Shanna déjà de meilleure humeur.

Brusquement, Cal se leva du canapé : derrière lui, Elvis recommençait à chanter *She*.

— Oh, non, par pitié ! Tu veux bien le libérer ?

Shanna quitta son tabouret pour aller jusqu'à la bibliothèque et fit taire Elvis.

— Le soir de la première rencontre, elles ne sont jamais méchantes avec moi, tu sais ?

— Tu te rappelles le premier soir avec Megan ? se moqua-t-il. Tu nous as présentés dans le couloir et elle s'est excusée pour ta tenue très moche. (Shanna hocha la tête.) Je lui en aurais bien collé une, mais avec les épaules qu'elle avait, j'ai eu peur qu'elle me plaque au sol.

— Elle avait des goûts très sélectifs.

— C'était une mijaurée amère qui avait besoin de tout diriger. Tu aurais dû couper court dès le premier soir.

— C'est ce que tu as fait hier ? demanda Shanna.

— Plutôt deux fois qu'une !

Elle retourna à son bocal de biscuits.

— Eh bien, moi, je n'y arrive pas. Je ne suis pas comme toi, je préfère leur laisser une vraie chance.

Cal soupira.

— Si tu le dis… Et sinon, pourquoi elle est partie ?

Ses yeux se mouillèrent.

— Elle m'a dit que j'étais une lavette.

— En même temps, elle s'est assez décrassé les mains sur toi pour savoir de quoi elle parle. (À ces mots, Shanna fondit en larmes et Cal s'approcha pour la prendre dans ses bras.) Sors ta colère, Shan. Elle le mérite, ce n'était pas une fille bien.

— Mais je l'aimais ! gémit-elle contre son torse en postillonnant des miettes d'Oreo sur sa chemise.

— Non, tu ne l'aimais pas, tu *voulais* l'aimer, ce n'est pas pareil, corrigea Cal en la serrant plus fort. Tu ne la connaissais que depuis deux semaines.

Shanna leva le menton pour le regarder dans les yeux.

— Ça peut s'abattre sur n'importe qui en un clin d'œil. Tout d'un coup, on sait.

— Non. Tu ne peux pas poser les yeux sur une personne, entendre Elvis Costello te murmurer *She* à l'oreille et tomber amoureuse. Ça prend du temps.

— Qu'est-ce que tu en sais, toi ? s'exclama-t-elle en quittant ses bras pour retrouver ses biscuits. Es-tu déjà resté assez longtemps avec une fille pour en tomber amoureux ?

— Eh ! s'écria Cal, insulté.

— Ce n'est pas une réponse, rétorqua Shanna avant de battre en retraite vers son canapé armée de son bocal. C'est pour cette raison que tu t'obstines à fuir si tôt chaque fois ? Parce que moi, au moins, j'essaie !

— Je ne suis pas là pour parler de moi !

— Je sais, je sais, rétorqua-t-elle en pêchant un autre Oreo. Et merde, je ne ressemble plus à rien. Tu veux un biscuit ?

— Non. Reprends tout à zéro, demain est un autre jour. D'ailleurs, si tu passes au bureau je t'emmène déjeuner avant ton travail.

— Bonne idée. Tu es quelqu'un de bien, Cal. Parfois, j'aimerais que tu sois une femme...

— Merci, bafouilla-t-il, confus.

— Mais dès que je me rappelle que tu as cette phobie de la stabilité, je me réjouis que tu sois un homme. J'ai suffisamment de problèmes comme ça.

— Ce n'est pas faux, admit Cal en posant la main sur la poignée de la porte d'entrée. Je peux rentrer chez moi, maintenant ?

— Vas-y. Emmène-moi dans un endroit hors de prix, demain.

— Je t'emmène à *La table d'Emilio*. Le patron a besoin de clients, et tu aimes le pesto.

Pendant que Cal s'évertuait à remonter le moral de Shanna, Min passait à *La table d'Emilio* pour emporter de la salade et du pain.

— Ah, la charmante Min ! s'exclama le chef lorsqu'elle le retrouva dans la cuisine.

— Emilio, mon chou ! J'ai besoin de salade et de pain pour trois personnes tout de suite, et d'un gâteau de mariage sensationnel pour deux cents personnes dans trois semaines.

Impressionné par la commande, il s'accouda au plan de travail en soufflant.

— Les pièces montées que fait ma grand-mère sont tout simplement… divines ! déclara-t-il en fermant les yeux. Légères comme des plumes ! Mais ce sont de bons gâteaux faits à l'ancienne, il n'y a pas d'oiseaux en pâte d'amandes, de glaçage fondant ou je ne sais quoi.

— Est-ce qu'elle peut faire le gâteau, puis le décorer avec des fleurs ? De mon côté j'y ajouterai de vraies perles. Les gens seront peut-être épatés par une décoration cent pour cent véritable au lieu d'imitations en sucre.

— Je ne sais pas. Mais l'essentiel, c'est le goût qu'il aura, et il sera tout simplement…

— Emilio, c'est adorable, sourit Min en pensant à la réaction de Nanette face au résultat. Hélas, dans le cas présent, ce qui les intéresse, c'est l'aspect plutôt que le goût.

— J'ai une idée. Je vais voir si elle peut faire la pièce montée. Si elle accepte, elle la couvre de glaçage, et tu pourras y coller toutes les fleurs et les perles que tu voudras.

— Moi ? soupira Min. Non, pas moi. Mais Bonnie le fera, elle est douée pour ce genre de choses. On fait comme ça, appelle ta grand-mère.

Emilio s'empara du téléphone.

— Tu emmènes Cal, à ce mariage ?

— Non, je ne compte pas le revoir, répondit-elle sèchement.

— Bon sang, ce que vous êtes bêtes, tous les deux ! grommela Emilio en enfonçant les touches du combiné.

Son visage s'illumina soudain.

— *Nonna ?*

Puis il se mit à parler italien et « Cal » fut le seul mot que Min put reconnaître, ce qui n'était pas très rassurant. Mais lorsque Emilio raccrocha il était tout sourires.

— Tout est réglé, lança-t-il. Elle adore Cal, alors je lui ai dit que tu étais sa petite amie.

— Toutes les femmes adorent Cal. Tu es mon héros !

Min déposa un baiser sur sa joue.

— C'est mon côté « cuistot », ces dames en raffolent.

En un instant, un sac de salade et de pain pour trois personnes était prêt à emporter. Min repartit chez elle et gravit les trente-deux marches qui menaient chez Bonnie.

— Alors ? demanda Liza en lui ouvrant la porte. Tu vas nous expliquer ce qui s'est passé hier soir ?

— Je peux entrer, d'abord ? dit Min en se faufilant dans l'appartement lumineux et chaleureux de Bonnie.

Sur sa table Mission, cette dernière avait installé son ravissant service en porcelaine anglaise et son vase en verre taillé rempli de roses. Cette décoration résonna en Min. *D'accord,* songea-t-elle, *mon appartement ne sera jamais aussi agréable, mais je pourrais au moins dresser de plus jolies tables. Je pourrais même cuisiner, et remonter les vieilles batteries de ma grand-mère enfermées au sous-sol.* Ce pourrait être agréable de s'amuser en cuisine, comme faisait sa grand-mère. Elle pourrait même préparer des cookies…

… qu'elle ne pourrait pas manger.

Min soupira et posa les boîtes Tupperware sur la table.

— Qu'est-ce que c'est ? demanda Bonnie en soulevant le coin d'un couvercle.

— La meilleure salade que tu aies jamais goûtée, et c'est pareil pour le pain.

Bonnie partit chercher des bols.

— Du pain ? répéta Liza en faisant les gros yeux à Min. Tu vas manger du pain ?

— Non. J'en ai mangé hier soir et j'en ai acheté aujourd'hui. C'est vous qui allez manger du pain, moi je vivrai cet instant par procuration.

En tirant l'une des grandes chaises de salon de Bonnie pour s'asseoir, Liza pinça les lèvres.

— Comme pour les desserts. Stats, tu…

— Qu'est-ce que tu as rapporté ? grimaça Min, redoutant la réponse.

— Des bâtonnets de glace à la framboise, annonça Liza en s'asseyant.

— Va au diable ! la maudit Min en tirant une chaise à son tour. Pourquoi tu n'apportes jamais de fruits ?

— Parce que ce n'est pas un dessert. Maintenant éclaire-nous : pourquoi as-tu quitté le bar au bras de Calvin Morrisey hier soir ?

Avant de répondre, Min poussa la boîte contenant le pain vers Liza.

— David a parié 10 dollars avec Cal qu'en un mois il n'arriverait pas à me mettre dans son lit.

Ses deux amies se figèrent, Bonnie avec un plat de poulet aux légumes dans les mains et Liza ouvrant le récipient de pain.

— C'est une blague, j'espère ! s'exclama Liza les traits dangereusement déformés par la colère.

— J'ai laissé Cal me draguer parce que je planifiais de l'emmener au mariage de Diana, et puis je me suis vite aperçue que je ne supporterais jamais son charme hypocrite pendant trois semaines, alors j'ai profité d'un excellent repas et je suis partie.

Le visage de Bonnie se décomposa.

— Oh, chérie, c'est horrible !

— Non. Oubliez Cal Morrisey et mangez ! Je voulais vous parler de Diana ; elle n'est pas heureuse.

Liza lança un regard à Min signifiant qu'elle n'en avait pas terminé avec Cal Morrisey.

— Sûrement à cause de Chouine et Couine. Ces cruches rendraient n'importe qui malheureux.

Min leva les yeux au ciel.

— Ne les appelle pas comme ça, j'ai failli nommer Susie « Chouine » cet après-midi pendant les retouches. On aurait dit qu'elle allait fondre en larmes.

— C'est compréhensible, compatit Bonnie.

Elle posa le plateau sur la table et s'assit à son tour.

Liza servit le pain dans un bol.

— Di n'aurait peut-être pas dû demander à Chouine d'être sa demoiselle d'honneur. C'est presque cruel de sa part.

— Ne rien lui demander aurait été encore pire, argua Bonnie. C'est pour ça qu'elle n'allait pas bien, Min ?

— Moi, je dirais que c'est à cause de Greg, suggéra Min en attaquant la salade. Mais Di ne l'admettra jamais. C'est lui qui a oublié de commander la pièce montée.

— Aïe ! fit Liza. Cet homme lutte contre son propre mariage. Regarde les choses en face : s'il se marie c'est parce que Diana et ta mère l'y ont poussé.

— Mais c'est lui qui a fait sa demande, le défendit Bonnie.

— Je pense qu'il n'était pas contre l'idée de faire durer les fiançailles un peu plus longtemps, concéda Min. Pourtant, il a accepté la date fixée ensemble. Il sait parler, il aurait pu dire « non ».

— Dire « non » à Nanette et Diana ? lança Liza en entamant sa salade. Ça m'étonnerait. Couine sera gentille le jour où Greg prendra du poil de la bête : c'est-à-dire jamais. Maintenant, revenons à Calvin Morrisey et à son fichu pari. On veut tout savoir.

Une demi-heure plus tard, la salade était engloutie, les restes de poulet étaient rangés dans le frigo, Bonnie déchirait l'emballage d'un bâtonnet de glace et Min terminait son résumé de la soirée.

— Au moins, il t'a raccompagnée chez toi, observa Bonnie. C'est gentil de sa part.

Sa voix trahissait tout de même ses doutes.

— Oui, et ensuite il m'a cogné la tête, m'a souhaité une bonne continuation et a tourné les talons ! ajouta Min. Je ne l'aimais pas, vous deux ne l'aimiez pas, et il ne m'aimait pas non plus. On marque un strike.

— Toute cette histoire de « À jamais et bonne continuation », c'est un piège, soupçonna Liza la bouche pleine de glace. D'après moi, il attend que tu baisses ta garde pour revenir. Il va t'attirer dans son lit et te briser le cœur juste après, tout ça sans que tu le voies venir.

Exaspérée, Min fronça les sourcils.

— Est-ce que j'ai l'air si naïve que ça ? Je suis au courant de ce pari ! Bref, de toute manière j'ai un nouveau plan.

— Ah, génial ! s'exclama Bonnie, d'un ton ironique. La reine des plans a encore frappé !

Min fit la sourde oreille.

— Lorsque j'écoutais Elvis chanter *Love me tender*, hier soir, je me suis rendu compte que s'il s'était réincarné, il aurait environ vingt-sept ans aujourd'hui. Je suis ouverte aux hommes plus jeunes ; d'après les statistiques, les mariages les plus solides sont ceux dont la femme a huit ans de plus que son conjoint. J'ai donc décidé d'attendre qu'Elvis vienne à moi.

— Tu n'aurais que six ans de plus, rectifia Bonnie.

— Oui, mais pour Elvis je ferai un effort.

— Pourquoi Elvis ? demanda Liza.

— Parce que dans ses chansons il ne ment jamais. Elvis est le seul homme de ma vie en qui je puisse avoir confiance.

— Attends, je récapitule, dit Liza en pointant son bâtonnet de glace vers Min. Bonnie espère la venue d'un personnage de conte de fées pour compléter un manque dans son existence, et toi, tu te réserves pour la réincarnation d'un homme qui mangeait des sandwichs frits à la banane ?

— Voilà, acquiesça Min alors que Bonnie hochait la tête.

— J'ai peut-être trouvé mon prince, annonça cette dernière. Roger est quelqu'un de bien.

— Roger ? répéta Min le regard fuyant Liza qui dégustait sa glace à pleines dents.

— Hier soir, on a accosté les copains de la Brute, expliqua Liza toujours la bouche emplie de framboise glacée. Bonnie est tombée sur celui qui a un balai où je pense.

— Roger est un amour ! le défendit Bonnie. Je songe à annuler mon rencard de samedi soir pour aller le voir. Ce sera en fonction de vendredi soir, on verra comment ça se passe.

— Il t'a invitée à sortir ? demanda Min soulagée de ne plus parler de Cal. Dis-moi tout.

— Son invitation tient pour tous les soirs du reste de ses jours, expliqua Liza. Elle l'a complètement envoûté.

— Pas mal, admit Min en attrapant le dernier morceau de salade collé à son bol pour compenser le manque de sucre. Alors, Bonnie, il a du potentiel ?

— Peut-être bien, dit Bonnie en parvenant presque à froncer les sourcils pour la première fois de sa vie. Si je continue de le fréquenter pendant deux ou trois semaines et que nous deux ça fonctionne, je l'emmènerai rencontrer maman et elle se fera sa propre idée de lui.

Min prit un air dubitatif.

— Tu crois vraiment qu'il traversera trois États pour aller voir ta mère après seulement deux semaines de relation ?

— Il escaladerait la cordillère des Andes à mains nues juste pour lui rapporter un cure-dent, confirma Liza. C'est pathétique.

— Pas du tout, s'indigna Bonnie en lui lançant un regard noir par-dessus sa glace. C'est adorable. En plus, il pense que Cal est un homme génial, ce qui est un peu troublant.

— Bon, alors Bonnie est tombée sur le mec bien, récapitula Min en ignorant la référence à Cal. Et toi, Liza, tu es tombée sur qui ?

— L'idiot du village. Il pense aussi que Cal est super. Tous les trois, ils sont un peu comme « Les Inconnus », mais en moins drôles.

— « Les Inconnus » ne sont pas drôles, corrigea Bonnie.

— C'est pas faux, marmonna Min. Et cet idiot, tu vas le revoir ?

Liza engloutit le dernier bout de glace d'un coup de langue.

— Affirmatif, et je pense que ta Brute sera là aussi. J'aime bien la manière dont mon idiot bafouille quand je lui pose des questions, et puis il y a cette barmaid qui est voisine de ta Brute et avec qui je dois sympathiser.

— Si tu veux, mais ne pose aucune question pour moi ; Calvin Morrisey ne fait pas partie de mon avenir.

— Demain soir, si : il sera au *Faux Jeton* avec Roger et Tony, fit remarquer Bonnie.

Min secoua la tête.

— Dans ce cas, je resterai chez moi.

— Ah, non ! se vexa Bonnie. Alors on ira ailleurs, là où on pourra être toutes les trois.

— Et te faire manquer Roger ? réfléchit Min. Non, je ne suis pas assez égoïste pour te faire passer à côté du grand amour. Je viendrai. Comme ça, je verrai ce Roger de plus près.

— Tu es sûre que Cal a accepté de tenir ce pari ? demanda Bonnie.

— J'étais juste en dessous d'eux, je les ai entendus de mes propres oreilles. Il a dit : « Les doigts dans le nez. »

Une phrase que Min avait justement du mal à digérer.

— Parce que Roger lui donnerait sa chemise. Il m'a tout raconté de leur histoire, à tous les trois. C'est un peu triste, d'ailleurs. Ils se sont rencontrés aux cours d'été de leur année de CE2. Roger m'a dit qu'il était un peu lent à la réflexion, que Tony n'était pas fait pour l'école et que Cal était dyslexique, donc tout le monde les prenait pour des débiles.

— Cal est dyslexique ? s'étonna Min.

— Tony *est* débile, rétorqua en même temps Liza.

— C'est faux ! insista Bonnie avec une patience appuyée qui leur intima le silence. Tony n'est pas débile, quand il veut il se montre même très intelligent. Roger n'est pas bête non plus, il est méthodique et il ne faut pas le bousculer. Un peu comme mon oncle Julian.

— Mon Dieu, un point commun avec la famille ! soupira Liza en regardant le plafond. Je te parie ce que tu veux que Roger sera son *Si* de la semaine.

— Je ne parie jamais, maugréa Min. Bonnie, quel est ton *Si* ?

Prête à se défendre bec et ongles, Bonnie prit une profonde inspiration.

— Si Roger se révèle être aussi gentil qu'il en a l'air, je l'épouserai.

— Oh, non, la tuile ! souffla Liza.

— Fiche-lui la paix ! s'exclama Min. Elle choisit le *Si* qu'elle veut. Et toi, lequel tu prends ?

Liza se redressa.

— Si mon boulot ne devient pas plus intéressant, je démissionne la semaine prochaine.

— Prends le calendrier, lança Min à Bonnie.

— Pas la peine, j'ai les dates en tête : c'était en août la dernière fois qu'elle a quitté un travail. Sa raison, c'était que personne ne devrait avoir à travailler en période de canicule.

— Dix mois, ce n'est pas bon signe, observa Min. Sa capacité de concentration baisse très nettement.

— C'était un *Si*, se défendit Liza. Je garde toutes les chances de mon côté. J'aimerais refaire serveuse, mais seulement dans un endroit sympa. Et ton *Si* à toi ?

Cal Morrisey apparut à l'esprit de Min, elle eut une bouffée de chaleur.

— Si je tombe sur la réincarnation d'Elvis, j'accepte de fréquenter un homme. En attendant, j'arrête toute tentative de socialisation entre les sexes, c'est trop douloureux.

—Je suis la seule dans cette pièce à garder les pieds sur terre ! se lamenta Liza.

—Rester réaliste, c'est surfait, lança Min en rentrant chez elle se prendre une aspirine.

Le lendemain soir, Cal était de retour au *Faux Jeton* aussi loin que possible de la fameuse entrée surélevée, pour se laisser un espace de fuite aussi large que possible. Roger était à trois mètres de lui, les yeux rivés sur Bonnie comme si elle était le centre de l'univers. Bonnie regardait Roger comme s'il était un homme gentil qu'elle ne connaissait pas très bien. Cal secoua la tête. Observer Roger en plein rencard, c'était comme regarder un enfant traverser la route.

Tony s'assit à côté de lui et fit glisser son verre de scotch sur la table.

—Je pense que tu devrais y aller, lui lança-t-il en hochant la tête vers le comptoir.

—Quoi ?

Cal jeta un œil derrière Bonnie et aperçut une grande rouquine élancée. *La Liza de Tony*. Puis elle se retourna et il aperçut Min juste derrière elle, enveloppée d'un large sweat rouge avec une sorte de capuche accrochée dans le dos ; Roger tira doucement dessus et dit quelque chose qui la fit sourire. Génial, il allait encore devoir supporter les railleries de Min une soirée entière.

—Ça ne te ressemble pas de rester là à observer sans rien faire, le provoqua Tony. Tu rouilles, mon vieux.

—Je regardais Roger et Bonnie.

Tony jeta un œil à Roger dans un haussement d'épaules.

—Ah. Ouais, il est fichu. Mais bon, on va tous mourir un jour, pas vrai ?

— C'est ça, et je rêve de te voir surveiller mes arrières.

— En tout cas, qu'est-ce que tu comptes faire ? demanda Tony en observant ce qui se passait derrière Cal. Bon sang, où est-ce qu'ils pensent aller, comme ça ?

Cal se retourna et les vit tous les quatre réquisitionner une table de poker à l'autre bout du bar.

— Pas par ici, en tout cas, répondit Cal, de meilleure humeur.

Visiblement, Min gardait le même souvenir passable de leur soirée. Elle ne pouvait s'en prendre qu'à elle-même et à son caractère de cochon. Il y avait pourtant mis de la bonne volonté. Sauf lorsqu'il l'avait cognée, à la fin.

Elle s'assit à côté de Liza et il l'observa s'enfoncer dans son siège et étendre ses jambes couvertes d'un pantalon noir. Elle avait de jolies jambes, des mollets ronds et fermes, comme le reste de son corps, d'ailleurs.

— Je lui laisse cinq minutes pour nous rejoindre, annonça Tony.

— Je te parie 10 dollars que non, lâcha Cal en retournant à son Glenlivet.

— Pari tenu, elle me veut.

— Toi ? s'exclama-t-il, surpris, puis il lança un regard vers la rouquine qui riait avec Min sans manifester le moindre signe d'intérêt pour Tony. Oh, tu parlais de Liza ! Négatif, le pari tient toujours.

— Tu pensais que je parlais de la petite potelée ?

Cal reposa les yeux sur Min qui se penchait sur son siège pour s'adresser à Bonnie.

— Ne l'appelle pas comme ça ; si on oublie son tempérament enragé, c'est une fille bien. Et puis, elle n'est pas potelée, son corps a des formes. Partout.

— Belle poitrine, observa Tony pour garder un maximum d'objectivité. Alors, tu t'es planté ?

— Non, rétorqua-t-il en leur tournant de nouveau le dos. Je l'ai invitée à dîner et elle a accepté. Puis je l'ai raccompagnée chez elle et on s'est dit « adieu ». Je ne me suis pas planté.

— Enfin une femme que tu ne pourras pas obtenir, se réjouit Tony. Il y a quelque chose de déprimant, comme si une période était révolue...

— Je n'ai pas essayé !

— ... mais c'est bon de savoir que tu calmes le jeu, un peu de repos ça ne casse pas trois pattes à un canard.

— Je n'ai jamais compris cette expression, médita Cal. Ça n'a pas trois pattes, un canard.

Tony se pencha vers lui.

— Je te parie 10 dollars que Min refusera de sortir avec toi demain soir.

— Je n'ai pas envie de sortir avec elle demain soir.

— Emmène-la au cinéma, comme ça tu n'auras pas à lui parler.

— Tony...

— Dix dollars, champion ! Je suis sûr que tu vas échouer.

Cal jeta un œil vers Min par-dessus son épaule. Tous les faux sourires mis à part, elle ne paraissait pas plus détendue que le mercredi soir. En plus, elle ignorait Cal. Il secoua la tête.

— Elle n'acceptera pas, on ne parie rien du tout.

— J'ai du mal à le croire, s'étonna Tony. Tu te défiles ?

— Écoute, Tony, à l'heure qu'il est, elle déteste les hommes de la terre entière : elle vient de se faire plaquer.

— Il y a une brèche, elle revient sur le marché alors profite, ça te donne l'avantage. Tu peux la mettre dans ton lit.

— Je n'en ai pas envie. Elle empalera sûrement le prochain mec qui la touche avec un pic à glace, juste histoire de se venger de son ex. Crois-moi, il ne faut jamais tourner le dos à une femme comme elle.

— Quelle mauviette ! soupira Tony. Je te facilite l'affaire : un déjeuner. Dix dollars qu'elle te refuse un déjeuner.

Cal jeta de nouveau un œil vers Min. Qu'est-ce qui la ferait accepter une invitation à déjeuner ? Tranquillement installée dans son siège, elle souriait à Roger et l'examinait pour protéger son amie. Elle n'avait aucune raison de s'inquiéter : avec Roger pour compagnon, Bonnie serait une femme heureuse.

Mais ça, Min ne le savait pas.

— Tu es partant ? insistait Tony.

Alors peut-être que s'il allait la voir pour lui dire...

— Cynthia vient d'arriver, annonça Tony.

Cal se redressa sur son siège mais évita l'entrée du regard.

— Et merde ! Elle déteste ce bar, pourquoi...

— Elle te traque. On dirait qu'elle y tient vraiment, à son mariage. Elle vient par ici.

— D'accord, lâcha Cal en se levant. Viens avec moi.

— Où ça ? demanda Tony sans bouger.

— Là-bas, pour que tu puisses harceler ta rouquine pendant que je décroche un déjeuner tout en esquivant Cynthia. Je relève le défi.

— Tu viens de perdre 10 dollars, mon pote ! dit Tony presque en gloussant et il se leva à son tour. Si j'en juge par l'expression de Min quand tu es entré dans le bar, elle n'était pas ravie de te croiser. Je n'arrive pas à croire que tu tiens mon pari. Tu lui as cogné la tête, crétin ! Pourquoi consentirait-elle à aller où que ce soit avec toi ?

— Donne-moi les 10 dollars, ordonna Cal en tendant la main.

— Non, elle doit d'abord accepter le déjeuner, chose qui n'arrivera pas.

— Non, c'est pour la rouquine qui n'est pas venue te voir dans les cinq minutes.

Dans un soupir, Tony sortit son portefeuille.

Min ignorait totalement Cal et se concentrait sur Roger lorsque Liza tira la chaise à sa droite et s'assit à côté d'elle.

— Bon, fit cette dernière en rapprochant un verre de rhum coca light. Quoi de neuf avec Di ?

— Je l'ai appelée aujourd'hui, répondit Min en attrapant sa boisson. Je lui ai demandé si tout se passait bien avec Chouine… (Elle ferma les yeux.) … avec *Susie*, et elle a répondu que oui, Susie se fait à l'idée de ce mariage, et sort avec un homme très correct. Quant à Couine… quant à *Karen*, elle a parlé à Susie de son côté et a assuré Diana qu'il n'y avait pas de problèmes.

— Elles se montent la tête, non ? supposa Liza alors que quelqu'un tirait la chaise à gauche de Min.

— Qui ? Chouine, Couine ou Diana ?

— Toutes les trois.

— Ce que je pense, c'est que Chouine se montre courageuse, que Couine n'est qu'une brute et que Diana se voile la face, conclut Min en se retournant pour voir qui était assis à sa gauche. Oh !

Cal s'était installé, deux verres posés devant lui. Il était aussi beau que la fois précédente et l'ADN de Min se remit en branle.

— Bonsoir, petite fille, susurra-t-il en jouant avec la capuche de son sweat.

Liza poussa un grognement et se retourna vers Bonnie assise à côté d'elle.

— Oh, parfait, maugréa Min. Tu es officiellement le premier ce soir à me faire le coup du Petit Chaperon rouge. Je ne porterai plus jamais ce sweat.

— De l'hostilité, observa Cal. J'ai comme une impression de déjà-vu. Comment va ta tête ?

— Ça va, ça vient, et parfois il y a ces voix qui me parlent…

— Parfait, au moins tu as quelqu'un à qui parler. Qui sont Chouine, Couine et Diana, et comment les deux premières ont-elles hérité de ces surnoms affreux ?

Min sirota sa boisson.

— Crois-moi, tu n'as pas envie de le savoir. Qu'est-ce que tu manigances ?

— Laisse-moi deviner, murmura-t-il d'une voix dédaigneuse. C'est un rhum coca light, le petit déjeuner régime.

— Tu n'as personne d'autre à agacer ?

Il éloigna le verre de rhum et approcha l'un des siens à la place.

— Non, désolé. Le destin m'a envoyé pour t'apprendre à boire dignement. C'est du Glenlivet. Vas-y doucement.

Min fronça les sourcils.

— C'est comme ça que tu crois me charmer ?

— Non, je ne gaspille pas mon charme sur toi. Je tente de t'aider à grandir, c'est tout. Les femmes dignes de ce nom ne gâchent pas un bon alcool avec du soda.

— La pression de la norme, ça ne s'arrête jamais.

— Essaie de siroter une petite gorgée. Si tu détestes, je te rends ta mixture.

Min haussa les épaules.

— OK.

Elle leva le verre à ses lèvres, but une gorgée et s'étouffa tant le scotch lui brûlait la gorge.

— J'ai dit « siroter », Dobbs ! s'écria Cal par-dessus sa toux. Tu es censée le savourer, pas l'engloutir.

— Merci bien ! s'exclama Min lorsqu'elle reprit sa respiration. Tu peux partir, maintenant.

Il se rapprocha d'elle, provoquant une bouffée de chaleur dans ce sweat trop épais.

— Non, je ne pars pas. Je te propose un marché.

Min saisit le scotch et le sirota. Ce n'était pas mauvais lorsqu'on le sirotait.

Cal s'approcha encore jusqu'à presque murmurer à son oreille.

— Je veux en savoir plus sur Bonnie.

Son souffle était chaud dans son cou et Min battit des paupières.

— Bonnie ? Je crois que Roger a la priorité, désolée.

Il lança un regard de l'autre côté de la table.

— Je sais. C'est pour ça que je veux me renseigner. Roger n'est pas... très doué avec les femmes. Je veux en apprendre plus sur ton amie.

— En fait, elle..., commença Min prête à peindre un portrait idéal de Bonnie.

— Pas ici, l'interrompit Cal toujours trop près d'elle. J'ai peur qu'ils nous voient. Demain, rendez-vous pour le déjeuner. Tu sais où se trouve le parc de Cherry Hill ?

— J'en ai entendu parler, mais c'est dans un quartier de riches.

— Côté nord, il y a une zone de pique-nique. Je te retrouve à la première table en bois, demain à midi.

— Pourquoi ai-je l'impression qu'il me faudra un mot de passe ? plaisanta Min en s'écartant enfin de lui. Je dirai « prétentieux », et toi tu diras « coincée ».

— Tu veux en savoir plus sur Roger, oui ou non ?

Un regard vers son amie la décida. Pour ceux qui ne connaissaient pas Bonnie, elle semblait détachée. Mais Min savait que, intérieurement, elle rayonnait.

— C'est d'accord.

— Bien. Montre-moi tes chaussures.

— Quoi ?

Cal regarda sous la table. Elle leva un pied et il posa les yeux sur ses mules ouvertes à talons hauts, lacées de fils de cuir noir sur le dessus du pied, contrastant ainsi entre sa peau blanche et le vernis à ongles rouge.

— Liza les appelle « les orteils bandés », susurra-t-elle.

Cal resta un long moment statique, le regard fixé sur ses orteils.

— Vraiment ? Voilà ma soirée illuminée ! On se voit demain, midi pile.

Il se leva et s'en alla, emportant avec lui son verre de scotch et celui de rhum.

— Je n'ai pas tout entendu, intervint Liza en se penchant vers elle. Qu'est-ce qu'il voulait ?

— Je déjeune avec lui demain, marmonna Min sans savoir trop comment le prendre.

Une seule chose était certaine : s'il s'amusait encore à lui chuchoter à l'oreille, elle serait obligée de le frapper.

— Où ça ?

— Au parc de Cherry Hill.

— Mon vieux, bienvenue dans le monde des friqués ! À quelle heure ?

— Midi.

Liza hocha la tête, puis éleva la voix pour appeler :

— Tony !

Min suivit le regard de son amie et aperçut Tony au comptoir en forme de roulette, en train de tendre un billet de 10 dollars à Cal.

— J'y crois pas ! s'écria-t-elle, outrée.

Cette enflure avait parié sur un déjeuner et elle était tombée dans le panneau.

Tony leva les yeux et vit Liza lui faire signe d'approcher.

— Tu sais, je ne suis pas le genre de mec à qui on fait ça.

— Toi et moi, demain midi au parc de Cherry Hill pour déjeuner, lui intima-t-elle.

— Vendu. Mais seulement parce que ça tombe bien : je serai là-bas le matin pour entraîner les petits au base-ball.

— Très bien, tu peux t'en aller.

Tony secoua la tête et partit rejoindre Cal au bar.

— Au moins, il est obéissant, observa Min.

— Alors comme ça tu acceptes son invitation, mais il n'y a rien entre vous ?

— Liza, c'est à midi, donc en plein jour et dans un parc public.

— Tu disais ne plus vouloir le revoir, mais tu acceptes son invitation !

Min jeta un regard amer vers le comptoir. Cal était toujours là, cette fois accompagné de la jolie brune du mercredi soir. Habillée d'un dos nu bleu, elle se rapprochait de lui petit à petit. Ce n'était pas étonnant. Ce type n'était qu'une brute !

— J'ai mes raisons, figure-toi. Je sais ce que je fais, ne t'inquiète pas pour moi.

Un nouveau coup d'œil vers le comptoir révéla que Cal s'éclipsait loin de la fille au dos nu. Il jouait au mec inaccessible, ce salaud.

— Enfin bref, de toute manière je protège tes fesses, déclara Liza. Et si elles touchent le sol, j'étripe Calvin.

— Dis-moi, tu ne l'aimes vraiment pas !

— Je pense qu'il a parié avec Tony qu'il le décrocherait, ce rencard.

— Je pense aussi, avoua Min.

— Essaie de lui faire passer un sale quart d'heure, demain.

— Ne t'inquiète pas, c'est prévu.

Encore un samedi matin épuisant à forcer de jeunes adolescents à jouer au base-ball contre leur volonté ; Cal n'était vraiment pas d'humeur à affronter Min. Malgré tout, il récupéra la glacière laissée dans la voiture, commanda des hot dogs au marchand ambulant pour le plat principal, et rejoignit la table de pique-nique à laquelle il lui avait donné rendez-vous. Puisqu'elle n'était pas encore arrivée, il installa une nappe sur l'imposante table en teck – Cherry Hill ne lésinait pas sur les moyens –, y plaça la glacière, et s'assit dessus les pieds sur le banc. L'idée de se faire poser un lapin le réjouit d'avance. La journée était magnifique, les arbres apportaient une fraîcheur délicieuse, les enfants étaient partis et personne ne venait empoisonner sa tranquillité.

Min apparut alors derrière les arbres, marchant paisiblement sur le chemin caillouteux. Elle portait encore son long sweat à capuche, mais cette fois avec une jupe rouge et noir à pois qui flottait au gré du vent. Ses cheveux étaient toujours noués en chignon haut mais brillaient de reflets dorés sous le soleil radieux. De sa démarche gracieuse, elle s'approcha de lui en souriant. Finalement, il était content qu'elle ne lui ait pas posé de lapin. Après un moment d'hésitation, elle accepta la main qu'il lui tendait pour l'aider à grimper sur la table. Ses doigts fins se refermèrent sur sa main avec une chaleur agréable et elle se hissa sur la table à côté de lui.

— Salut, lança-t-elle.

Il sourit.

— Salut. Merci d'être venue.

Min laissa tomber son sac sur le banc à leurs pieds.

— Merci pour l'invitation. Donne-moi 10 dollars.

Cal cligna des yeux.

— Quoi ?

Toute joyeuse, elle lui sourit.

— J'avais l'intention de te faire passer le pire déjeuner de ta vie, mais la journée est si belle que j'ai envie d'en profiter. Tu as parié avec Tony que tu obtiendrais ce rencard.

— Non, c'est faux. (Le sourire de Min se dissipa.) *Tony* a parié 10 dollars que je n'obtiendrais pas ce rencard, rectifia Cal.

Elle leva les yeux au ciel.

— Bref, c'est pareil. Donne-moi les 10 dollars, ou je te laisse en plan et tu devras les rendre à Tony, plus 10 dollars parce que tu auras perdu le pari.

— Il me semble l'avoir gagné quand tu as accepté de venir pique-niquer, insista Cal soudain très intéressé par la jeune femme.

— Va expliquer ça à Tony.

— OK. Et si on partageait ?

Min avança la main et remua les doigts.

— Dix dollars, Roméo.

Dans un soupir, il plongea la main dans sa poche à la recherche de son portefeuille et réprima un sourire. Elle prit le billet qu'il lui tendait, ramassa son sac, fourra l'argent à l'intérieur et sortit 20 dollars qu'elle lui tendit à son tour.

— Qu'est-ce que c'est ? demanda-t-il.

— C'est l'argent que tu m'as donné pour le taxi, mercredi soir. J'ai oublié de te le rendre.

— Au final, j'ai gagné 10 dollars.

— Non, maintenant on est quittes. À l'origine, ces 20 dollars étaient à toi. Je n'ai aucun droit dessus puisque tu n'as pas trop pris les devants.

Cal leva les yeux vers le soleil.

— La journée est loin d'être terminée.

— Je t'imagine mal me faire des avances sur une table de pique-nique, ricana Min. D'ailleurs, je te vois mal me faire des avances tout court, alors range ce billet et dis-moi tout ce qu'il y a à savoir sur Roger.

— Moi aussi, je suis content de te revoir, la taquina-t-il.

Elle sourit de plus belle.

— Pardon, j'avais oublié que tu étais friand de bavardages. Alors, comment étaient ces quatorze dernières heures, depuis qu'on s'est parlé ? Sachant que tu as passé huit d'entre elles à dormir.

— Très bien, et toi ?

— Parfaites. On doit continuer encore longtemps avant d'en arriver à Roger et Bonnie ?

— Tu es une femme très pragmatique.

Alors qu'il disait cela, Min releva les jambes pour caler ses pieds sous ses fesses. Il aperçut ses chaussures au passage : elle portait de ridicules sandales faites principalement de rubans et ornées d'une simple fleur rouge vif sur le dessus du pied.

— Sauf en ce qui concerne les chaussures.

— Ne te moque pas de mes sandales, objecta Min en agitant ses orteils vernis de rouge. Je les adore, Liza me les a offertes à Noël.

Elle dénoua les rubans, retira les nu-pieds et les posa derrière elle sur la table.

— Je comprends pourquoi tu les aimes tant, murmura Cal distrait par ses orteils qu'elle couvrit vivement de sa jupe. Elles font très « Elvis ».

Elle leva les sourcils.

— Toi, tu es fan d'Elvis ?

— C'est le meilleur qui soit. Pourquoi, toi aussi ?

— C'est le moins qu'on puisse dire, affirma-t-elle perplexe. Mais ce n'est pas si étonnant de ta part, tu es le diable déguisé.

Il comprit soudain le quiproquo.

— Quoi ? Tu parlais d'Elvis *Presley* ?

— Évidemment, Elvis Presley, qui d'autre ? Oh ! Les anges qui lui envient ses chaussures rouges… Elvis Costello, comprit-elle dans un haussement d'épaules. Il n'est pas mal non plus.

Il secoua la tête, visiblement incrédule.

— Pour sûr.

— Heureusement que ce n'est pas un rendez-vous galant, lança Min joyeusement. Sinon, il y aurait un de ces lourds silences où on se demande comment se sortir de cette galère.

Cal lui sourit.

— Tu sais vraiment ce que c'est, toi, un lourd silence ?

— Je n'en ai pas connu beaucoup, admit-elle. Et toi ?

Il jeta le sac de nourriture sur la nappe.

— Non plus. OK, parlons de Roger et Bonnie. Tiens, prends un hot dog.

— Un hot dog ?! s'écria-t-elle comme s'il lui proposait un sachet de drogue dure. C'est pas bon pour la santé.

— C'est plein de protéines, objecta Cal, une pointe d'exaspération dans la voix. Mange, tu n'as qu'à laisser le pain.

— C'est de la graisse.

— Je croyais que ce n'était pas exclu pour les régimes sans glucides, dit Cal en revoyant Cynthia gober des crevettes au beurre.

— C'est vrai, mais mon régime bannit aussi les graisses.

Les yeux de Cal s'écarquillèrent.

— Du coup, il te reste quoi à manger ?

— Pas grand-chose, murmura-t-elle en regardant les hot dogs avec un désir évident.

— C'est de la saucisse grillée.

— J'en ai marre, soupira Min.

— On est samedi, profite de la vie.

— Tu m'as déjà poussée vers le péché à *La table d'Emilio*, mercredi. Une fois dans la semaine, ça suffit.

— Samedi, c'est le premier jour de la nouvelle semaine, tu as droit à un nouveau péché.

Elle se mordit la lèvre alors que le vent se remettait à souffler dans les arbres et soulevait légèrement le bord de sa jupe, la faisant flotter tout contre Cal.

— Je t'ai apporté du coca light pour te donner bonne conscience, déclara-t-il en ouvrant la glacière. Autre chose : cette conversation est barbante.

Elle prit la canette qu'il lui tendait.

— C'est vrai, désolée. Vraiment désolée, il n'y a rien de plus rasoir que de parler de nourriture.

— Je ne suis pas d'accord, c'est génial de parler de nourriture ! Ce qui est rasoir, c'est de parler de nourriture *interdite*. Tiens, mange.

Il saisit l'un des sandwichs enroulés dans du papier sulfurisé. Min regarda le hot dog, soupira et ouvrit l'emballage.

— Tu es une brute.

— Parce que je te nourris ? C'est si mal que ça ? On est américains, nous devons manger à notre faim. Ça fait partie de notre mode de vie.

— Les hot dogs, c'est le mode de vie américain ? (Elle marqua une pause.) Oui, je pense que tu as raison. Avec les tartes aux pommes et le base-ball, ça fait partie des clichés.

— Au moins, le base-ball n'est pas banni par ton régime, observa Cal en mordant dans son sandwich.

Elle posa les yeux sur son maillot.

— Ce tee-shirt, il ne fait pas un peu « base-ball » ?

— Si. Pour racheter mes péchés, j'enseigne aux enfants comment courir en carré, le samedi matin. Un jour, ton mari fera ça aussi, pendant que tu seras dans les gradins à hurler pour encourager ton petit Martin. C'est le prix à payer pour notre liberté.

— Je ne veux pas d'enfants, déclara Min en entamant son hot dog.

— Ah bon ?

L'expression de plaisir qui passa sur le visage de Min alors qu'elle mâchait déstabilisa Cal. Les saucisses étaient bonnes, mais pas tant que ça.

Elle avala et soupira.

— Quel délice ! Notre père nous emmenait en cachette manger des saucisses grillées dès qu'un festival était organisé dans le coin, on pouvait faire des kilomètres en voiture. Ma mère l'aurait tué si elle l'avait appris. Est-ce que tu sais depuis combien de temps je n'en avais pas mangé ? C'est un pur bonheur.

— Effectivement, ça en a l'air.

Pour ne pas se tacher, Min se pencha en avant et mordit dans le sandwich qu'elle tenait bien au-dessus du papier sulfurisé posé sur ses genoux ; le regard de Cal se posa sur le décolleté en V de son large sweat rouge et aperçut de très séduisantes rondeurs emprisonnées dans de la soie rouge également. *Tony aurait une crise cardiaque*, songea-t-il avant de s'apercevoir que lui-même avait le sang qui lui montait à la tête. Mue par une bourrasque, la jupe de Min vint se poser avec légèreté contre la main de Cal qui s'agrippait à la table et la chatouilla tout doucement.

— Donc ! lança-t-il en retirant sa main. Dis-moi pourquoi tu ne veux pas adopter le mode de vie américain ?

Elle continuait de mâcher les yeux fermés ; il en profita pour replonger son regard dans ce sweat qui lui inspirait des pensées enivrantes. Puis elle reprit la parole une fois sa bouchée engloutie.

— Est-ce que je dois donner la vie pour être américaine ? Non. Plus de quatre millions de bébés naissent chaque année dans ce pays. Le quota de ce mode de vie est largement atteint. Si tu te sens concerné, tu n'as qu'à faire plus de gamins pour rattraper ma faute.

Cal s'assit plus en arrière pour s'éloigner de toute distraction.

— Moi ? Je ne veux pas de gamins. Je suis surpris que toi non plus, c'est tout. Tu ferais une mère formidable.

— Pourquoi ? demanda Min le hot-dog arrêté à mi-chemin de sa bouche.

Parce que tout son corps respirait la douceur. Parce que avec l'âge, elle aurait sans doute le profil de la mère dont il avait toujours rêvé.

— Parce que tu as l'air douillette.

— Eh bien, merci ! s'écria Min en le foudroyant du regard. C'est exactement le genre de compliment dont les filles raffolent !

Elle se pencha de nouveau pour mordre dans son sandwich et sa poitrine pressée contre la dentelle subjuguait Cal.

— Je parlais d'un douillet très sexy, si tu préfères.

— Tu te rattrapes à peine, rétorqua-t-elle en suivant son regard jusqu'à son sweat. Tu lorgnes mon décolleté.

— C'est toi qui te penches, il y a toute cette dentelle rouge, là-dedans…

— C'est beau la dentelle, hein ?

— Oh, oui !

— Ma mère gagne encore un point, soupira Min avant de reprendre une bouchée.

Cal s'empara d'un hot dog.

— Comment ta mère a-t-elle atterri dans cette conversation ?

Min déglutit en fronçant les sourcils.

— Elle est très envahissante. Explique-moi comment tu t'es retrouvé à entraîner des enfants alors que tu ne les aimes pas.

— Je n'ai pas dit que je n'aimais pas les enfants, rectifia Cal obsédé par le soutien-gorge de dentelle rouge malgré ses efforts pour penser à autre chose. J'ai dit que je n'en *voulais* pas, il y a une nuance.

— Un point pour toi. Mais la question tient toujours, pourquoi entraîneur ?

— On s'est tous les deux retrouvés embarqués de force là-dedans : Harry déteste autant le base-ball que moi je déteste l'enseigner.

— Qui est Harry ?

— Mon neveu.

— Vous n'avez qu'à laisser tomber.

— Figure-toi qu'il y a d'autres enfants dans l'équipe à part Harry, mince alors, qui l'eût cru ? argua Cal avec ironie.

Min secoua la tête.

— Très drôle. Alors comme ça tu viens ici chaque samedi matin ? On a dû te mettre le couteau sous la gorge.

Il attrapa un cornichon et croqua dedans.

— Ouais, les plus musclés m'ont tabassé. Ce n'est pas si terrible, en fait. Roger et Tony font presque tout le boulot, ils aiment bien ça.

— Roger… Ah, oui, Roger ! J'ai des questions sur Roger.

— Pas sur Tony ?

— Tony fricote avec Liza. S'il se révèle n'être qu'un vaurien, Liza l'exterminera.

— Je ne m'inquiète pas pour Tony, c'est un dur à cuire. Mais je vois ce que tu veux dire. Alors Bonnie n'est pas comme ça ?

— Bonnie n'est pas en sucre non plus, elle est intelligente et solide. Seulement, elle a un point faible : elle croit aux contes de fées. Elle pense qu'il n'y a qu'un homme pour elle sur terre. Malgré le peu qu'elle sait de ton ami Roger, elle est persuadée qu'il est son prince Charmant. Alors dis-m'en plus sur lui.

— Roger est le type le plus génial que je connaisse, et il est fou de Bonnie. Si jamais elle tourne les talons, il ne s'en remettra pas. Alors dis-m'en plus sur elle.

En un petit déhanché, Min s'inclina sur la table pour saisir sa canette de coca. Les yeux de Cal étaient rivés sur elle, sur le moindre de ses mouvements, sur le creux délicat de sa nuque alors que son sweat glissait sur son épaule, sur l'aisance avec laquelle se mouvait son corps tout en rondeurs lorsqu'elle se penchait et lui souriait, sur ses mollets galbés découverts par la jupe à pois qui se soulevait encore pour venir le frôler.

La voix de Min le ramena à leur conversation initiale.

— Bonnie a passé un an et demi à se chercher un canapé. D'accord, se trouver un bon canapé, c'est très important, il est juste après la literie dans la hiérarchie de l'ameublement. Mais quand même, j'ai trouvé qu'un an et demi c'était un peu long pour choisir.

— C'est sûr, acquiesça Cal en s'efforçant de penser à Roger plutôt qu'à ses rondeurs.

— Un soir, alors qu'on allait au cinéma, elle s'est arrêtée net devant la vitrine d'un magasin de meubles. Elle s'est exclamée : « Attendez ! » et elle est entrée. En cinq minutes, elle avait acheté son satané canapé hors de prix.

Min se pencha une nouvelle fois en avant, attirant le regard de Cal sur son décolleté. *Arrête ça tout de suite, le sang bat si fort à mes tempes que j'en ai mal à la tête !* songea-t-il.

— Elle a dû l'acheter avec deux cartes de crédit différentes, poursuivait-elle, ça lui a mis deux ans pour finir de le payer. Mais ce canapé est parfait, elle ne l'a jamais regretté. En plus, lorsqu'elle l'a fait rembourrer, l'artisan lui a dit qu'elle le garderait à vie.

— Génial.

Le décolleté de Min retenait toute l'attention de Cal, sa respiration douce et régulière faisait monter et descendre sa…

— Allô ? fit-elle. (Et il releva les yeux.) Merci, je suis flattée, mais j'essaie de dire quelque chose : Roger est le nouveau canapé de Bonnie. Toute sa vie, elle s'est persuadée que son prince débarquerait un jour. Elle a multiplié les rencards pour le trouver et voilà qu'en un regard elle a vu en Roger cet homme qu'elle a toujours attendu ; elle risque de l'adopter d'un instant à l'autre. Donc, si ce n'est pas un mec bien, je veux le savoir tout de suite pour l'en informer. Pitié, dis-moi que ce n'est pas un salaud.

— Roger aussi a mis un an à choisir un canapé, la rassura Cal en parvenant à se ressaisir.

— Quel genre de canapé ?

— De la marque La-Z-Boy il me semble, avec un problème de thyroïde. Je crois qu'il est marron foncé.

Min hocha la tête.

— Bonnie a acheté une reproduction de banquette Mission avec des coussins tissés de céladon au motif William Morris.

— J'ai entendu parler des meubles style Mission, mais le reste, c'est du chinois pour moi.

— Le canapé de Roger est complètement dépassé, expliqua Min. Tu crois qu'il le prendra mal ?

— Tu parles, il s'en fout complètement, elle peut en faire un feu de joie.

— Tu le penses capable de prendre soin d'elle ? Elle se débrouillera sûrement très bien toute seule, mais dans les moments difficiles...

— Il jetterait son corps aux lions pour la protéger. Tu n'as aucun souci à te faire concernant Roger, c'est quelqu'un de vraiment bien. Si j'avais une sœur, je la laisserais se marier avec Roger. Non, moi, c'est Bonnie qui m'inquiète. Elle a ce regard dédaigneux et autoritaire. Étant donné sa petite taille, elle doit avoir le complexe de Napoléon...

Elle acheva son hot dog et lécha le ketchup collé à ses doigts. Cal perdit le fil de ses pensées.

— Tout faux, le coupa Min. Elle est géniale, Roger a beaucoup de chance. En résumé, ils vont très bien ensemble et on n'a aucune raison de s'inquiéter.

Elle s'essuya les mains sur une serviette.

— Ouais, murmura Cal. Un petit dessert ?

— Je ne mange pas de dessert.

— Oh, vraiment ? En voilà une surprise !

— C'est ça, moque-toi. Je te l'ai dit, il y a cette robe de demoiselle d'honneur...

Cal sortit un sachet de la glacière.

— Des donuts, annonça-t-il.

Avant qu'il puisse ajouter quoi que ce soit, une voix haut perchée un peu trop familière retentit derrière lui.

— Je peux en avoir un ?

Cal soupira et se retourna vers son petit maigrichon de neveu aux cheveux bruns qui se tenait là, au bout de la table de pique-nique.

— Tu ne devrais pas être à la maison, à l'heure qu'il est ?

Harry prit une voix aussi misérable que possible. Sa petite taille pour son âge et ses grosses lunettes accentuaient l'effet.

— On a encore oublié… Bonjour, dit-il prudemment à Min lorsqu'il l'aperçut derrière Cal.

— Min, voici mon neveu, Harry Morrisey, maugréa Cal en fusillant Harry du regard. Il allait justement partir. Harry, je te présente Min Dobbs.

— Salut, Harry, sourit Min joyeusement. Tu peux tous les manger, les donuts.

Harry rayonna.

— Non, tu ne peux pas, interdit Cal en sortant son téléphone portable. Tu les vomirais tout de suite.

— Peut-être pas, risqua Harry en se déplaçant en crabe jusqu'au sachet.

— Tu ne te rappelles pas la catastrophe des *cupcakes* ? lança Cal en composant le numéro de sa belle-sœur.

— Il ne peut même pas en avoir un ? susurra Min avec un grand sourire pour Harry qui se rapprochait des gâteaux.

Son visage était si doux et si gentil que Cal et Harry clignèrent des yeux devant une telle beauté.

Puis, alors que Cal écoutait la tonalité dans son portable, Harry baissa les yeux sur la jupe de Min et la souleva d'un doigt.

— Harry ! s'exclama Cal alors que Min dépliait une jambe et découvrait sa sandale.

— Voilà.

Elle le laissa toucher la grosse fleur rouge.

— Ça, c'est des chaussures ! s'exclama le jeune garçon comme s'il observait une anomalie.

— Ouais, acquiesça Min en penchant la tête pour le regarder.

Harry appuya encore sur la fleur.

— C'est pas une vraie.

— Non, admit-elle. C'est seulement pour faire joli.

Le hochement de tête de Harry laissait penser que cette idée était nouvelle pour lui, Cal prit conscience que c'était sans doute le cas. Dans le monde de Harry, on ne croisait pas souvent de jolies fleurs en plastique sur des orteils peints en rouge.

Min plongea la main dans le sachet et en ressortit un donut qu'elle tendit à Harry.

— Merci beaucoup, Min, lança Harry en continuant son numéro de jeune orphelin bafoué.

— N'entre pas dans son petit jeu, l'avertit Cal.

— Ce n'est pas le cas, le rassura-t-elle en adressant un sourire au jeune garçon. Tu n'as pas l'air si malheureux, mon chou.

— On m'oblige à jouer au base-ball, se plaignit Harry d'une voix amère. Ce sont des hot dogs ?

— Non ! rétorqua Cal. Tu sais que tu n'as pas le droit de manger de viande traitée. Va manger ton donut sur le banc là-bas.

— Il peut le manger ici, protesta Min en passant des bras protecteurs autour de Harry.

Loin d'être idiot, Harry se lova contre sa hanche.

Tu dois être bien, là, pensa Cal avant de mesurer qu'il était presque jaloux de son neveu de huit ans.

— Harry ? le mit-il en garde mais sa belle-sœur répondit au téléphone. Bink ? Tu as oublié de venir chercher ton fils.

— Non, ce devait être Reynolds, répondit-elle d'une voix parfaitement maîtrisée. C'est à son tour.

— Il n'est pas venu, fit remarquer Cal.

Bink soupira.

— Mon pauvre Harry. J'arrive tout de suite. Merci, Cal.

— Tout ce que tu voudras, bébé. (Il raccrocha et se tourna vers son neveu.) Ta mère arrive. Regarde les choses du bon côté : tu as droit à un donut et ta mère, au lieu de rien et ton père.

— Deux donuts, réclama Harry.

— Harry, tu vomis. Tu ne peux pas en avoir deux. Maintenant, va-t'en. C'est un rencard ; dans sept ans tu comprendras ce que ça veut dire.

— Ce n'est pas un rencard, corrigea Min. Il peut rester.

Harry hocha la tête vers Min le regard triste.

— Non, c'est bon.

— Arrête avec ce petit jeu, Harrison, s'exclama Cal parfaitement conscient que son neveu profitait de la situation. Tu as un beignet, alors va le manger sur le banc là-bas.

— Bon, d'accord.

Accablé, Harry se traîna jusqu'à un banc d'architecte de l'autre côté de la pelouse, sa menotte sournoise agrippée à son donut.

— Il est tellement mignon, dit Min en riant. Qui est Bink ?

— Ma belle-sœur, répondit Cal en gardant l'œil sur son neveu qu'il considérait toujours comme un petit maigrichon énervant et fourbe. Je ne vois rien de mignon chez lui, mais ce n'est pas un mauvais gamin.

— Bink, répéta Min en essayant de comprendre ce prénom.

— C'est le diminutif d'Elizabeth. Elizabeth Margaret Remington-Pastor Morrisey.

— Bink, d'accord.

Cal s'empara d'un beignet.

— À toi l'honneur, Dobbs.

Min recula.

— Oh, non ! Non, non et non.

Il se pencha vers elle pour agiter le gâteau sous son nez.

— Allez, juste un petit péché.

— Je te déteste, lança Min les yeux sur le donut. Tu es une brute doublée d'un affreux séducteur.

Cal leva un sourcil.

— Tout ça, juste pour un donut ? Un seul, ça ne va pas te tuer.

— Je ne mangerai pas de donut, insista-t-elle en arrachant son regard à cette tentation. Tu es fou ? Il doit y avoir au moins douze grammes de graisse dans un seul de ces gâteaux et moi j'ai trois semaines pour perdre dix kilos alors lâche-moi les baskets.

Cal le sépara en deux sous les yeux de Min, le sucre et le glaçage au chocolat craquelèrent comme du givre, la pâte tendre se rompit en menus morceaux.

— Ce n'est pas un simple donut. C'est un Krispy Kreme glacé à la crème chocolat. Le caviar de la pâtisserie, le Dom Pérignon du gâteau, la Mercedez du donut.

Min se lécha les lèvres.

— Je ne savais pas que tu étais un fanatique du dessert crémeux.

Elle essaya de reculer encore sur la table, mais le vent souleva sa jupe vers Cal et cette fois il posa son genou par-dessus pour l'emprisonner.

Il arracha un petit bout de l'une des moitiés.

— Goûte, insista-t-il en se rapprochant encore pour lui mettre le bout de gâteau sous le nez. Allez !

— Non !

Min serra les lèvres, ferma les yeux et crispa son visage tout entier comme une enfant.

— Alors ça, c'est mature.

Il tendit la main, pinça son nez et lorsqu'elle ouvrit la bouche pour protester, il y glissa le petit morceau de donut.

— Hmm, soupira-t-elle.

Son expression se décontracta pendant que la pâte fondait sur sa langue et un sourire se dessina sur sa figure.

Cal se détendit à son tour et songea : *Nourrir cette femme, c'est aussi bon que de la faire boire.*

Puis elle déglutit et rouvrit les paupières. Il lui tendit un nouveau morceau pour revoir ce plaisir sur son visage.

— Allez, Dobbs, un petit effort.

— Non, s'écria Min en reculant. Non et non !

— Tu dis beaucoup « non ». Mais ton regard, lui, il dit « oui ».

En s'écartant de lui, elle tira sur sa jupe mais ses yeux étaient rivés sur la pâtisserie.

— Ce que je veux et ce que je peux me permettre sont deux choses bien distinctes. Éloigne ça de moi.

— Bon, d'accord.

Cal s'écarta d'elle à son tour et mordit dans la pâtisserie sous les yeux observateurs de Min. L'espace d'un instant, il se laissa emporter par la vague sucrée. La jeune femme se mordit la lèvre, moelleuse sous ses dents blanches et puissantes. Il sentit battre son cœur de plus en plus vite alors qu'elle secouait la tête, rongée par l'envie.

— Petit con, souffla-t-elle.

Les dents de Cal attaquèrent une nouvelle fois le donut, ce qui la mit hors d'elle. Elle se pencha en avant et essaya de libérer sa jupe de la jambe de Cal.

— Ça suffit, je m'en vais ! Tu veux bien t'enlever…

Mais il lui coupa la parole en lui offrant un nouveau morceau de gâteau et la regarda refermer les lèvres sur cette douceur sucrée. Son visage resplendissait de plaisir, sa bouche délicate à peine boudeuse oubliant un peu de glaçage déposé au coin de ses lèvres, et alors qu'elle taquinait ce reste de chocolat avec sa langue, Cal sentit son pouls s'emballer et son cœur battre à tout rompre, lui hurlant : « Celle-ci ! » Il prit une profonde inspiration, et avant qu'elle rouvre les yeux, il se pencha sur elle et l'embrassa, goûtant au chocolat, à la chaleur de sa bouche. La surprise la figea, puis elle lui rendit son baiser, avec douceur et empressement, délestée de toute pensée rationnelle. Il se laissa entièrement envahir par son goût, son odeur et sa chaleur, plongeant en elle tout entier. Lorsqu'elle s'arracha finalement à leur baiser, il manqua de tomber sur ses genoux.

Min s'assit en face de lui, son sweat se soulevait au rythme de sa respiration haletante, ses yeux noirs lui lançaient de vifs regards, ses lèvres pulpeuses s'entrouvraient, en attente de lui, et elle reprit la parole.

— Encore, souffla-t-elle.

Il plongea son regard dans le sien et entreprit un nouvel assaut.

Chapitre 5

Min se mit à paniquer lorsque Cal, les yeux noirs comme le chocolat amer, se pencha une nouvelle fois sur elle. Elle posa la main sur son torse.

— Non, attends.

Il baissa le regard.

— J'ai compris.

Et il reprit un morceau de donut. Alors qu'elle s'apprêtait à dire « non », il glissa la pâtisserie dans sa bouche tiède et observa le glaçage y fondre lentement. Les paupières fermées, elle se laissa submerger par le petit picotement sucré qui se transforma vite en véritable plaisir. Lorsqu'elle ouvrit les yeux, il était là.

Il se pencha et l'embrassa tout doucement, leurs bouches si parfaites l'une pour l'autre qu'elle en eut des frissons. La chaleur de cet homme était un bonheur à savourer, et, du bout de la langue, elle effleura le chocolat resté au coin de ses lèvres vigoureuses, puis leurs langues s'engagèrent en une danse sensuelle et sauvage. Il rompit leur baiser, la laissant haletante, prise de vertiges et d'une envie folle de recommencer. Leurs regards se croisèrent un instant, la stupéfaction se lisant sur leurs visages. Elle ne se sentait ni trompée ni déçue puisqu'elle savait à quoi s'attendre avec lui. Seulement, elle s'en fichait complètement.

— Encore, souffla-t-elle et il s'exécuta en tendant la main vers un gâteau mais elle le retint. Non, pas ça, *toi.*

Elle l'attrapa par le col de sa chemise, l'attira contre elle, et se laissa embrasser plus fort, lui faisant comprendre qu'il pouvait glisser sa main au creux de sa nuque, l'envelopper dans ses bras, l'embraser. Elle sentit la main de Cal s'insinuer autour de sa taille pour se faufiler sous son sweat, son sang circulait à une vitesse folle et les pulsations contre ses tempes lui hurlaient : « Celui-ci ! »

Brusquement, il avança la tête et la percuta de plein fouet.

— *Aïe !* s'exclama-t-elle.

Il se retourna pour regarder derrière lui, les deux mains toujours posées sur Min.

— C'est quoi ce bordel ! cria-t-il.

— J'ai dit, qu'est-ce que tu fiches ? s'énerva Liza agrippée à son sac à main en cuir.

— *Qu'est-ce que j'ai l'air de faire, d'après toi ?*

— Je saigne, marmonna Min en posant un doigt contre sa lèvre entaillée.

Cal se retourna vers elle, retira le doigt et l'observa, embarrassé et inquiet. Il était si proche, elle n'eut qu'à se pencher vers lui, le cœur battant, et il s'inclina aussi, les yeux à demi clos. Elle songea : *Oui, reviens...* Puis Liza tira sur le bras de Min, la faisant presque tomber de la table.

— Descends de là tout de suite, Stats !

Min avait la tête qui tournait.

— Tony ! murmura Cal en grinçant des dents.

— Désolé, mon vieux, soupira Tony. Elle est incontrôlable.

— On ne faisait que prendre le dessert ! se justifia Min en s'écartant d'eux autant que possible malgré sa jupe qui était toujours coincée sous la jambe de Cal.

Je sais que c'est idiot, pensa-t-elle en fuyant le regard de Cal, *mais j'en veux encore.*

— Le dessert ? répéta Liza en baissant les yeux sur la table. Tu manges des *donuts* ?

Dans un gémissement, Min redescendit sur terre avec une pointe de culpabilité.

— Tu joues à quoi ? lança Cal en foudroyant Liza du regard. À la police anti-calories ? Fiche le camp !

— Non, pour moi elle devrait manger tous les donuts qu'elle veut. C'est juste que je ne veux pas qu'elle les prenne de ta main.

— *Pourquoi* ? rugit Cal.

Liza tira encore le bras de Min.

— Parce que tu es M. Je-drague-à-tour-de-bras, et qu'elle est ma meilleure amie. Viens, Min, Bonnie nous attend.

— Je suis M. *quoi* ?

Min tenta de s'écarter encore un peu mais Cal retenait sa jupe, ce qui ne la dérangeait pas trop, à la vérité.

— Bonnie est sur un banc là-bas, elle parle avec Roger, argua Tony. Elle se fiche complètement à vous.

— Elle se fiche complètement *de* nous, pas *à* nous, corrigea Liza. En plus c'est faux. On en a déjà discuté, alors lève-toi de cette table, ordonna-t-elle à son amie avec un regard insistant.

Peut-être, songea Min, *mais je n'en ai pas envie.*

En face d'elle, furieux sous le soleil radieux de midi, Cal était encore plus beau que d'habitude, mais alors qu'elle reprenait peu à peu ses esprits elle se souvint de la raison pour laquelle elle n'aurait jamais dû venir ici.

— Tu peux me rendre ma jupe, s'il te plaît ? murmura-t-elle doucement et il recula juste assez pour libérer le tissu de son emprise. Merci beaucoup… pour le repas. J'ai passé un très bon moment.

— Reste, la supplia-t-il dans un souffle.

Le regard plongé dans le sien, elle pensa : *D'accord.*

— Non ! objecta Liza en tirant si fort sur le bras de Min que celle-ci trébucha sur le sol.

— Elle est capable de se débrouiller toute seule, protesta Cal.

Liza fit un pas vers lui.

— Ah, vraiment ? Dis-moi que tu la connais. Dis-moi que tu te soucies de son bien-être. Dis-moi que tu l'aimeras jusqu'à la fin de tes jours.

— *Liza* ! s'exclama Min en libérant son bras.

— Je ne la connais que depuis trois jours…

— Alors *pourquoi* tu l'embrasses comme ça ? hurla Liza avant de lui tourner le dos. Viens, Min, on s'en va.

— Merci pour le repas, lança Min alors que Liza reprenait son bras.

Elle tendit la main vers ses sandales posées sur la table et attrapa un ruban, puis Liza l'entraîna avec elle vers les arbres.

Lorsqu'elles furent parties, Cal se tourna vers Tony.

— Je n'arrive pas à me décider : est-ce que je te tue de mes propres mains, ou est-ce que je paie quelqu'un pour le faire à ma place ?

— Ce n'est pas moi, c'est Liza ! C'est vrai qu'elle a appelé Min et qu'elle t'a poussé l'épaule plusieurs fois avant de te frapper avec son sac à main, se défendit Tony avant de poser les yeux sur la table. Eh, des hot dogs !

Il s'assit et s'empara d'un sandwich.

— Cette nana est complètement allumée, marmonna Cal en se massant la nuque, sa bouffée de chaleur s'estompant en même temps que son bien-être maintenant que Min était partie. Elle m'a agressé !

— C'est elle qui est allumée ? s'enquit Tony en déballant un sandwich. Et toi, alors ?

— Il n'y a pas de quoi en faire un drame.

Dix minutes de plus et on se retrouvait nus, là on a frisé le drame.

— Va expliquer ça à Harry. Il n'avait pas besoin de voir de ses propres yeux ce que fabrique oncle Cal pendant son temps libre.

Cal tourna la tête vers l'endroit où était resté Harry pendant tout ce temps. Il était là, mais plus tout seul : une femme blonde et élancée l'avait rejoint. *Bink*. La chaleur de Min s'était évanouie, il ferma les yeux.

— Dis-moi que Bink ne nous a pas vus.

— Sais pas. Elle n'était pas encore là quand on est arrivés, elle a dû assister au bouquet final, c'est tout. Bon sang, sur quoi je me suis assis ?

Il sortit une sandale à fleur rouge de sous la nappe.

— C'est à Min, sourit Cal en se rappelant ses orteils. Tu la donneras à Liza quand tu la verras. Jette-la-lui au visage, si possible.

— C'est ça, comme si j'allais y penser, ronchonna Tony en la lançant dans la glacière.

Pour éviter que l'humidité n'attaque la fleur, Cal récupéra vite la chaussure et s'efforça de sortir Min de sa tête.

— Je me suis renseigné pour Bonnie ; c'est une fille bien, Roger ne risque rien.

Il tripota la sandale de Min, cette chose ridicule avec un talon tout tassé qui devait s'enfoncer dans l'herbe et affublée d'une grosse fleur ridicule ; deux gouttes de pluie suffiraient à la saccager. Oui, mais c'était sexy.

— Si, Roger risque très gros, continuait Tony la bouche pleine de saucisse. Il va se marier, je te rappelle.

— Ce n'est pas la mort.

C'était étrange, comment quelqu'un d'aussi pragmatique que Min pouvait porter des chaussures pareilles ? En même temps, elle avait forcément un côté spontané, sinon elle ne l'aurait jamais embrassé fougueusement sur une table de pique-nique. Cette pensée suffit à le couper momentanément de tout son extérieur.

— Hein ?

— J'ai dit : « Si, sinon tu n'aurais pas pris tes jambes à ton cou à cause de Cynthia », répéta Tony.

Il laissa tomber la sandale sur la table.

— Ce n'est pas parce que je ne suis pas fait pour le mariage que Roger non plus. Et puis, Roger aime les choses simples.

— C'est vrai. Si Bonnie est une chouette fille, j'irai peut-être vivre au-dessus de leur garage, finalement.

— Bonne nouvelle pour moi.

La pensée de Min était de retour dans son esprit, il se revoyait saisir son corps voluptueux et brûlant sous ses mains, et… *Non !* De l'hostilité, il en avait assez eu comme ça. S'il voulait des parties folles de jambes en l'air, il n'avait qu'à retourner voir Cynthia ; elle, au moins, n'était pas du genre à lancer des piques. Il s'efforça de remplacer le souvenir de Min par celui de Cynthia, mais cette dernière paraissait grise et terne à côté de l'explosion de couleurs de la séduisante, l'exaspérante, la brûlante Min aux sandales à fleurs.

— Quoi ? fit Tony.

— Est-ce qu'il reste des hot dogs que tu n'aurais pas écrasés ? répéta Cal.

Tony en retrouva un caché sous un pli de la nappe, et le tendit à Cal qui le déballa et mordit dedans, déterminé à concentrer son attention sur au moins l'un des cinq sens qui ne serait pas encore imprégné de Min.

Puis l'image de son visage lorsqu'elle avait goûté à la saucisse lui revint en mémoire et il ne put s'empêcher de se l'imaginer, avec la même expression de désir, son corps chaud et délicieux se mouvant sous lui, sa bouche entrouverte…

Putain, songea-t-il.

— Qu'est-ce que tu comptes dire à Harry ? demanda Tony.

— À propos de quoi ?

— À propos de Min et toi sur une table de pique-nique… Vous étiez sacrément bien lancés.

— Je lui *expliquerai* quand il sera grand. *(On était peut-être bien lancés, mais maintenant c'est terminé.)* Beaucoup plus grand.

Il plongea la main dans la glacière à la recherche d'une bière.

— Maintenant, expliquez-moi pourquoi on a dû partir ? s'enquit Bonnie une fois installée dans la décapotable et Min reléguée à la banquette arrière.

— Parce que la langue de Min se promenait sur celle d'un homme qui aime donner la becquée avec des donuts, répondit Liza en se retournant pour jeter un regard mécontent à Min la Pécheresse.

Bonnie se retourna à son tour pour regarder son amie.

— Tu as mangé des donuts ?

— Oui, mon Dieu, quel drame, se moqua Min en essayant tant bien que mal de redescendre sur terre.

Bonnie hocha la tête alors que Liza allumait le moteur.

— Il embrasse bien ?

— Oui. Plutôt bien. Très bien. Un dieu du baiser. Phénoménal. Il m'a emportée sur une autre planète. Et puis, les donuts étaient tout bonnement succulents et n'ont rien gâché au plaisir.

Toute cette chaleur qu'il dégageait, cette sensualité, Min ne put s'empêcher d'y repenser. Alors que Liza sortait du chemin pour rejoindre la route, Min s'allongea sur la banquette pour apaiser les vertiges qui persistaient encore. Être couchée, c'était bien. Mais à deux, ça aurait été mieux.

— Est-ce que tu as perdu la tête ? lui lança Liza par-dessus le siège.

— Pendant ces deux fameuses minutes, oui peut-être, répondit Min toujours allongée, les yeux passant d'une cime d'arbre à une autre au-dessus de sa tête. En fait, c'était plutôt agréable.

C'était même le nirvana.

— Tu sais, Liza, il est peut-être réglo, suggéra Bonnie. Il avait l'air bien avec elle, même Roger le dit.

— Ah, alors si *Roger* le dit ! objecta Liza, exaspérée.

— Ne te moque pas de Roger, gronda Bonnie.

— C'est bon, les interrompit Min en se redressant avec les idées plus claires. Je vais bien, maintenant. Retour sur terre. Alors, ce Tony, comment est-il ?

Elle attrapa sa sandale et entreprit de démêler les rubans.

— Passablement amusant, répondit Liza. Mais ne change pas de sujet : que comptes-tu faire avec Cal ?

Min regarda autour d'elle à la recherche de sa seconde sandale.

— Ne plus le revoir. Oh, non, j'y crois pas, j'ai oublié ma chaussure là-bas ! Il faut y retourner.

— Hors de question.

Liza poursuivit sa route.

— Ce sont mes préférées ! pleurnicha Min avec autant de crédibilité que possible.

— Ce sont toutes tes préférées, on n'y retourne pas.

— Tu vas bien, ma chérie ? s'inquiéta Bonnie.

— Oui, très bien, acquiesça Min en faisant de grands gestes théâtraux. Cal m'a parlé de Roger, tu as ma bénédiction.

— Calvin la Brute l'a dit, on peut lui faire confiance, se moqua Liza.

— Oui, et je le crois, je sais comment le prendre.

— Ça, c'est certain, je l'ai vu de mes yeux : tu es faible.

— Oh, tu m'énerves, soupira Min, exaspérée par la culpabilité. Je l'ai entendu relever son défi mesquin, je sais ce qu'il manigance et je ne compte pas le revoir. Surtout depuis que tu lui as hurlé dessus et que tu l'as traité de tous les noms. N'empêche que j'ai découvert comment il séduit toutes ces femmes, lança-t-elle joyeusement. En fait, ce n'est pas juste une question de charme.

Elle repensa à lui, tout contre elle, à la sensation de son torse si dur sous sa main, à sa bouche brûlante contre la sienne, à sa main qui s'était promenée sans gêne sur sa poitrine.

—Peut-être que tu devrais le revoir, proposa Bonnie, sans être trop sûre d'elle. Je pense que, parfois, il faut essayer d'y croire.

C'est une bonne idée, songea Min.

—Bonnie ! s'exclama Liza. Est-ce que tu veux vraiment voir ce vaurien – qui a fait un pari avec David et qui a brisé le cœur de ta cousine – s'en prendre à Min ?

Non, très mauvaise idée.

—Non, soupira Bonnie, toujours en proie au doute.

—Alors on arrête les jolis discours sur les crapauds.

—Mais ils se transforment en princes quand on les embrasse !

—Non, ça, ce sont les grenouilles, rectifia Liza. Une espèce complètement différente.

—C'est ça, intervint Min en s'obstinant à arracher Cal de ses pensées. Grenouilles, oui. Crapauds et grosses brutes, non. Tout à fait d'accord. Mais il faut avouer qu'il avait apporté de délicieux donuts, soupira-t-elle à ce doux souvenir.

Et elle s'enfonça dans le siège pour se remettre les pensées en place.

Bien installé devant sa télévision en ce dimanche après-midi, David fut interrompu par la sonnerie du téléphone. Il décrocha et entendit la voix de Cynthia.

—Cal et Min étaient au parc, hier après-midi, l'informa-t-elle. Il l'a embrassée. C'est l'indice physiologique d'une certaine joie, ça pourrait les mener tout droit vers…

—Attends, attends, la coupa David en prenant une profonde inspiration.

C'était pour ce satané pari, Cal était prêt à tout pour le gagner.

— Il lui a donné à manger des donuts, poursuivit Cynthia. Il l'a emmenée pique-niquer, et…

Le sang de David se glaça.

— Min a mangé des donuts ?! Min ne mange jamais de donuts, elle fuit les glucides comme la peste ! Elle n'a jamais absorbé aucun glucide avec moi.

— Et chaque fois qu'il lui donnait un morceau, il l'embrassait.

— Quelle enflure ! Qu'est-ce qu'on fait ?

— Il va nous falloir travailler sur leurs déclencheurs attractifs en créant des instants de bonheur avec eux pour leur rappeler pourquoi ils nous aimaient. Invite-la à déjeuner demain. Un déjeuner parfait où elle se sentira unique et choyée, offre-lui des moments de bonheur et récupère-la !

— Je ne sais pas trop.

Il se rappela la tête de Min lorsqu'il lui avait annoncé qu'il rompait. Pour lui, l'idée était qu'elle revienne à lui en rampant, pas le contraire.

— De mon côté, je déjeunerai avec Cal, poursuivit-elle malgré les doutes de David. J'étais effondrée, j'attendais qu'il revienne de lui-même, mais nous n'avons plus le temps pour ça. Je l'attire dans mon lit avant le dessert et ça devrait mettre un point final à toute l'histoire.

— Min est encore furieuse contre moi, je pense qu'il est trop tôt pour qu'on se revoie.

Un silence tomba comme une chape de plomb.

— Tu ne fais pas preuve de beaucoup de bonne volonté. Sa famille ! Tu m'as dit que Min a besoin que sa famille approuve ses petits amis.

— C'est vrai. Sa mère m'adore.

— Voilà la clé : appelle sa mère, et dis-lui tout sur Cal et sa relation avec les femmes.

— Non, rétorqua David en se remémorant le manque d'intérêt dont pouvait faire preuve Nanette pour tout ce qui ne touchait pas aux calories ou à la mode. Ce soir, je téléphonerai plutôt à Greg, le fiancé de sa sœur.

— En quoi peut-il nous aider ?

— Il en parlera tout de suite à Diana. Puisqu'ils se voient tous les soirs et qu'elle habite chez ses parents, elle les en informera aussitôt. Son père est très protecteur.

— Parfait.

— Il lui a donné à manger des donuts ? répéta David, écœuré à cette idée.

— Un morceau après l'autre, confirma Cynthia.

Quel salaud. Il ne le faisait que pour ce pari. Malgré tous ses beaux discours et ses « Je joue petit mais je ne suis pas un pourri », il était parti pour séduire Min avec des donuts et reviendrait bien vite récupérer ses 10 000,00 dollars. Le grand Calvin Morrisey gagnait cette fois encore.

Pas si je m'y oppose.

— David ?

— Crois-moi, maugréa-t-il d'un ton grave, Min a mangé son dernier donut.

Le lundi, Roger se présenta en retard au travail. *Bonnie*, songea Cal, ce qui le fit penser à Min, ce qui était ridicule.

— Qu'est-ce qui se passe ? s'étonna Tony. C'est moi qui arrive au boulot en dernier normalement, c'est la tradition.

— Bonnie, expliqua Roger en prenant place derrière son bureau. On a discuté très tard hier soir.

— Discuté ? douta Tony, assis sur le coin d'un bureau. Vous auriez au moins pu vous envoyer en l'air.

Roger plissa des yeux.

— Bon d'accord, maintenant qu'on est tous là…, commença Cal.

— Je vais épouser Bonnie. On ne parle pas comme ça de la fille qu'on va épouser.

— Désolé, je ne me marierai pas, je ne peux donc pas le savoir, ricana Tony.

— … il va falloir repousser la formation de Winston…, continuait Cal.

— Tu comprendras le jour où tu rencontreras la bonne.

— Une bestiole pareille, ça n'existe pas.

— … et finir le boulot, insistait Cal en haussant la voix.

— Elle embrasse merveilleusement bien, susurra Roger le regard perdu par la fenêtre donnant sur l'horizon. Ça ne vous est jamais arrivé, d'échanger un baiser qui apporte du sens à tout ce qui vous entoure et qui vous enivre d'une sensation puissante ?

— Non, se révolta Tony.

— Si, répondit Cal en laissant Min revenir occuper ses pensées dans toute sa splendeur souple et sensuelle. (Ses deux amis se retournèrent vivement vers lui.) Est-ce qu'on peut se mettre au travail, maintenant ? Parce qu'on est à deux doigts de briser la glace et de décrire nos sentiments, or je ne suis pas certain qu'on se remette d'une discussion pareille.

— Je m'occupe des factures, acquiesça Roger en retournant à son bureau.

Cal s'enfonça dans son fauteuil, ouvrit un fichier sur son ordinateur, et se remit à penser à Min. L'idée de l'embrasser ne lui était même pas venue à l'esprit et voilà qu'une pulsion malsaine l'avait poussé à lui sauter dessus. Et elle n'avait rien fait pour l'en empêcher. Elle aurait pu lui flanquer une gifle pour cet assaut stupide mais non, elle en redemandait et l'encourageait même à…

Le téléphone sonna et Tony décrocha.

— Morrisey, Packard, Capa ? répondit-il puis il lança un regard ennuyé à Cal. Salut, Cynthia.

Cal secoua la tête.

— Il n'est pas là, poursuivit Tony. Je crois qu'il ne reviendra pas de la matinée.

Il fronça encore les sourcils en direction de Cal qui soupira et s'adossa à son fauteuil en haussant les yeux au ciel.

— Un déjeuner ? répéta Tony. Désolé, il a déjà rencard. Il va à *La table d'Emilio* avec sa nouvelle copine.

Cal se redressa si vite que ses pieds frappèrent violemment le sol. « Non ! » mimait-il en passant son pouce sous sa gorge pour menacer Tony.

— Tu n'as plus à t'inquiéter pour lui, il s'est remis de ta rupture et est remonté en selle illico.

Cal se leva, le regard noir.

— Je dois y aller, dit Tony avant de raccrocher.

— Mais tu es malade ! s'écria Cal.

— Eh, ça a marché, je m'en suis débarrassé, non ? Tu me dois une fière chandelle ! Enfin, je crois, murmura-t-il en fronçant les sourcils, puis il se tourna vers Roger. J'ai laissé l'inspiration me guider, tu crois que j'ai eu tort ?

— Je ne sais pas trop, répondit ce dernier. Mais tu ferais mieux de te méfier de tes inspirations, à l'avenir.

— Je ne veux pas revoir Min, ronchonna Cal en songeant le contraire.

— Et alors ? Cynthia n'est pas censée le savoir, fit remarquer Tony.

— Alors, je vais être obligé d'emmener Min à *La table d'Emilio* parce que Cynthia va vérifier.

— Pas forcément, intervint Roger. Si elle te le demande, tu n'as qu'à répondre que finalement vous êtes allés ailleurs.

— Je n'aime pas mentir.

Cal se rassit et s'efforça de ressentir de l'exaspération face à ce joyeux bazar. Il décrocha son téléphone, pria la standardiste de chercher le numéro de l'entreprise de Min et composa les chiffres. La tonalité signalait que la ligne était occupée, or laisser un message sur le répondeur n'était pas une bonne idée. On n'invite pas quelqu'un à déjeuner en laissant un message sur un répondeur.

Il raccrocha et s'aperçut que Tony et Roger l'observaient.

— Quoi ?

— Rien, répondirent-ils en chœur.

— Tant mieux.

Et il les ignora pour retourner à son ordinateur.

Lorsque son téléphone se mit à sonner, Min pensa *Cal* et s'en voulut aussitôt. Cette brute avait un don indéniable pour embrumer l'esprit des femmes, elle pouvait l'observer d'elle-même puisqu'il occupait déjà ses pensées un lundi matin à 9 heures au beau milieu d'un rapport d'examen.

— Minerva Dobbs, répondit-elle machinalement dans le combiné en tapotant avec son stylo rouge sur la vitre dépolie de son bureau.

— Raconte-moi qui est cet homme avec qui tu sors, ordonna sèchement sa mère.

— Non mais je rêve !

Exaspérée, Min s'enfonça dans son fauteuil.

— Selon Greg, il a une affreuse réputation auprès des femmes, reprit Nanette. Selon Greg, il les jette après chaque utilisation comme des Kleenex. D'après Greg…

— Maman, je me fiche complètement de ce que Greg peut penser, s'exclama Min pour couvrir la voix paniquée de sa mère. Et je ne sors pas avec lui. On est allés dîner et on a pique-niqué, c'est tout.

Tout en parlant, elle écrivit le prénom de Cal en lettres capitales sur la couverture de son rapport puis traça un gros trait rouge en travers. *Fini, fini, fini.*

— D'après Greg…

— Maman !

— … c'est un bourreau des cœurs. Il se fait du souci pour toi.

Min voulut dire : « Pff, tu parles » mais s'arrêta net. C'était sûrement vrai que Greg s'inquiétait pour elle. En réalité, il s'inquiétait tout le temps et pour tout.

Mais pourquoi se faisait-il du souci pour elle ?

— Comment Greg est-il au courant ne serait-ce que de l'existence de ce type ? s'étonna Min en écrivant à nouveau le prénom de Cal mais cette fois avec deux gros traits rouges en travers.

Dessous, elle ajouta « pauvre type » et « mouchard ».

— En tout cas, moi aussi je m'inquiète pour toi, renchérit sa mère. Je sais que tu te remets difficilement de ta rupture avec David, mais moi ça ne me plaît pas du tout. Je ne supporte pas l'idée que tu te sentes mal.

La gorge de Min se noua.

— Qui êtes-vous et qu'avez-vous fait de ma mère ?

— Je ne veux pas que tu aies le cœur brisé, murmura Nanette. (Min crut presque entendre trembler sa voix.) Je veux que tu te trouves un mari qui t'aime pour la personne merveilleuse que tu es et qui ne te quittera pas à cause de tes kilos en trop.

Min secoua la tête.

— Tu m'as eue presque jusqu'à la dernière phrase.

Elle écrivit cette fois « maman » en lettres capitales, dessina un cœur autour, puis, alors que Nanette continuait de parler, elle traça quatre traits rouges en travers.

— Le mariage, c'est difficile, Min. Les hommes ont des millions de raisons pour tromper leur épouse et tourner les talons, alors il faut constamment faire des efforts, il faut constamment être jolie. Ils fonctionnent sur l'apparence. S'ils trouvent mieux ailleurs…

— Maman ? Je ne crois pas…

— Peu importe les efforts que tu fournis, il y en aura toujours une autre plus belle ou plus jeune, poursuivait Nanette la voix tremblotante. C'est ce qui nous attend toutes, même Diana. Tu ne peux pas commencer avec un handicap, tu ne peux pas…

— Pourquoi me racontes-tu tout ça ? Est-ce que Greg trompe Diana ?

— Euh, non, répondit sa mère, interloquée. Bien sûr que non.

L'idée de Greg trompant Diana était ridicule, il n'avait pas assez de cran pour ça. Et puis, il aimait sa fiancée plus que tout au monde.

— Pourquoi dis-tu une chose pareille ? s'exclama Nanette. Quelle idée affreuse !

Si elle ne pensait pas à Greg, alors à qui pensait-elle ? *Papa ? Non*. Min écarta également cette option. Dans la vie, seules trois choses intéressaient son père : les assurances, les statistiques et le golf.

— C'est pourtant toi qui as commencé à parler de tromperies. Or, la seule chose pour laquelle papa pourrait te tromper, c'est un club de golf fer quatre, alors ce n'est sûrement pas lui qui te pousse à parler d'adultère. Qu'est-ce qui t'arrive ?

— Je veux que tu sois mariée et heureuse. Or, ce Kévin n'a pas l'air…

— Calvin, rectifia Min.

— Emmène-le à dîner samedi soir. Et porte du noir pour paraître plus mince.

— Je ne le fréquente pas, maman. Ça paraîtrait bizarre qu'il veuille rencontrer mes parents.

— Fais attention, c'est tout. Je ne sais pas où tu les trouves, ces hommes, mais alors…

— Il a plongé les yeux dans mon décolleté et a vu le soutien-gorge rouge à dentelle. C'est ta faute.

Après quelques minutes passées à gentiment rassurer Nanette, Min raccrocha et retourna à son travail cinq nouvelles minutes, puis le téléphone se remit à sonner.

— Génial, se lamenta-t-elle avant de décrocher, parée à reprendre la dispute mère-fille éternelle. Minerva Dobbs ?

— Min, c'est Di.

— Salut, ma puce. Si c'est pour me parler de Greg qui est venu moucharder sur mon rencard au parc, tout va bien, c'est terminé, je ne reverrai plus jamais cet homme.

Elle tira un nouveau trait rouge en travers du prénom de Greg. Si on lui demandait son avis, il n'y aurait jamais trop de traits en travers de ce prénom.

— Greg a dit que David a dit que ce type est un escroc, baragouina Diana.

Min se redressa dans son fauteuil, perplexe.

— Oh, vraiment, David a dit ça ?

Ce cafard rapporteur n'était même pas capable de parier sans tricher. Les lettres capitales « DAVID » eurent droit à un stylo planté en plein cœur.

— Il a dit à Greg de ne pas me dire qu'il le lui avait dit, expliqua Diana.

— C'est ça, répliqua machinalement Min, sans avoir cherché à suivre.

— Ce qu'il y a, c'est que je n'ai pas l'impression qu'il fasse partie de ton plan.

Min arrêta net son stylo en plein meurtre.

— Mon plan ? Quel plan ?

— Tu as toujours un plan. Comme moi. J'ai minutieusement planifié la cérémonie de mon mariage et Greg s'intègre parfaitement à mon schéma. Il est l'époux parfait avec qui je vivrai une vie parfaite.

— C'est ça, marmonna Min en traçant un nouveau trait en travers de « Greg ».

— Donc, tu as forcément un plan, or ce requin…

— Cette brute, corrigea Min.

— … cette grenouille, bref, ne correspond pas à ton style de plans.

— Ce n'est pas une grenouille. Je l'ai embrassé et il ne s'est pas transformé en prince. (*C'est en dieu qu'il s'est transformé. En fait, non.*) Bon, écoute, je ne le reverrai plus, alors tout le monde se calme.

— Tant mieux, soupira Diana. Je dirai à maman que tu te montres raisonnable comme d'habitude et elle arrêtera de s'inquiéter.

— C'est ça, très bien. « Raisonnable comme d'habitude. » Personne n'en a parlé à papa, si ?

— Maman, sûrement.

Une vision lui apparut de son père en énorme ours blond sur protecteur.

— Bon sang, Di, pourquoi tu ne l'en as pas dissuadée ?! Tu le connais, quand même !

— Oui, je sais. Il n'empêche que je ne suis même pas sûre qu'il aime Greg.

Et toi, tu es sûre d'aimer Greg ? La question brûlait les lèvres de Min, mais cela n'aurait aucun intérêt puisque sa sœur lui jurait vouer un amour sincère et éternel à son fiancé.

— Bon, j'ai une bonne nouvelle, reprit Min. Je t'ai trouvé un gâteau…

— C'est vrai ? s'écria Di d'une voix stridente. Oh, Min, merci…

— … mais il ne sera pas décoré, donc avec Bonnie on pensait s'en occuper en l'ornant de perles de maman et de beaucoup de fleurs.

Min dessina un gâteau.

— Tu comptes décorer mon gâteau ? bafouilla sa sœur d'un ton monocorde.

— Dès qu'ils l'auront goûté, les invités l'adoreront, la rassura Min en ajoutant des colombes à son dessin.

— Une fois qu'ils l'auront *goûté* ?! Et lorsqu'ils le verront, alors ?

Des perles se joignirent à son dessin. Elles étaient plus faciles à dessiner que des colombes ; un peu de facilité n'était pas de refus dans cette matinée déjà assez compliquée comme ça.

— Tu plaisantes ? Orné de perles et de fleurs, il va faire un carton !

— Qu'est-ce que maman en a dit ?

— Pourquoi ne pas lui poser la question le jour du mariage ? lança Min, toujours d'un ton enjoué.

Di soupira dans le combiné.

— Bon, d'accord. Merci beaucoup, vraiment. Tant mieux s'il a bon goût, et merci pour les boîtes à gâteau.

— Les boîtes à gâteau ?

— Oui, ces petites boîtes remplies de gâteau que les invités emportent chez eux en souvenir, pour prolonger le rêve, expliqua Diana.

— Des boîtes à gâteau, répéta Min en dessinant de petits carrés. Deux cents, j'imagine.

— Tu n'en as pas commandé ?!

Son poignet accéléra le tracé.

— Si, j'ai commandé des boîtes à gâteau ! Respire, tu as l'air toute tendue. Tu vas bien, au moins ?

— Oui, très bien, répondit Diana sans emphase.

— Chouine et Couine ne te causent pas trop de problèmes ? s'enquit Min, puis elle s'interrompit dans une grimace. Euh… je veux dire Susie et Karen ?

Diana se mit à rire.

— Je n'arrive pas à croire que tu viens de le dire !

— Je suis désolée, je…

— Min, on sait. Karen a entendu Liza l'appeler comme ça quand on était au lycée. Elle surnomme Liza et Bonnie « Aigre et Douce ».

Min ne put se retenir de rire.

— Garde ça pour toi ! supplia Diana. Je continuerai de faire comme si vous n'appeliez pas Susie et Karen « Chouine et Couine » si tu continues de faire comme si on n'appelait pas Liza et Bonnie « Aigre et Douce ».

— Ça marche. Bon sang, qu'est-ce qu'on est méchantes ! — Pas nous, rectifia joyeusement Diana. Ce sont nos copines qui ont monté cette histoire, nous, nous sommes les gentilles filles Dobbs.

Elle repensa à Cal. À l'avenir, elle essaierait d'être plus gentille avec lui. Sauf que puisqu'elle ne le reverrait plus, ça n'avait plus d'importance. Et puis, dans le parc elle avait voulu se montrer gentille et ça ne s'était pas très bien terminé.

—À mon avis, ça dépend du point de vue. Ces derniers temps, j'ai été assez vache…, regretta Min, puis sa voix faiblit lorsque son père apparut dans le couloir, droit comme un Viking énervé. Salut, papa.

—Oh, non, murmura Diana dans le téléphone.

—Je te rappelle, lança Min avant de raccrocher. Alors, qu'est-ce qui t'amène ? Tu manques d'air, au quarantième étage ?

—Cet homme que tu fréquentes…, pesta George Dobbs en jetant un regard noir à sa fille alors qu'il entrait dans le bureau.

—N'y pense même pas. Je sais que tu ne fais qu'une bouchée des jeunes commerciaux qui débarquent dans le métier, mais ça ne marche pas avec moi. Je ne vois plus Cal, mais c'est parce que *je* le veux bien. Ne t'en fais pas, papa, lui sourit-elle, mais cela n'adoucit en rien l'air inquiet de son père. Deux millions et demi de personnes se marient chaque année dans ce pays. Pourquoi pas moi ?

—Tout le monde n'est pas fait pour le mariage, Min.

—Papa ! s'exclama Min, interloquée.

—Cet homme est un escroc.

—Attends une seconde, tu ne le connais même pas ! Il a été très correct avec moi les deux fois où nous sommes sortis… *(Malgré quelques mains baladeuses dans le parc.)* En plus, on a décidé de ne plus se revoir, le problème est donc réglé.

—Tant mieux, marmonna son père, le visage un peu plus détendu. C'est une bonne chose, une décision intelligente. Pourquoi prendre le risque de s'engager dans une relation qui a de fortes probabilités d'échec ?

— Je ne lui vends pas d'assurance.

— Je sais, Min. Mais ça part du même principe. Tu n'es pas joueuse parce que tu n'aimes pas prendre de risques, tu es trop raisonnable pour ça.

Il sourit et tapota la main de sa fille avant de quitter la pièce. Une fois seule, assise derrière son bureau, Min se sentit insipide, mal fagotée et banale. « Tu n'aimes pas prendre de risques. » « Raisonnable comme d'habitude ». Elle se laissa envahir par le souvenir de ce baiser dans le parc, de la bouche de Cal se pressant contre la sienne et de ses mains viriles sur elle ; une bouffée de chaleur la fit frissonner. Ce baiser n'était pas raisonnable, ce baiser ne faisait partie d'aucun plan. Et maintenant, elle ne le reverrait plus.

Elle baissa les yeux sur son dossier et se rendit compte qu'elle l'avait perforé. Elle avait dû le poignarder tel le Norman Bates de l'étude statistique.

— Génial, souffla-t-elle en essayant de séparer les pages.

La première de couverture se déchira et le téléphone se remit à sonner. Cette fois prête à perforer son interlocuteur, elle décrocha et grommela :

— Minerva Dobbs ?

— Bonjour, Minerva, s'amusa Cal. D'où sors-tu ce prénom immonde ?

Min eut le souffle coupé net.

Respire. Profondément. Très profondément.

— Génial, répondit-elle. C'est parfait, un type prénommé Calvin vient me faire des leçons sur les prénoms !

Je me fiche complètement qu'il ait téléphoné, ça ne m'atteint absolument pas.

Son cœur battait si fort qu'elle était persuadée que Cal pouvait l'entendre.

— On m'a appelé comme ça en hommage à mon riche oncle Robert, expliqua Cal. Ce qui s'est révélé être un gros gâchis puisqu'il a tout abandonné pour les baleines. Et toi, quelle est ton excuse ?

— Ma mère voulait une déesse, murmura Min.

— Eh bien, elle a réussi. Je retire ce que j'ai dit : ce prénom te va à merveille.

Min s'efforça de revenir à une attitude désinvolte et impassible.

— Et la mère de mon père s'appelait Minnie, c'était une sorte de compromis. Pourquoi ton prénom n'est pas Robert, si c'est en hommage à ton oncle ?

— On m'a donné son nom de famille. Tant mieux pour moi, je ne me voyais pas m'appeler Bob.

Min s'adossa dans son fauteuil en une posture qu'elle voulait décontractée.

— Bob Morrisey. On dirait le nom d'un type bizarre en charge du courrier.

— Ou d'un commercial en assurances à qui tu peux faire confiance, surenchérit Cal.

— Ou d'un vendeur en voitures d'occasion à qui tu ne peux pas faire confiance.

— Tandis que Calvin Morrisey, c'est plutôt le nom d'un vieux schnoque qui a monté sa boîte en 1864. Ou, en l'occurrence, le nom du mec qui a ta chaussure.

— Ma chaussure ?

— Rubans rouges, talon rigolo, grosse fleur tombante.

Min se redressa le sourire aux lèvres.

— Ma sandale ! Je croyais l'avoir perdue !

— En fait, tu ne la reverras jamais. Sauf si tu acceptes de déjeuner avec moi. Je la tiens en otage, un flingue est pointé sur son talon à la minute où je te parle.

— D'habitude, je mange dans mon bureau…

Elle s'arrêta net. *Nom d'un chien, je passe pour une nana insipide et misérable.*

— Emilio teste un nouveau menu du midi, il a besoin de toi. *J'ai* besoin de toi.

— Je ne peux pas.

Alors qu'elle refusait, chaque fibre de son corps hurlait : « Oui, oui, tout ce que tu voudras ! ». Heureusement que ses fibres n'avaient pas la parole.

— Tu ne peux pas abandonner Emilio comme ça ! insistait Cal. Il t'adore, on mangera du poulet au marsala. Allez, profite de la vie ! Juste un peu !

« Juste un peu ! » Même Cal avait perçu sa prudence obsessionnelle et son aversion pour les jeux de hasard. Elle était pathétique.

— D'accord, marmonna-t-elle, et son cœur se remit à battre. J'adorerais récupérer ma chaussure et manger du poulet au marsala pour le déjeuner.

— N'oublie pas un détail : c'est avec moi que tu le dégusteras. Tu ne reverras pas ta chaussure tant que tu n'auras pas fini ton repas.

— Je peux me faire à cette idée.

Tout son corps s'allégea, elle raccrocha puis retourna à son dossier.

Dessus, elle avait dessiné de tout petits cœurs. Des dizaines de tout petits cœurs.

— Et merde ! souffla-t-elle en laissant tomber sa tête sur le bureau.

Lorsqu'elle arriva devant *La table d'Emilio*, un adolescent aux cheveux bruns se tenait à la porte.

— Vous cherchez Cal ? demanda-t-il et elle hocha la tête. Il est installé à votre table.

Puis le garçon fit un signe de tête pour l'inviter à entrer dans le restaurant.

— J'ai une table ? demanda Min, étonnée.

Mais elle aperçut Cal, assis près de la fenêtre à la table qu'ils avaient occupée le mercredi précédent. Le souffle lui manqua. *J'ai tendance à oublier à quel point il est beau*, songea-t-elle. Elle le regarda, lui qui était confortablement installé sur sa chaise, détendu, ses yeux noirs rivés sur la rue de l'autre côté de la vitre – le profil de l'homme parfait. Du bout des doigts, il tapotait sur la table patiemment. Le souvenir de ces mains puissantes sur elle, cette sensation si délicieuse… *Ne reste pas là, va-t'en*. Mais il tourna le regard vers elle, se redressa et lui sourit. Même ses yeux souriaient, comme s'il était heureux de la revoir, alors elle lui rendit son sourire et s'approcha de lui. *Quel charmeur*, pensa-t-elle. En s'avançant, elle ralentit le pas mais il s'était déjà levé pour tirer la chaise et l'inviter à s'asseoir.

— Merci d'être venue, susurra-t-il.

Elle se glissa sur le siège. *Il manigance quelque chose, méfie-toi*. Puis elle le surprit à regarder par terre.

— Quoi ? s'étrangla-t-elle.

— Tes chaussures. Qu'est-ce que tu portes ?

— On croirait entendre le téléphone rose, ricana-t-elle d'une voix qu'elle voulait garder tranchante.

Malgré tout, elle sortit son pied de sous la table pour le laisser étudier ses mules bleues en peau de serpent assorties à son vernis à ongles bleu lui aussi.

Il secoua la tête.

— Tu peux faire mieux que ça. En revanche, pour les orteils c'est pas mal.

— J'ai mis ces chaussures pour travailler, se justifia-t-elle, clairement agacée. En plus, c'est toi qui as mon second escarpin rouge alors je ne pouvais pas les mettre ce matin. D'ailleurs, tu peux me le rendre ?

— Pas avant la fin du repas, répondit-il en s'asseyant. C'est mon seul avantage sur toi.

— Tu développes ce fétichisme des pieds depuis longtemps ? s'enquit-elle alors qu'il lui tendait la panière.

— Seulement depuis que je te connais. Un nouveau monde s'est ouvert à moi.

Consternée, Min comprit qu'il disait vrai. Cela suffit à faire renaître son anxiété. *Je me fiche de lui, je me fiche de lui…* D'un mouvement brusque elle lui rendit la corbeille : c'était décidé, si elle n'arrivait pas à maîtriser ses pensées elle maîtriserait au moins sa consommation.

— Ravie de constater le poids de mon influence. Sinon, qui est ce jeune charmeur à l'entrée ? Tu devrais lui donner quelques leçons.

— C'est le neveu d'Emilio, expliqua Cal en attrapant un morceau de pain pour le rompre en deux. Son service mérite d'être un peu travaillé.

Elle saisit sa serviette pour garder ses mains hors de portée du pain.

— Emilio n'a personne d'autre pour servir ? Il fait presque fuir les clients.

— Brian est le plus social de la fratrie. Les autres sont en cuisine pour éviter de blesser quelqu'un. Heureusement pour eux, ils savent cuisiner. J'ai déjà commandé le repas : salade, poulet au marsala, pas de pâtes.

— Parfait, je meurs de faim ! s'exclama Min. Est-ce que tu savais que quarante pour cent des pâtes vendues sont des spaghettis ?

Espèce d'intello, songea-t-elle. Elle lui sourit en s'efforçant de supprimer toute envie de manier les pourcentages.

— Pour moi, poursuivit-elle, ça dénote un véritable manque d'origin…

Brian jeta une assiette de salade sous son nez et une autre pour Cal.

— Encore quinze minutes pour le poulet, lança-t-il. Du vin ?

— Oui, s'il te plaît, répondit Cal. Je croyais que tu travaillais ta finesse ?

— Pas avec toi, rétorqua Brian. Bon, c'est du poulet mais toi tu veux quand même du rouge, c'est ça ?

— C'est ça. Maintenant, demande-moi quel type de rouge.

— Celui qu'Emilio voudra bien mettre dans ton verre, j'imagine, lâcha le jeune homme en s'éloignant.

— Un petit rayon de soleil, ce garçon, ricana Min. Mais assez parlé de lui, donne-moi 10 dollars.

— Dix dollars ? s'exclama Cal avec son air surpris si séduisant. Ah, non, je n'ai rien parié, alors arrête de me harceler pour de l'argent.

— Cette invitation à déjeuner n'est pas un pari ?

— Aucun billet ne changera de propriétaire, assura-t-il. Sauf lorsque j'irai régler l'addition.

— On peut faire moitié-moitié, proposa Min.

— Non.

— Pourquoi pas ? Je peux me le permettre. En plus, c'est pas un rencard, alors pourquoi…

— Je t'ai invitée, je paie, insista Cal avec sa mine entêtée si exaspérante.

— Ce qui signifie que si je t'invite, *je* paie.

— Non, dans ce cas je paierai aussi. Maintenant dis-moi qui sont Diana, Chouine et Couine.

— C'est pour savoir ça que tu m'as invitée ? lança-t-elle en reprenant un ton sceptique.

Cal se prit la tête entre les mains.

— Non. Est-ce que, pour une fois, on ne pourrait pas se comporter comme des personnes normales ? Sourire, bavarder, faire comme si tu ne me haïssais pas ?

— Je ne te hais pas ! se récria Min, choquée. Je t'aime bien. Enfin, tu as tes défauts mais…

— Quels défauts ? J'en ai, évidemment, mais je me suis très bien comporté avec toi, sauf lorsque je t'ai cogné l'œil et quand je t'ai assaillie sur une table de pique-nique. À propos, ça va ?

— Très bien, répondit Min en s'efforçant de garder un ton enjoué. Je tourne une nouvelle page en prenant des risques. Je déjeune avec un loup.

— Je suis un loup ? s'étonna Cal.

— Je t'en prie, ne fais pas l'innocent. Vendredi soir, tu es venu m'accoster avec ton « Bonsoir, petite fille. » Tu te prenais pour qui, le prince Charmant ?

Avant que Cal puisse rétorquer quoi que ce soit, Emilio apparut avec le vin. Min rayonna, heureuse qu'il interrompe cette situation pesante.

— Emilio mon chou, j'ai oublié de te parler des boîtes à gâteau. Il m'en faut deux cents.

— On s'en charge déjà, la rassura le cuisinier. *Nonna* a dit que tu aurais sans doute besoin de boîtes carrées de dix centimètres pour mettre ses gâteaux carrés de sept centimètres et demi.

— Génial ! Je m'occupe de commander les boîtes, acquiesça Min. C'est vraiment super, ta grand-mère est un ange et toi tu es mon héros. Couronné d'un génie de la cuisine, bien sûr.

— Et toi, tu es ma cliente préférée.

Emilio l'embrassa sur la joue et disparut en cuisine.

— Je l'aime ! déclara-t-elle à Cal.

— J'avais remarqué, marmonna ce dernier. Tu es venue le voir dans mon dos, pas vrai ?

— Exact. On a parlé pâtisseries.

— Waouh, venant de toi ce sujet devait être très sensuel !

Armée de sa fourchette, Min renouvela une attaque contre la salade et mordit de bon cœur dans les feuilles croustillantes. Rien que l'assaisonnement léger et acidulé d'Emilio était un véritable chef-d'œuvre.

— Très drôle… Bon sang, qu'est-ce que j'aime ce cuisinier ! Cette salade est fabuleuse, un adjectif que j'attribue rarement au mot « salade ».

— Parle-moi de ce gâteau, s'enquit Cal en entamant son entrée.

— Ma sœur Diana se marie dans trois semaines, expliqua Min, heureuse de ne plus s'aventurer sur des sujets de conversation trop risqués. Son fiancé avait évoqué un chef génial qu'il connaissait bien, il prévoyait de faire la surprise en lui commandant le gâteau. Finalement, la surprise était qu'il avait oublié de passer la commande.

— Et le mariage tient toujours ?

— Oui. Ma sœur se croit en tort, elle estime qu'elle aurait dû le lui rappeler.

— Ta sœur n'a pas l'air de beaucoup te ressembler, observa Cal.

— Elle est à l'opposé de moi : c'est un amour.

Il fronça les sourcils.

— Ce qui fait de toi… ?

Surprise, elle reposa sa fourchette.

— Moi ? Je fais aller.

Cal secoua la tête en soupirant.

Emilio arriva les bras chargés d'un plateau fumant de poulet au marsala, Min lui promit un dévouement éternel, puis le cuisinier repartit.

— Sinon, comment Chouine et Couine atterrissent dans cette histoire de gâteau ? reprit Cal en servant poulet et champignons.

— Elles n'ont rien à y voir. Ce sont les demoiselles d'honneur de ma sœur, c'est tout. Mais ne dis à personne que je les appelle comme ça ! le supplia-t-elle.

Puis elle mangea sa première bouchée de poulet, la savoura longuement, et taquina du bout de la langue une goutte de sauce oubliée au coin des lèvres.

— D'après toi, est-ce que…

— Arrête de faire ça, la coupa Cal d'une voix grave.

Elle cligna des yeux.

— Faire quoi ? Poser une question ?

— Lécher ta lèvre. Qu'est-ce que tu allais me demander ?

— Pourquoi ? C'est mal élevé ? s'aventura-t-elle.

— Non, mais ça me distrait. Ta bouche est magique, je le sais parce que j'ai déjà eu l'occasion d'y goûter. Qu'est-ce que tu voulais me demander ?

Le regard de Min croisa celui de Cal qui la contempla sans ciller. *Oh*, songea-t-elle en essayant de se souvenir de quoi ils parlaient. Chose difficile étant donné que, dans l'immédiat, toutes ses pensées revivaient la manière dont, effectivement, il avait déjà eu l'occasion d'y goûter. La sensation délicieuse que cela lui avait procurée lui revint en mémoire, ce désir qui palpitait dans ses yeux, là maintenant, et cette vague de…

— Ça va, vous deux ? lança Brian.

— Quoi ? fit Cal en relevant brusquement la tête.

— Quelque chose ne va pas avec le poulet ? interrogea Brian en fronçant les sourcils. Vous faisiez une drôle de tête.

— Non, le rassura Min en attrapant sa fourchette. Le poulet est succulent.

— OK. Besoin de quelque chose ?

— D'un serveur plus classe ? rétorqua Cal.

— Ouais, c'est ça. Comme si j'allais gâcher mon talent pour toi, ricana Brian en s'éloignant.

Min se précipita sur un sujet de conversation plus sûr.

— Bref, quand Diana m'a parlé du gâteau, je me suis tournée vers Emilio en cet instant de détresse fatidique et il a appelé sa grand-mère. C'est donc mon héros.

— Attends de goûter le gâteau. Elle ne le prépare que pour les mariages, et c'est à se damner.

— Tu as déjà eu l'occasion de goûter à un gâteau de mariage ?

— Au mariage d'Emilio, à celui de mon frère, bref tous ceux des gens que je connais. Tony, Roger et moi, on est les derniers irréductibles célibataires, mais autour de nous ça s'est pas mal marié. Maintenant, Roger passe dans l'autre camp.

— Au moins, Tony et toi pourrez vous soutenir mutuellement, observa Min joyeusement. Alors comme ça tu as un frère. Petit ou grand ?

— Grand. Reynolds.

Min s'interrompit net de manger.

— Reynolds ? Comme dans Reynolds Morrisey ?

— Oui. Époux de Bink, père de Harry.

— Ce n'est pas le nom de ce fameux cabinet d'avocats, Reynolds Morrisey ?

— Si, marmonna Cal. Tenu par mon père – John Reynolds – et mon frère.

Cet aveu ne parut guère l'enchanter.

— Pratique. Comment va Harry ?

— Traumatisé à vie après nous avoir vus sur une table de pique-nique.

Min fit la grimace.

— C'est vrai ?

— Difficile à dire, je ne l'ai pas revu depuis samedi. À l'heure qu'il est, Bink l'a sûrement déjà emmené voir un psy. D'après toi, comment ça va se passer entre Bonnie et Roger ?

— Ils seront fiancés avant l'automne, c'est sûr.

Tout le reste du déjeuner, ils papotèrent de Roger et Bonnie, et d'autres sujets plus ou moins futiles. Une fois le repas achevé et la note réglée par Cal, ce dernier hasarda :

— Alors comme ça, c'est une prise de risques de déjeuner avec moi ? Est-ce que ça signifie dire que je dois m'excuser pour notre précédent rendez-vous ?

— Non, répondit Min en souriant pour feindre l'indifférence. Je travaille sur la théorie suivante : si personne n'en parle, ça n'est jamais arrivé. Toutefois, il semble que d'autres personnes soient au courant. Greg, par exemple. Apparemment il nous a dénoncés et maintenant ma mère compte t'inviter à dîner. (Le visage de Cal trahit sa stupéfaction.) Je lui ai dit que puisque je ne te connais pas du tout, il y a peu de chances que tu acceptes, poursuivit-elle. Puis sans crier gare, elle posa la question qui lui brûlait les lèvres :

— Qu'est-ce qui s'est passé entre nous, samedi ?

Cal prit une profonde inspiration.

— Euh… C'était chimique. Et génial. Je serais tout particulièrement intéressé par l'éventualité que nous recommencions, de préférence nus et à l'horizontale…

Le pouls de Min s'accéléra, elle se frappa le front avec la paume de la main pour interrompre Cal mais aussi pour interrompre sa propre imagination traîtresse.

— Qu'est-ce qu'il y a ? interrogea-t-il.

— Je viens de me souvenir pourquoi il ne faut jamais demander à un homme de dire la vérité : parce que parfois, il le fait.

— Ce que j'essayais de t'expliquer, c'est que Liza avait raison. Je n'avais aucune raison de t'embrasser comme ça parce que je ne compte pas m'engager dans quoi que ce soit d'aussi sérieux. Je sors à peine d'une relation dont je sous-estimais la stabilité et…

Min fronça les sourcils.

— Comment peut-on sous-estimer la stabilité de son couple ?

— Je croyais qu'on passait du bon temps, c'est tout. Mais elle s'est mis en tête que je l'épouserais. Ça s'est terminé sans trop de casse, ni trop de rancune.

Min posa sur lui un regard stupéfait.

— Elle voulait se marier et toi non, mais vous vous êtes séparés sans rancune ?

— Elle m'a dit que si je n'étais pas prêt à m'engager, elle passerait à autre chose. C'était clair et net.

— Et après, on raconte que tu es l'homme qui murmurait à l'oreille des femmes ? Non, ce n'était pas clair et net ! Aujourd'hui, soit elle te hait, soit elle pense te récupérer un jour.

Cal secoua la tête.

— Cynthia est une femme raisonnable. Elle sait que c'est terminé. Nous deux c'était génial, mais c'est bel et bien fini parce que ni elle ni moi n'avons envie de recommencer.

Malgré elle, Min percevait tout à fait ce qu'il voulait dire par là.

— Je vois. Si on avait une once de compatibilité, les choses seraient complètement différentes. Je n'ai rien contre l'engagement, surtout si ça s'annonce aussi bien, mais la dernière chose dont j'aie besoin c'est de tomber amoureuse d'un homme parce qu'il embrasse comme un dieu alors que je sais pertinemment qu'il n'est pas bon pour moi. En plus, je me réserve pour la réincarnation d'Elvis et ce n'est pas toi. Mais…

Elle s'arrêta net lorsqu'elle vit une expression étrange sur le visage de Cal.

— Quoi ? Je plaisante pour Elvis…

— « Je ne suis pas bon pour toi, mais j'embrasse comme un dieu » ?

Avant de répondre, elle considéra cette question.

— Oui, c'est plus ou moins ça. Pourquoi ? Tu as quelque chose à y redire ?

Il ouvrit la bouche mais la referma aussitôt et haussa les épaules.

— Je suppose que non. Moi, je ne pense pas que tu sois mauvaise pour moi, en revanche je ne supporte pas qu'on me tape sur les nerfs. Tu n'es pas de tout repos.

— C'est vrai, reconnut-elle. Mais tu l'as bien cherché en faisant ton séducteur.

— Je suis un séducteur à la retraite. Tout ce que je demande, c'est un peu de calme et de tranquillité. Une pause, quoi.

—Exactement le même plan que moi : une pause, finis les rencards.

—Jusqu'à l'arrivée d'Elvis ?

—Exactement. Pour l'instant, je n'y vois aucun inconvénient.

—Pas de sexe ?

—Je peux m'y faire.

—Ouais, tu es douée pour ce qui est de te priver.

—Eh ! s'offusqua Min. On discute normalement, et voilà que tu m'insultes !

—Excuse-moi, admit Cal.

Ils se levèrent de table pour s'en aller, Min embrassa Emilio sur la joue et ils sortirent dans la rue.

—Bon, il fait jour et mon bureau n'est qu'à quelques rues d'ici, tu n'es donc pas obligé de me raccompagner, anticipa Min.

—Très bien, acquiesça Cal en tendant la main. Je suppose qu'on se reverra au mariage de Bonnie et Roger. Sinon, à jamais et bonne continuation.

Elle lui serra la main et la relâcha aussitôt.

—Pareillement. Bonne chance pour l'avenir.

Elle se retourna pour partir.

—Attends, s'écria-t-il.

Le cœur de Min battit à tout rompre. Mais lorsqu'elle se tourna, il lui tendait sa chaussure, les rubans rouges flottant dans la brise légère.

—Ah, oui, lâcha-t-elle en l'attrapant. Merci beaucoup.

Il retint la sandale un instant en plongeant son regard dans le sien, mais secoua la tête et murmura :

—Je t'en prie.

Puis il relâcha son emprise.

Elle se mit en route sans regarder en arrière, repue d'un délicieux déjeuner mais très loin de se sentir aussi heureuse qu'elle le pensait.

Quel charmeur, songea-t-elle avant de le chasser de ses pensées.

Le mardi suivant, il était midi et Min baissa les yeux sur son assiette de salade posée sur son bureau. *La vie peut m'offrir plus que ça.* C'était la faute de Cal ; il l'avait convertie à la bonne nourriture en journée et elle ne pouvait plus s'en passer. Avant de le connaître, elle ne voyait le repas que comme un instant de privation. Avant son régime pour enfiler cette stupide robe de demoiselle d'honneur, le beurre était déjà prohibé. *Le beurre, c'est essentiel,* se dit-elle. Non, c'était de la folie de penser une chose pareille.

En revanche, le poulet au marsala était autorisé.

Elle repoussa son assiette de côté, se connecta à Internet et lança une recherche sur « poulet au marsala », parce qu'une requête sur « Cal Morrisey » n'aurait pas fait avancer son satané plan.

« Plat très populaire », lut-elle en s'apercevant qu'il y avait 48 300 entrées pour ce terme.

En admettant qu'au moins 48 000 d'entre elles expliquaient le plat – si elle arrivait jusque-là – ça faisait tout de même un sacré paquet de recettes. L'une d'entre elles comprenait des artichauts, quel sacrilège ! Une autre indiquait du jus de citron – *très mauvaise idée* –, une autre des poivrons et une autre encore des oignons. Il était impressionnant d'observer tous les moyens que trouvaient les gens pour saccager une recette de base idéale. Elle en imprima deux qui lui semblaient correctes puis s'apprêta à se déconnecter. Au lieu de cela, prise d'une impulsion, elle tapa « dyslexie » dans la barre de recherche. Une heure plus tard, elle se déconnecta, éprouvant un nouveau respect pour Calvin Morrisey et pour ce qu'il était parvenu à accomplir.

En sortant du travail, elle fit un détour par l'épicerie. Prévoir un plat pour le dîner une recette à la main, c'était quelque chose de nouveau qui effaçait une bonne partie de l'hostilité que lui inspirait l'idée de la nourriture. En revanche, elle devrait modifier un peu la préparation : le poulet devait être pané dans de la farine, or ce n'était qu'un surplus de calories inutile, qui plus est des glucides. *On oublie le pané.* Le sel, le poivre, elle en avait déjà. Le persil n'était pas calorique, elle en acheta donc un bocal. Du blanc de poulet vidé et désossé, pas de problème, ça lui parlait. *Mais le beurre et l'huile d'olive ?*

— Alors, juste pour rigoler, lança-t-elle à voix haute en s'emparant d'un flacon d'huile d'olive en spray.

Les champignons sont remplis d'eau, elle pouvait en acheter. On arrivait donc au marsala. Elle en dénicha une bouteille parmi les vins de table. En passant devant le rayon boulangerie la tête haute et les résolutions bien accrochées, elle se dirigea directement vers la caisse l'air triomphante, rentra chez elle, se mit en pyjama, lança son lecteur CD à puissance maximum et chanta à tue-tête sur l'album des meilleurs tubes d'Elvis tout en cuisinant.

Une heure plus tard, l'album reprenait du début et Min observait le chaos qui mijotait dans sa seule poêle à frire en se demandant d'où venait le problème. Elle avait fait revenir le poulet dans sa poêle anti adhésive puis avait suivi chaque instruction à la lettre ; mais l'aspect était étrange et le goût répugnant. En tapotant sa spatule contre le rebord des plaques de cuisson, elle réfléchit quelques instants.

Bon d'accord, je ne suis pas un cordon-bleu, mais j'ai quand même droit à de la bonne nourriture ! Elle reposa la spatule pour aller chercher son téléphone.

— Emilio ? dit-elle lorsqu'il décrocha. Est-ce que tu livres ?

La formation de Parker tourna au désastre comme jamais dans l'histoire de Morrisey, Packard, Capa, tout ça à cause de l'idiote en charge des exercices, incapable de se fixer sur des informations de séminaire définitives.

— Je vous faxe une nouvelle consigne, déclara-t-elle au téléphone. Glissez-la quelque part.

— Cette conne mérite de mourir ! s'emporta Tony lorsqu'elle appela à 16 h 50 le mardi. Ce soir, j'ai rendez-vous avec Liza, moi !

— Je reste pour le fax, lui dit Roger. Bonnie comprendra.

— Vous partez, je reste, intervint Cal. Je suis sans rencard et trop crevé pour sortir.

Tony et Roger s'en allèrent, tous deux attendus par les bras d'une femme. Cal lut le fax et referma le dossier de cette formation pour la énième fois, se persuadant qu'il était satisfait de n'avoir nulle part où aller ce soir-là, ni aucune femme réclamant du temps et de l'attention. À 19 heures, il éteignit son ordinateur avec un soupir de soulagement et se rendit compte qu'il était affamé.

La table d'Emilio lui apparut comme une très bonne idée.

— Laisse-moi deviner, sourit Emilio en voyant Cal apparaître aux portes battantes de sa cuisine. Du poulet au marsala ?

— Non, j'en ai assez mangé comme ça, répondit Cal alors que le téléphone du restaurant se mit à sonner.

(Emilio se retourna pour décrocher.) Sers-moi quelque chose de simple, des spaghettis aux tomates basilic par exemple.

Mauvaise idée, les spaghettis représentent quarante pour cent des pâtes vendues. Quel manque d'originalité.

— Ou plutôt des fettuccines…, se reprit-il.

Il s'interrompit lorsque Emilio leva la main et répondit au téléphone.

— *La table d'Emilio* ? annonça-t-il, puis il écouta un instant et jeta un œil à Cal par-dessus l'épaule. D'habitude non, mais pour une cliente exceptionnelle, nous ferons une entorse à la règle. Du poulet au marsala ? Non, non, je t'en prie, c'est normal. Tu n'auras qu'à donner un bon pourboire au livreur.

Il raccrocha et sourit à Cal.

— C'était Min, elle veut du poulet au marsala et tu vas le lui livrer.

— Quoi ?! s'écria Cal, abasourdi.

— Tu connais la route pour y aller, en plus je suppose que c'est sur ton chemin pour rentrer.

— Non, ce n'est pas sur mon chemin ! Ce n'est sur le chemin de personne sauf de Dieu, sa fichue maison est verticale ! Qu'est-ce qui t'a fait croire que j'accepterais de faire ça ?

Emilio haussa les épaules.

— J'en sais rien. Elle a appelé, tu étais là, vous allez très bien ensemble, donc je me suis dit que ce serait une bonne idée. Vous êtes fâchés ?

— Non, on n'est pas fâchés. Mais on ne se fréquente pas parce que je ne suis « pas bon » pour elle et qu'elle attend la réincarnation d'Elvis. Rappelle-la et dis-lui que ton livreur est mort.

— Comme ça, elle n'aura rien à manger, c'est ça ? Tu connais Min, c'est une femme qui mange.

Cal repensa à l'expression de Min lorsqu'elle savourait du poulet au marsala. C'était presque aussi agréable que de la regarder déguster des donuts, mais loin derrière le plaisir de la contempler lorsqu'il l'embrassait, ce regard-là était particulièrement…

Emilio haussa les épaules.

— Bon d'accord. Brian peut livrer.

— Non, le coupa Cal. J'y vais. Et dépêche-toi, tu veux ? Je meurs de faim.

Chapitre 6

Trois quarts d'heure plus tard, Cal gravissait les marches qui menaient à la maison de Min lorsqu'une petite chose orange fila comme une flèche entre ses jambes, à deux doigts de le faire trébucher jusqu'en bas de la colline. Il grimpa les dernières marches tout doucement mais, une fois en haut, quand il regarda autour de lui, il ne vit aucun signe de la petite chose. Il sonna à la porte et Bonnie le fit entrer.

— Salut, lui lança Cal. Min a commandé à manger.

Le sac de nourriture à la main, il se sentait un peu bête ; un sentiment qu'il haïssait plus que tout au monde.

— Et c'est toi le livreur ? s'étonna Bonnie en faisant un pas en arrière.

— C'est un bon moyen de se faire de l'argent de poche, répondit-il avant d'entamer l'escalier.

Il sentit le regard inquisiteur de Bonnie dans son dos.

En haut des marches, Elvis Presley chantait *Heartbreak Hotel* à tue-tête. Cal soupira et toqua.

Le visage de Min trahit sa surprise lorsqu'elle le découvrit derrière sa porte. Le choc le frappa lui aussi : elle ne portait qu'un très vieux sweat bleu qui descendait jusqu'aux genoux et de grosses chaussettes de sport pleines de bouloches. Ses cheveux détachés tombaient en vagues frisées et elle n'était pas maquillée. Le bleu qu'il lui avait fait près de l'œil était la seule couleur ajoutée à sa figure.

— Non mais je rêve ! s'écria-t-elle. Comment es-tu arrivé ici ? Qu'est-ce que tu fais là ?

— C'est comme ça que tu reçois les livreurs ? la taquina Cal en lorgnant les mollets galbés qu'il avait déjà repérés le vendredi précédent au bar.

— Non, mais c'est comme ça que je reçois Bonnie. Arrête de me reluquer comme ça, je porte un short en dessous.

Elle souleva un coin du sweat pour lui laisser voir un bout de son caleçon ample à motifs écossais à peine moins moche que son ensemble sweat-chaussettes. Soudain, une petite chose orange fila à toute vitesse entre leurs jambes et s'introduisit dans l'appartement.

— Qu'est-ce que c'est que ça ! s'exclama Min.

Cal entra en laissant la porte ouverte derrière lui et posa le sac de *La table d'Emilio* sur un vieux guéridon de machine à coudre en métal installé près d'un canapé qui ressemblait à une énorme citrouille rembourrée et rongée par les mites.

— Je ne sais pas ce que c'est. Ce truc est passé à côté de moi dans l'escalier…

— Nom d'un chien ! souffla Min.

Cal se retourna pour suivre son regard.

La bestiole la plus galeuse qu'il ait jamais vue les observait de l'autre bout du canapé, son œil gauche lugubre était fermé. Elle était mouchetée de marron et d'orange, ce qui donnait l'impression qu'elle était assortie au canapé.

— Qu'est-ce que c'est que ça ?

— Je crois que c'est un chat, répondit Cal.

— Quel genre de chat ? demanda Min avec une pointe de curiosité malsaine dans la voix.

— Un genre pas terrible. En même temps, tu as dit que tu en voulais un.

— Non, j'ai jamais dit ça.

— Si, quand je t'ai ramenée chez toi, la semaine dernière. Tu as dit que tu te trouverais un chat.

— C'était une blague, rétorqua Min en gardant un œil sur l'animal. C'est ce que dit toute trentenaire roulée dans la farine par les hommes : « J'arrête avec ces crétins et je me trouve un chat. » C'est un cliché.

— Tu sais, si tu veux parler en langage codé, il va falloir me prévenir, maugréa-t-il en regardant le matou lui aussi.

La bête ne sembla pas vouloir bouger, alors Cal se permit de jeter un œil autour de lui. L'appartement occupait tout le grenier, les angles insolites étaient ponctués de chiens-assis et les meubles étaient principalement des antiquités mais sans aucune valeur. Il fronça les sourcils. *Ça ne lui ressemble pas.*

Perplexe, Min pencha la tête sur le côté pour observer le chat.

— Pourquoi son œil est-il fermé ?

— À mon avis, c'est parce qu'il est crevé.

— La vie est dure, hein, le chat ? soupira Min. J'ai des restes de poulet. Ma tentative de recette au marsala a lamentablement échoué. Tu es peut-être assez désespéré pour le manger.

— Si tu le nourris, il ne partira jamais, l'avertit Cal. Eh, le matou ! La porte est ouverte, alors va-t'en.

La bête se lova contre le dos du canapé et lança à Cal un regard hautain.

— On dirait le chat d'*Alice au pays des Merveilles*, remarqua Min. Comme s'il allait disparaître petit à petit.

— À commencer par son œil gauche. Attention, Min, cet animal risque fortement de rassembler toutes les pathologies répertoriées dans *Le Grand Livre des infections félines*.

— Je peux au moins lui donner à manger, insista-t-elle en se dirigeant vers les restes de poulet.

— Le moins qu'on puisse dire, c'est qu'il est assorti au canapé.

Il referma la porte et attrapa le sac d'Emilio posé sur le guéridon de machine à coudre pour le placer sur la vieille table ronde en chêne usé qui trônait derrière le canapé. L'air de rien, le chat était à l'affût de ses moindres mouvements.

Min apporta quelques tranches de poulet sur une serviette en papier, mit le tout sous le nez du chat et recula de quelques pas. L'animal renifla la viande avant de lever les yeux.

— Je sais, c'est écœurant, admit-elle d'une voix désespérée. Tu n'es pas obligé de le manger.

Le matou remua le museau puis grignota le morceau tout au bord de la serviette.

— Ça, c'est un brave chat, fit-elle remarquer à Cal tout en allant chercher son sac à main posé sur le manteau de la cheminée. Combien je dois à Emilio, ou à toi, ou à je ne sais qui ?

Cal promenait toujours son regard autour de lui. Les meubles étaient confortables, mais aucun n'avait le charme ni l'intérêt que présentait Min, comme si cet appartement n'était pas le sien.

— Rien. C'est une sous-location, ici ?

— Non, répondit Min le nez dans son sac. Combien je te dois ?

Des boules à neige étaient alignées sur le manteau de la cheminée, de chaque côté d'une vieille horloge démodée en forme de faux livres. Il s'approcha derrière elle pour mieux observer.

— Rien. Ce n'est pas toi qui as fait la décoration, si ?

— Les meubles étaient à ma grand-mère. Écoute, tu ne vas pas payer mon dîner. Tu m'as déjà rendu service en me l'apportant, alors…

— Tu les collectionnes ? l'interrompit Cal en attrapant la boule de Timon et Pumba.

— Cal ! insista Min.

— Il y a dans ce sac assez de poulet pour nourrir une armée entière. Si tu veux de la compagnie, je reste et j'en mange la moitié. Si tu n'en veux pas, je m'en vais en emportant la moitié avec moi, bien que l'idée de te laisser avec cet animal dégoûtant ne m'enchante guère, reconnut-il en reposant Timon et Pumba pour examiner la boule suivante : celle de Tic et Tac. Où est-ce que tu les as dénichées ?

— Ce sont des cadeaux de mes proches, ou je les ai achetées sur les marchés aux puces. C'est bon, tu peux rester, se résigna-t-elle. Quant à toi, je n'ai pas encore décidé de ton sort, lança-t-elle au chat qui était repu et caressait maintenant l'idée d'aller se reposer en jetant à Min un regard grave, l'œil droit clos. Ce n'était pas l'œil gauche qui était fermé, tout à l'heure ? demanda-t-elle à Cal.

— Je ne sais plus. Mais ça ne m'étonnerait pas, il m'a l'air un peu lunatique, ce chat. Tu sais, ces meubles ne te ressemblent pas, cette horloge non plus et tu n'es pas du genre à collectionner les boules à neige.

— Je sais que ça ne me ressemble pas, marmonna Min en regardant autour d'elle. Mais tout est en bon état, donc je ne vois pas pourquoi je changerais la décoration. En plus, ça me rappelle ma grand-mère. Pour ce qui est des boules à neige, c'est un concours de circonstances. Laisse-moi au moins payer la moitié du repas, réclama-t-elle en se retournant vers lui.

Il saisit une boule plus imposante que les autres dans laquelle la Belle et le Clochard dînaient en tête à tête devant un restaurant italien minutieusement détaillé.

— Non, tu ne paies rien du tout. C'était quoi, ce concours de circonstances ?

— Ma grand-mère Min avait une boule à neige de Mickey et Minnie dans laquelle ils dansaient ensemble : Minnie portait une longue robe rose et Mickey la basculait en arrière, détailla-t-elle avec une voix de plus en plus douce. Mon grand-père la lui avait offerte pour leur anniversaire de mariage mais elle me plaisait tant que ma grand-mère a fini par me la donner pour mes douze ans.

Cal passa le manteau de la cheminée en revue : Christine et le Fantôme de l'Opéra, le Loup et le Petit Chaperon rouge sexy de Tex Avery, Gaston Lagaffe et Mlle Jeanne, la Belle au bois dormant et son prince, Cendrillon et son prince devant un château sous une volée de colombes, il y avait même Donald et Daisy. Mais aucune trace de Mickey et Minnie.

— Et où est-elle ? s'enquit Cal.

— Je l'ai perdue. Lors de l'un de mes déménagements, à l'université. Tu connais ça, on déménage chaque année et on perd des affaires chaque fois. Perdre cette boule, ça m'a vraiment touchée. Du coup, les gens ont commencé à m'en offrir pour Noël ou mes anniversaires, histoire de compenser. J'ai essayé de leur dire d'arrêter parce que je n'en voulais plus : « Merci, c'est gentil mais il ne fallait pas », enfin tu vois le truc. Mais le processus était déjà lancé malgré moi, soupira-t-elle en jetant un œil au manteau de la cheminée. J'en ai des boîtes entières dans la cave et je n'ai gardé ici que mes préférées. Ne commence jamais de collection, parce que après, les gens t'empêchent d'arrêter.

Cal regarda de nouveau l'assortiment d'objets alignés. L'une des boules, énorme et sombre au bout de la rangée, représentait des sortes de monstres.

— Qu'est-ce que c'est ? demanda-t-il en la prenant dans ses mains.

— Tous les méchants de Disney. Liza et Bonnie m'en ont offert une chacune à Noël il y a deux ans.

— C'est Liza qui t'a offert celle-ci, devina Cal en la remettant en place.

— Comment sais-tu que ce n'est pas Bonnie ?

— Parce que ça ne lui ressemble pas, déclara-t-il en pointant du doigt celle de Cendrillon avec les colombes. Bonnie a choisi celle-là.

— Oui, confirma Min. Mais je ne vois pas comment…

— Bonnie court après les contes de fées alors que Liza est réaliste : les sales types, elle les perce à jour. Et puis, il y a quelque chose d'essentiel qui n'aurait jamais échappé à Bonnie : elle t'a offert un couple.

— Un couple de quoi ?

— Un couple, un duo, quoi. Les personnages sont deux chaque fois, regarde : la Belle et le Clochard, Christine et le Fantôme de l'Opéra, le Loup et le Petit Chaperon rouge… ce sont tous des couples, sauf celui de Liza.

— Timon et Pumba, ce n'est pas vraiment un couple, le railla Min en les observant d'un air dubitatif. Et Tic et Tac ? D'accord, il y a des bruits qui courent, mais…

— Tu vois ce que je veux dire, Minnie. Tout a commencé par un couple.

— Ne m'appelle pas Minnie, protesta-t-elle, le foudroyant du regard.

— Toi, tu peux m'appeler Mickey si tu veux, sourit-il, désireux de raviver cette étincelle qu'il venait d'apercevoir dans ses yeux.

— Ce que je vais t'appeler, c'est un taxi si tu continues de m'agacer. On peut manger, maintenant ?

Il déclara forfait et s'approcha de la table pour déballer le sac d'Emilio en prenant soin de contourner le chat, au cas où celui-ci déciderait soudain de devenir enragé et de s'en prendre à lui.

— Ce type ne t'a pas ratée, fit-il remarquer.

— Quel type ?

— Celui qui a rompu avec toi le soir où je suis venu te parler au bar. Tu devais vraiment l'aimer.

Elle cligna des yeux.

— Lui ? Non, pas du tout.

Tant mieux, songea Cal même si cela n'aurait fait aucune différence, bien sûr.

— Tu as des assiettes ?

Elle fit le tour de la table pour se diriger vers l'alcôve que toute autre personne appellerait un placard, mais pas son propriétaire. Apparemment, celui-ci considérait l'endroit comme une cuisine.

— Apporte des verres à pied, aussi, lui demanda Cal avant d'ouvrir la boîte du pain.

— Quoi ? fit-elle en se penchant sur le passe-plat.

—Des verres à pied, pour le vin.

Avec deux verres à la main, elle sortit de l'alcôve et mit la table alors qu'il retirait le bouchon de la bouteille pour servir, détournant le regard du sweat de la jeune femme. Heureusement qu'elle portait cette espèce de pyjama ; si elle avait remis son sweat rouge à capuche, il se serait mis dans de beaux draps. Ensuite, elle ouvrit le récipient qui contenait la salade et essaya de la servir dans les assiettes avec une cuillère à soupe mais de la sauce se renversa sur la table.

—Et mince ! s'exclama-t-elle.

—Tu ne dois pas cuisiner souvent, pas vrai ?

—Pourquoi, toi oui ?

Il lui prit la cuillère des mains.

—Bien sûr. J'ai travaillé dans un restaurant pendant mes études. Il te faut une grosse cuillère, celle-ci, c'est pour manger.

—Elle peut aussi me servir à te frapper.

Il secoua la tête et passa derrière elle pour aller chercher une grosse cuillère dans la kitchenette, mais au lieu de cela il tomba sur une poêle à frire pleine de choses répugnantes.

—Qu'est-ce que c'est que ça ? lui demanda-t-il en levant un sourcil lorsqu'elle s'approcha pour récupérer des serviettes en papier.

—Ça ne te regarde pas… Je pensais pouvoir en faire moi-même, j'ai trouvé une recette. Mais ça n'a pas…

—C'est du poulet au marsala ? comprit-il soudain.

—Non, c'est une catastrophe, rectifia Min. Et c'est aussi la raison pour laquelle j'ai appelé Emilio à la rescousse.

—Mais comment tu as fait ?

—Pourquoi ? Tu veux me narguer ?

— Tu as envie de savoir comment on cuisine le poulet au marsala, oui ou non ? s'énerva Cal, au bord de l'exaspération.

Qu'est-ce qu'elle peut être pénible !

Elle fit les gros yeux.

— Oui.

— Qu'est-ce que tu as fait en premier ?

— J'ai aspergé le fond de la poêle avec de l'huile d'olive.

— Aspergé ? Non, il faut en *verser*, et au moins deux cuillères.

— C'est trop de graisse.

— C'est de la *bonne* graisse, rétorqua-t-il. L'huile d'olive est très bonne pour la santé.

— Peut-être mais pas pour la ligne.

— Minnie, tu vas devoir verser de l'huile, c'est ce qui donne du goût.

— D'accord, soupira-t-elle, visiblement pas convaincue. Ensuite, j'ai fait revenir le poulet.

— Trop rapide. D'abord, il faut frapper les tranches. Si tu n'as pas de maillet, tu peux utiliser une boîte de conserve : tu les mets dans un sac de cuisson et tu frappes jusqu'à ce qu'elles s'affinent. Ensuite, il faut les rouler dans de la farine mélangée à du poivre noir moulu et du gros sel.

— Tu plaisantes ? La farine ne fait qu'ajouter des calories.

Il attrapa une fourchette, la piqua dans l'un des blocs pétrifiés au fond de la poêle et le maintint en l'air.

— Puis, tu scelles le sac de cuisson pour qu'il ne soit pas trop sec. Après, qu'est-ce que tu as fait ?

Min croisa les bras.

— Une fois la viande revenue, j'ai ajouté les champignons, j'ai couvert de vin et j'ai laissé mijoter.

— Pas de beurre ?

— Non, pas de beurre ! Tu es devenu fou ?

— Non, souffla Cal en laissant retomber le poulet séché dans la poêle. Le fou, c'est celui qui essaie de cuisiner du poulet au marsala sans huile d'olive, ni beurre, ni farine. Si tu voulais du poulet grillé, il te fallait suivre une recette de poulet grillé.

Pour goûter, il plongea un doigt dans la sauce et le porta à ses lèvres. Le goût était si écœurant qu'il s'étouffa, Min dut aller lui chercher un verre d'eau.

— Je ne comprends pas pourquoi la sauce est ratée, se lamenta-t-elle.

— Quel marsala as-tu utilisé ? demanda Cal, après avoir bien toussé.

Elle lui tendit une bouteille de vin de table.

— Non, non et non ! s'exclama-t-il et il se radoucit devant l'expression décomposée de Min. Écoute, ma chérie, lorsque tu prépares une sauce au vin, il faut la laisser réduire jusqu'à ce que la saveur s'intensifie. Et choisis une bouteille de bon vin, sinon ça aura goût à... (Il baissa les yeux sur la poêle.) ... ça. Je n'arrive pas à croire que le chat ne soit pas encore mort.

— Eh ! s'indigna Min. Bon, est-ce que tu pourras me mettre tout ça sur papier ?

— Non, contra Cal juste au moment où un énorme bruit retentit dans la pièce voisine.

Il regarda autour de lui.

— Ton chat n'est plus là, Min. Est-ce que tu as laissé une fenêtre ouverte quelque part ?

— J'ai installé des stores pas chers dans ma chambre, s'inquiéta-t-elle en s'engouffrant dans le couloir près de la cheminée pour aller vérifier. Oh, ça, c'est parfait ! s'écria-t-elle dans la pièce d'à côté.

Il se précipita pour la rejoindre.

Le store avait disparu, laissant la fenêtre ouverte à l'air nocturne. Cal s'approcha du chien-assis et passa la tête au-dehors. Le store était à moitié collé contre le toit et le chat était tranquillement assis à se lécher les pattes sur une branche qui frappait les tuiles. Son œil gauche était fermé.

— C'est vrai qu'il change d'œil ! observa Cal de retour à l'intérieur. Peut-être qu'il préserve…

Sa voix s'évanouit lorsqu'il découvrit la chambre de Min.

Presque toute la pièce était occupée du lit de cuivre le plus élaboré qu'il ait jamais vu : cette chose immense était couverte d'un dessus-de-lit léger bleu lavande en satin et d'oreillers assortis empilés contre une tête de lit ornée de tresses complexes jaillissant en rosettes et en fleurons innombrables, si bien que Cal fut pris de vertiges rien qu'à contempler ce lit.

— Comment tu fais pour ne pas tomber en dormant ?

— Je m'accroche et j'essaie de ne pas regarder la tête de lit, répondit Min. Je l'adore, je l'ai acheté le mois dernier sur un coup de cœur, tant pis s'il est encombrant…

Elle continuait de parler mais Cal n'écoutait plus. Il s'était arrêté à « Je m'accroche… » et l'imaginait déjà allongée sur le dessus-de-lit bleu en satin, ses douces boucles aux reflets dorés étalées sur les oreillers, ses lèvres douces entrouvertes en un sourire qui lui était destiné, ses mains douces agrippées à la tête de lit, son corps doux…

— Cal ?

— Ça sent bon ici, murmura-t-il en s'efforçant de penser à quelque chose qui ne serait pas « doux », ni « dur » d'ailleurs.

— Ce sont les oreillers. Ma grand-mère mettait toujours des brins de lavande dans les taies d'oreiller. Ou peut-être que tu sens les bougies parfumées à la cannelle.

Cal se racla la gorge.

— Eh bien, c'est… agréable. C'est bien la première chose dans cet appartement qui te ressemble. On devrait aller manger. Maintenant.

L'idée de renverser Min sur ce dessus-de-lit lui parut beaucoup trop alléchante.

— D'accord, acquiesça-t-elle en se tournant vers la porte.

— Tu veux que je ferme la fenêtre ?

— Et le chat, alors ?

— Un point pour toi, admit Cal en songeant : *Bon sang, je lui ai offert un chat sauvage !* et il sortit à son tour.

Alors qu'ils dégustaient la salade d'Emilio, Min récapitula :

— Si j'ai bien compris, le poulet au marsala n'est bon ni pour le cœur ni pour la ligne.

— Pour le cœur ? répéta Cal en attrapant son verre de vin. Tu veux dire d'un point de vue cardiaque ? Au contraire, je t'ai dit que l'huile d'olive est bénéfique pour le cœur. Et puis, ce n'est pas un peu de beurre et de farine qui va te tuer.

Elle reprit une fourchette de salade.

— Va expliquer ça à ma mère. Hmm, c'est tellement bon. Tu sais ce que c'est, la morale de l'histoire ? C'est que je ne dois pas cuisiner.

— Pourquoi ? C'était ta première tentative, on fait tous des erreurs.

Il attrapa le récipient qui contenait le poulet et servit les deux assiettes en prenant soin de le faire proprement.

— Non, pas toi, argua-t-elle en le regardant. Tout ce que tu fais, tu le fais *tellement* bien.

— Bon, ça suffit ! s'indigna Cal en reposant brusquement l'emballage. Tu t'es fait larguer, d'accord, mais tu as dit que tu te fichais bien du type. Alors pourquoi toute cette colère, et pourquoi tu me le fais payer ?

Avant de répondre, elle découpa son poulet.

— Lui, c'est un peu la goutte d'eau qui fait déborder le vase.

Elle engloutit un morceau de viande et mâcha lentement. Une expression de délice réapparut sur son visage comme chaque fois qu'elle savourait de la bonne nourriture.

Cal prit sa fourchette pour entamer son plat à son tour.

— Tu devrais bannir les régimes. Qu'est-ce qu'il a fait pour que tu aies tant de mal à t'en remettre ?

Min s'attaqua à un champignon avec plus de vigueur qu'il ne le méritait.

— Eh bien… Il avait un problème avec mon poids.

— Il t'a reproché ton poids ? s'exclama-t-il en secouant la tête. Ce mec doit avoir le Q.I. d'une huître.

— Il ne me l'a pas vraiment reproché, disons qu'il m'a simplement suggéré de faire un régime. Ensuite, il a rompu parce que je ne voulais pas coucher avec lui.

— Il t'a conseillé de faire un régime et t'a ensuite demandé de coucher avec lui ? OK, je retire ce que j'ai dit. Les huîtres ont un Q.I. bien plus élevé que ce crétin.

— Oui, mais il n'avait pas tort. Je veux dire, à propos de mon poids. Pas vrai ?

Elle le défia du regard.

— Je ne peux pas répondre à cette question sans que tu déverses toute ta rage sur moi. Garde ça pour le débile qui t'a larguée, moi je suis le gentil.

Min enfonça sa fourchette dans un autre pauvre champignon avant de la reposer.

— OK, je t'accorde un joker pour ce coup-là. Quoi que tu répondes, je ne me mettrai pas en colère.

La regarder fulminer le fit éclater de rire.

— Et comment comptes-tu t'y prendre ? ricana-t-il.

— Bon, je me mettrai sûrement en colère mais je serai indulgente. Le truc, c'est que tu es le premier homme en qui j'ai confiance et qui s'apprête à me dire la vérité en face.

— Tu as confiance en moi ? s'étonna Cal, flatté. Je croyais être une brute.

— Tu es une brute, mais tu es honnête. La plupart du temps.

Cal arrêta sa fourchette à mi-chemin.

— La plupart du temps ? répéta-t-il. Je ne t'ai jamais menti.

— C'est ça, souffla-t-elle, dédaigneuse. Alors, qu'est-ce que je suis censée faire avec mes kilos en trop ?

Il reposa sa fourchette.

— Bon d'accord, je vais te dire ce que je pense : tu ne seras jamais mince. Tu es une femme toute en rondeurs. Tu as des hanches larges, un ventre arrondi et une belle poitrine. Tu es…

— Bien en chair ? supposa Min, avec amertume.

— Sexy, rectifia Cal, les yeux sur son sweat qui se soulevait au rythme doux de sa respiration.

— Généreuse ?

— Opulente, souligna-t-il, avec le souvenir de ses formes rebondies sous ses doigts.

— Potelée ?

— Douce, plantureuse et sensuelle, et là j'ai la tête qui tourne, admit Cal, pris de vertiges. Tu portes quelque chose, sous ce sweat ?

— Évidemment ! répondit Min, stupéfaite.

Il redescendit sur terre.

— Oh. Tant mieux, nous devrions continuer notre repas. Qu'est-ce qu'on disait ?

— On parlait de mon poids.

— Ah oui, marmonna-t-il en reprenant sa fourchette. Si tu ne peux pas mincir, c'est parce que tu n'es pas censée mincir, c'est morphologique. Et si tu parvenais à tenir un régime débile pour perdre quelques kilos, tu ressemblerais à ce poulet que tu as gaspillé tout à l'heure. Il y a des choses qui doivent s'accompagner de beurre, et tu en fais partie.

— Donc, je suis condamnée.

— Ton autre problème, c'est que tu n'écoutes pas. Tu veux être sexy ? Sois sexy ! Tu as des atouts que les maigrichonnes n'auront jamais et tu devrais en profiter, ou au moins les mettre en valeur avec de jolies tenues pour que les autres puissent en profiter. Ce veston, que tu portais le soir où on s'est rencontrés dans le bar, il te faisait ressembler à une gardienne de prison. (Il se rappela ce qu'il avait aperçu dans le décolleté de son sweat rouge à capuche.) Pour ce qui est de la lingerie, en revanche, tout va bien.

— Aucun vêtement ne peut me mettre en valeur, se lamenta Min.

— Bien sûr que si, insista Cal tout en poursuivant son repas. Bien que tu sois de celles qui sont plus belles nues que vêtues, ajouta-t-il alors que son esprit sournois essayait de se l'imaginer, mais il l'arrêta net. Enfin, je suppose… Allez, mange. La faim te rend grincheuse.

— Je suis plus belle nue que vêtue ? répéta-t-elle en attrapant sa fourchette. Non, écoute…

— Tu poses la question, alors je te donne la réponse. Tu ne veux pas l'entendre, c'est tout. La vérité, c'est que la plupart des hommes préféreraient coucher avec toi plutôt qu'avec une de ces planches à pain, tu es beaucoup plus sensuelle au toucher, mais les femmes refusent de le croire. Vous continuez de faire des régimes pour votre propre concurrence.

Min leva les yeux au ciel.

— Donc en résumé, j'ai été sexy pendant toutes ces années ? Alors pourquoi personne ne le remarquait ?

— Parce que tu t'habilles en détestant ton corps. Être sexy, c'est dans la tête. Si tu ne te sens pas sexy, tu ne seras pas sexy.

— Alors comment *toi* tu peux savoir que je suis sexy ? demanda-t-elle, exaspérée.

— Parce que j'ai regardé dans ton décolleté, reconnut Cal en se remémorant cette vision. Et parce que je t'ai embrassée. Je dois te le dire : ta bouche est miraculeuse. Maintenant, mange !

Après avoir observé son assiette un instant, elle s'exécuta.

— Nom d'un chien, ce que c'est bon ! soupira-t-elle quelques minutes plus tard.

— Il n'y a rien de tel qu'un bon plat. Enfin, si…

— Il doit bien exister un moyen de rendre ce plat meilleur pour les artères, réfléchit Min.

Il secoua la tête.

— Super, je vois que j'ai parlé à un mur ! Est-ce que tu m'as entendu ?

— Oui. Je ressemblais à une gardienne de prison quand tu m'as rencontrée, n'est-ce pas ?

— Faux, tu portais de très jolies chaussures. D'ailleurs, dans ce domaine, tu sais te faire plaisir.

Ravissants orteils, au passage.

— Donc si tu as traversé tout le bar pour venir m'accoster malgré mon apparence de gardienne de prison, c'est parce que je portais de jolies chaussures ?

La question n'était pas posée au hasard, il s'efforça alors de se souvenir de ce qui l'avait poussé à venir lui parler. *Le pari sur le dîner.* Il fit la grimace. Ce défi stupide que David lui avait lancé.

— Putain.

— Il y a eu un pari, n'est-ce pas ? gémit Min, amère.

Cal sortit son portefeuille et posa un billet de 10 dollars sur la table.

— Tiens, voilà, c'est pour toi. Est-ce que je peux finir de manger avant que tu me flanques à la porte ?

— Bien sûr. Tu le prends plutôt bien pour quelqu'un qui a perdu un pari.

— Je n'ai pas perdu, marmonna Cal en enfonçant sa fourchette dans un champignon. Je ne perds jamais.

— Tu as encaissé l'argent de ce pari ? s'offensa Min.

Il fronça les sourcils.

— Tu es sortie du bar à mon bras, j'ai gagné.

— Et tout le monde en a déduit que…

— En a déduit quoi ? s'écria Cal, exaspéré. Quelqu'un a parié 10 dollars que tu refuserais de sortir avec moi ce soir-là. Tu m'as accompagné, j'ai eu mes 10 dollars, tu les récupères. C'est bon, on peut passer à autre chose ?

— Alors le pari est terminé ? risqua Min, avec une pointe de doute évident.

— Oui ! répondit Cal, maintenant plus que furieux. Je l'admets, ce n'était pas le meilleur moyen pour entamer une relation, mais nous n'avons pas de relation, entre toi qui attends le retour d'Elvis et notre manie de nous filer rencard sans appeler ça un rencard. En plus, je t'offre un repas. Encore une fois. Alors qu'est-ce qui te rend si furieuse ?

— Rien du tout, rétorqua-t-elle sans conviction, avant de retourner à son plat.

— Je suis à côté de la plaque, c'est ça ?

— C'est ça ! Allez, mange.

Au moment de faire la vaisselle, Cal proposa son aide mais Min le flanqua à la porte, lassée de cette histoire de pari et contrariée d'en être touchée. Une fois les restes du repas d'Emilio rangés au frigo et l'échec cuisant de sa recette jeté à la poubelle, elle partit dans sa chambre se faufiler sous son dessus-de-lit en satin. D'après Cal, ce lit était la seule chose de cet appartement qui lui ressemblait. Au milieu de tous les meubles usés jusqu'à l'os, il avait choisi la pointe sexy de beauté et de luxe, il l'avait montré du doigt en disant : « Ça, c'est toi. » *Quelle enflure !*

Le chat sauta sur le lit et malaxa doucement son ventre avec ses coussinets.

— Eh ! s'écria Min alors que l'animal se lovait contre elle.

Finalement elle le caressa, sentant son petit corps maigre sous sa fourrure, et il ouvrit les deux yeux. Ils étaient de couleurs différentes, l'un d'eux portait une tache comme celles qu'il avait sur tout le corps.

— Tu es un chat patchwork, observa-t-elle et il se blottit de plus belle tout contre sa hanche, lui apportant juste ce qu'il fallait de réconfort.

Elle se pencha vers sa table de chevet pour allumer la musique et écouter Elvis chanter à quel point la vie le faisait souffrir depuis que sa belle l'avait quitté. Le chat tendit l'oreille pendant un bon couplet, puis se prélassa de nouveau sur le dessus-de-lit.

— Décidé à emménager au Heartbreak Hotel, pas vrai ? lui dit-elle en le grattant derrière les oreilles.

Il releva la tête pour pousser tendrement avec son front la paume de sa main. Le regard posé sur ce petit museau étrange, elle éprouva une soudaine affection pour cette chose fripée d'extase qui fermait les yeux. Le chat se mit à ronronner, un son plus apaisant que tout ce qu'elle avait pu imaginer.

— Ce ne serait pas raisonnable de te garder.

Il ouvrit doucement les paupières, les referma, et sous ses caresses se rapprocha d'elle davantage, lui apportant sa chaleur, sa paix et son réconfort. Il n'était pas étonnant que les femmes célibataires prennent des chats ; ils valaient bien mieux que ces menteurs de joueurs compulsifs et charmants aux baisers sensationnels et aux mains… *Oh, I'm so lonely, baby,* chantait Elvis, Min se pencha vers la chaîne pour monter le volume. Le matou leva la tête mais semblait autant apprécier *Don't be cruel* que *Heartbreak Hotel*, alors il se recroquevilla, tout chaud contre le ventre de Min.

— Tu peux rester, lui annonça-t-elle.

Ils demeurèrent allongés là en silence, l'un contre l'autre à écouter Elvis, jusqu'à ce que le sommeil les emporte.

— Il y a une sacrée beauté qui t'attend dans ton bureau, lança son assistant lorsque David arriva au travail le mercredi suivant. Très jolie !

Min, songea David avant de se rendre compte que c'était peu probable, hélas. Personne ne décrivait Min comme « une sacrée beauté ».

Lorsqu'il ouvrit la porte, Cynthia était là, assise sur un coin du bureau, rayonnante dans son tailleur rouge.

— Ah, te voilà ! s'illumina-t-elle en se levant.

— C'est un très joli tailleur, répondit-il avant de refermer la porte derrière lui.

Alors qu'il la contournait pour rejoindre son fauteuil, il ne put s'empêcher de remarquer comme sa jupe épousait la forme de son ravissant fessier sans pour autant le mouler de trop près.

— David. Oublie un peu mon tailleur, je viens te parler de Cal : pourquoi sort-il encore avec la femme que tu aimes ?

— Il sort avec elle ?

Tout intérêt pour le corps de Cynthia s'estompa et il s'installa à son bureau.

— Il l'a emmenée au restaurant lundi midi, ce qui veut dire qu'il n'a pas pu m'inviter moi. Et il lui a livré son repas chez elle hier soir, articula-t-elle en se penchant vers lui, son beau visage tout crispé. Je pensais que tu appellerais Greg. Pourquoi continue-t-il de la voir ?

David tripota quelques papiers pendant que ses pensées défilaient à toute vitesse.

— J'ai téléphoné à Greg. Je ne comprends pas pourquoi ça n'a pas marché. Peut-être que Cal passe de bons moments avec elle.

Peut-être qu'il compte gagner ses 10 000,00 dollars.

— Mais sans coucher avec elle ? demanda Cynthia.

— Non, admit David en croisant les doigts pour que Min soit toujours réticente au sexe. Ils ne coucheront pas ensemble.

— Je pense que tu as raison, se rassura-t-elle en faisant les cent pas. Elle n'a pas l'air du genre à coucher le premier soir et lui ne la brusquera pas. D'instinct, il est très compréhensif.

— Génial, content pour lui. Tu voulais autre chose ?

Cynthia s'inclina par-dessus le bureau.

— Je veux que tu appelles Min. Invite-la à déjeuner, invite-la à dîner, paie l'addition et récupère-la !

Le regard de David suivit l'échancrure de son tailleur puis replongea dans son décolleté.

— Tu le fais exprès, pas vrai ?

Les dents serrées, elle prit une profonde inspiration.

— Écoute-moi bien, David. Je suis une experte en rendez-vous amoureux et l'homme que j'aime me glisse entre les doigts. Je ne mets pas seulement ma vie privée en jeu, il est question de toute ma vie publique, de toute ma vie tout court ! J'ai entre les mains un livre dont tu n'imagines même pas le potentiel, mon éditeur veut même mettre la photo de mon mariage avec Cal en quatrième de couverture. Ma carrière en dépend et je ne laisserai pas tous mes projets tomber à l'eau juste parce que tu n'es qu'une mauviette qui n'a pas le courage d'aller récupérer sa copine ! s'emporta-t-elle en se penchant encore un peu plus. Je ne partirai pas d'ici tant que tu ne m'auras pas promis d'appeler Min pour l'inviter à déjeuner. Autre chose : donne-moi les noms de ses amies les plus proches.

J'ai vu deux filles avec elle vendredi soir au bar, une petite blonde et une grande rousse, elles en font partie ?

Son parfum flottait doucement vers lui, très léger, un effluve qui lui donna des vertiges.

— C'est quoi, ton parfum ? demanda-t-il en s'efforçant d'oublier qu'elle l'avait traité de « mauviette ».

— C'est un mélange confectionné spécialement pour moi, murmura-t-elle d'une voix plus grave. Une fragrance composée des senteurs les plus fortes pour titiller les envies masculines. Je l'ai mise rien que pour toi, David. Qui est sa meilleure amie ?

Il secoua la tête pour se remettre les idées en place et recula son fauteuil loin d'elle.

— Qu'est-ce qu'il y a dedans ?

— Lavande et tarte à la citrouille, soupira Cynthia en se redressant. Je veux savoir qui est sa meilleure amie. C'est une main que je te tends, David. Tu veux récupérer l'actuaire, oui ou non ?

Elle se planta devant lui, souple et élancée dans son tailleur en crêpe de laine rouge, embaumant la pièce d'une senteur de lavande et de cannelle ; il fallut une minute à David pour se souvenir qui était l'actuaire en question.

— Je ne t'apprécie même pas ! Pourquoi est-ce que tu m'excites autant ?

Elle leva les yeux au ciel.

— Parce que tu es un mâle. Qui est son amie ?

— En quoi est-ce que ça t'intéresse ?

Cynthia souffla entre ses dents.

— Je te l'ai déjà expliqué. L'attirance. Si je parviens à faire comprendre à sa copine que Cal est un coureur de jupons, je m'assurerai que celle-ci se fasse assez de souci pour aller dire à Min qu'elle n'aime pas ce type. Cette technique permettra de repousser l'étape du béguin. Tout part de la science, David. Il n'y aura aucun dommage collatéral.

— D'accord, soupira David les yeux toujours rivés sur sa poitrine. Est-ce que tu portes quelque chose sous cette veste ?

— Si je te le montre, tu me donneras un nom ?

— Oui, répondit David, conscient de sa faiblesse et de sa lâcheté sans s'en soucier outre mesure.

Cynthia déboutonna sa veste et l'ouvrit. Son soutien-gorge rouge en dentelle s'accordait parfaitement avec la doublure du tailleur, ses seins formaient un bonnet B idéal, pointus, fermes et – de là où il était assis, il pouvait le confirmer – cent pour cent naturels.

— Nom d'un chien ! lâcha David, décomposé dans son siège.

— Tu l'as dit, rétorqua-t-elle en refermant sa veste. Maintenant, le nom.

— La rouquine, c'est Liza Tyler. Elle pense déjà que tous les hommes sont des crétins.

— Et elle a bien raison. Appelle Min pour le déjeuner.

Puis elle quitta la pièce sous le regard de David, la silhouette de sa poitrine parfaite encore imprimée sur sa rétine. Persuadé d'avoir eu raison, il se rassura en songeant que quelqu'un devait arrêter Cal Morrisey. Sauver Min, voilà ce qui était vraiment important.

— Très sexy, commenta son assistant dans le couloir en reniflant l'air. Waouh, c'est son parfum ?

— Oui, répondit David en décrochant le téléphone. C'est du soufre. Ne laisse plus jamais cette femme entrer dans mon bureau.

Ce soir-là, à 20 heures, Liza était assise aux côtés de Tony et Roger au *Faux Jeton* ; ils attendaient que Bonnie et Min reviennent des toilettes.

— Oh, oh ! s'exclama Tony en tournant soudain le dos au bar.

— Quoi ? fit Roger en suivant son regard. C'est bon, elle est à l'autre bout de la pièce, observa-t-il dans un haussement d'épaules.

— Qui ça ? demanda Liza en plissant les yeux dans la lumière tamisée.

Au comptoir, une belle brune se prélassait, toute en minceur et en sensualité : visiblement, elle n'avait que faire de l'homme à côté d'elle qui venait lui réciter son baratin.

— C'est ton ex ? s'enquit Liza.

— Non, répondit Tony alors que Bonnie revenait des toilettes. Moi, je ne sors pas avec des folles. Enfin, pas avant de te connaître.

— Et toi, tu sors avec des folles ? s'inquiéta Bonnie en s'installant près de Roger.

— Non, non. Cal oui, mais pas moi, se défendit Roger en tombant presque de sa chaise. De toute manière, je sors rarement avec des filles.

— Ne t'inquiète pas, mon chéri, le rassura-t-elle en tapotant son genou. Tu peux sortir avec des filles.

— Je n'en ai pas envie, répondit-il alors que Tony haussait les yeux au ciel.

— Alors, c'est l'ex de Cal ? déduisit Liza, puis elle se leva. Je reviens tout de suite.

— Attends, la retint Tony en lui prenant le bras. En quoi la vie amoureuse de Cal t'intéresse-t-elle ?

— Il fréquente ma meilleure amie, repartit Liza d'un ton innocent. Je suis curieuse, c'est tout.

— Ce que j'entendais par « je n'en ai pas envie », c'est que je n'ai pas envie de passer du temps avec d'autres femmes que toi, expliquait Roger à Bonnie.

— Je n'attends pas de toi que tu sois fidèle après le troisième rendez-vous, je t'assure.

— Peut-être, mais c'est comme ça.

— Est-ce que je vais devoir t'enchaîner pour t'empêcher d'y aller ? s'exclama Tony. (Puis il s'interrompit un instant, le temps de s'imaginer la scène, et secoua la tête.) Oublie les chaînes. Ne t'approche pas de Cynthia, c'est une dingue de psychologie. Elle est psy donc ça s'explique, mais quand même, parfois elle peut sortir des idées bizarres.

— Elle t'a analysé, pas vrai ? ricana Liza en jetant encore un œil vers le comptoir.

— Mais ce truc de ne sortir avec personne d'autre, ça ne marche que pour moi, bien sûr, continuait Roger. Tu n'es pas obligée de ne fréquenter que moi, sauf si tu en as envie.

Tony secoua la tête.

— Cynthia a cette espèce de théorie des quatre étapes menant au grand amour, et d'après elle ça vaut pour toutes les relations amoureuses.

— Oh, fit Liza interloquée.

— Ce qui est stupide, puisque c'est la théorie du chaos qui explique le fonctionnement amoureux, enchérit Tony en la tirant pour qu'elle se rassoie sur son siège.

— La quoi ? interrogea Liza en retirant son bras.

— Les relations humaines, c'est comme la météo, ça ne se calcule pas à l'avance, développa Tony toujours agrippé à elle. (Liza s'assit de nouveau pour soulager la pression sur son bras.) Tiens, prends Min et Cal, par exemple.

Cal est un système dynamique complexe qui s'efforce de maintenir sa stabilité en fuyant les rencards.

— Il fuit les rencards ?

— Oui, c'est surprenant, non ? Rien que ça, c'est un facteur instable pour lui : le célibat ne lui réussit pas. Puis, il rencontre Min : l'élément qui déstabilisera son environnement. À cause de cette instabilité, il va se mettre à avancer au hasard à la recherche d'un nouvel équilibre, mais il est pris au piège dans ce champ d'attraction et se met donc à rebondir de manière aléatoire contre les parois de ce champ sans jamais reproduire la même trajectoire mais en restant toujours sous son emprise. Min est un élément d'attraction étranger.

— Hmm, hmm, et où est le plaisir, dans tout ça ?

Tony se pencha vers elle.

— Cynthia est persuadée que les relations amoureuses suivent un schéma que l'on peut prédire. Mais c'est impossible. Les gens sont complexes, les instabilités de leur existence sont complexes, et les éléments d'attraction dans leur vie sont complexes aussi. Les gens amoureux sont purement et simplement l'incarnation de la théorie du chaos.

— D'accord, admit Liza, toujours sceptique.

— C'est pourquoi Cynthia est complètement folle, conclut Tony en lâchant son bras. Elle pense que l'on peut analyser et expliquer l'amour alors que c'est totalement *impossible*.

Liza s'enfonça dans son siège et examina Tony pour la première fois. Quelque chose le rendait moins bête et ça n'avait rien à voir avec cette histoire de théorie du chaos : il croyait en ce qu'il disait, ça changeait toute sa façon d'être. Lorsqu'il se sentait concerné, il savait se montrer intelligent.

— Quoi ? demanda-t-il.

— Est-ce que tu as déjà été amoureux ?

— Non, et je ne crois pas que ça m'arrivera un jour, sourit-il. Ce serait trop d'instabilité pour mon environnement.

Liza fronça les sourcils.

— Alors pourquoi tu n'aimes pas Cynthia ?

— Elle a voulu coincer Cal. Elle s'est mise à l'analyser et croyait le connaître, mais il mérite mieux que ça. Ce qu'il lui faut, c'est une personne prête à affronter le chaos. Sans règles, sans condition, sans théorie, sans filet. Comme Bonnie avec Roger.

Liza tourna le regard vers leurs deux amis souriants et heureux d'être ensemble.

— Tu as raison, on mérite tous de trouver cette étincelle.

— Ravi que tu partages mon avis, tu n'as donc pas besoin d'aller parler à Cynthia.

Tony se retourna vers Roger qui l'appelait ; Liza en profita pour se lever et se dirigea vers Cynthia.

Elle se hissa sur un tabouret près d'elle.

— Salut, je suis Liza !

Cynthia leva les yeux et se figea de surprise.

— Salut, hésita-t-elle, comme si elle la reconnaissait. Moi c'est Cynthia, on se connaît ?

— Non, mais ton ex sort avec une amie. Dis-moi tout sur Calvin Morrisey.

Un quart d'heure plus tard, Liza s'affalait contre le petit dossier de son tabouret haut. *La théorie du chaos ne tient pas. Non, c'est elle qui a raison : le comportement de Calvin Morrisey est prévisible*, songea-t-elle.

— Je le savais, s'exclama-t-elle. Je savais qu'il prévoyait de lui briser le cœur. Combien de fois a-t-il fait ça, par le passé ?

Cynthia haussa les épaules.

— Un soir, après notre séparation, j'étais à une fête où j'ai rencontré cette fille qui l'avait fréquenté aussi. Et puis une autre s'est jointe à notre conversation. À la fin de la soirée, on était quatre, toutes avec la même histoire : deux mois s'écoulent, tout va bien et on se dit « C'est le bon », et voilà qu'il nous embrasse sur la joue, nous lance « À jamais et bonne continuation », et disparaît de nos vies.

— Tu plaisantes ? Et aucune n'est retournée le voir armée d'un pied-de-biche ?

— Tu ne peux pas, se lamenta Cynthia. Qu'est-ce que tu veux lui dire ? « On est sortis ensemble deux mois, comment oses-tu me quitter ? » Non, on passerait pour des folles à lier. Et puis, il ne le fait pas exprès, ajouta-t-elle presque par réflexe, et elle sirota son cocktail.

— Tu sais, je me fiche complètement de savoir si c'est volontaire ou non, fit remarquer Liza. Tout ce que je veux, c'est que Min ne souffre pas à cause de lui.

— Peut-être qu'entre eux ce n'est pas si sérieux. Est-ce qu'ils ont le moindre point commun ?

— Pas que je sache.

— Est-ce qu'ils sont détendus, lorsqu'ils sont ensemble ?

— Non, la plupart du temps ils se chamaillent.

— Est-ce qu'ils partagent des secrets ou des blagues qu'eux seuls peuvent comprendre ?

Liza secoua la tête.

— Ils ne se connaissent pas assez pour ça.

Cynthia fit grincer son index contre le bord de son verre.

— Est-ce que tu l'aimes bien, Calvin ? Ou plutôt, est-ce que tu as dit à Min que tu n'appréciais pas ce type ?

— Alors ça, oui ! assura Liza. Avec Bonnie, on l'a prévenue.

— Hmm, sourit Cynthia. Est-ce qu'il a déjà donné un surnom à Min ?

— Un surnom ? marmonna Liza en essayant de se souvenir. Parfois, il l'appelle par son nom de famille. Mais rien du genre « ma biche » ou « poupée ».

— Et elle, elle lui donne un nom spécial ?

— La Brute. Mais je ne crois pas que ce soit très affectueux.

Cynthia se mit à rire.

— Alors pourquoi continue-t-elle de le voir ?

— Je ne suis pas sûre qu'ils se fréquentent encore, mais je crois qu'elle a l'intention de le revoir. À mon avis, elle tombe amoureuse de lui contre son gré. (Cynthia cessa soudain de rire.) Et ça m'inquiète, poursuivit Liza. Cette fille est géniale, elle ne mérite pas d'être embobinée. Tu n'aurais pas quelques tuyaux sur sa manière à lui de fonctionner ?

En face d'elle, la jeune femme se redressa et hocha la tête.

— Bien sûr que si. Est-ce qu'il lui a déjà fait un cadeau ?

— Il ne la connaît que depuis une semaine, je ne suis pas certaine que…

Elle s'interrompit et Cynthia secoua la tête.

— S'il éprouve vraiment quelque chose pour elle, il lui fera un cadeau. Il découvrira ce qu'elle désire le plus au monde, et fera en sorte de l'obtenir pour elle. C'est comme ça, il suit ce schéma depuis toujours à cause de sa mère.

— Sa mère ? s'étonna Liza.

— Elle ne connaît que l'amour sous condition, elle ne donne que si elle reçoit. Ce qui fait qu'il garde cette habitude avec toutes les femmes qu'il rencontre : il tente d'acheter leur amour. Mais lorsqu'il gagne cet amour, le schéma se brise parce qu'elles n'arrivent jamais à la cheville de sa mère, alors il les oublie et passe à une autre.

— Mais ce n'est pas le complexe d'Œdipe, ça ? répliqua Liza, stupéfaite.

— Non, sa mère est simplement à l'origine du schéma que suit Cal, mais il n'est pas amoureux d'elle.

— Ce qui veut dire que plus Min le repoussera…

— Plus il lui courra après, conclut Cynthia, presque morose. Il ne peut pas s'en empêcher, il n'en est même pas conscient. Est-ce qu'elle collectionne quelque chose ?

— Les boules à neige, révéla Liza devant la mine surprise et déconfite de Cynthia. Non, c'est malgré elle. C'est une histoire de famille qui a fait son bout de chemin toute seule.

— Il va lui acheter une boule à neige, affirma Cynthia. Et ce sera la boule idéale, celle qu'elle croyait avoir perdue, ou celle dont elle a toujours rêvé, ou encore celle qu'elle ignorait désirer jusqu'à ce qu'il la lui offre. Le jour où il lui fait ce cadeau, sors-la vite de ce pétrin parce que alors il ne lui restera bientôt plus que ses yeux pour pleurer.

— Des boules à neige, murmura Liza en se retournant vers la table où Cal venait de rejoindre le groupe après sa longue journée de travail.

— Ce n'est pas quelqu'un de mauvais, répéta Cynthia. Il ne ferait jamais de mal à qui que ce soit volontairement. C'est juste qu'il a cette…

— Pathologie ? De blesser les femmes à cause de sa mère ? Je crois que c'est Norman Bates qui suivait le même schéma que Cal.

— Il ne lèverait jamais la main sur elle ! s'écria Cynthia, choquée par la comparaison.

— C'est ça, et il ne brisera jamais son cœur non plus, ironisa Liza. Merci beaucoup pour les conseils, j'apprécie ton aide.

— Avec plaisir, lâcha Cynthia.

Avec plaisir ? s'étonna intérieurement Liza, et son visage devait trahir sa surprise parce que Cynthia tenta de se rattraper.

— Enfin, c'est avec plaisir… que je t'aide. Enfin, que j'aide ton amie, bafouilla-t-elle en baissant le regard sur son cocktail. Je ne veux pas qu'elle souffre.

— Moi non plus, lança Liza avant de s'éloigner.

Lorsqu'elle arriva à la table, Tony parlait à Min.

— Je ne te crois pas.

— Si, tu peux me croire, répondait Min. Et puis, ça se voit tout de suite.

— Qu'est-ce qui se voit ? s'enquit Liza en prenant place près de Tony, mais l'œil à l'affût du moindre mouvement de Cal.

— Si un type en vaut la peine, dès les premiers rendez-vous, expliqua Min. On parlait de nos vieilles techniques pour tester l'autre, pendant nos années d'études.

— Tester ? Je déteste les tests, soupira Cal et il s'enfonça dans son siège en fermant les paupières.

— Quoi, comme tests ? demanda Tony à Liza.

Celle-ci haussa les épaules.

— Par exemple, tu peux demander au type de venir regarder un film.

— C'est bien, ça. J'aime regarder des films, affirma Tony.

— Et tu lui montres *Un monde pour nous*, proposa Bonnie.

— C'est un film de nanas, soupira Tony.

— Tu as raté le test avant même de l'avoir passé, lui annonça Liza.

Mais Bonnie poursuivit son idée.

— Ensuite, tu attends la scène où John Cusack balaie les morceaux de verre brisé pour que Ione Skye ne marche pas dessus.

Liza surprit le sourire que Cal adressait à Min, cette dernière secoua la tête en réponse. *Des secrets partagés*, songea Liza et elle se raidit légèrement sur sa chaise.

— Et ensuite ? interrogea Tony.

— Tu observes sa réaction. S'il dit : « C'est quoi ce bordel ? Elle porte des chaussures, que je sache ! » mima Bonnie en prenant une grosse voix. Alors, il est éliminé d'office !

— Mais c'est la vérité ! protesta Tony.

— Oui, mais ce sont des chaussures ouvertes, précisa Roger.

— Tu gagnes des points bonus pour avoir remarqué ce détail, s'enchanta Bonnie.

— Génial, soupira Tony. Le mec avec un fétichisme du pied a droit aux points bonus.

— Bon d'accord, intervint Cal. Minnie, le type dit ça, et après tu fais quoi ?

Minnie ? Liza attendit de voir son amie le foudroyer sur place.

— Après, je chope une maladie contagieuse, répondit Min en s'efforçant de cacher le plaisir qu'il lui inspirait.

— Quel genre de maladie ? lui sourit Cal.

Et merde ! songea Liza.

— Des haut-le-cœur, ajouta-t-elle en lui rendant son sourire.

— Pour ce qui est de ton cas, Tony, je rendrais mon repas sur tes chaussures, reprit Liza, pour évacuer sa colère sur quelqu'un.

— Et moi, à quoi j'ai droit ? demanda Roger à Bonnie.

— À des choses merveilleuses, lui murmura-t-elle en glissant son bras sous le sien.

— Je te hais, souffla Tony dans l'oreille de Roger. Tu es pénible à toujours garder une longueur d'avance.

Min se mit à rire, Cal la contempla et Liza pensa : *Oh oh...* Il avait le regard de l'homme qui suit son plan, et ce plan, elle le connaissait. *Si je t'attrape avec une boule à neige dans les mains, mon gars, je t'enterre*, se promit-elle.

Cal tourna les yeux vers elle et se figea.

— Quoi ? interrogea-t-il.

— Rien, répondit Liza avec un sourire clairement forcé. Rien du tout.

— Qui est l'heureuse élue, ce soir ? demanda Shanna lorsque Cal s'approcha du comptoir pour une nouvelle tournée.

— Il n'y a pas d'élue, je me repose. Comment va Elvis ? Il continue de chanter *She* en boucle ?

— Ne te moque pas d'Elvis. Si c'était une femme, je me marierais avec lui, déclara-t-elle. (Puis elle tendit le cou au-dessus du bar pour regarder derrière Cal.) Je vois Laurel et Hardy avec deux filles. Laisse-moi deviner : la grande rousse toute mince, c'est la tienne.

— Raté. Remets-leur la même et pour moi ce sera un scotch.

Shanna jeta de nouveau un œil vers la table.

— Tu es avec la petite blonde en bleu ? Elle m'a l'air un peu bête.

— Elle n'est pas bête, la défendit Cal. Et non, ce n'est pas elle non plus, elle est avec Roger.

— Mais alors qui…

— Salut ! lança Min derrière lui et il se retourna avec un sourire instinctif. Je comprends tout à fait que tu veuilles séduire la barmaid, mais Tony m'a envoyée te dire qu'il a soif.

Shanna s'inclina par-dessus le comptoir et lui tendit la main.

— Salut, moi c'est Shanna, la voisine de palier de Cal.

Min eut l'air surprise mais lui serra la main.

— Salut, je suis Min, répondit-elle, puis après un instant d'hésitation elle se pencha vers la serveuse. Je peux te poser une question personnelle ?

— Mais je t'en prie, susurra Shanna en plongeant son regard dans celui de Min.

— Euh, excuse-moi ! balbutia Cal sans trop savoir s'il était ennuyé ou excité de voir son amie draguer Min juste devant lui.

— Tu as des cheveux vraiment sublimes, reprit Min en l'ignorant. Comment tu fais pour les empêcher de friser ?

— Je ne les lave pas. Tu les rinces et tu les brosses, ils ne friseront plus.

— Tu plaisantes ? Je vais essayer. J'en ai tellement assez de les attacher comme ça, je tenterais n'importe quoi.

— Dans ce cas, reviens ici le jour où tu les gardes détachés, je veux voir ça, insista Shanna.

Moi aussi, songea Cal.

— Je le ferai, merci. Tu as besoin d'aide pour porter les verres ? demanda-t-elle ensuite à Cal.

— Oui, répondit Cal avant que la barmaid puisse dire « non » pour lui tendre un plateau.

— D'accord, alors je reviens tout de suite, lança Min, et elle se dirigea vers le juke-box.

Cal s'accouda au comptoir en gardant un œil sur la jeune femme qui s'éloignait.

— Mes boissons, chérie.

— Pitié, dis-moi qu'elle est bi, supplia Shanna en la regardant elle aussi. Toutes ces choses qu'elle peut faire avec cette bouche…

— Toutes ces choses qu'elle peut *me* faire avec cette bouche, rectifia Cal.

Toutes ces choses que j'ai faites avec cette bouche.

La tête lui tourna de nouveau. Il fallait dire que la chaleur était étouffante dans ce bar.

— Je te prépare tes boissons, reprit la barmaid en s'éloignant pour se mettre à l'œuvre.

Pendant ce temps, Cal contempla Min alors qu'elle choisissait une chanson parmi les cartons du juke-box. Il examina la courbe sublime de sa nuque tandis qu'elle s'était penchée pour lire les titres. À cet endroit délectable, il la croquerait volontiers, et cette pensée en entraîna d'autres qu'il s'autorisa à condition de garder ses mains sagement dans ses poches.

Lorsque Shanna réapparut avec verres et chopes posés sur un plateau, elle hasarda la question qui lui brûlait les lèvres.

— Alors, depuis combien de temps tu la fréquentes ?

— Je l'ai rencontrée la semaine dernière, mais on n'est pas…

— C'est encore tôt, acquiesça-t-elle. Il lui reste un mois, ou peut-être deux avant que tu tournes les talons. Parle-lui de moi en bien, pour que je puisse poser les jalons.

— Pour quoi faire ?

— Elle aura besoin de réconfort quand tu lui souhaiteras une bonne continuation, et ce réconfort ce sera moi. Tu couches déjà avec elle ?

— On ne sort même pas ensemble ! s'exclama Cal alors que Min glissait quelques pièces dans la machine et enfonçait les boutons. Donne-moi mon scotch, je vais en avoir besoin. J'ai l'impression qu'on aura droit à du Elvis Presley.

— Tu ne sors pas avec elle, hein ? Tant mieux pour moi, souffla-t-elle en lui glissant son verre dans la main.

Cal secoua la tête.

— Non, elle ne joue pas dans ton camp. En plus, je te rappelle que tu souffres toujours d'un chagrin d'amour.

— Je me sens beaucoup mieux, tout d'un coup, lança Shanna alors que *Devil in Disguise* retentissait dans le juke-box. Comment tu sais qu'elle ne joue pas dans mon camp ?

— Je l'ai embrassée donc elle joue dans *mon* camp, mais on n'est pas équipiers pour autant.

Son amie sortit deux billets de 5 dollars de sa poche et les flanqua sur le comptoir.

— Pas équipiers, hein ? Je te parie 10 dollars que tu es incapable de l'embrasser là, juste devant moi.

— Je ne plaisante pas, sourit Cal à la pensée de ce que Min lui ferait subir s'il essayait. Et je ne parie pas non plus.

Shanna pencha la tête sur le côté.

— OK, alors je parie 10 dollars que tu *es* capable de l'embrasser là, juste devant moi.

— Je te l'ai déjà expliqué. D'abord tu calcules la probabilité et ensuite seulement tu paries sur le plus plausible. On ne joue pas à pile ou face.

Shanna posa les doigts sur les deux billets.

— Dix dollars que tu en es capable.

— C'est quoi, ton problème ? s'exclama Cal. Depuis quand t'es-tu transformée en voyeuse ?

— Mais je…

— Eh ! lança Min derrière lui, les figeant tous les deux sur place. Je croyais que tu ne parierais plus sur moi !

Cal posa le regard sur son visage exaspéré. Sa lèvre inférieure si pulpeuse s'avança légèrement, pas assez pour faire la moue mais juste ce qu'il fallait pour lui rappeler pourquoi il s'efforçait de garder ses distances avec elle.

— Je n'ai jamais promis ça. Et puis, qu'est-ce qui te fait penser que…

— Vous m'observez tous les deux et il y a de l'argent sur le comptoir. J'ai comme une impression de déjà-vu.

Ses yeux noirs brillaient de colère, il sentit son pouls s'accélérer, des bribes de souvenirs lui revenaient à l'esprit.

— Il n'a rien voulu parier, le défendit Shanna. C'est moi : en fait, il…

Cal sortit 10 dollars de sa poche et les fit claquer par-dessus les billets de la barmaid.

— Pari tenu, lâcha-t-il et il se pencha sur Min.

Chapitre 7

— Il est innocent, n'est-ce pas ? dit Min mais elle s'interrompit lorsque Cal s'approcha d'elle, lui laissant tout le temps nécessaire pour reculer.

Elle écarquilla les yeux, surprise, et entrouvrit les lèvres, laissant échapper un gémissement, et il l'embrassa tendrement, désireux cette fois-ci de se souvenir de chaque seconde, de son goût, de son toucher doux et délicat. Il sentit qu'elle reprenait sa respiration avant de lui rendre son baiser, lui offrant tout ce qu'elle avait, titillant cette petite voix en lui qui lui hurla de nouveau : « Celle-ci ! », si bien qu'il en oublia de se tenir correctement. Il prit son petit visage dans sa main et s'abandonna à elle.

Lorsqu'il rompit leur baiser, elle avait toujours les paupières à demi closes et les pommettes rosies.

— Tu as gagné ? demanda-t-elle dans un souffle.

— Oui, affirma-t-il en l'embrassant encore, plus fort cette fois.

Min glissa la main sur sa chemise pour empoigner l'encolure. Soudain, quelqu'un le frappa derrière la tête et ils se cognèrent au front. Elle recula vivement.

— Aïe et re-aïe !

— Non mais c'est pas vrai ! tempêta Cal qui se retourna pour faire face à Liza. Arrête de faire ça !

— J'arrête si tu arrêtes aussi, négocia-t-elle.

— Non, vraiment, ça va, la rassura Min encore un peu sonnée. C'était encore un de ses paris, ce n'est rien.

— Ordure ! s'exclama Liza.

— Écoute, dit Cal en reprenant son souffle. Min est capable de se débrouiller toute seule.

Liza fit un pas vers lui.

— Mais oui, c'est ça. Dis-moi que tu la connais. Dis-moi que tu te soucies de son bien-être. Dis-moi que tu l'aimeras jusqu'à la fin de tes jours.

— C'est quoi, ton problème ? s'emporta Cal. Oui, je l'ai embrassée. Et alors ? Ce sont des choses qui arrivent !

Shanna s'empara des 20 dollars posés sur le comptoir.

— Et moi, ça m'arrange bien, je te remercie beaucoup.

— Je croyais que tu avais gagné ! s'étonna Min.

Son regard était encore brûlant et son cœur battait la chamade.

— Mais c'est le cas, susurra Cal en revenant chercher un baiser. Ce que j'ai perdu, c'est un pari.

— Allez, Stats, ramène tes fesses ! lança Liza en la tirant par le bras.

— Oui, murmura Min en secouant la tête pour reprendre ses esprits. Est-ce que quelqu'un nous a vus ?

— Tout le bar lançait des paris, répondit son amie. On se serait crus aux jeux Olympiques.

— Et c'était bien ? s'enquit Cal en recouvrant une voix plus maîtrisée alors qu'il redescendait sur terre.

— Le juge russe suggère un peu plus de travail, et j'ai entendu des rires dans le public, l'informa Liza.

— Il faut dire que les Russes sont sévères. Tu peux lâcher son bras, s'il te plaît ?

— Non, je ne crois pas, s'obstina-t-elle en tirant encore plus fort.

— Je devrais y aller, murmura Min à Cal. Tu sais, à cause du plan.

— Quel plan ?

— Celui qui dit : « Arrêter les rencards et faire une pause », tu te souviens ? C'était valable pour tous les deux.

— Ah oui, le plan. *(Qu'est-ce qui m'a pris d'adhérer à une idée pareille ?)* Le retour d'Elvis, exact, soupira-t-il, amer. Trinquons à ce super plan !

— Ouais, bon. À jamais et bonne continuation, rétorqua Min en prenant le plateau de boissons avant de suivre Liza jusqu'à la table.

— Alors si je comprends bien, la grande rousse te déteste ? observa Shanna.

— Liza. Je ne lui ai rien fait, à cette nana.

— Je pense que ce qu'elle n'apprécie pas, c'est ce que tu comptes faire à sa copine. Mais c'est vrai qu'elle dramatise un peu. Tu ne me cacherais pas quelque chose ?

— Quoi, par exemple ? Sur ce coup-là, je n'y suis pour rien.

Si, j'y suis pour quelque chose.

— Si, tu y es forcément pour quelque chose. Je vous ai vus vous embrasser. D'ailleurs, tu avais raison : elle joue dans *ton* camp.

— Plus maintenant, fit remarquer Cal en se massant la nuque. On s'est mis d'accord sur un plan à suivre : arrêter les rencards, déclara-t-il en faisant de grands gestes avec son verre à la main. Je bois ce poison et ensuite je file chez moi me prendre une aspirine.

— Ce n'est pas ça qui va t'aider. Essaie plutôt une bonne douche froide, conseilla Shanna.

— Content de voir que tu as recouvré ton sens de l'humour, lança Cal avant de rentrer chez lui retrouver paix et antalgiques.

La même semaine, Min se mit à filtrer ses appels pour échapper à ce récent besoin qu'avait David de lui parler, mais sans avoir à filtrer ceux de Cal puisqu'il restait muré dans un pénible silence. Il n'y a rien de plus frustrant que de fuir les coups de fil de quelqu'un qui n'a même pas la décence de téléphoner. Même l'ambiance de leur *Dîner des Si* tourna au vinaigre lorsque Liza s'obstina à évoquer sa discussion avec l'ex-petite amie de Cal.

— D'après Cynthia, c'est un type génial, rapportait-elle. Seulement, il s'est pris les pieds dans ce besoin pathologique de se faire aimer des femmes puis de les abandonner. Lorsqu'il était enfant, on ne lui donnait de l'amour que sous condition, et maintenant ça le poursuit jusqu'au désespoir.

Min fronça les sourcils.

— Il ne m'a pas l'air si désespéré.

Bonnie secoua la tête.

— Je suis d'accord. Ce que raconte l'ex-copine va un peu trop loin.

— En même temps, c'est une psychologue, souligna Liza. Tu sais comment ils sont. Mais ça n'explique pas comment ce type que l'on commence pourtant à connaître peut laisser autant de cœurs brisés derrière lui. Je me méfie de lui, mais je ne pense pas qu'il soit assez cruel pour se délecter des ruptures qu'il provoque, observa-t-elle en se tournant vers Min. Cynthia m'a dit que, entre autres, il saura trouver une chose dont tu as vraiment besoin et te l'offrira. Je lui ai parlé des boules à neige, et elle m'a répondu que tu dois te préparer à ce qu'il t'en offre une.

— Il m'a amené un chat, l'informa Min.

Liza reposa sa fourchette.

— Un chat ? À mon avis, il perd la main, il aurait dû t'offrir une boule à neige. Où est-il, ce chat ?

— Dans la chambre.

Liza se leva de table, partit vérifier puis revint en faisant la grimace.

— Ce chat est diabolique ! À quoi il pensait en t'offrant ça ?

Min haussa les épaules, elle n'était pas d'humeur à débattre.

— Il me livrait mon repas de *La table d'Emilio*, et la bestiole l'a suivi jusqu'ici. C'est après qu'il a vu les boules à neige.

— Et ? fit Liza.

— Et il m'a fait remarquer que je collectionnais les couples. Ce que je n'avais jamais noté, mais il a raison.

Liza ouvrit la bouche pour protester mais la referma ; elle se leva et se dirigea vers la cheminée.

— Honte à moi, se lamenta-t-elle après un long silence. Ce sont tous des couples sauf le mien, à moins que la sorcière Maléfique ne sorte avec le capitaine Crochet en secret. Comment une chose pareille a pu m'échapper ?

— La vraie question, c'est comment lui a-t-il pu le relever ? rectifia Bonnie.

Min secoua la tête.

— Ce que je pense, c'est qu'il est vraiment très doué avec les gens. Il est empathique, déclara-t-elle. Puis après un instant d'hésitation, elle se tourna vers Bonnie.

— Après que tu m'as révélé sa dyslexie, j'ai fait quelques recherches sur Internet. Il y a énormément de barrières à…

— Ne le prends pas en pitié, la coupa Liza.

— Je ne le prends pas en pitié, tu plaisantes ? Regarde-le, il a tout ce qu'il veut. Mais il a travaillé dur pour en arriver là. Bref, l'un des traits caractéristiques des dyslexiques, c'est leur empathie. C'est Cal tout craché. Il passe son temps à observer, à s'assurer qu'il comprend les autres. Je ne pense pas qu'il se connaisse aussi bien lui-même, mais il prend soin de connaître les gens qui l'entourent. Il me connaît, moi.

Liza reposa brutalement la boule des méchants de Disney et revint à table.

— Non, il ne te connaît pas ! Il essaie de…

— Arrête ! l'interrompit Min à bout de patience. On a parlé de mon poids, et il m'a déclaré que ma façon de m'habiller trahit la haine que j'éprouve pour mon corps.

— Bon point pour lui, admit Liza. Enfin, c'est une brute, mais sur ce coup-là il a touché juste. Il a dit quoi, exactement ?

Min repoussa son assiette.

— Beaucoup de choses, mais en gros il a dit que j'étais sexy et que je devrais montrer que j'en suis fière.

— Ensuite, il t'a demandé de coucher avec lui ? supposa Liza.

— Non. Ensuite, il a suggéré qu'on se mette à table. Ah, oui, et il m'a aussi montré pourquoi j'ai raté mon poulet au marsala, donc je vais retenter la recette.

— Il t'a apporté à manger, a compris tes boules à neige, t'a appris à cuisiner, t'a dit que tu avais un corps sexy, et puis il est parti sans rien tenter ? récapitula Bonnie.

Min acquiesça.

Bonnie se tourna vers Liza.

— C'est une brute, pas de doute.

— Non, c'est ce que voulait m'expliquer Cynthia, reprit Liza. D'abord, il apportera à Min tout ce dont elle a besoin jusqu'à ce qu'elle tombe amoureuse de lui. *Ensuite*, il tournera les talons.

Min se mordit la lèvre.

— Écoutez, je ne tombe pas amoureuse de lui. Même si j'avoue entendre des voix et voir des étoiles chaque fois qu'il m'embrasse. Pour couronner le tout, il y a cette affaire de pari. Je l'ai questionné à ce sujet et il a menti, fin de l'histoire. Vraiment.

— Hmm, hmm, fit Liza, visiblement loin d'être convaincue.

D'ailleurs, Min ne l'était pas non plus. Alors, dès le lendemain après-midi au bureau, elle prit une décision nette : elle n'irait pas au *Faux Jeton* ce soir-là et appellerait sa sœur pour sortir avec elle à la place.

— Je veux faire du shopping.

— Du shopping ? s'exclama Diana.

— Quelqu'un m'a dit que ma façon de m'habiller trahit ma haine pour mon corps.

— C'est la vérité, admit sa sœur. Tu veux changer ? D'accord !

— Juste un peu, se précipita-t-elle. Je…

— Je sais où t'emmener, la coupa Di. On va te transformer !

— Non, m'améliorer un peu, d'accord, mais quand même pas…

— Je t'attends en bas de l'immeuble à 17 heures. On va bien rigoler !

— Hmm…, fit Min mais Di avait déjà raccroché. Oh, et puis zut. D'accord.

En reposant le combiné, elle décida de ne pas s'inquiéter tant qu'elle ne serait pas entre les griffes de sa sœur et retourna à son travail pour terminer ce qu'elle avait à faire avant la fin de la semaine. Lorsque, enfin, elle enfilait sa veste pour partir retrouver Diana, le téléphone se mit à sonner. Elle décrocha, et une voix féminine se présenta.

— Je m'appelle Elizabeth Morrisey et je cherche une certaine Min Dobbs qui aurait rencontré mon fils Harrison au parc de Cherry Hill la semaine dernière.

— Bink ? bafouilla Min, interloquée.

— Oui, confirma la femme. Parfait, c'est vous. Je suis sincèrement navrée de vous déranger au travail, mais je n'ai pas trouvé votre numéro personnel. Ne raccrochez pas.

Min entendit des mouvements à l'autre bout du fil. Puis Harry prit le relais.

— Min ? dit-il en respirant fort dans le combiné.

— Oui, sourit-elle. Comment vas-tu, Harry ?

— Je vais bien. Tu vas venir au parc, demain ?

— Euh, c'est-à-dire que je…

— Parce que tu pourrais venir me voir au match, reprit Harry avec cette même tendance qu'avait son oncle à aller droit au but. C'est à 10 heures, le matin. On pourrait même manger un donut.

— Euh…, bafouilla-t-elle, prise au dépourvu.

Le jeune garçon respirait bruyamment, une sorte de Dark Vador en miniature.

— Bien sûr, répondit-elle finalement. Pourquoi pas ? Je m'occupe des beignets…

— Non, ma maman les prendra. Je lui ai dit lesquels.

— Ah, très bien, acquiesça Min, reprenant ses esprits. Merci…

Harry laissa tomber le combiné et Min entendit sa mère derrière lui.

— Dis « au revoir » poliment, Harry.

Il revint sur ses pas, lança un timide « Au revoir » et repartit.

— Allô ? dit Bink en reprenant l'appareil.

— Allô, répondit Min avec un petit rire étouffé.

— Nous avons des progrès à faire avec le téléphone.

— Il s'est très bien débrouillé, la rassura Min. Sauf pour sa respiration.

— Vous êtes gentille. Harry nous a beaucoup parlé de vous cette semaine.

— Vraiment ?

— Et de vos chaussures.

— Il ressemble beaucoup à son oncle, observa Min.

— Ce n'est pas pour nous déplaire. Demain à 10 heures, alors ?

— J'y serai.

Après que Bink eut raccroché, Min resta un moment assise dans son fauteuil.

Cette idée n'était pas de Cal ; s'il avait voulu qu'elle vienne, il l'aurait appelée directement. Il ne devait même pas être au courant de leur appel. Elle finit d'enfiler sa veste et envisagea de lui faire la surprise de sa présence, le lendemain. Être pris au dépourvu ne lui ferait pas de mal : pour une fois, ce serait elle qui arriverait à l'improviste.

Elle attrapa son sac à main et descendit retrouver Diana, soudain très intéressée par cette idée de *relooking*.

Le lendemain matin, Cal observait Bentley – un voltigeur particulièrement mauvais sur le terrain – qui tentait de lancer une balle, lorsque quelqu'un s'approcha derrière lui et lui couvrit les yeux de ses deux mains fraîches. Le parfum de cannelle et de lavande lui envoûta les sens, si bien qu'il en laissa presque échapper un soupir de plaisir.

— Ça ne te ressemble pas, Minnie, souffla-t-il en se retournant, et lorsqu'il aperçut Cynthia il retira vivement ses mains d'un geste glacial. Cyn ?!

— Salut.

— Désolé, murmura Cal en reculant d'un pas. Tu portes le même parfum qu'une amie. Sauf qu'elle n'en met pas, maintenant que j'y pense.

Et elle ne vient pas voir ces matchs stupides, songea-t-il, furieux contre lui-même de s'être si lamentablement trompé.

— Du parfum, répéta Cynthia, encore sous le choc.

— Sinon, comment ça va ? lança-t-il avec un nouveau pas en arrière, puis il se pencha pour ramasser une balle qui roulait à leurs pieds. Tu sais, tu ne devrais pas rester de ce côté de la barrière, ces gamins ne maîtrisent rien du tout.

— Tu as raison, déglutit Cynthia. Je voulais seulement te saluer.

— Salut.

Derrière elle, quelque chose bougea dans les gradins et attira l'œil de Cal, il aperçut alors Harry se précipiter pour grimper les marches.

— Mais où est-ce qu'il… !

Lorsqu'il se rendit compte que le jeune garçon se dirigeait vers Min, il s'interrompit net. Elle était assise sur le banc le plus haut, les cheveux coupés court en boucles légères sous les rayons d'un soleil radieux, et portait un chemisier blanc fluide et vaporeux. Son visage s'illumina lorsqu'elle reconnut Harry ; l'espace d'un instant il crut voir un ange et en eut le souffle coupé.

— Elle est allée chez le coiffeur, murmura-t-il.

— Quoi ? grimaça Cynthia en suivant son regard.

Il reprit ses esprits et indiqua d'un geste du menton le haut des gradins.

— Va dire à Harry de redescendre, tu veux bien ? Il est censé disputer un match, pas flirter avec des femmes plus âgées.

— D'accord, soupira Cynthia avec ce ton cassant signifiant « Je suis furieuse, mais je m'efforce de me comporter en adulte » que Cal connaissait bien.

— Tu vas bien ? lui demanda-t-il.

— Très bien, répondit-elle d'un ton plus cassant encore, puis elle se dirigea vers la barrière pour monter au sommet des gradins.

C'est quoi, son problème ? se demanda-t-il. Mais il l'oublia bien vite et reposa le regard sur Min qui rayonnait sous le soleil matinal alors que Harry s'essuyait le nez sur la manche de son joli chemisier blanc pour lui montrer à quel point il l'adorait. *Je ne suis pas intéressé par Minerva Dobbs*, se persuada-t-il intérieurement. *Avec elle au quotidien, finie la vie paisible et bonjour la prise de tête. Ah, et j'oubliais : elle me déteste.* Min sourit à Harry et Cal songea, le regard fixé sur elle : *Qu'est-ce qu'elle est jolie !*

Lorsque Min arriva au parc, les enfants s'échauffaient. Elle distingua alors Harry, sur le terrain, plus petit que les autres et toujours avec son allure un peu crasseuse, elle eut un pincement au cœur pour lui. Mais il l'aperçut et lui décocha un sourire très « Morrisey », alors elle se dit qu'il s'en sortirait très bien et lui rendit son geste. En gravissant les marches des gradins pour s'asseoir tout en haut, elle sentit le vent ébouriffer ses boucles fraîchement coupées et froisser les manches vaporeuses de sa blouse en organdi. Ne pas détourner le regard de Harry était difficile, car Cal était juste là en bas et ses yeux voulaient se poser sur lui. *C'est purement physique*, se dit-elle, mais c'était faux ; elle aimait observer son talent avec les enfants. Il détestait peut-être son rôle d'entraîneur, mais il était très doué. *Du Cal tout craché.*

Allez, arrête ! songea-t-elle. *Tu ne le connais même pas.*

Une jolie brune à la silhouette de mannequin s'approcha de lui par-derrière et plaça les mains sur ses yeux. *Évidemment*, pensa Min, son bonheur ridicule soudain envolé. Peu importait qu'il soit doué avec les enfants puisqu'elle n'en voulait pas, ce qui comptait c'était ce comportement de brute qu'il avait avec les femmes…

Quelqu'un s'assit à côté d'elle et la salua d'une voix magnifique et maîtrisée, alors Min se retourna. Une femme au teint pâle, mince comme un fil lui sourit faiblement. Son visage en cœur l'observait de ses grands yeux gris, ses cheveux blond platine étaient coupés droit autour de ce profil aux traits fins ; elle ne devait pas peser plus de quarante-cinq kilos.

— Je suis Bink.

— Je sais, bonjour. Moi, c'est Min.

— C'est vraiment adorable de votre part d'être venue voir Harry. J'apprécie sincèrement.

— Harry est un petit garçon charmant, répondit-elle en le cherchant du regard avant de s'apercevoir qu'il quittait le terrain et grimpait les gradins pour venir les rejoindre.

Plus il approchait, plus il semblait crasseux.

— La plupart des gens ne s'en rendent pas compte, sourit la mère en regardant son enfant d'un air attendri.

— Salut, Min ! s'écria Harry une fois arrivé à la rangée juste au-dessous d'elles.

Il était visiblement ravi de la voir et elle ne put que sourire devant tant d'admiration.

— Salut, Harry. Comment vas-tu ?

— Je dois jouer au base-ball, soupira-t-il. Mais à part ça, tout va bien.

— Tant mieux, alors tiens bon jusqu'au bout et après on fêtera ça avec un donut.

— Cool ! fit Harry en opinant du chef.

— Tu te débrouilles bien, sur le terrain, mentit Min.

— Merci, répondit-il la tête toujours montée sur ressorts.

— Lance cette balle, je sais que tu en es capable !

— Pas vraiment, marmonna Harry sans paraître trop affecté.

Il renifla et continua de hocher la tête. Sa mère les interrompit.

— Mon chéri, je crois qu'oncle Cal veut que tu redescendes.

Harry se retourna et aperçut Cal accompagné de la jolie brune, tous les deux l'observaient.

— Ouais, soupira-t-il.

— Pense au donut, l'encouragea Min.

— Cool, répéta le garçon, encore ravi de la voir.

Min lui sourit.

— Je dois y aller, dit Harry sans bouger.

— Bonne chance.

— Ouais.

Il hocha la tête encore une bonne minute, puis son sourire se dissipa et il redescendit les gradins, fuyant le regard de son oncle.

— Vous avez été gentille avec lui, la remercia Bink et Min la regarda avec surprise.

— Non, je n'étais pas « gentille ». J'aime beaucoup Harry, c'est tout.

Une bourrasque empêcha Bink de répondre et Min espéra presque voir le vent emporter ce petit corps frêle loin d'elle. *Je suis ravie d'être assise à côté de cette femme*, songea-t-elle avec amertume. *Assise ici toute seule, je ne paraissais pas assez grosse comme ça*. Mais elle se ressaisit ; il était possible que Bink soit une personne très agréable. En tout cas, elle se montrait polie et Cal lui avait conseillé d'arrêter de haïr son corps.

D'accord. Moi, je suis l'épaisse carte couleur crème du faire-part de mariage, le genre de cartes que l'on a envie de toucher tellement elles sont belles, et elle, c'est le papier de soie tout maigre et hors de prix qu'on a collé autour de moi.

— Tout va bien ? s'inquiéta Bink.

— Oui, pourquoi ?

— Vous fronciez les yeux.

— Je révise mes métaphores. Alors comme ça, Harry joue au base-ball ?

— Hélas, oui, soupira Bink.

Ce n'est pas elle qui a forcé Cal et Harry à s'engager dans cette histoire. Mais alors qui…

— Salut ! lança joyeusement une voix féminine à côté de Min.

Et cette fois, lorsque celle-ci se retourna, elle se trouva nez à nez avec la jolie brune qui flirtait avec Cal à peine une minute plus tôt. Elle aussi avait un visage en forme de cœur et de grands yeux gris, ses cheveux noirs étaient épais et soyeux.

Achevez-moi, songea-t-elle alors que le mannequin prenait place à côté d'elle. *Je suis cernée par la crème de la richesse et de la minceur.*

— Comment vas-tu, Bink ? s'enquit la femme.

Bink lui sourit faiblement ; tout ce que faisait cette fille, elle le faisait faiblement.

— Bonjour, Cynthia.

Cynthia.

Dans un nouvel élan d'horreur, Min se retourna vers la brunette. *L'ex de Cal.* Min remarqua seulement maintenant que cette femme arborait un dos nu noir absolument inapproprié pour un match de base-ball disputé par des enfants. Mais ça n'avait pas l'air de la déranger outre mesure, elle portait cette tenue sans aucune gêne, sans doute parce qu'elle assumait parfaitement sa poitrine au rebondi idéal pour combler les fantasmes de ces messieurs. *Quelle misère,* pensa Min en baissant le regard sur le terrain. C'est alors qu'elle s'aperçut que Cal les observait toutes les trois en faisant une drôle de tête. Il devait sûrement prendre conscience qu'il avait embrassé une femme qui n'entrerait jamais dans du trente-huit. Cette pensée la blessa bien plus que ça n'aurait dû.

— Voilà Cal, observa Bink.

— Qu'est-ce qu'il lui arrive ? demanda Min. À part sa présence ici qui ne l'enchante pas vraiment.

— Si, il est très content de venir ici, corrigea Cynthia. Lorsque je lui ai dit que ce serait bon pour Harry, il était totalement d'accord avec moi.

— Oh, c'était votre idée ?

— Oui, sourit Cynthia.

Min se retourna vers Bink.

— Cynthia a poussé Harry à faire du base-ball ?

— Oui, admit Bink. Elle en a parlé à la grand-mère du petit, elles ont conclu que ce serait une bonne chose pour lui. Sa grand-mère sait se montrer très persuasive.

— Oh.

Min se remit face au terrain, où un batteur lançait une balle maladroite vers la gauche du terrain, puis un équipier de Harry la manqua de peu. Cal ne vit rien de la scène, il était trop occupé à les regarder fixement toutes les trois sur les gradins.

Puis il finit par se retourner au moment où l'un des enfants dans le grand champ ramassait la balle pour la relancer avec toute la force et tout le désespoir dont un garçon de huit ans fait rarement preuve. La balle frappa Cal derrière la tête : ce dernier perdit l'équilibre, tomba sur les genoux et s'effondra.

— Non ! souffla Min avant de s'élancer en bas des gradins pour se faufiler derrière les grillages. Cal ? murmura-t-elle en s'agenouillant près de lui alors qu'il tentait de se redresser. Cal ?

Il semblait sonné, alors elle examina ses yeux pour voir si ses pupilles se dilataient. Ce n'était pas le cas, il avait toujours les mêmes yeux noirs dont les profondeurs sensuelles l'engloutissaient tout entière. Le souffle court, elle plongea dans son regard et entendit une musique retentir derrière eux ; c'était Elvis Costello qui chantait *She* à pleins poumons. La petite voix dans la tête de Min lui hurla : « Celui-là ! »

Puis, elle entendit Tony rugir :

— Éteignez ce fichu boucan !

Lorsqu'elle leva les yeux elle aperçut deux filles avec une radio près des grillages et Cynthia qui accourait et s'agenouillait à son tour près de Cal.

— Désolée, bredouilla l'une des filles.

— Il est mort ? demanda l'autre.

— Allez-vous-en, gronda Min et elles s'exécutèrent, emportant la musique avec elles.

— Cal, est-ce que ça va ? s'inquiéta Cyn.

Min s'aperçut que Cal ne l'écoutait pas et la regardait toujours, elle.

— Cal ?

Le coupable du grand champ se précipita vers eux.

— Vous avez vu ça, monsieur Capa ? Je l'ai lancée comme un pro !

— Oui, Bentley. C'est bien, dit Tony en baissant un regard inquiet sur Cal. Tu vas bien, mon pote ?

— Je savais que j'en étais capable ! continuait le garçon. Je voyais Wyman approcher de la troisième base, alors quelque chose m'a littéralement convaincu que je pouvais le faire ! Je l'ai renvoyée, cette saleté !

— Cal, dis quelque chose ! insistait Cynthia, complètement paniquée.

— Punaise, je l'ai propulsée dans la stratosphère ! poursuivait Bentley.

— C'est ça, maugréa Tony. Dommage que tu aies raté la troisième base d'un bon kilomètre et qu'à la place tu aies assommé M. Morrisey, lui reprocha-t-il en s'accroupissant près de Cal. Dis quelque chose, sinon Min t'emmène illico aux urgences.

— Quelqu'un a entendu de la musique ? murmura Cal, le regard toujours plongé dans celui de Min.

— Je l'ai propulsée ! fanfaronnait Bentley.

Tony tendit ses clés de voiture à Min.

— Vas-y. Les urgences de Cherry Hill sont plus haut sur la route.

— Je connais le chemin, annonça Cynthia en se relevant. Et j'ai un véhicule.

Min aida Cal à se relever et le redressa lorsqu'il tituba, Tony vint le soutenir à l'autre épaule.

— Je l'emmène, insista Cynthia. Ma voiture est garée juste…

— Non, la coupa Cal alors qu'il tentait de rester droit. Si je dois vomir, il vaut mieux que ce soit dans la charrette de Tony.

— Roule aussi vite que possible, ordonna Tony à Min en les accompagnant jusqu'à la voiture.

Allongé sur son brancard, Cal s'efforça de se souvenir de ce qui s'était passé : il se rappelait avoir contemplé Min longuement, avec sa blouse qui se soulevait légèrement et ses boucles qui dansaient au vent. Il venait de se dire qu'elle était vraiment pénible et qu'il ne voulait plus jamais avoir affaire à elle, et puis cette balle avait surgi de nulle part et…

— Cal ? chuchota Min, penchée sur lui.

Au-dessus de sa tête, la lumière fluorescente éclairait ses cheveux et formait comme une auréole au-dessus de son visage d'ange.

— Salut.

— Le médecin a dit que tu n'avais rien, expliqua-t-elle en s'efforçant de garder un ton joyeux. Je viens de récupérer ton ordonnance. C'est pour la douleur, si tu as des migraines. Tu as mal au crâne ?

Elle lui montra un petit tube de plastique orangé. Effectivement, il avait la sensation d'avoir la tête coincée dans un étau.

— Oui.

Elle ouvrit la fiole et en sortit deux cachets.

— Tiens. Je vais te chercher de l'eau.

Il voulut d'abord lui dire qu'il en avait déjà pris un contre la douleur, mais puisque ça ne faisait pas effet il se ravisa et songea que deux de plus ne seraient pas de refus.

— J'ai eu une trouille bleue ! lui avoua-t-elle lorsqu'elle revint avec l'eau. Tu as reçu un coup derrière la tête. On peut en mourir ! Je ne sais pas combien de victimes il y a chaque année à cause de ce genre d'accident, je n'ai pas eu le temps de vérifier.

Cal se souleva légèrement pour prendre les médicaments.

— Bentley, souffla-t-il avec amertume.

— Dès qu'il aura compris la violence de son geste, je suis sûre qu'il s'en voudra vraiment.

— Quel petit con. Est-ce qu'il y a eu de la musique ? Je jurerais avoir entendu…

— … Elvis Costello chanter *She* ? acquiesça Min. C'est vrai, des filles se promenaient avec une radio, chose étrange parce que dehors le son a plutôt tendance à se dissiper. Ma sœur passera cette chanson à son mariage. J'ai appelé Bink sur son portable pour lui dire que tu vas bien et que je te ramènerai chez toi.

Sa voix gazouillait comme le bavardage d'un bébé, c'était si étrange venant de Min que Cal mit cette impression sur le compte de son état fébrile.

— Ta sœur aime Elvis Costello ?

— Non. Ma sœur adore toutes les chansons des films avec Julia Roberts, nuance.

— Oh, fit Cal en la contemplant plus en détail. Tu as coupé tes cheveux.

— Diana m'a emmenée voir sa styliste. C'est pour assortir à mes nouveaux vêtements : j'ai suivi ton conseil.

— Je ne t'ai pas conseillé de te couper les cheveux.

Son regard descendit sur sa blouse ; à travers le tissu fin, il voyait le caraco qu'elle portait dessous, lui aussi très fin, et il en tomba presque de la table.

— Attention, haleta Min en retenant tout son poids alors qu'il manquait de glisser au sol.

Il en profita pour jeter un œil dans son décolleté et aperçut la dentelle rose qui se cachait sous le caraco.

— Du rose ?

— Ah, je vois que tu te sens mieux, observa Min avec soulagement. Allez, viens. Je te ramène chez toi.

— D'accord. J'aime beaucoup ta coiffure.

Une demi-heure plus tard, les indications d'un Cal de plus en plus étourdi par les médicaments les menèrent juste devant son immeuble.

— C'est parti, lança-t-elle en lui ouvrant la porte de la voiture.

— Je peux monter tout seul, ronchonna Cal encore titubant alors qu'il sortait du véhicule. Emmène la voiture…

Elle passa le bras sous ses épaules. C'était lourd, mais agréable d'être si proche de lui.

— Tu ne monteras pas tout seul. Ma mère m'a bien éduquée, je te signale.

— Dans ce cas, tu grimpes la première. Comme ça tu ne pourras pas reluquer mes fesses, cette fois.

— Il y a un ascenseur, Roméo, le nargua-t-elle en claquant la porte derrière eux. Allez, avance.

— Attends.

Elle s'arrêta pour le laisser reprendre son équilibre, mais il posa la main sur ses boucles fraîchement coupées et les tapota un instant.

— C'est élastique, observa-t-il.

— Oui, c'est ça.

Elle le poussa en haut des marches jusqu'à un appartement d'un blanc clinique, légèrement ancien ; le genre d'endroit dans lequel elle le voyait bien passer ses années d'études. Elle le dirigea vers la salle à manger meublée dans un style danois moderne à en hérisser les poils de n'importe quel natif du Danemark, puis ils s'avancèrent vers une chambre encore plus triste et plus laide que le reste de l'appartement.

— Comment tu te sens ? lui demanda-t-elle en le conduisant vers le lit dépourvu de tête.

— Mieux, murmura-t-il d'une voix encore ensommeillée. Les cachets font effet, et je ne suis plus sur un terrain de base-ball, alors ça va.

— Voilà, il faut toujours rester optimiste.

Alors qu'ils étaient bras dessus bras dessous, elle le lâcha sur le lit et le matelas rebondit sous le poids de Cal.

— Oh, je ne t'imaginais pas si agressive !

Il se laissa tomber sur les oreillers mais ses pieds pendaient toujours dans le vide.

— Et moi, je ne t'imaginais pas si lourd, se défendit Min.

La grâce de ses mouvements lorsqu'il était pleinement conscient laissait penser qu'il était léger comme une plume. En revanche, à moitié endormi il se déplaçait avec l'élégance d'un mufle. Elle retira ses Nike et son cœur manqua un battement.

— Tu chausses du quarante-six ? s'étonna-t-elle.

— Oui, répondit-il, somnolent. Est-ce que ça prouve que je suis une brute ? Parce que tu ne m'as pas encore fait de reproches, aujourd'hui.

— Elvis aussi chaussait du quarante-six.

— Content pour lui, marmonna Cal.

Elle attrapa ses pieds et les jeta sur le lit, mais s'aperçut ensuite qu'il était beaucoup trop près du bord : si dans la nuit il roulait sur lui-même, il se cognerait la tête sur la vieille table de chevet. Pour éviter tout accident, elle se mit à le pousser jusqu'au milieu du matelas.

— Qu'est-ce que tu fabriques ? bafouilla-t-il, à peine réveillé alors qu'elle essayait de le faire basculer sur le côté.

— Je te mets en sécurité, souffla-t-elle entre ses dents en posant un genou sur le lit et en s'obstinant à le pousser encore. Roule sur le côté, tu veux bien ?

Il s'exécuta juste au moment où elle le poussait et ils perdirent tous les deux l'équilibre. Pour se rattraper, elle s'agrippa à Cal qui l'emporta avec lui.

— Je dois me lever dans huit heures, l'informa Cal en bâillant dans ses cheveux bouclés. Tu n'as qu'à rester.

— C'est ça, souffla-t-elle contre son torse. Tombe par terre, fais-toi une commotion cérébrale. Après tout, je m'en fiche.

Il ne répondit rien alors elle le poussa encore une fois, mais c'était comme essayer de bouger un mur. Elle s'arrêta un instant pour considérer la situation. Sa manière de s'accrocher à elle pour qu'elle ne tombe pas était très protectrice, très attentionnée.

Et il se mit à ronfler.

L'instinct.

— OK, soupira-t-elle en se tortillant.

Une fois les pieds posés au sol, elle put se libérer complètement et il retomba sur le dos au milieu du lit, ce qui interrompit net ses ronflements. Pendant un instant, elle resta là à le contempler, vautré sur un couvre-lit banal, dans une chambre quelconque, et baigné d'une lumière terne et désagréable. Il était beau comme un dieu.

— C'est vraiment pas juste : tu pourrais au moins baver, ou je ne sais pas, moi, se lamenta-t-elle, il se remit à ronfler. Ah, merci !

En ouvrant un placard, elle tomba sur une couverture pliée sur l'étagère du haut, au-dessus d'une collection de superbes costumes de luxe.

— Tu es vraiment un type bizarre, lui dit-elle en le couvrant. C'est définitif : cet endroit ne te ressemble pas du tout.

Il respira plus fort et elle promena son regard sur les traits magnifiques de son visage, ses longs cils faisaient comme de petites taches en haut de ses pommettes lorsqu'il dormait. *Je pourrais t'aimer*, songea-t-elle.

Mais elle se ressaisit : n'importe quelle femme se dirait la même chose en posant les yeux sur lui, donc ce n'était pas comme si… *Oh, et puis mince !* Elle poussa les baskets de Cal pour qu'il ne trébuche pas, plaça un verre d'eau sur la table de chevet, s'assura que ses cachets étaient à portée de main et remonta la couverture jusqu'à son menton pour qu'il n'ait pas froid. Enfin, lorsqu'elle ne sut plus quoi faire d'autre, elle tapota son épaule et s'en alla.

Le lundi suivant, David décrocha le téléphone et entendit la voix de Cynthia.

— J'ai parlé à Cal. Il pense qu'elle sent la lavande. Il a remarqué sa nouvelle coupe de cheveux. Son neveu l'adore. Et ils ont échangé un regard copulatoire dans le parc !

— Et c'est illégal ?

— Ne te moque pas de moi, David. Ce n'est pas drôle du tout ! On pourrait *les perdre* ! pleurnicha-t-elle en prenant une profonde inspiration dans le combiné. La meilleure chose à faire de ton côté, c'est de l'inviter à déjeuner, de provoquer de la joie en elle. Est-ce que, au moins, tu lui as téléphoné récemment ?

— Je laisse des messages mais elle ne me rappelle pas, répondit David en évitant de laisser transparaître son agacement.

— Et comment tu le prends ? Est-ce que ça t'énerve ?

— Un peu, admit-il. Mais…

— Et le fait qu'elle n'accepte jamais que tu paies l'addition, ça t'énerve aussi ? Elle rejetait tes avances comme elle rejette tes coups de fil. Maintenant…

— C'est ridicule, s'écria David, au bord de l'énervement.

— Ton problème, c'est que tu lui en veux et qu'elle le sent. Tu dois donc passer outre à cette colère. Dès maintenant.

— Putain, mais je ne suis pas en colère !

— Invite-la à déjeuner et insiste pour régler la note. Tu te sentiras beaucoup mieux, la colère se dissipera, elle te considérera comme un partenaire potentiel et tu pourras enfin tenter quelque chose.

— Quels bobards.

— Peu m'importe ce que tu penses ! s'exclama Cynthia. Fais-le, c'est tout. Sinon, elle finira avec Cal.

Cal. Il allait remporter ce fichu pari. Il gagnait à tous les coups, ce salaud.

— OK, je l'appellerai. On mangera ensemble et j'aviserai ensuite.

— Ne fiche pas tout en l'air, David. Ma vie en dépend. Ma *carrière* en dépend. J'ai besoin de cette photo de mariage sur la couverture de mon livre !

— Tu sais quoi ? commença David, mais Cynthia lui avait déjà raccroché au nez. Génial !

Il composa le numéro de Min.

Min était assise à son bureau et s'efforçait de se montrer raisonnable lorsque le téléphone sonna. *Cal*, songea-t-elle en le regrettant immédiatement. Tous les deux suivaient leurs plans raisonnables, des plans qui éviteraient que l'un d'eux ne souffre ultérieurement, des plans de personnes rationnelles à la logique implacable, ce n'était donc sûrement pas lui qui l'appelait. La sonnerie retentit de nouveau, elle décrocha.

Minerva Dobbs ? dit-elle en s'attendant à entendre la voix de Cal lui lancer : « Salut, Minnie, comment va ton chat ? »

— Min, grogna David. Viens déjeuner avec moi. Il faut qu'on parle.

— Non, nous n'avons pas besoin de parler, répondit Min en s'efforçant de cacher sa déception. Mais j'ai besoin de manger. On fera moitié-moitié.

— Non, Min. *Je* paierai. Enfin, ce que je veux dire, c'est que j'aimerais beaucoup t'inviter.

— Bon d'accord, bafouilla-t-elle, confuse.

— Rendez-vous au *Serafino* à midi, ça te va ?

— Ce n'est pas le restaurant dont le cuisinier essaie de s'exprimer à travers sa nourriture ?

— C'est l'adresse incontournable du centre-ville, en ce moment.

— Alors c'est parti, conclut Min avant de raccrocher.

Elle mit cette nouvelle scène sur le compte de l'étrangeté générale de sa vie ces derniers temps.

Lorsqu'elle entra dans le restaurant, David l'attendait. Un sourire se dessina sur ses lèvres quand il la vit approcher, il se leva puis se figea avec un air surpris. Min baissa les yeux et s'aperçut qu'il contemplait le chemisier de gaze bleue qu'elle portait sous son veston gris à carreaux.

— Tu es magnifique, lâcha-t-il.

— J'évolue, répondit-elle en prenant place à table. Et je suis affamée. Qu'est-ce qu'on propose de bon ici ? Mis à part la décoration ?

Autour d'elle, l'abondance de bleu et d'argent lui piquait presque les yeux.

— J'ai déjà commandé, je ne voulais pas te faire attendre.

— C'est gentil de ta part.

Min appela un serveur, et changea la commande pour une salade et du poulet au marsala. À être là, autant en profiter pour vérifier la concurrence d'Emilio.

— Je crois que j'ai commis une erreur, confia David une fois le serveur reparti après qu'il eut déposé devant lui un bol de soupe de cresson à la châtaigne frappée.

— Oui, je suis d'accord avec toi, souffla Min en fixant son regard sur ce bol de vase joliment garni. Tu vas détester cette soupe, si tu veux il y a un vendeur de hot dogs ambulant dehors. On pourrait peut-être…

— Ce n'est pas la commande, mon erreur, soupira-t-il et il lui sourit. Min, je veux qu'on se donne une autre chance.

Elle interrompit brusquement sa pêche à la fioriture dans sa salade trop bien présentée.

— Pardon ?

— Je suis allé trop vite, poursuivit David, dans un bla-bla que Min n'écoutait déjà plus.

Le pari, songea-t-elle. *Ce satané pari, tu te dégonfles parce que tu as peur de le perdre.*

Le dos bien droit contre le dossier de son siège, elle retourna la situation dans tous les sens, sourde au bavardage de David. Ce dernier s'était mis dans la tête qu'elle coucherait bientôt avec Cal. La question était donc de savoir d'où est-ce qu'il tenait une idée pareille. Penser que Cal jubilait à rapporter à David toute leur histoire la rendit malade, mais très vite la raison l'emporta sur une telle aberration. Cal n'était pas du genre à jubiler, et c'était encore moins un idiot. En effet, il faut être vraiment stupide pour confesser à son adversaire que l'on est sur le point de perdre. Bref, de toute manière, Cal ne ferait jamais une telle chose.

— Est-ce que tu m'écoutes ?

— Non, admit-elle. Pourquoi tu fais ça ?

— C'est justement ce que je tente de t'expliquer…

— Non, tu me parlais de toi, tu me disais que tu t'es précipité, que tu as été malhonnête et stupide…

— Je n'ai jamais dit « stupide », se rebiffa-t-il, soudain grincheux.

— Tu me racontes ta vie, en quoi suis-je concernée ?

— Tu en fais partie, enfin j'espère, se reprit-il devant une Min consternée par sa sincérité. Au tout début, si j'ai voulu te séduire c'était parce que tu incarnais à mes yeux l'épouse idéale, et je le pense encore. Ce que je n'avais pas encore compris, c'est à quel point tu es… (Il s'interrompit pour lui prendre la main et elle le laissa faire, pour voir jusqu'où il était capable d'aller.) … à quel point tu es *douce*.

— Non, je ne suis pas douce, se défendit Min en essayant vivement de retirer sa main.

Il baissa le regard sur sa blouse de gaze.

— Et à quel point tu es sexy. Tu as beaucoup changé.

Elle libéra sa main d'un coup sec.

— Ce que tu as, David, c'est le syndrome de l'acheteur qui regrette son acquisition, ou plutôt le contraire puisque tu n'as pas acquis un objet, tu t'en es débarrassé. Si on se remettait ensemble tu me jetterais une nouvelle fois, alors va plutôt fréquenter l'une de ces maigrichonnes que tu aimes tant reluquer.

David voulut répondre mais se ravisa lorsque le serveur lui apporta son plat – qui ressemblait vaguement à du veau – et le poulet au marsala. Min découpa la viande et en goûta un morceau.

— Du bacon. Et des tomates. Mais quel est l'idiot qui met du bacon et des tomates dans un poulet au marsala ?

— Min…

— On voit même des bouts de bacon flotter dans la sauce. S'il aperçoit ça, Emilio cracherait dans l'assiette.

— Tu ne me prends pas au sérieux, gémit David.

— J'en suis consciente, répondit Min en reposant sa fourchette. Non mais sans rire, à quoi pensaient les cuisiniers ?

— Ce que j'essaie de te dire, c'est que notre histoire mérite une seconde chance.

— Non, pas du tout. Tu es en panique parce que je fréquente quelqu'un d'autre, c'est tout. Mange ta soupe.

— Je ne pani…

— La soupe ! le coupa-t-elle.

David goûta une cuillerée et fit la grimace.

— Qu'est-ce que c'est que ça ? gémit-il.

Elle repoussa son assiette.

— Je te l'avais dit. Ne mange jamais dans un restaurant dont le cuisinier veut s'exprimer à travers sa nourriture, c'est contribuer à sa crise d'égocentrisme. Un peu comme dans une relation amoureuse. Je suis désolée, David, mais notre histoire n'a aucun avenir, on ne va même pas réussir à achever ce repas. Mais j'apprécie que tu veuilles payer l'addition. Merci beaucoup.

Elle récupéra son sac à main.

— Où vas-tu ? se révolta David, alors qu'elle se levait de table.

— Je vais acheter un hot dog. Il me semble que le marchand propose aussi des saucisses fumées.

Le mardi soir à 18 heures, Emilio appela Cal.

— Min a encore commandé un plat à livrer, tu y vas ?

— Oui, répondit Cal par réflexe avant de se rappeler qu'ils ne se voyaient plus. Non. (Mais cela ne les empêchait pas de rester amis.) Si.

Quelle excuse hypocrite pour aller chez elle !

— Non, se reprit-il.

— D'accord… donc c'est non ?

D'un autre côté, il fallait bien qu'il mange, lui aussi. Et puis, il ne l'avait pas encore remerciée pour avoir pris soin de lui le samedi précédent. Dernière raison : il avait envie de la voir.

— Non, lâcha-t-il finalement. C'est un oui. J'y vais.

Chapitre 8

Cette fois encore, Min portait son affreux sweat, elle n'était pas maquillée et ses cheveux bouclés partaient en bataille quand elle ouvrit la porte. Elle était magnifique.

— Salut, lança-t-elle avec un sourire faisant vite oublier sa surprise de le voir là. Emilio t'a envoyé de force ?

— Il m'a dit que tu étais affamée, répondit-il, ne pouvant s'empêcher de lui rendre son sourire. Tu m'as emmené aux urgences et tu as posé un verre d'eau sur ma table de chevet. J'ai une dette envers toi.

— Ça craint.

Elle fit tout de même un pas en arrière et il entra, heureux de constater que sa mocheté de chat était toujours là, à l'observer d'un œil derrière sa mocheté de canapé.

— J'ai du mal à croire que tu as gardé cet animal, ricana Cal en déballant le sac sur la table. Tu lui as donné un nom ?

— Moi, j'ai du mal à croire que c'est toi qui me l'as amené, rétorqua Min en chemin vers l'alcôve qui lui servait toujours de cuisine. Et non, je ne lui ai pas encore donné de nom. Nous en sommes toujours au stade de savoir si nous voulons nous engager dans cette relation ou pas. Mais c'est vrai qu'il rentre tous les soirs et qu'il dort avec moi.

— Brave bête.

— J'hésite à en faire un chat d'appartement, parce que, enfermés, ils vivent plus longtemps. Mais puisque c'est un mec, je suppose qu'il déteste se sentir captif.

— Ça dépend, la captivité peut avoir du bon, s'amusa Cal en repensant aux barreaux du lit en cuivre.

Elle apporta les assiettes.

— Tu sais, si tu m'avais apporté une boule à neige j'aurais compris, mais pourquoi un chat ?

— Tu as dit toi-même que tu n'en voulais plus.

— C'est vrai. Enfin si, celle que je veux, c'est la boule de Mickey et Minnie que ma grand-mère m'a offerte. Rapporte-moi cette boule et je t'aimerai jusqu'à la fin de mes jours. En revanche, amène-moi un autre chat et je ferai un trait sur ces histoires de poulet au marsala.

— À propos, qu'est-ce qui s'est passé, cette fois ?

Min émit un grognement et se dirigea vers l'alcôve, suivie par Cal qui se sentait comme chez lui.

— Ça n'a pas l'air si mauvais, observa-t-il en contemplant sa dernière tentative. On ne dirait pas du poulet au marsala, c'est tout.

— J'ai essayé de faire sans huile d'olive et sans beurre. (Elle leva la main pour l'empêcher de protester.) Je sais, je sais, j'ai compris la leçon ! En voulant le remplacer par du bouillon de poule, j'ai découvert que ça sentait bon mais que ça ne ressemblait à rien.

— Il y a une bonne raison à ça : l'huile d'olive et le bouillon de poule, ça n'a rien à voir. Mais c'est rattrapable, tu n'as qu'à faire un roux avec le bouillon pour l'épaissir et tu le serviras sur des pâtes. Des fettuccines, par exemple.

— Un roux ? répéta Min.

— C'est un mélange de farine et de beurre fondu, expliqua-t-il. Je suppose qu'il n'y a pas l'ombre d'un gramme de beurre dans cet appartement ?

— Bonnie doit en avoir et je n'ai pas de fettuccines. Ni de farine, d'ailleurs. Je vais lui en emprunter.

— Est-ce que tu as une grande casserole et une passoire, pour les pâtes ? demanda Cal en jetant un regard circulaire à ce semblant de cuisine.

Il lui faut absolument trouver un autre appartement.

— Dans la cave.

— Voilà qui est pratique. Où est le couvercle ?

— Le couvercle ?

— Oui, la chose qui empêchera le chat de plonger dans la poêle la tête la première pendant qu'on descend à la cave.

— Parce qu'on descend à la cave ?

— Est-ce que tu veux apprendre à cuisiner, Minnie ? souffla-t-il beaucoup plus affectueusement qu'il ne l'avait voulu.

Min cligna des yeux.

— Oui… oui, je veux apprendre.

— Dans ce cas tu as besoin d'une batterie de cuisine.

Une fois qu'ils furent au sous-sol, Cal choisit au hasard l'un des cartons parmi la douzaine empilés sans aucun marquage et l'ouvrit avec son couteau suisse. Min déballa le premier paquet que contenait ce carton : la passoire verte de sa grand-mère.

— Tu as trouvé le bon carton du premier coup ! annonça-t-elle en laissant retomber la passoire là où elle l'avait trouvée. Tu es doué, tu sais ?

— Eh oui, je sais, sourit-il en soulevant le carton. Allez, Minnie, on remonte. Et n'oublie pas de t'arrêter en chemin pour emprunter le beurre, la farine et les pâtes.

Enseigner à Min comment préparer un roux partait d'une intention presque innocente, mais la kitchenette était étroite, ils devaient se tenir proches l'un de l'autre, ses boucles sentaient bon la lavande, tout son corps n'était que rondeurs, et il y avait ce lit de cuivre dans la pièce juste à côté avec un dessus-de-lit en satin. Alors, une fois qu'il eut fini d'expliquer les bases du roux, Cal s'éloigna pour aller déballer le carton.

Le chat était assis à l'intérieur.

— Sors de là ! lui ordonna Cal.

Pour toute réponse, l'animal le regarda d'un œil puis de l'autre, se prélassant sur les paquets bosselés. Cal tendit la main vers la bête et la délogea de la boîte. Une fois au sol, le félin vint se frotter contre lui en ronronnant.

— C'est un chat très affectueux, fit-il remarquer à Min.

— Je sais, je l'adore. Tous les soirs, il vient se mettre en boule contre moi et ronronne pendant tout l'album d'Elvis. En plus, il est très intelligent : il a appris à appuyer sur le bouton de la chaîne pour écouter Elvis même quand je ne suis pas là.

Cal sortit le premier paquet du carton. Une fois l'objet déballé, il découvrit un épais bol de verre transparent assez profond qui, à l'évidence, avait une fonction bien spécifique.

— Qu'est-ce que c'est ? demanda-t-il.

Elle se retourna pour regarder.

— C'est un bol pour battre les œufs. Il devrait y avoir le couvercle de métal et le fouet qui vont avec.

Cal se mit à fouiller dans le carton et finit par trouver l'objet. Le couvercle se posait sur le bol avec la poignée au-dessus, et dessous étaient accrochés les fouets.

— C'est plutôt bien conservé, observa Cal en s'emparant du paquet suivant.

Il contenait des saladiers empilés, ils étaient en porcelaine épaisse blanche avec un liseré bleu.

— Oh, ça me rappelle des souvenirs ! s'exclama Min. Ma grand-mère utilisait le grand pour faire des cookies, à l'époque où je pouvais en manger.

— Le bon vieux temps, sourit Cal en attrapant le carton suivant.

L'objet était lourd et rond ; alors qu'il le déballait, il comprit peu à peu de quoi il s'agissait. Le dernier morceau de papier tomba au sol pour dévoiler une boule à neige dans laquelle Mickey renversait Minnie en arrière, cette dernière portant sa jolie robe rose. Cette découverte ne surprit pas Cal, mais elle le pétrifia d'horreur.

— Et maintenant, combien de temps dois-je le laisser cuire ? lança Min de la cuisine. Avant que la farine perde son goût un peu âcre, je suppose ? Cal ? Qu'est-ce qui ne va pas ?

Elle pivota vers lui.

Lorsqu'il lui montra l'objet, elle se figea, la poêle à la main.

La boule pesait lourd, beaucoup plus lourd que n'importe quelle autre boule à neige. Il la retourna et découvrit une petite clé cachée dessous.

— C'est une boîte à musique ? demanda-t-il. (Min hocha la tête.) Qu'est-ce qu'elle joue ?

— *I will always love you*, murmura-t-elle.

— Oui, évidemment.

Il observa longuement Mickey et Minnie, emprisonnés dans ce globe pour l'éternité. « Rapporte-moi cette boule et je t'aimerai jusqu'à la fin de mes jours. »

— J'ai passé quinze ans à la chercher partout, articula Min, le regard vide. Et toi, tu tombes directement dessus. Comment tu fais ?

— Ce n'est pas moi, répondit Cal en posant l'objet sur le plan de travail.

— Ne me dis pas que tu as fait un pacte avec le diable, marmonna-t-elle, les yeux rivés sur la boule à neige.

— Un quoi ?

— Tu sais, le genre de pacte qui rend parfait chacun de tes gestes pour que toutes les femmes que tu rencontres tombent à tes pieds comme des mouches. Sauf que tu as oublié de préciser que tu ne veux faire de l'effet qu'aux femmes qui t'attirent, ce qui expliquerait pourquoi on est coincés dans cette boucle sans fin, tous les deux.

Cal prit une profonde inspiration.

— OK, si on oublie que tu crois au diable et au fait qu'il pactise avec les hommes, je suis quand même vexé d'apprendre que tu m'imagines, moi, capable de pactiser avec lui.

— Arrête ton petit jeu, Cal, je sais très bien que tu es toi-même un démon. Tu es grand, brun, séduisant, charmant, tu portes des costumes, tu ne transpires jamais et tu réussis toujours à me mettre sous le nez la chose dont j'ai besoin pile au bon moment. Cette boule à neige était perdue depuis quinze ans ! J'ai ce sentiment obsédant que si je te dis « oui » j'irai tout droit en enfer.

Cal hocha la tête. *Pourquoi est-ce que je suis revenu ici ?*

— C'est bon, j'ai compris ! fulmina-t-il. Tu sais quoi ? Je n'ai plus faim, je m'en vais.

— Bonne idée, répondit sombrement Min, hypnotisée par la boule.

Il récupéra sa veste, se dirigea vers la porte d'entrée et marqua une pause la main sur la poignée.

— À jamais et…, commença-t-il, mais il s'interrompit.

— Bonne continuation ? termina Min, le regard toujours fixé sur l'objet.

Il secoua la tête.

— Je ne suis plus sûr que ça ait du sens.

Et il descendit l'escalier.

Une fois seule, Min s'approcha de la boule à neige et tourna la clé. Les premières notes de *I will always love you* retentirent et elle ne fit plus aucun mouvement afin de reprendre une respiration normale. La masse pesante du petit dôme était parfaitement lisse, sertie dans une base noire de style « Art déco », et à l'intérieur, des paillettes et de minuscules étoiles argentées virevoltaient autour d'une Minnie rayonnante, heureuse d'être dans les bras de son homme, et d'un Mickey littéralement charmé par sa partenaire.

C'est peut-être pour ça que j'aimais tant cet objet, songea-t-elle. *Parce qu'elle est heureuse et que lui la trouve merveilleuse.* Et puis, il y avait cette robe rose et tournoyante assortie aux chaussures que portait Minnie. Bon, c'est vrai que ses escarpins étaient un peu grossiers. Min retourna encore la boule pour la voir de plus près ; les paillettes et les étoiles se remirent à tourbillonner alors que la chanson ralentissait avant de s'éteindre totalement.

« Ce n'est pas moi », avait dit Cal. Mais si, c'était lui. Elle se débrouillait très bien jusque-là, elle était très heureuse avant qu'il débarque dans ce bar et chamboule sa vie entière. Voilà que maintenant tout n'était que paillettes et petites étoiles. Chaque fois que les choses s'apaisaient, chaque fois que la vie reprenait un rythme normal, il réapparaissait et secouait…

Elle sursauta lorsqu'une chose poilue lui poussa la jambe. Le chat miaula, elle le prit dans ses bras et repensa à toute cette situation d'un point de vue logique. Bien sûr que non, ce n'était pas lui. Les coïncidences peuvent frapper à tout moment, c'est la vie. Tant que rien d'autre ne vient les confirmer…

— Nous allons garder nos distances avec lui et puis c'est tout, annonça-t-elle au chat. On n'ira au *Faux Jeton* qu'en étant certaine que Cal n'y sera pas, toute cette histoire sera derrière nous et la vie pourra reprendre son cours. Finies les paillettes !

Le chat intervertit encore son œil ouvert et Min prit conscience que parler à un animal en disant « nous » n'était pas bon signe.

— Du poulet ? proposa-t-elle au matou avant d'abandonner la logique pour se mettre à table.

Le mercredi suivant, Liza se tenait au comptoir du bar et essayait d'attirer l'attention de Shanna quand Cynthia s'assit sur le tabouret haut juste à côté d'elle et lui sourit.

— Salut ! Où est ton amie ?

— Ce soir elle voulait rester à la maison avec son chat, répondit Liza. Mais moi je pense qu'elle évite Cal.

— Sage décision. Garder ses distances avec lui demeure la meilleure façon de lui résister. D'ailleurs, est-ce que tu sais où il est ?

Elle jeta un regard autour d'elle.

— Pas ici, Tony m'a dit qu'il travaillait tard. Pourquoi ?

— Parce que si ce soir elle n'est pas là, il devrait venir te travailler au corps.

— Qui, moi ? s'exclama Liza, horrifiée. Parce qu'elle est partie, il s'intéressera à moi ?

— Mais non, pas dans ce sens-là. Il est essentiel pour le bien d'une relation que les proches de la femme approuvent l'homme qu'elle a choisi. Je suis surprise qu'il n'ait pas encore tenté de te charmer.

— Ce n'est pas un idiot. Et puis, on n'est pas potes.

— Enfin, en tout cas ton amie a pris la bonne décision en choisissant de l'éviter, déclara Cynthia. Maintenant, je ne pense pas qu'il atteigne son cœur.

— Mais il a atteint le tien, pas vrai ?

Cynthia releva le menton.

— Je…

Liza attendit sa réponse.

— Oui, admit enfin Cynthia. Il a atteint mon cœur.

— Quelle enflure !

— Non, tu te trompes. Il a simplement…

— … Besoin de la reconnaissance des femmes à cause de Maman Chérie ? termina Liza. Avec tout ce que tu sais de lui, tu devrais écrire un roman.

Cynthia sirota sa boisson en silence.

— Ah ! comprit Liza. Tu écris un roman.

— Oui, mais pas sur… enfin, pas complètement au sujet de…

— Bon sang ! En résumé, quand il a rompu tu as perdu un amant *et* un sujet de recherches. Je ne comprends pas : tu es une spécialiste des relations amoureuses et pourtant il a réussi à te faire fondre ?

Cynthia se mordit la lèvre.

— La connaissance logique n'est plus d'aucune utilité face aux sentiments.

La douleur qui se lisait sur son visage était bien réelle, Liza posa la main sur son bras.

— Je suis sincèrement désolée.

— Tu sais, ce n'est pas si horrible. Il y a des gens dont les problèmes sont bien plus graves que les miens.

— Oui, mais ça ne rend pas les tiens plus faciles à surmonter.

— Non, reconnut Cynthia. Mais ça atténue notre tendance à nous apitoyer sur notre sort. Si j'ai donné l'impression que Cal était un homme mauvais…

Elle repoussa son verre.

— Non, ne t'inquiète pas. Au contraire, j'ai l'impression que ta vision de lui est plutôt naïve.

— Mais non, c'est quelqu'un de…

— Je m'en fiche, l'interrompit Liza. Tout ce que je veux, c'est qu'il reste loin de Min.

— Moi aussi.

Cynthia finit son cocktail et s'éloigna au moment où Shanna revenait de ce côté du comptoir.

— Encore un verre ?

Liza sourit.

— Raconte-moi tout ce que tu sais sur Cal Morrisey.

— Pourquoi ça ? se méfia Shanna.

— Parce qu'il s'amuse à embrasser ma meilleure amie, or j'ai entendu dire qu'il a cette pathologie du « je ne veux pas m'engager ».

La barmaid haussa les épaules.

— Comme la moitié de la population masculine.

— Peut-être, mais la moitié de la population masculine ne vient pas embrasser Min. Il s'amuse avec elle, c'est ça ?

Shanna se mordit la lèvre.

— Ce type est un ange, crois-moi. Si j'ai le moindre souci je l'appelle sans hésiter, parce que je sais qu'il accourrait pour me sortir de n'importe quelle situation. C'est quelque chose que je ressens profondément.

— Pourtant, ça ne répond pas à ma question, insista Liza.

Après un instant de silence, Shanna regarda la vérité en face.

— Dis à ton amie de ne pas trop s'investir dans cette relation. Il ne reste jamais très longtemps.

— Merci.

— Mais c'est un mec vraiment bien, précisa Shanna.

— C'est ce qu'on ne cesse de me répéter, répondit Liza en se levant. Mais j'ai du mal à le croire.

Ce soir-là à 19 heures, Cal arriva à bout de patience : s'il passait une minute de plus à plancher sur ce dossier de formation, il en viendrait à se taper la tête contre les murs, or il avait déjà subi son quota de traumatisme crânien pour le mois. D'un autre côté, retrouver Min au *Faux Jeton* reviendrait à se faire encore une fois traiter de démon. Ou de brute, si elle était bien lunée. Il finit par se lever et s'étira avant de prendre la direction de son appartement. En chemin, il ralentit en passant devant le cinéma Griffon ; l'enseigne indiquait que la dernière semaine consacrée à John Carpenter s'achevait bientôt et qu'étaient projetées ce soir-là *Les Aventures de Jack Burton dans les griffes du mandarin.*

Kurt Russell qui écrase les méchants, je n'ai pas revu ça depuis mon enfance, songea-t-il. Le dernier client s'éloigna du guichet, Cal s'approcha et acheta un ticket à son tour.

Il valait mieux regarder un bon film que s'encombrer les idées en pensant à… n'importe qui.

Alors qu'il pénétrait dans la salle obscure, une publicité proposait une série inédite avec Elvis Presley. Cal pensa à Min. *Oublie-la*, se sermonna-t-il en prenant place quelques rangées plus bas et à quelques sièges du bord, entouré de places vides. Mais lorsque le film s'ouvrit sur la scène de Kurt jurant dans son camion, une famille s'approcha de Cal pour lui demander de changer de rang afin de libérer cinq places. Une fois installé un peu plus bas, il nota que la personne à sa droite était assez calme, alors il s'avachit dans son siège et se laissa emporter par l'histoire, apaisé pour la première fois depuis le soir précédent.

À la fin de la séance, les lumières s'allumèrent et il se leva en même temps que la femme assise à côté de lui. De taille moyenne, les cheveux bruns et courts avec des boucles aux reflets dorés, elle se retourna pour récupérer son veston gris à carreaux…

Ils se dévisagèrent un long moment, baignés d'un silence de stupéfaction, puis elle sortit du cinéma suivie par Cal. Une fois dehors, elle se retourna pour le regarder encore dans les yeux.

— Quelles étaient les probabilités que ça arrive ? demanda Cal.

— J'ignore complètement comment calculer le hasard, répondit Min en se mettant en marche.

Cal lui emboîta le pas. Elle ne devait pas se promener seule en ville le soir.

Une coïncidence, pensa-t-il. *C'est courant, il n'y a pas de quoi en faire une histoire. Ça ne veut rien dire.*

Une fois qu'ils furent arrivés au pied de sa maison, elle gravit les marches jusqu'au dernier étage sans se soucier de savoir qui montait en premier, et, pour une fois, il était trop étourdi pour songer à se rincer l'œil derrière elle. Devant la porte de son appartement, Min se retourna enfin vers lui.

— Merci de m'avoir raccompagnée.

— Je t'en prie.

Ils se contemplèrent encore un long moment. Le souffle court, Cal plongea son regard dans le sien et se dit : *Non, impossible, ça ne peut pas être toi.* Puis elle secoua la tête, entra chez elle et referma la porte. Il se retourna, descendit les cinquante-huit marches jusqu'à la rue et ne sut plus s'il devait se sentir soulagé ou angoissé.

Là, il marqua une pause et leva la tête vers la petite lucarne qui donnait sur sa chambre. Le chat était assis là, éclairé à contre-jour par la lumière de la pièce. Il l'observait de là-haut, un œil sans doute fermé dans l'obscurité. Cal se représenta Min s'asseyant sur le dessus-de-lit en satin puis s'allongeant sur les oreillers brodés qui sentaient bon la lavande, ses boucles aux reflets dorés étalées sur le satin bleu. Il se vit à côté d'elle, l'attirant tout contre lui, se laissant enlacer par ses bras, sentant ses rondeurs chaudes et voluptueuses se lover près de lui dans un abandon de douceur. Il s'imagina s'emparant de sa bouche pulpeuse, couvrant de ses mains sa poitrine rebondie. Il se représenta leurs corps se mouvant l'un contre l'autre, emportés dans une spirale de caresses frissonnantes et sensuelles, sa douce voix impatiente et soupirante. C'est à cet instant que Cal prit conscience qu'il la désirait comme jamais il n'avait désiré aucune autre femme.

La lumière de la lucarne s'éteignit et rompit le charme ; alors, il ferma les yeux face à cette obscurité et au choc de cette vérité qui lui glaçait le sang. Puis il se retourna et reprit le chemin de la grande rue, vers la lumière, vers le bruit et la sécurité.

Le jeudi suivant, Liza arriva la dernière à l'appartement de Min pour leur *Dîner des Si.* Bonnie lui ouvrit la porte avec une expression crispée qui ne lui ressemblait pas. En réponse au sourcil levé de Liza qui voulait dire : « Qu'est-ce qui se passe ? », Bonnie secoua la tête et recula d'un pas pour la laisser entrer.

— Salut, lança Min, un peu trop calmement au goût de Liza.

C'est encore ce crétin de Cal, pesta-t-elle.

— Qu'est-ce qu'il t'a encore fait ?

— Rien. Assieds-toi, j'ai préparé une immense salade composée et je meurs de faim. Venez manger.

En se retournant vers le canapé, Liza reconnut l'animal qui fixait sur elle son seul œil ouvert.

— Tu as toujours ce chat.

— Je l'aime. Il est toujours là quand j'en ai besoin ; il pose sa petite patte sur moi dès qu'il sent que je suis triste, il me tient chaud la nuit et il a une très jolie voix. J'ai décidé qu'il était la réincarnation d'Elvis.

— L'attente interminable prend fin, déclara Liza en songeant : *Le salaud, il a réussi à lui offrir une chose dont elle avait besoin sans même en être consciente.*

Après dix minutes ponctuées de pain, de salade et de futilités au sujet du chat, Liza perdit patience.

— J'ai parlé à Cynthia, hier soir. Elle m'a prévenue que Cal tenterait de…

— Moi, je l'aime bien, l'interrompit Bonnie.

Liza s'adossa à son siège.

— Quoi ?

— J'aime bien Cal, répéta Bonnie.

— Mais ça ne veut pas dire que tu dois l'encourager à…

— Ça n'a plus d'importance, les coupa Min et elles se tournèrent toutes les deux vers elle. J'essaie de le fuir, mais ça ne fonctionne pas. Vous vous souvenez de cette boule à neige que j'ai perdue il y a quinze ans ? Il l'a retrouvée. Mardi, il est venu ici : il est descendu à la cave et s'est dirigé tout droit vers le carton où la boule était enfouie.

— Un coup de chance, déclara Liza.

— Hier soir, j'ai décidé d'aller au cinéma, poursuivit Min. Quand les lumières se sont rallumées, devinez qui était installé à côté de moi ?

— Alors ça, en revanche, c'est flippant ! observa Liza. Il te suit partout.

— Impossible. Quand j'ai pris le journal, la page cinéma est tombée et j'ai lu que *Les Aventures de Jack Burton dans les griffes du mandarin* passaient au vieux cinéma. Alors je me suis dit : « Chouette, Kurt Russell qui écrase les méchants » et j'ai décidé d'y aller sur un coup de tête sans en parler à personne, pas même au chat. Et il était là, assis à côté de moi. C'est comme s'il avait un pouvoir magique.

— C'est comme s'il était démoniaque, tu veux dire ! rectifia Liza.

— Non, c'est comme s'il était le prince Charmant, affirma Bonnie.

Liza et Min la regardèrent avec surprise.

— Comme dans les contes de fées, expliqua-t-elle. Plusieurs quêtes l'attendent pour gagner ton cœur et la boule à neige en fait partie.

— Bonnie, ma chérie, soupira Min, soudain sortie de sa torpeur. Et si on oubliait tout ça et qu'on passait aux *Si* ? Alors, si j'étais raisonnable, je ne paniquerais pas face à toute cette histoire. Donc, je vais me montrer raisonnable et ne paniquerai pas face à toute cette histoire. Quel est ton *Si*, Liza ?

— Si jamais j'apprends que Cal Morrisey te poursuit, je lui arrache tous les membres un par un. Bonnie ?

— Si votre bêtise empire encore, je vais devoir me trouver de nouvelles amies, déclara-t-elle en foudroyant Min du regard. Cal gagne ton cœur, comme dans les contes. Tu as dit toi-même que son baiser t'a réveillée.

— Non, j'ai dit que son baiser m'a électrisée, ce n'est pas pareil, se justifia Min en se penchant légèrement en avant. Bonnie, ça ne me déplaît pas d'utiliser les contes comme métaphore, mais là on parle de la vie réelle. Et dans la vie réelle, il n'y a ni prince, ni belle-mère, ni pomme empoisonnée.

— Ni fin heureuse, si tu le prends comme ça, en conclut Bonnie. Le grand amour hurle pour attirer ton attention et toi tu refuses de l'entendre parce que tu ne veux pas y croire. Le conte de fées est juste là devant toi, et…

— Attends une minute ! intervint Liza pour limiter les dégâts.

— Toi, Liza, c'est encore pire ! s'exclama Bonnie. Min ne croit pas que l'amour puisse sonner à sa porte, mais toi tu ne crois pas en l'amour tout court, ni pour toi ni pour personne. Tu es la nihiliste de l'amour.

— La nihiliste de l'amour ? répéta Liza, l'air songeuse. J'aime bien.

— Pas moi ! affirma Min. Je *crois* en l'amour. Enfin, j'en ai l'impression. En revanche, je ne crois pas aux contes de fées.

— J'ai toujours su que mon prince finirait par venir un jour ou l'autre, expliqua Bonnie à Min. Combien de fois m'as-tu rabâché qu'on a tous de belles occasions professionnelles qui se présentent à nous mais qu'on n'est pas tous prêts à les saisir ? Eh bien, c'est valable aussi en amour. J'ai passé ma vie à planifier mon mariage parce que je suis assez intelligente pour savoir que c'est la plus importante décision de mon existence : maintenant j'ai Roger et je suis prête à me lancer. Vous deux, vous passerez à côté de la chance de votre vie quand elle se présentera à vous parce que vous ne voulez pas y croire de peur que la réalité ne vous déçoive.

Liza leva les yeux au ciel.

— Pitié, arrête de dire des bêtises…

— Vous prévoyez cette déception, vous seriez déçues de ne pas être déçues et tout votre univers dépend de la déception que doivent vous inspirer les hommes, poursuivit-elle en récupérant son assiette. C'est une marque de faiblesse, et c'est surtout valable pour toi, insista-t-elle en faisant les gros yeux à Min. Cal est là, juste sous ton nez, tellement amoureux de toi qu'il en perd la raison. Le destin t'envoie tellement de signaux que même moi je peux les voir, mais voilà que tu te caches derrière cette excuse stupide de pari. Je suis sûre que tu ne lui en as même pas parlé.

— Qu'est-ce qu'il pourrait répondre ? « Oui, c'est vrai, mais je suis ton prince et je t'aime d'un amour sincère alors viens coucher avec moi » ?

— Je t'ai connue plus vive, mais je mets ça sur le compte de ta trouille de poule mouillée. Et si tout ça était vrai ? Et si tu avais devant toi l'aubaine d'une fin heureuse avec un homme fou de toi ? Comment réagirais-tu ? demanda-t-elle en secouant la tête. Tu n'en sais rien du tout parce que tu n'y as jamais été préparée. Tu as tout calculé dans ta vie, mais pas ça. Tu es vraiment incorrigible. On se voit demain soir au *Faux Jeton*. Je vais retrouver Roger, histoire de me rappeler pourquoi moi j'y crois.

Elle emporta son assiette à la cuisine et revint pousser sa chaise contre la table.

— Bonnie, attends ! s'écria Min en se levant, mais Bonnie était déjà à la porte.

Lorsqu'elle la claqua derrière elle, Min s'assit en face de Liza.

— Au moins, nous nous avons encore toute notre tête, fit-elle remarquer.

— Ouais, murmura Liza. Et ça marche bien, pour toi ?

— Pas vraiment. Tu as apporté du dessert ?

— Oui, des bâtonnets de glace à la cerise.

— Donne-m'en un. Je reprendrai mon régime demain.

Le vendredi suivant, pour une fois, Cal avait décidé de rester chez lui car il partait du principe que s'il ne quittait pas son domicile, rien d'étrange ne lui arriverait. Soudain, il entendit *She* résonner de l'autre côté du mur.

— Non mais je rêve ! s'exclama-t-il.

Il se ressaisit quand il s'aperçut que c'était ce que Min disait toujours. Finalement, il se dirigea vers l'appartement de Shanna pour se distraire un peu.

— Tu t'es encore fait larguer ? lança-t-il lorsqu'elle lui ouvrit la porte.

— Non, répondit-elle, très calme mais sans larmes sur les joues. J'essaie de réfléchir à ma vie. Viens, entre.

— De réfléchir à ta vie ? répéta Cal en la suivant jusqu'au salon.

— Je ne peux pas m'empêcher de croire que si j'écoute cette chanson en boucle je finirai par y déceler un indice, expliqua Shanna en récupérant la bouteille de Glenlivet.

— Si tu organises ton existence en fonction d'une chanson populaire, c'est toi qui as besoin d'un verre de scotch, pas moi.

Elle lui servit un verre.

— Tu ne comprends pas. J'ai toujours su qu'un jour la femme de ma vie débarquerait et que je la reconnaîtrais instantanément.

— Tu m'as souvent prouvé le contraire, fit remarquer Cal en prenant le scotch qu'elle lui tendait.

— Je me suis dit que puisque Elvis Costello a déjà fait la liste de toutes les qualités que doit rassembler la femme idéale, je pourrais commencer par là et découvrir grâce à cette chanson aux côtés de quel genre de personne je veux passer ma vie. Comme ça, si je rencontre une femme qui ne correspond pas à la liste…

— C'est très pragmatique de ta part.

Il s'assit sur le canapé et songea : *Un pragmatisme digne de Min.*

— Mais le problème, poursuivit Shanna, c'est qu'Elvis n'a jamais dit qu'elle devait être parfaite. Donc quelques indices clés devraient suffire. Par exemple, elle doit être gentille.

— C'est vrai, admit Cal en repensant à la manière dont Min s'était comportée avec Harry.

— Et elle doit être intelligente. Je ne dois pas avoir à tout lui expliquer constamment.

— Tu as sans doute raison, marmonna Cal, avec le souvenir de cette tentative de réapprendre à Min comment cuisiner du poulet au marsala. Mais tu sais, ce n'est pas si grave si elle ne connaît pas tout sur tout. Moi, je dirais plutôt qu'elle doit être ouverte à la découverte et curieuse d'apprendre. Et aussi qu'elle doit avoir des choses à t'enseigner.

Shanna s'assit sur son coffre table basse.

— Tu vois ? Ça prend déjà forme. Je me disais aussi que le sens de l'humour est capital.

— Exact. Si tu ne peux pas rire des ratés, alors à quoi bon ?

Un nouveau souvenir lui revint, celui de Min observant : « Heureusement que ce n'est pas un rendez-vous galant » après un quiproquo sur leurs deux Elvis, et…

— Puisque je suis une fille superficielle, j'ajoute qu'elle doit être attirante.

— Je suis d'accord, approuva Cal en s'efforçant de ne pas penser à Min dans toute sa splendeur sensuelle. Et elle doit porter de jolies chaussures.

— Quoi ?

— Non, rien. Quoi d'autre ?

— C'est tout, je ne veux pas non plus une liste interminable. Gentille, intelligente, drôle et séduisante, qu'en penses-tu ?

— Je pense que c'est parfait si tu arrives à dénicher une perle pareille.

— Pourquoi, toi tu ne l'as pas trouvée ? Et Min ? Elle semblait…

— Je ne la vois plus. En plus, on se connaît à peine.

— D'accord… Et pourquoi ça ? Elle est jolie, gentille, intelligente, elle te fait sourire et tu es tout étourdi chaque fois que tu l'embrasses. Qu'est-ce que tu veux de plus ?

— C'est-à-dire que…, hésita-t-il. Elle a toujours quelque chose à me reprocher.

— Petite nature, va ! Avec toutes les autres, tu tournais les talons parce qu'elles ne te convenaient pas. Mais maintenant tu t'enfuis en courant alors que tu as une perle devant toi.

— Et c'est la femme qui vient d'établir une liste de shopping amoureux qui ose me donner des leçons ? rugit Cal, et il se leva en lui rendant son verre de scotch. Je retourne chez moi. Bonne chance avec cette liste.

Alors qu'il passait le pas de la porte il entendit Shanna ricaner derrière lui et rentra à son appartement en faisant la sourde oreille. Une fois dans son salon, il prit conscience qu'il n'avait pas dîné mais s'interdit de sortir pour limiter les risques de tomber nez à nez avec Min.

Ce n'est pas un problème, songea-t-il en prenant le chemin de la cuisine.

Du pain et du beurre de cacahouètes, voilà tout ce qu'il trouverait. Alors, il brancha le grille-pain, y enfonça les tartines et, l'épaule appuyée contre le frigo, attendit de les voir sauter.

Sa cuisine était laide : un coup d'œil autour de lui l'en fit prendre conscience. Dans la pièce voisine, le salon était encore pire. Peut-être que s'il rénovait deux ou trois choses, il aurait plus envie de rester chez lui. En plus, il avait passé l'âge de perdre ses soirées dans les bars. Le téléphone sonna et il décrocha, heureux de couper court à ce genre de réflexions.

— Calvin ? fit la voix de sa mère.

Malgré tout, c'était toujours mieux que le silence.

Les tartines sautèrent ; il coinça le combiné entre son épaule et son oreille, et ouvrit le bocal de beurre de cacahouètes.

— Maman ? Comment vas-tu ?

— Je t'appelle au sujet du repas de dimanche.

— Je serai là.

Comme tous les troisième dimanche du mois, maman. La routine s'installait sans crier gare.

— J'aimerais que tu passes chercher notre hôte avant de venir.

— Notre hôte ? répéta Cal et il sortit un couteau pour étaler son beurre.

— Minerva Dobbs, précisa sa mère.

— Quoi ?

Le couteau lui échappa des mains.

— Je l'ai appelée parce que Harrison a beaucoup parlé d'elle, j'ai pensé qu'il serait content de la voir dimanche.

Cal soupira.

— Et qu'est-ce qu'elle a répondu quand tu l'as invitée ?

— Elle avait l'air très surprise. Mais quand je lui ai dit que Harrison serait très heureux de la voir…

— Elle a accepté, conclut Cal, à la pêche au toast dans son grille-pain. Le problème, c'est que je n'irai pas la chercher parce que je ne veux plus jamais la v…

Ses doigts frôlèrent le métal du grille-pain, il se brûla et laissa tomber le téléphone.

— Nom d'un chien ! s'écria-t-il en mettant son doigt endolori dans sa bouche.

— Calvin ? s'inquiéta sa mère à l'autre bout du fil.

Il reprit le combiné et ouvrit le robinet de l'évier pour passer ses doigts sous l'eau fraîche.

— Pardon, je me suis brûlé avec le grille-pain. Bref, je te disais que je ne reverrai plus Minerva Dobbs.

En reculant d'un pas, il marcha sur quelque chose de solide qui glissa sous son pied et ses orteils vinrent buter contre le placard.

— Aïe !

— Calvin ?

— J'ai glissé sur un couteau, lâcha-t-il en se penchant pour le ramasser, puis il se cogna la tête à l'évier en se relevant. Mais c'est pas vrai !

— Tu t'es coupé ? demanda sa mère.

Il jeta le couteau dans l'évier.

— Non, je te rappelle demain, maman !

— Calvin ? répéta sa mère, mais il lui raccrocha au nez pour faire le point.

Il se tirait une balle dans le pied comme un grand, il n'y avait pas d'autre explication. Il était préoccupé, fatigué, affamé et maladroit. Il reprit son téléphone et appela Tony sur son portable.

— Allô ? cria Tony pour couvrir le bruit de fond.

— Tu es au bar, est-ce que Min est avec toi ? demanda Cal.

— Attends une minute. (Un instant plus tard, Tony reprit la communication plus au calme.) Pardon, tu disais ?

Cal fronça les sourcils.

— Min est avec toi ? J'essaie de faire en sorte qu'elle ne soit pas là où je compte aller. À cause d'elle, j'ai l'impression de perdre la tête.

— Elle te suit partout ? interrogea Tony d'une voix sceptique.

— Non, elle est aussi victime que moi. C'est comme si on était coincés dans une boîte : on s'efforce d'aller chacun de son côté mais on finit toujours par se retrouver ensemble. Vous n'allez pas manger à *La table d'Emilio*, si ?

— La théorie du chaos a encore frappé, déclara Tony. Min est l'élément d'attraction étranger.

— Min est une étrange attraction, tu veux dire ! Alors, est-ce que vous irez chez Emilio ou est-ce que je peux aller manger dans sa cuisine tranquille ?

— Tu peux y aller, le rassura Tony. Je suis sérieux, cette boîte dans laquelle vous êtes pris au piège représente le champ de votre attirance. Min et toi essayez de vous enfuir mais vous rebondissez de manière aléatoire contre les parois de cette boîte sans jamais reproduire la même trajectoire à cause de votre instabilité, mais vous créez un schéma.

— Heureux de l'apprendre. Garde Min loin de *La table d'Emilio*, d'accord ? Je meurs de faim.

— Il me semble que Min et Liza prévoient d'aller quelque part. Elles ont passé la soirée à parler de ce boulot que Min veut faire accepter à Liza, je crois que Min veut lui présenter les lieux ce soir. Je ne pense pas qu'elles aillent chez Emilio, à moins qu'il ne cherche du personnel.

— Non, il n'a besoin de personne, affirma Cal. Le restaurant est déjà assez envahi comme ça par ses neveux. Merci, Tony. On se voit demain.

Il raccrocha, opta pour une tenue plus décontractée que son costume de travail et prit la direction de *La table d'Emilio*, l'esprit luttant pour ne pas songer à Min. Mais ça ne fonctionnait pas, alors il repensa à la théorie du chaos dont il se rappelait vaguement quelques détails. « L'effet papillon », ça, il s'en souvenait. D'après cette théorie, si un papillon bat des ailes à Hong Kong un jour, ce mouvement peut provoquer un ouragan en Floride ou calmer une tornade au Texas dix ans plus tard. Les deux sont possibles parce que les conséquences sont totalement imprévisibles. Min était comme ça : le premier soir, elle avait cette apparence de jeune femme innocente et deux semaines plus tard elle battait des ailes. Résultat, la vie de Cal était aujourd'hui un véritable chantier. Min était l'un de ces fichus papillons qui se faufilent discrètement dans votre vie.

Sur la route, il regarda l'entrée du cinéma Griffon au bas de la rue et s'attendit presque à voir Min faire la queue au guichet puisque cette semaine était consacrée à Elvis Presley. Non, elle n'y était pas. Logique, puisque d'après la théorie du chaos les événements ne peuvent pas se répéter à l'identique. Étrangement, le fait d'accorder à la science l'explication de tout ce qui lui arrivait rendait la situation beaucoup moins inquiétante. Il n'était pas fou et la fatalité ne le prenait pas en chasse, c'était simplement qu'il se tenait juste au bord du chaos. Voilà qui était mieux.

Il tourna au coin de la rue où se trouvait le restaurant, essayant de se rappeler ce que voulait dire « le bord du chaos. » Il y avait une histoire de pile ou face, le bord étant représenté par la seconde où la pièce est encore en l'air, cet instant où le système est au stade de potentiel, cet instant où il faut choisir l'un des deux chemins à prendre. Ou était-ce cette histoire de montagne de sable construite grain après grain jusqu'à ce moment fatidique, le bord du chaos, le moment où le grain décisif atterrissait sur les autres, soit basculant la pile, soit créant une avalanche de sable ? Cal ralentit l'allure alors que le souvenir d'un assistant diplômé lui revint en mémoire : habillé d'un pull-over bleu trop large et terrifié de sa propre connaissance du sujet, il lui avait expliqué que le « bord du chaos » était un instant de turbulences, ou encore un véritable chantier psychologique si le système était un corps humain, mais c'était également un moment de potentiel absolu, peut-être même le lieu où la vie prenait sa source.

« C'est l'endroit où le système s'effondre pour créer un nouvel ordre, avait expliqué l'assistant diplômé. L'endroit où il passe de l'état “être” à l'état “devenir”. »

Cal chassa l'étudiant de son esprit et ouvrit la porte du restaurant. Une fois entré, il entendit Roger l'appeler.

— Eh, Cal !

Il se figea, conscient avant même de se retourner que Min était là, derrière lui, en élément d'attraction et papillon aux ailes décisives, point central de sa fatalité. Il se retourna et posa le regard sur elle. Assise à table avec tous les autres, elle avait une expression de petit ange étonné avec sa bouche entrouverte par la surprise et ses grands yeux noirs écarquillés. Instantanément, Cal sentit sa respiration reprendre un rythme normal, son sang se réchauffer, son système entier s'emballer et rebondir avec affolement contre les parois de son corps. L'avenir était strictement impossible à prédire et tout ce qui tenait au lendemain titubait au bord du chaos.

Min se mordit la lèvre et lui sourit tristement. Sans plus réfléchir, Cal se dirigea tout droit vers elle. Alors qu'il traversait la pièce, un sentiment de soulagement l'envahit et l'avalanche de sable s'engagea dans sa course folle.

Chapitre 9

Cal tira la chaise d'une autre table et Min se serra pour lui laisser la place de s'installer. Elle portait de nouveau un chemisier au tissu fluide et léger : celui-ci était bariolé d'un camaïeu de couleurs imprimées très finement et la rendait encore plus jolie, plus sensuelle et plus désirable qu'il n'aurait pu l'imaginer.

De l'autre côté de Min, Tony haussa les épaules comme pour s'excuser.

— Après t'avoir eu au téléphone, Tony a dit que tu travaillerais tard ce soir, expliqua Min alors qu'il prenait place.

— Je lui ai menti, admit Cal.

Alors que Min se déplaçait encore un peu pour lui laisser plus de liberté de mouvements, un nuage de lavande chatouilla les narines de Cal, lui faisant encore une fois tourner la tête.

— Au moins, tu avoues tes mensonges.

— Depuis tout petit j'ai baigné dans l'apprentissage du charme, pas de la franchise, répondit Cal du tac au tac.

Le sourire de Min le libéra de toutes ses angoisses.

— Est-ce que tu connais *Into the woods* ? lui demanda-t-elle. Parmi les comédies musicales de Sondheim, c'est ma préférée.

— La mienne aussi, murmura Cal en promenant son regard sur son visage. Tony aime beaucoup *Sweeney Todd* alors que Roger préfère *Sunday in the Park with George*, mais je…

— Tu es sérieux ? s'exclama-t-elle en fixant ses grands yeux noirs sur lui. Vous êtes tous fans de Sondheim ?

— À la fac, notre colocataire étudiait l'art dramatique en option.

Tu es plus belle que jamais.

— Vous étiez *quatre* colocataires ? s'étonna-t-elle, puis elle leva les yeux au ciel. Mais bien sûr, Emilio ! C'était dans son restaurant que tu travaillais pendant tes études, c'est ça ?

— Non. Dans celui de son grand-père. Ça ne fait que deux ans qu'il a créé sa propre enseigne.

— Et ça ne fait pas encore « florès », comme on dit, acquiesça Min. C'est pour ça que j'ai voulu emmener Liza. J'ai passé la soirée à essayer de la convaincre de travailler ici, finalement je pense qu'elle aime bien.

— Tant mieux, fit Cal machinalement, sans avoir écouté.

Être assis là, de nouveau à ses côtés, lui procurait trop de plaisir pour lui demander en plus de mieux se faire comprendre.

— Liza est une réparatrice d'entreprises, poursuivait Min. Elle part en quête de sociétés ayant besoin d'un coup de pouce pour les aider.

— Alors elle postule en tant que réparatrice de situations ? supposa Cal, très peu intéressé.

— Non, c'est elle qui choisit l'endroit qu'elle veut aider. Les boîtes qui ont besoin d'un bon coup de pied au cul pour décoller sont nombreuses sur le marché, c'est là que

Liza intervient : elle se fait embaucher pour distribuer les coups de pied. En revanche, le long terme, ce n'est pas son truc, dès que son aide a porté ses fruits elle s'en va. Mais pendant l'année où elle reste, une sorte de magie opère. Un peu comme toi et les femmes, lança-t-elle avec un sourire moqueur.

— Eh ! s'indigna Cal, mais il se radoucit lorsqu'il aperçut Emilio qui lui faisait signe de le rejoindre. Je reviens tout de suite.

Quand Cal arriva à sa hauteur près de la porte de la cuisine, Emilio le tira brusquement dans la pièce.

— Il y a une femme là-bas, la rousse avec Tony. Elle vient de me dire qu'elle pensait travailler ici. Est-ce qu'elle hallucine ?

— Pas le moins du monde. Tony la connaît mieux que moi, mais si tu veux mon avis je vote pour que tu l'embauches, ça ne peut pas faire de mal au restaurant. Et puis, Min affirme que c'est un génie dans son domaine.

— Et c'est quoi, son domaine ?

— Je ne suis pas sûr d'avoir compris, marmonna-t-il en cherchant à voir Min à travers le hublot de la porte de la cuisine. Je ne fais que répéter ce que m'a dit Min.

— Min, acquiesça Emilio. À elle, je lui fais confiance.

— Moi aussi.

Ils retournèrent ensemble à la joyeuse tablée au moment où Min s'exclamait :

— Je viens juste d'apprendre quelque chose : ces types sont des dingues de Sondheim !

— Quoi ? s'étonna Liza en tournant vers Tony un regard épaté.

— Alors quoi ? fit celui-ci. On ne peut pas avoir une personnalité multi face ?

— Demandons à Emilio de chanter, proposa Min. Je veux entendre sa jolie voix.

— Hein ? fit le cuisinier.

— Ne lutte pas, lui dit Cal en reprenant place à côté de Min. Elle aussi, elle est du genre à toujours obtenir ce qu'elle veut.

— J'aime la chanson *Moments*, commanda-t-elle en souriant à Emilio. Ou plutôt *Into the woods,* elle est plus rythmée.

— Mais non, c'est *Sweeney Todd* la meilleure ! protesta Tony.

Il se mit à fredonner le début d'une voix basse à la justesse étonnante. Roger le rejoignit très vite et ils entonnèrent ensemble la chanson ; finalement, Emilio capitula et chanta avec eux les derniers mots : « *The demon barber of Fleet… Street* ». Pendant cet intermède, Min souriait sous le regard attendri de Cal. *Embrasse-moi*, songea-t-il.

— Un restaurant, ce n'est pas vraiment le contexte idéal pour cette chanson, observa Cal sous les applaudissements de Min et les grimaces d'Emilio.

— Et toi, tu ne chantes pas ? lui demanda-t-elle.

— Seulement sous la douche, répondit Cal, s'imaginant Min en ce lieu.

— Mauviette, s'écria Tony, brisant leur instant de complicité. Il chante très bien, c'est juste qu'il a la trouille.

— Mais pas toi, observa Liza en se tournant vers le fauteur de troubles. Tu multiplies les talents cachés, qui l'eût cru ?

— Pourquoi, qu'est-ce qu'il sait faire d'autre ? s'enquit naïvement Bonnie, et Tony lui décocha un petit sourire en coin.

— On reparlera de ses talents plus tard, esquiva Liza. Vos pâtes sont excellentes, Emilio. Ce restaurant devrait être complet tous les soirs.

— C'est ta mission, plus celle d'Emilio, lui fit remarquer Min. Alors épargne-le, je l'aime trop.

— Ça peut se négocier, mais laisse-moi d'abord inspecter la cuisine.

Elle se leva de table, passa devant Emilio et joua du coude pour se frayer un chemin jusqu'aux portes battantes.

— Qu'est-ce que…, balbutia Emilio, interloqué.

— C'est la meilleure serveuse au monde, elle fera décoller ton restaurant, le rassura Min. Pour l'instant, elle inspecte ta cuisine : si le résultat est satisfaisant, tu as gagné une nouvelle employée.

Emilio se précipita pour protéger sa cuisine des griffes de Liza et Cal resservit à Min un verre de vin.

— Bois ça. Je voudrais te faire parler de quelque chose, mais pour ça tu as besoin de carburant.

— Tu m'as habituée à manier ton charme avec plus de finesse, s'amusa Min en prenant son verre. Tu sais, je repensais à la boule à neige, au cinéma et tout ça ; je tiens à m'excuser pour t'avoir traité de démon. Ce n'était qu'un enchaînement de coïncidences.

— Ouais, Tony pense que c'est dû à la théorie du chaos.

— D'après Bonnie, c'est un conte de fées, enchérit Min en sirotant son vin.

— Un conte de fées ? répéta Cal, un peu perdu.

— Mais oui, tu sais bien : c'est toi le prince, on est faits l'un pour l'autre et nous nous aimerons jusqu'à la fin de nos jours. Ne t'inquiète pas, à part ça elle est tout à fait saine d'esprit, sourit-elle. En tout cas, on sait tous les deux que tout ira bien tant qu'on s'en tient au plan.

Ses lèvres étaient pulpeuses et s'étiraient en un sourire réconfortant, Cal se sentit encore pris de vertiges. *Embrasse-moi.*

— Ah, oui, le fameux plan. Je pense qu'on devrait sortir ensemble. Je t'invite au cinéma ?

Min cligna des yeux et reposa son verre.

— Est-ce que tu as écouté ne serait-ce qu'un mot de ce que je t'ai dit ?

— Oui, c'était un enchaînement de coïncidences et on devrait s'en tenir au plan. Mais moi, ça ne me va pas du tout.

Elle croisa les bras.

— Et pourquoi ça ?

— Parce que si on ne sort pas ensemble, l'univers me le fera chèrement payer.

— Quoi ?

Il se pencha vers elle, assez près pour percevoir une nouvelle vague d'effluves de son doux parfum de lavande. Elle le dévisagea comme s'il avait perdu la tête.

L'univers, la fatalité, la théorie du chaos, les contes de fées, l'âme d'Elvis ou je ne sais quoi encore. Mais quoi que ce soit, je refuse de continuer à y résister. Tu me détestes, tu as un sale caractère, tu as un problème pathologique avec la nourriture et ta meilleure amie finira par avoir ma peau : mais je m'en fiche. Je veux nous laisser une chance. Est-ce que ta mère veut toujours m'inviter à dîner pour me mettre à l'épreuve ? Parce que je compte bien accepter.

— Et pourquoi, puisque tu me trouves si invivable ? demanda Min d'un air las.

Il sourit devant ce si joli visage.

— Parce que tu es intelligente, adorable et drôle, parce que mon neveu t'adore, parce que tu portes toujours de ravissantes chaussures, parce que tu es l'ange de la sensualité.

Et parce que si je ne te touche pas je vais finir par devenir fou.

— Je vois…, marmonna Min en opinant du chef. Et pour toutes ces raisons, tu viens dîner chez mes parents demain soir pour rassurer ma mère et lui prouver que tu es doux comme un agneau ?

Il camoufla sa panique derrière un hochement de tête.

— Demain ? Très bien, comme ça c'est fait et on n'en parlera plus. Ce sera donc demain soir. Et sinon, pour ce soir ?

— Cette histoire de sortir ensemble ? Je refuse, comme ça tu es sauvé des griffes de ma mère et tu n'as plus à venir dîner. Mais si tu veux qu'on sorte entre amis, on peut aller voir *Blue Hawaï*. Il passe ce soir à 22 heures.

— *Blue Hawaï*, répéta Cal, l'air songeur. Je suppose que ce n'est pas un film X.

— C'est au programme de la semaine consacrée à Elvis. Mais tu n'es pas obligé de m'accompagner.

Il soupira.

— Si, et j'insiste : j'irai aussi chez tes parents demain soir.

— Je ne comprends plus rien.

Heureux d'avoir une nouvelle occasion de la toucher, il lui prit la main et la regarda dans les yeux.

— Viens avec moi, Minnie. Et je t'expliquerai tout.

Il se leva, la tira par le bras à travers la salle du restaurant jusqu'à la porte d'entrée, puis une fois dehors, dans la rue sombre, il approcha son visage du sien, le cœur battant, et l'embrassa sans plus aucune retenue. Ce frisson familier le secoua, plus sensuel encore que les fois précédentes parce qu'il ne le refoulait plus. Et cette fois, il se sentait en confiance, elle avait sa place sous ses caresses, sous ses baisers, et lorsqu'elle glissa ses mains derrière sa nuque, il l'embrassa plus fort encore, se laissant emporter tout entier sans même essayer de s'échapper. Il la sentit se rapprocher de lui et entrouvrir sa bouche si parfaite, les formes généreuses de son corps se pressant contre lui. Les années défilèrent dans son esprit, il aperçut le paradis et la petite voix dans sa tête lui chuchotait : « Celle-ci, espèce d'idiot ! » Soudain, quelque chose le frappa violemment au bras et les arracha tous les deux à leur baiser.

— Mais qu'est-ce que..., commença-t-il, les mains toujours sur Min.

C'est alors qu'il aperçut Liza sur le trottoir, agrippée à son sac à main.

— Est-ce que tu es conscient que si Bonnie dit vrai, un lutin va venir d'un instant à l'autre te briser les rotules ? menaça Liza.

— Liza ! s'exclama Min en reculant d'un pas.

Cal sentit le froid le faire frissonner là où elle avait ôté ses mains et garda les siennes sur elle.

— Quoi ? Je ne l'ai pas frappé à la tête, se défendit Liza.

Il se retourna vers Min.

— Oublie-la. Tu sais pourquoi ? Pour ça : c'est plus fort que nous, il se passe quelque chose et, pour ma part, je ne compte pas le repousser.

Elle ouvrit la bouche pour répondre mais il poursuivit.

— Et toi aussi, tu en as envie.

Liza le foudroya du regard.

— Ah, vraiment ? Dis-moi que tu la connais, dis-moi...

— Oui, je la connais, la coupa-t-il, la tête haute. Et j'apprendrai à la connaître encore mieux avec le temps. Oui, je tiens à elle, je tiens même énormément à elle. Pour la suite, je ne sais pas encore mais je vais très vite le découvrir. Est-ce que ça te va ?

Liza marqua une pause en le dévisageant.

— Oui, mais je garde un œil sur toi.

— D'accord, accepta Cal enfin soulagé de ce poids.

L'aspect « sortir entre amis » ne lui plaisait pas vraiment mais il s'y ferait, séduire les femmes était son domaine. *Maintenant, on suit mes règles*, songea-t-il en posant sur Min un regard profondément affectueux.

— Ne me regarde pas comme ça, s'indigna Min avant de se tourner vers Liza. On va voir le film qui passe à 22 heures au cinéma, *entre amis*. Tu veux te joindre à nous ?

— Oui. Tony ? lança Liza alors que celui-ci sortait à son tour pour venir la chercher. On va au cinéma ce soir.

— C'est *Blue Hawaï*, l'informa Cal.

— Je suppose que ce n'est pas un film X ?

— Non, c'est Elvis.

— Pourquoi ?

— Parce que je décide d'être enfin entreprenant, déclara-t-il en baissant les yeux sur Min.

— Eh ! s'exclama cette dernière.

— Oh et puis mince, c'est d'accord, soupira Tony. En route.

Min commença sa journée de samedi en appelant sa mère pour lui confirmer que Cal, finalement, viendrait dîner le soir même.

— On va voir quel genre d'homme c'est, se réjouit Nanette d'un ton qui ne présageait rien de bon pour Cal.

— Tu vas l'adorer, lui assura sa fille. Il est sublime et poursuit une brillante carrière.

Sa mère renifla.

— Sûrement un de ces types à se bercer d'illusions sur ses mensurations comme sur les tiennes. Les hommes sont superficiels et mesquins. Porte quelque chose qui t'amincit.

— Ses mensurations sont tout à fait correctes, maman. Et je ne suis pas mince.

Après cet épisode, l'idée d'assister au match de base-ball ne lui parut pas mauvaise. Ou en tout cas pas avant qu'elle arrive au terrain.

— Toi, je ne te lâche plus d'une semelle, imposa-t-elle à Liza. Bonnie est maintenant très occupée avec Roger, mais toi tu restes là. Comme ça, tu pourras me donner un coup de coude si je me remets à divaguer en présence de Cal.

— Pour ça, il faudrait que je te donne des coups de coude en continu, ricana Liza tout en acceptant de suivre Min dans les gradins.

— Min ! appela joyeusement Harry dès qu'il l'aperçut.

Instantanément, il se mit à courir pour la rejoindre, Min s'arrêta et lui sourit.

— Salut, toi, s'écria-t-elle, impressionnée par le dérapage contrôlé qu'il opéra juste devant elle. Comment tu vas ?

— Bien ! Merci d'être venue, sourit-il. (Puis quelque chose attira son regard vers le sol.) Waouh ! Cool, tes chaussures !

Harry se pencha pour mieux découvrir les poissons en plastique bleu qui se chevauchaient sur le bout de ses sandales.

— Merci. Tu sais que tu ressembles beaucoup à ton oncle ?

— Harrison, tes instincts ne te trompent pas, lança Cal derrière eux, faisant sursauter Min. Je te l'accorde, les femmes sont plus importantes que le base-ball. Mais ramène tes fesses sur le terrain. Minnie, tu as de petites taches de rousseurs sur le nez.

Elle se retourna pour découvrir le sourire qu'il lui adressait, le visage adouci, et sentit son cœur manquer un battement.

— Je sais, c'est à cause de ces samedis matin : je n'ai pas l'habitude de rester aussi longtemps au soleil alors je n'ai pas le réflexe de prendre ma crème solaire, marmonna-t-elle en se frottant l'arête du nez.

Il était difficile de faire abstraction de la tendresse avec laquelle il lui parlait.

— Je les aime bien, déclara Cal, provoquant de nouvelles palpitations en elle.

— Moi aussi, lança Harry, une tête en dessous d'eux.

— Eh bien, pas moi ! rétorqua-t-elle, décidée à garder la maîtrise de la situation. Mais je suis bien obligée de m'y faire puisque j'oublie toujours ma…

Cal retira sa casquette et l'enfonça sur la tête de la jeune femme en lui adressant un large sourire.

— Problème résolu ! C'est très mignon, sur toi. Tu joues dans mon équipe quand tu veux.

— Arrête tout de suite.

Elle essaya de l'ajuster pour ne pas trop écraser ses boucles. La casquette était imprégnée de la chaleur de Cal, elle garda la main posée dessus juste pour profiter encore un peu de cette sensation. *Tu n'as vraiment aucune volonté,* se reprocha-t-elle intérieurement.

— Harry ! appela quelqu'un.

Min se retourna pour découvrir Cynthia approchant vers eux dans sa robe rose légère, un sourire irradiant son visage rien que pour Harry.

— Comment vas-tu, mon pote ? poursuivit-elle.

Le garçon fit les gros yeux.

— Salut.

— Bonjour, Cynthia, grimaça Min entre ses dents tout en retenant son envie de la haïr, puis elle se retourna vers Harry. On va se chercher de bonnes places pour bien te voir quand tu les écraseras tous, vas-y fonce ! Merci pour la casquette, je suis sûre que je ne ressemble à rien, bredouilla-t-elle ensuite à Cal en regardant vaguement son front pour ne pas croiser son regard.

— Mais non, la charria-t-il avec une petite tape sur la visière. Comme ça, tu ressembles plutôt à une lesbienne angélique. Dommage que Shanna ne soit pas là.

Malgré elle, Min lui sourit, envahie d'une vague de chaleur. Puis Tony s'écria derrière eux :

— Eh, on essaie de jouer au base-ball, ici !

Ni une ni deux, Cal tira Harry par la manche.

— Comment j'étais ? s'enquit Min auprès de Liza.

— Étant donné les circonstances, pas mal du tout.

— De quoi parlez-vous ? intervint Cynthia.

— Je m'entraîne à être cool, expliqua Min.

— Ah. Dans ce cas, bravo.

Min suivit Liza et Cynthia qui se dirigeaient vers le banc où Bonnie s'était installée, puis elle observa l'équipe de Harry se faire battre à plate couture dès les trois premiers coups de batte, tout en s'efforçant de ne pas regarder Cal. Lorsqu'il leva les yeux et croisa son regard il lui sourit.

Bon sang, Minerva, arrête ça, songea-t-elle avant de se retourner vers Liza pour penser à autre chose.

— Tony ne devrait pas tarder à faire une crise d'apoplexie, lui fit-elle remarquer.

— Mais non, le défendit Liza. Il veut seulement faire passer un bon moment à ces gamins. S'il leur hurle dessus, c'est pour les pousser à se surpasser mais il se fiche de savoir s'ils gagnent ou s'ils perdent. Il dit que chaque match est un entraînement pour l'avenir.

— Vraiment ? Finalement, il est capable de comprendre le second degré.

— Même le troisième. J'avoue m'être trompée sur son compte. Il n'est pas idiot, au contraire il est même plutôt intelligent. C'est un type bien.

— Et c'est tout ? s'étonna Min.

— Oui, c'est tout. Ce n'est pas l'homme de ma vie. À propos de ça, tu portes une bien jolie casquette, Stats, s'amusa-t-elle en donnant une petite tape sur la visière. Si ça se trouve, il t'offrira un soda après le match.

Min secoua la tête.

— On est juste…

— C'est le conte de fées, la coupa Bonnie. Il te conquiert petit à petit.

— Quoi ? intervint Cynthia. Un conte de fées ?

— Oui. C'est Min et Cal le conte de fées. Min, c'est la jeune femme qui mérite mieux que sa vie actuelle, la fée marraine lui trouve donc un prince pour la sauver.

— Une fée marraine ? répéta Min.

— Oui : Liza. Elle a choisi Cal pour toi.

— Attends une minute ! s'insurgea Liza. Je refuse la responsabilité d'avoir choisi Calvin Morrisey.

Min se mit à rire.

— Si, c'est vrai que tu l'as choisi pour moi. Tu m'as envoyée lui parler. C'est drôle, maintenant que j'y repense !

— Un conte de fées, reprit Cynthia d'une voix qui trahissait son hésitation.

Étaient-elles vraiment sérieuses ?

Bonnie acquiesça.

— Cal lui a mis sa casquette sur la tête parce que c'est l'une des étapes de sa quête.

— Non, il lui a donné cette casquette de base-ball parce qu'il veut la draguer, rectifia Cynthia d'un ton sec. C'est compris dans l'étape de l'attirance.

— L'étape de l'attirance ? répéta bêtement Liza.

— Il n'est pas attiré..., commença Min.

— Quatre étapes ponctuent la formation de l'amour sincère, expliqua Cynthia. La supposition, l'attirance, le béguin et l'attachement.

— Tu vois, Cynthia, moi j'appellerais le regard qu'il lui a lancé « un regard de béguin », observa Liza.

— Tu peux répéter ça ? articula Min, dévisageant avec stupéfaction son amie traîtresse.

— Non, c'est le conte de fées ! insista Bonnie.

— C'est l'attirance, répéta froidement Cynthia.

— C'est de l'amour, la réaction aléatoire due à la théorie du chaos, expliqua Liza.

— Eh ! s'écria Min pour les arrêter dans leurs divagations. Ce n'est qu'un geste amical parce que je lui ai dit que je n'aime pas mes taches de rousseur. Les théories ne justifient pas tout et n'importe quoi.

— Le conte de fées n'est pas une théorie, se défendit Bonnie. Si tu refuses de croire que ça t'arrive, accepte au moins de croire que ça m'arrive à moi.

Elle sourit à chacune d'elles, trop heureuse pour gonfler de fierté.

— D'ailleurs, comment va Roger ? s'enquit Min, ravie de saisir l'occasion de ne plus être au centre de cette conversation.

— C'est l'homme de ma vie. Il me demandera en mariage dans environ deux semaines et je lui dirai « oui ». J'ai annoncé à ma maman qu'il fallait organiser la cérémonie pour août prochain.

— Il t'a dit qu'il allait te demander en mariage ? interrogea Cynthia. (Bonnie posa sur elle un œil surpris.) J'écris un livre sur le sujet, alors je sais que ça ne me regarde pas mais ça m'intéresse.

— Oh, dans ce cas… Non il ne me l'a pas dit. Je le sais, c'est tout.

Ce n'était pas facile de soutenir son amie assise sur son petit nuage, remarqua Min. D'ailleurs, le silence qui tomba, lourd comme une chape de plomb, dut trahir leur scepticisme car Bonnie se retourna vers le terrain et appela Roger. Celui-ci se précipita en trottinant.

— Mon chéri, est-ce que tu as prévu de me demander en mariage ?

— Oui, mais je ne voulais pas te mettre la pression alors je pensais attendre notre premier mois anniversaire, ce n'est que dans onze jours.

— C'est très attentionné de ta part. Je peux te le dire à l'avance : je répondrai « oui ».

Roger soupira.

— Ouf, ça rend cette perspective beaucoup moins angoissante, tout d'un coup.

Il se pencha pour l'embrasser puis repartit sur le terrain.

— Je n'arrive pas à savoir si c'était adorable ou vraiment rasoir, marmonna Liza.

— C'était adorable, choisit Min.

Et elle s'imagina Cal lui déclarant la même chose que Roger. *Arrête de penser à lui !*

— Et en même temps, c'était vraiment rasoir, ajouta-t-elle.

— Je vous l'avais dit, je vis un conte de fées. Il suffit d'y croire.

— La pensée positive, observa Cynthia en se grattant le menton. La preuve qu'elle existe est probante. Puis-je t'interviewer ? C'est pour mon livre, je trouve cela fascinant. Tu es passée directement à la phase du béguin en un rien de temps.

— Avec plaisir. Mais ce n'est pas le béguin, c'est le grand amour. Comme entre Cal et Min.

— Tu veux bien arrêter avec ça ? s'exclama Min.

— Bien sûr, bien sûr, répondit Cynthia à Bonnie, sans aucune conviction.

Puis elles discutèrent toutes les deux du sujet.

En prenant une profonde inspiration, Min se retourna vers Liza.

— Cynthia a l'air gentille, marmonna-t-elle en priant pour discuter d'autre chose que de Cal.

— C'est vrai, admit Liza. Mais je pense qu'elle veut récupérer Cal.

C'était peine perdue, Min regarda le terrain où Cal discutait avec un joueur au niveau de la troisième base. Son visage était redevenu sérieux et l'enfant hochait la tête, pendu à ses lèvres. *Cet homme est un cœur,* songea-t-elle. Mais elle se ressaisit : *Non c'est une brute !* mais ça ne fonctionnait plus. En réalité, ça n'avait jamais fonctionné.

— Est-ce que tu sors avec lui, ce soir ? lui demanda Liza.

— Oui, mais entre amis. Il me rend service. On va chez ma mère pour qu'elle cesse de croire que ce n'est qu'un vil séducteur.

Liza secoua la tête d'un air sceptique.

— À mon avis, le rencontrer ne la rassurera pas plus.

— Et pourquoi pas ? Elvis l'adore, et son instinct ne le trompe jamais.

— Elvis ? s'alarma Liza.

— C'est mon chat, je l'ai appelé Elvis.

Son amie souffla.

— J'ai eu peur ! J'ai cru que tu avais fini par péter un plomb.

— Eh ! Ce n'est pas moi qui crois aux contes de fées. Ni à la théorie du chaos, d'ailleurs.

— Ni à la thèse du programme amoureux en quatre étapes, ricana Liza en désignant Cynthia du menton.

Cette dernière écoutait attentivement Bonnie qui terminait de lui expliquer le fonctionnement de l'amour selon les contes de fées.

— Tu as raison, ce ne sont que des mensonges, affirma Min. Personne n'a besoin d'une théorie, il suffit d'être pragmatique : on réfléchit à ce que l'on souhaite trouver chez un homme et ensuite on trouve celui qui rassemble tous les éléments. On monte un plan, et on s'y tient. Sans se laisser distraire.

Elle détourna le regard vers Cal et Liza leva les yeux au ciel.

— Autre solution : tu tombes amoureuse et puis c'est tout. Point à la ligne.

Min détacha son regard de Cal.

— Ben voyons ! C'est comme de dire : « Tu sautes d'un bâtiment et puis c'est tout. » Puisque ça ne fait pas mal jusqu'au moment où *tu atterris* !

— Je voulais seulement dire que…, commença Liza avec un mouvement de recul.

— Non ! cria Min, attirant l'attention de quelques personnes autour. Il faut rester raisonnable. Ce ne sont pas juste des chansons d'amour débiles et des baisers volés, c'est *dangereux* ! Les gens peuvent *mourir* d'amour ! Ça provoque des guerres, ça détruit des empires !

— Euh, Min ?

— L'amour peut ruiner ta vie ! continuait Min en fermant les yeux pour ne pas chercher à regarder Cal. Voilà pourquoi lui et moi on ne sera jamais plus que des amis ! Il faudrait que je sois folle pour croire que quelque chose de sérieux est possible entre nous. Il faudrait que je sois masochiste ! Suicidaire ! Folle à lier !

— Je vois, murmura Liza.

— Voilà, c'est mon plan, conclut Min. Et je m'y tiendrai.

— Ben voyons.

Une fois le match terminé, Harry vint les rejoindre.

— Min, oncle Cal m'a dit qu'on va déjeuner si tu viens avec nous.

— Euh…

Calvin, espèce d'indigne exploiteur de neveu. Toutefois, l'idée d'aller déjeuner la tenta ; prendre un repas avec un ami était une chose tout à fait normale. Un ami et son neveu qu'elle chaperonnerait.

— Hmm, hmm, fit Liza sans attendre la réponse de Min.

Finalement, sous les directives de la jeune femme, ils se rendirent dans un restaurant rétro où Harry et elle passèrent du Elvis tout le long du repas, ce qui ravit le jeune garçon habitué à Chopin depuis sa plus tendre enfance. Cela ne parut pas déranger Cal. Lorsqu'ils déposèrent Min devant chez elle, Harry rayonnait.

— À demain, Min !

— Oui, à demain soir chez mamie.

Harry parut soudain un peu confus et Cal lui sourit.

— Harrison, je te donne 50 dollars si demain tu appelles ta grand-mère « mamie ».

— Ça non, alors ! s'exclama Harry.

Min descendit de la voiture avec le sentiment que le lendemain elle obtiendrait son lot d'explications sur Calvin Morrisey, en supposant que ce dernier survive au repas qui les attendait ce soir chez ses parents à elle.

— Garde la casquette, Minnie, lança-t-il alors qu'elle voulait la lui rendre par la vitre de la voiture. Elle te va très bien. Je viens te chercher à 20 heures.

Puis il partit, la laissant là sur le trottoir, seule avec son air de bienheureuse. Ce n'était pas bon signe.

Tu ne ressembles plus à rien, songea-t-elle avant de rentrer chez elle se préparer pour dîner avec sa mère.

Le soir même, Cal arriva en bas de chez elle dans sa vieille Mercedes. Min l'attendait, assise sur la première marche de l'escalier, vêtue d'une robe noire unie qui descendait jusqu'en dessous des genoux. Elle avait l'air d'une nonne grincheuse.

— Qu'est-ce que tu fais là en bas ? interrogea-t-il en sortant de la voiture.

— Tu vas devoir affronter mes parents, expliqua-t-elle en se relevant. Alors je me suis dit que ce n'était pas juste, en plus, de te faire monter toutes ces marches.

— Grimper un escalier, ça ne me dérange pas si c'est pour te retrouver en haut, lui confia-t-il avant de baisser les yeux sur ses chaussures noires sans talons, ni orteils apparents. Qu'est-ce que c'est que ces chaussures immondes ?

— Elles ne sont pas immondes, elles sont classiques. Comme ta voiture qui est très jolie mais dans laquelle je ne t'aurais jamais imaginé.

— C'est un cadeau pour mon diplôme, se justifia-t-il en lui ouvrant la portière. « À voiture donnée on ne regarde pas les pneus », comme on dit. Allez, monte. Il ne faudrait pas être en retard.

Lorsque Cal fut installé derrière le volant, Min lui demanda :

— Pour un master de gestion ?

— Quoi ? fit-il en démarrant le moteur.

— La voiture. C'était un cadeau parce que tu as obtenu un diplôme de gestion ? Moi, on m'a donné un attaché-case, alors j'essaie de mettre les choses en perspective.

— C'était pour le baccalauréat, expliqua-t-il en manœuvrant.

Elle hocha la tête.

— Pour le bac ?! Et qu'est-ce qu'on t'a offert pour ton diplôme de gestion ? Un yacht ?

— Un poste dans la boîte de mon père.

— Mais…

— J'ai décliné l'offre. Comment va Elvis ?

— Très en forme, répondit Min, confuse. Je l'ai emmené chez le vétérinaire ; apparemment mon chat est bizarre mais tout va bien.

— Comme ma vie, en ce moment. À propos, est-ce qu'il y a quelque chose que je dois savoir de ta famille avant de la rencontrer ?

— Tu n'es pas obligé de faire ça.

— Minnie, je viens à ce dîner. Fais-moi un topo sur tes parents, s'il te plaît.

— Il n'y a rien de spécial. Ma mère est toujours très polie et mon père n'est pas bavard, il ne parle que si tu touches une corde sensible. Ne t'amuse pas à le faire.

— D'accord, quelles sont-elles ?

— La fraude à l'assurance, les hommes plus jeunes que lui qui veulent son poste, la musique à partir des années 1970, et le rapport de ses filles au sexe.

— Le rapport de ses filles au sexe ?

Min acquiesça.

— Mon père pensera que tu essaies de me corrompre.

— Je vois que ton père est très intuitif. Et ta mère ?

— Eh bien, normalement elle analysera tes qualités de gendre potentiel, ensuite elle te fera passer un test au dessert.

— Oral ou écrit ?

— Oral.

— Tant mieux, je me débrouille mieux avec ma bouche. (Un silence tomba.) Je ne voulais pas dire ça comme ça.

Min garda le regard fixé droit devant elle.

— Il n'y a pas de mal. Il n'y aura pas de test, ma mère a d'autres choses en tête en ce moment, de toute manière.

— Est-ce qu'elle a d'autres lubies dont je devrais être au courant ?

— Oui, mais ce ne sont que des choses qui l'horripilent chez moi.

Cal secoua la tête.

— Je m'en fiche, dresse la liste.

— Manger des glucides, porter des sous-vêtements en coton blanc, ne pas parvenir à perdre du poids et échouer dans ma relation avec mon ex-petit ami qu'elle adorait. Mais je pense que rien de tout ça ne devrait atterrir dans une conversation avec toi.

— Ma mère aussi adore mon ex, avoua Cal. Pour moi, c'est juste de la paresse : elle a la flemme d'apprendre un nouveau prénom. Il y aura qui d'autre, ce soir ?

— Ma sœur Diana, avec elle tu ne risques rien. En ce moment, c'est une boule de nerfs parce qu'elle se marie dans une semaine, mais c'est quelqu'un de génial. Si les choses tournent au vinaigre, reste tranquillement assis et regarde Diana. Elle est sublime.

— C'est bon à savoir. Maman, papa, Diana, toi et moi. Un petit groupe sympa.

— Et Greg, ajouta Min en se retenant de prononcer ce prénom trop sèchement. Le fiancé de ma sœur.

— Je vois, le Greg à la mémoire défaillante. Comment ça se passe, tous les deux ?

— Il y a un problème quelque part. J'ignore où, mais ce que je sais, c'est que Greg n'arrange pas la situation. Certes, il a rompu avec Chouine – chose, à mon sens, tout à fait justifiée – mais il n'est pas méchant et il est fou de Diana alors je n'arrive pas à comprendre d'où vient le problème. Tu me diras ce que tu penses de lui, décida-t-elle en tournant la tête vers Cal.

— Moi ?

— Tu es doué avec les gens, ton intuition te souffle si les personnes sont bonnes ou mauvaises. Fais marcher ton intuition sur Greg pour moi.

— Mes chances de trouver ce qui ne va pas en un seul repas sont très maigres, prévint Cal alors que Min sortait de son sac à main son téléphone qui sonnait.

— Un portable tout noir, observa Cal. Tu m'as menti le soir de notre première rencontre.

— Tu l'avais deviné, souffla Min avant de répondre. Allô ? Quoi ? Non mais je rêve ! (Elle marqua une pause pour écouter son interlocuteur.) Di, un samedi soir je ne vois pas où trouver… Attends, ne raccroche pas.

Elle se tourna vers Cal.

— Greg a promis d'apporter le vin pour ce soir.

— Je devine la suite.

— Tu n'aurais pas une bouteille ou deux chez toi, par hasard ?

— *La table d'Emilio,* lança Cal en faisant demi-tour.

Min reprit le téléphone à l'oreille.

— Cal va arranger ça.

Tandis qu'elle disait cela, sa voix prit une petite note de fierté qui fit sourire Cal. Puis elle éteignit son portable.

— Tu es un vrai prince.

— Merci, mais reproche-moi quelque chose s'il te plaît, je ne suis pas habitué à tes éloges.

Il s'arrêta au restaurant récupérer du vin et une fois de retour dans la voiture il tendit les bouteilles à Min qui examina les étiquettes.

— Elles ont coûté cher, non ?

— Pas tant que ça, une quarantaine de dollars chacune.

Min se mit à rire.

— Ça fera les pieds à cet idiot de Greg.

Dix minutes plus tard, les indications de Min les menèrent juste devant une maison modeste et moderne.

— Tu sais, il est encore temps pour toi de t'épargner ce repas. Dépose-moi et je leur dirai…

— Hors de question. Reste là.

Il sortit de la voiture.

— Rester où ? demanda Min en posant la main sur la poignée de sa portière.

Cal fit le tour du véhicule et retint la portière au moment où elle l'ouvrait.

— Tu ne peux pas sauter d'une voiture sans assistance.

Il l'attrapa par la main pour l'aider à descendre et elle arriva bien plus près de lui que prévu, ce qui ne le dérangeait pas le moins du monde.

— J'ai l'air beaucoup plus faible et totalement inutile si tu sors sans mon aide, admit-il, les yeux rivés sur ses boucles qui dansaient au vent.

Alors qu'il refermait la portière, elle le contourna et Cal aperçut une silhouette disparaître derrière les rideaux d'une fenêtre.

— C'est ça, faible et totalement inutile, ricana-t-elle. C'est un sentiment que tu dois avoir souvent. En tout cas tu viens de marquer des points avec ma mère. Elle t'épiait par la fenêtre.

— Tant mieux, sourit-il en la prenant par le bras. Maintenant, on n'a plus qu'à survivre à ce dîner.

Le père de Min les accueillit dans l'entrée. C'était un homme à l'air pataud, avec une masse de cheveux blonds et de gros sourcils blancs très fournis qui auraient dû communiquer une chaleur accueillante mais qui, au lieu de cela, lui donnaient un air de chien de berger vaguement paranoïaque dont les moutons ourdissent un complot contre lui.

— Papa, je te présente Calvin Morrisey. Cal, voici mon père, George Dobbs.

— Enchanté, Calvin.

Sa voix rauque parlait fermement comme pour démentir toute indication laissant croire qu'il n'était pas ravi, mais dans ses yeux on pouvait lire : « Qu'est-ce que tu manigances, toi ? »

— Enchanté d'être là, monsieur, mentit Cal alors que Min lui caressait discrètement le dos, un geste simple et pourtant bien plus réconfortant qu'il ne l'aurait cru.

— Tu es en retard, reprocha George à sa fille. Nous avons déjà pris nos cocktails.

— Désolé, monsieur, s'excusa Cal.

— Non, ne sois pas désolé, protesta Min. C'est ma faute, papa, on a dû repartir parce que j'avais oublié quelque chose.

— Eh bien, maintenant que vous êtes là, entrez.

Min poussa un soupir et pénétra dans la salle à manger, suivie par Cal, prêt à rencontrer le dragon qui avait donné naissance à Min.

La maison était digne d'un catalogue d'ameublement, la décoration était visiblement l'œuvre d'un professionnel et la mère de Min se tenait là, assortie à sa salle à manger parfaite : toutes les deux projetant une image conceptuelle sans aucune chaleur. Au moins, l'intérieur était un peu coloré mais pas la mère de Min ; elle était petite, mince, brune, toute vêtue de noir et tirée à quatre épingles comme le moindre détail de son quotidien. *L'opposé total de Min.*

— Je te présente ma mère, Nanette, dit-elle d'une toute petite voix. Maman, voici Calvin Morrisey.

— Bienvenue Calvin, susurra Nanette Dobbs d'une voix glaciale à en frissonner.

— Est-ce que j'ai fait quelque chose de mal ? chuchota Cal dans l'oreille de Min, profitant que sa mère se retourne pour parler à George.

— Tu m'as langoureusement embrassée sur la table de pique-nique d'un parc public, répondit Min tout bas.

— Comment sont-ils au courant ?

— Greg les a montés contre nous. Il a aussi parlé de ton passé de coureur de jupons.

— Et moi, je lui apporte du vin ! se révolta Cal.

— Le voilà, murmura-t-elle avant de revenir à un volume normal. Greg ! Laisse-moi te présenter Cal Morrisey.

D'apparence jeune et lisse, l'être entier de Greg se trouvait poli par des années d'études en établissements privés, et façonné par des heures au gymnase à faire briller la surface comme une carrosserie neuve. Il sourit d'abord à Cal, puis mesura qui était cet homme dont il serrait la main.

— Oh.

Cal s'attendit à une autre réaction, mais il n'y eut que ce « Oh ».

— Ouaip, souffla-t-il pour toute réponse et il se pencha vers lui. Le vin est sur le siège avant de ma voiture.

Greg soupira de soulagement et lui pressa le bras.

— Merci, mon vieux. Je reviens, j'ai oublié la bouteille ! déclara-t-il à l'assemblée sur un ton faux.

— Et voici ma sœur Diana, continua Min, soudain adoucie.

En levant les yeux, Cal découvrit une version plus jeune et plus jolie du dragon de la maison. Diana était une charmante brune élancée et adorable qui apparaissait clairement comme la petite princesse de la famille. Elle rayonna en apercevant sa grande sœur et accueillit Cal avec plus de chaleur que tous les autres réunis. Aussitôt, elle prit des nouvelles au base-ball.

— Brave gamine, chuchota-t-il à Min une fois Diana repartie à la recherche de l'amnésique qu'elle comptait épouser.

— Gamine ? répéta Min.

— Elle est mignonne, mais elle n'est pas toi.

— Tu n'es pas le premier à le remarquer... Bon, écoute, ne laisse pas mes parents te rabaisser, ce ne sont que des...

Sa voix se cassa lorsqu'elle chercha un terme qui pouvait les qualifier.

— J'ai compris, la rassura Cal.

Nanette appela Min et Greg revint avec la bouteille de vin.

Quelques minutes plus tard, Min réapparut les cheveux lissés et attachés par des peignes, puis ils se dirigèrent tous vers la table.

— Qu'est-ce qui est arrivé à tes boucles ? lui souffla-t-il dans l'oreille une fois tout le monde installé.

— Garder les cheveux lâchés n'est pas flatteur pour mon visage rond, je devrais pourtant le savoir.

— Moi, j'aimais bien.

— Moi aussi.

Et le dîner pouvait commencer.

— Alors, que faites-vous dans la vie, Calvin ? demanda George, après que chacun eut englouti sa soupe dans un murmure de bavardages pour découvrir l'entrecôte qui arrivait ensuite.

— Je travaille dans la formation professionnelle, répondit Cal, gardant un œil méfiant sur Nanette qui l'avait surveillé pendant tout le début du repas.

Il ne pouvait affirmer qu'elle fronçait les sourcils puisque son front restait constamment lisse, mais son regard était loin d'exprimer la moindre chaleur.

— Ce qui fait de vous un enseignant, observa George. Vous gagnez beaucoup ?

— Papa ! protesta Min.

— Assez en tout cas, répondit Cal, distrait par la nouvelle petite caresse discrète de Min dans son dos.

Il lui était reconnaissant de vouloir le soutenir mais il appréciait beaucoup trop ce geste pour le savourer sous les yeux du patriarche.

— Dans quelle entreprise travaillez-vous ? poursuivait George.

— Morrisey, Packard, Capa. Cette viande est succulente, madame Dobbs, sourit-il.

— Merci, répondit Nanette Dobbs sans se détendre.

— Morrisey ? Alors vous travaillez pour votre père ? Ce n'était pas trop difficile de décrocher le poste, pas vrai ?

— Euh, non. C'est mon nom, la boîte m'appartient.

La main de Min se figea sur le dos de Cal, la jeune femme lança à son père un regard noir.

— J'ai une question statistique : combien de filles acceptent de revoir leurs parents après que leur père a *harcelé leur invité* ?

— Avez-vous hérité de l'entreprise ? continua George.

— Je l'ai créée.

— Je pense que le nombre est *très bas,* insista Min.

— Mais je suppose que votre père vous a donné les fonds.

— Non, il ne m'a pas aidé. Il voulait que je rejoigne ses affaires alors j'ai quitté la famille pour réunir l'argent nécessaire.

— Non mais je rêve ! Papa, ça suffit ! s'exclama Min en retirant sa main du dos de Cal. Changeons de sujet. J'ai un chat.

— Dans ce cas, c'est très récent, reprit George. Saviez-vous que trente-trois pour cent des nouvelles sociétés font faillite avant leur quatrième année ?

— C'est une sorte de chat mutant, poursuivit sa fille.

— C'était une entreprise récente il y a dix ans, se défendit Cal. Maintenant, elle est très bien lancée.

— Ce chat met tous mes amis mal à l'aise, s'énerva Min. *Je pense l'appeler George !*

— Minerva ! s'écria sa mère. Ne fais pas ta grosse voix !

— Du pain ? proposa sa fille en fourrant la corbeille sous le nez de Cal.

— Oui, merci, répondit-il en prenant une tranche avant de lui rendre la panière.

Elle prit un morceau de pain à son tour.

— Min ! protesta sa mère.

— Ah, oui, c'est vrai.

Le morceau de pain retourna dans la corbeille.

— Donc vous dirigez votre propre entreprise, reprit George d'un ton lourd de scepticisme.

Cal fronça les sourcils en regardant Min.

— Pourquoi tu ne mangerais pas ce bout de pain ?

— Je te l'ai dit, il y a cette robe que je dois pouvoir enfiler. Mais ça va, je remangerai du pain en juillet.

— Min est demoiselle d'honneur au mariage de Diana, le week-end prochain, expliqua Nanette. Nous ne voudrions pas qu'elle soit trop grosse pour sa tenue.

— Je suis déjà trop grosse pour cette tenue, rectifia Min.

— Vous devriez venir, proposa Diana à Cal en se penchant sur la table. À la cérémonie, et au dîner de répétition. Min n'a pas de cavalier.

Celle-ci n'avait touché ni au pain, ni au beurre, ni à sa viande, cela n'avait pas échappé à Cal. En revanche, son verre d'eau ne chômait pas. Sans laisser le temps à Cal de répondre, George s'interposa :

— Qui avez-vous pour clients ?

Et Nanette ajouta son grain de sel.

— Depuis combien de temps sortez-vous avec ma fille ?

Min lui tira la manche et il baissa les yeux sur elle.

— Est-ce que tu as de la famille ? lui demanda-t-elle.

— Oui, répondit Cal en s'efforçant de ne pas paraître trop réservé à ce sujet.

— Est-ce que tes parents sont aussi pénibles ?

— Minerva ! s'exclama Nanette d'un ton sévère.

— En tout cas, ils me laissent manger du pain, repartit Cal en gardant les yeux rivés sur la mère de Min. Mais à part ce détail, ils sont à peu près pareils.

— Je vous demande pardon ? s'insurgea George.

— Écoutez, je veux bien me plier à votre interrogatoire sur ma situation. Votre fille me présente à vous, et pour moi le symbole est fort. Pour les mêmes raisons, j'accepte que votre épouse me pose des questions sur ma vie privée. Mais Min est une femme formidable, or vous avez passé le repas soit à l'ignorer soit à lui reprocher son poids pour une histoire de robe stupide. Pour votre information, Min n'est pas trop grosse pour la robe, c'est la robe qui est trop petite pour Min. Elle est parfaite. Et toi, mange.

Il prépara une tartine de beurre et la tendit à Min qui cligna des yeux avant de saisir le bout de pain.

Cal jeta un œil vers la mère, derrière elle.

— Je n'ai jamais été marié, ni fiancé. Ma dernière relation a pris fin il y a deux mois. J'ai rencontré votre fille il y a trois semaines. (Il se retourna vers le père.) Mon entreprise génère des bénéfices positifs et ce depuis plusieurs années. Je peux vous donner les références vous permettant de vérifier. Si les choses devenaient sérieuses entre Min et moi, je saurais subvenir à ses besoins.

— Eh, je me débrouille très bien toute seule ! protesta Min, la tranche de pain toujours dans sa main.

— Je sais, mais ton père a besoin de savoir que j'en suis capable. Mange. Quelqu'un a encore une question ?

Elle mordit dans la tartine et il étudia du regard toute la tablée.

Diana leva la main.

— Oui ? fit Cal.

— Acceptes-tu d'être le cavalier de Min à mon mariage ?

Min peina à déglutir le pain qu'elle avait dans la bouche.

— Elle ne me l'a pas demandé, répondit-il en la regardant. Veux-tu aller au mariage de ta sœur avec moi ?

Elle s'étouffa avec sa tartine et il lui tapota le dos.

— Bien sûr, qu'elle veut y aller avec vous, s'empressa de dire Nanette avec un sourire aux lèvres pour la première fois. Nous serions ravis de vous compter parmi nous. Ainsi qu'au dîner de répétition.

— Tant mieux, lâcha le jeune homme, heureux d'observer les progrès qui s'opéraient alors que Min tentait de reprendre sa respiration.

— Le vin est excellent, déclara George.

— Merci… euh, merci à Greg. Il s'y connaît en vin.

— Je vois, murmura le père, le regard posé sur Greg qui souriait faiblement.

— Tu as un *chat* ? s'enquit soudain Nanette.

Et le dîner put reprendre son cours, ponctué par les questions de George sur le monde de la formation professionnelle, par les remarques mordantes de Nanette tentant de prévenir sa fille du risque de maladies que les chats véhiculent, par les regards noirs de Greg, les sourires de Diana et les maux de tête de Cal. Il avait passé des soirées pires que celle-ci, mais elles n'étaient pas nombreuses.

Finalement, Min lui sourit.

— Je suis désolée, murmura-t-elle si bas qu'il eut du mal à l'entendre.

— Pourquoi ? Je passe un très bon moment.

Soudain, il se sentit beaucoup mieux.

Après le dessert – que seuls les hommes avaient mangé – Min tira sa sœur jusqu'à l'entrée.

— Tu es folle ou quoi ? chuchota-t-elle. Qu'est-ce qui t'a pris d'inviter Cal à ton mariage ?

— Et pourquoi pas ? rétorqua Diana. Tu as besoin d'un cavalier, lui c'est un amour. Je ne vois pas où est le problème.

— Tu ne connais pas notre histoire.

— En tout cas, maintenant tu as un cavalier. Moi, je pense que c'est une très bonne idée.

Min pointa son doigt devant le nez de sa sœur.

— Ne refais plus jamais une chose pareille. Plus jamais !

— D'accord, soupira Diana. Mais j'insiste, ton homme est sacrément charmant.

Son « homme sacrément charmant » apparut dans l'entrée, dit poliment « au revoir » aux Debbs, accompagna

Min jusqu'au bas des marches, l'aida à monter en voiture, s'installa derrière le volant et tendit le bras pour retirer les peignes de ses pauvres cheveux emprisonnés.

— Ces trucs sont moches, Minnie, déclara-t-il en jetant les peignes par la fenêtre.

Elle lutta contre le sentiment de sécurité qu'il lui procurait.

— Je sais. Merci.

Le lendemain, Min choisit très minutieusement sa tenue pour le repas chez les Morrisey : elle sortit à nouveau sa robe noire, cira ses chaussures noires sans talons et se lissa les cheveux. L'appel de sa mère n'arrangea pas son appréhension.

— Ma chérie, ton Calvin est adorable, avoua Nanette.

— Merci, maman.

Un tel compliment cachait quelque chose.

— Ton père a vérifié ses finances, elles sont tout à fait correctes.

— Il a contrôlé ses comptes un samedi soir ? Comment ?

— Tu connais ton père, soupira sa mère d'une voix qui trahissait son regret. Et ton Calvin semble très épris de toi. C'était mignon, l'histoire de la tartine de beurre. Bien sûr, tu n'en mangeras plus jamais, mais c'était mignon…

— Un homme qui encourage à manger, c'est une bonne chose, acquiesça Min.

— Alors ce coup-ci, fais en sorte de ne pas tout gâcher. Je t'en voulais d'avoir perdu David, mais maintenant ça va mieux. Ne perds pas Calvin, cette fois.

— Maman, je ne veux pas de Calvin, mentit Min.

— Bien sûr que si. Vous aurez de magnifiques enfants.

— Je ne veux pas d'enfants non plus. Changement de sujet : je songe à quitter mon travail pour devenir chef cuisinier.

— Ne sois pas ridicule, ma chérie. Toi, entourée de nourriture ? Tu exploserais comme un ballon de baudruche.

— Je te remercie, maman. Je te laisse, je dois y aller.

— Aller où ?

— Je suis invitée à un repas chez les parents de Cal.

— C'est bien, qui sont-ils ?

— Jefferson et Lynne Morrisey. Je ne sais pas…

— Tu es invitée chez Lynne Morrisey ?

— Oui. Mais seulement parce qu'elle est la génitrice de mon rencard du moment. Sinon, tu penses bien qu'elle ne m'aurait pas conviée.

Sa mère prit soudain un ton de respect.

— Min. Lynne Morrisey pèse très lourd dans l'organisation de la Ligue urbaine contre le racisme.

— Navrée de l'apprendre, ricana Min.

Ce devait être la première fois que « peser très lourd » avait une connotation favorable dans la bouche de sa mère.

— Pendant le repas, évite les glucides, ma chérie, insista Nanette. Et tu me raconteras tous les détails dès que tu seras rentrée.

— Quelle galère !

Elle raccrocha pour retourner à ses problèmes capillaires.

Lorsque Cal toqua à la porte, Elvis et elle contemplaient un bandeau pour les cheveux d'un œil méfiant.

— Qu'est-ce que tu penses d'un bandeau ? lui demanda-t-elle en lui ouvrant.

— Quelle horreur, pitié ! jura-t-il en se penchant pour caresser le chat alors que celui-ci ronronnait à ses pieds. Regarde-toi, on dirait que tu es en deuil, comme hier.

— N'essaie même pas de me faire enlever cette robe, ce serait peine perdue.

Il baissa les yeux.

— Alors laisse-moi au moins profiter de tes pieds. Pourquoi ne pas mettre ces escarpins que tu portais le soir de notre rencontre, avec les jolis nœuds noirs ?

— Cal…

— Ce n'est pas la mer à boire, sourit-il en s'appuyant contre la porte. Va changer tes chaussures, Minnie. Ensuite, on affrontera les dragons ensemble.

Elle ne put s'empêcher de lui rendre son sourire.

— Ce petit numéro de charme n'a aucune prise sur moi, lança-t-elle en tournant les talons, puis elle partit changer de chaussures.

Chapitre 10

— Bon, maintenant donne-moi les antisèches pour gérer tes parents, quémanda Min une fois qu'ils furent installés dans la voiture.

— Il n'y en a pas. Ils seront très polis mais sûrement pas avenants. Pas besoin de refroidir le vin, l'ambiance s'en charge très bien toute seule.

— Ah, génial, j'avais justement besoin d'entendre tes blagues.

Mais lorsqu'ils arrivèrent à la maison de ses parents, Min comprit très vite qu'il ne plaisantait pas. La demeure était immense, un manoir digne de celui de la famille Adams que Min se figurait comme une sorte de château de campagne imaginé par un ivrogne sous acide. La domestique qui leur ouvrit la porte en bois massif était courtoise, le vestibule aux murs de bois massif était impressionnant, puis ils entrèrent dans ce que Min n'aurait jamais appelé une salle à manger, où se tenaient les parents de Cal, droits et rigides comme s'ils avaient avalé un balai.

— Nous sommes ravis de vous accueillir, annonça Lynne Morrisey en prenant la main de Min.

Elle n'avait pas l'air ravie du tout, d'ailleurs aucune émotion ne transparaissait sur son visage d'une beauté sombre, étonnante et précieuse, une beauté étrange que partageaient son mari Jefferson et leur fils Reynolds, à côté de qui Cal semblait presque potelé tant sa minceur sortait de l'ordinaire.

— Min ! s'écria Harry derrière elle.

Elle se retourna et découvrit le petit garçon qui tirait Bink par la manche.

— Salut, toi ! Merci pour l'invitation, je meurs de faim, le taquina-t-elle en se penchant vers lui.

Harry hocha la tête avec fierté puis s'approcha d'elle à son tour pour murmurer à son oreille :

— J'aime beaucoup tes chaussures, les petits nœuds sont super chouettes.

Sa tête se balançait et il souriait maladivement.

— Je te remercie, chuchota-t-elle avec un petit coup d'œil réservé à Cal.

Mais le visage de ce dernier était dépourvu de toute expression, Min prit alors conscience qu'il n'avait pas soufflé mot depuis leur arrivée. *Génial,* pensa-t-elle, *bienvenue en enfer.*

Après de longues minutes de conversation sur des banalités, ils s'assirent enfin autour de leurs assiettes somptueusement décorées de boucles tracées au sirop et Min abandonna la politesse forcée pour attaquer son repas.

— Que faites-vous dans la vie, Minerva ? lui demanda Jefferson, lorsque le plat de viande en sauce aux pommes duchesse se trouva servi.

Avant de répondre, Min avala une bouchée en priant pour ne rien avoir entre les dents.

— Je suis actuaire.

— Je vois, murmura-t-il sans trace d'estime ni de dédain. Qui vous emploie ?

— La Mutuelle Alliance, répondit-elle et elle retourna à son bœuf saignant.

La nourriture des Morrisey était à la fois délicieuse et minutieusement présentée, elle devait bien l'admettre, toutefois elle ne valait pas celle d'Emilio. Il manquait quelques photos folkloriques comiques accrochées aux murs pour égayer un peu l'atmosphère. Mais ce n'était pas le genre de famille à clamer un quelconque folklore. Elle étudia chaque convive d'un œil circonspect. Des Irlandais, lui semblait-il, et pas seulement à cause du nom. Tous portaient cet air un peu austère et tragique allié à une beauté ténébreuse. En baissant les yeux sur son assiette généreusement garnie, elle constata toutefois que les années de Grande Famine traversées par leur peuple étaient bien loin derrière eux.

— Dobbs…, répéta soudain le père de Cal, ce qui fit remarquer à Min qu'il était resté silencieux un long moment. George Dobbs est vice-président de la Mutuelle Alliance, non ?

— C'est mon père, opina Min.

Jefferson Morrisey lui sourit.

— Vous avez accepté un emploi au sein de l'entreprise de votre père.

— Ce n'est pas le gérant, tâtonna Min, persuadée qu'elle avançait en terrain miné. Mais j'avoue qu'il m'a aidé à décrocher le poste.

— Tu n'avais besoin d'aucune aide, affirma Cal froidement. En tant qu'actuaire, tu as dû crouler sous les propositions.

— C'est vrai qu'il y en a eu quelques-unes, admit-elle en essayant de comprendre ce qui se passait. Mais les offres intéressantes n'étaient pas si nombreuses, alors mon père m'a tendu la main.

— C'était une décision très sage de votre part, observa Lynne Morrisey.

Min se tourna vers elle pour croiser son regard d'un noir glacial et songea : *Je n'ai que faire de votre bénédiction, ma chère.*

— Accepter l'aide de votre père était la meilleure chose à faire, poursuivait Lynne. C'était sage.

Min reposa sa fourchette.

— Il me l'a proposée sans condition ni engagement, il n'attendait rien en retour.

À l'autre bout de la table, le sourire de Reynolds faisait ressortir encore sa beauté. *Toi, je ne t'aime pas non plus*, se dit Min. Bink restait comme tétanisée sur sa chaise, non pas de peur mais de curiosité, attentive à ce qui se passait autour d'elle. Entre les deux jeunes femmes, Harry se cramponnait à sa fourchette et labourait ses pommes de terre les unes après les autres, mais gardait un œil à l'affût.

— Cela a dû entraîner beaucoup d'avantages, j'en suis sûr, reprit Jefferson. Je suppose que votre père vous a donné un petit coup de pouce financier pendant toutes ces années.

— Elle a fait son chemin toute seule, la défendit Cal toujours très froidement. Les compagnies d'assurances ne font pas dans les sentiments. Elle bat des records de promotion au sein de sa boîte et personne ne va croire que c'est grâce à son père. Elle est intelligente, elle travaille dur et elle excelle dans son domaine.

Il y avait quelque chose de sombre et de triste dans sa manière de parler, comme s'il dramatisait la situation alors que la conversation se tenait sur un ton qui se voulait léger. Min perçut son mal-être et posa une main réconfortante sur son dos ; même à travers le tissu de son costume, elle sentait ses muscles si tendus qu'elle avait l'impression de toucher du béton. Au contact de sa main, il lui parut se raidir encore un peu plus, puis ses épaules se relâchèrent doucement.

— Mais je n'en doute pas, susurra Jefferson en souriant à sa femme d'un air complice. Nous pensons qu'il est admirable de sa part d'avoir voulu marcher dans les pas de son père.

— Mon père n'est pas actuaire, corrigea Min.

— Bien sûr que non, ma chérie, dit Lynne d'une voix légèrement mordante. Ce que nous admirons, c'est que vous ayez fait le bon choix en prenant un poste dans la société de votre père. Qu'en penses-tu, Cal ?

Elle sourit à son fils, assis juste à côté de Min.

— Ce que je pense, c'est que Min ne se trompe jamais et que ce filet de bœuf est excellent.

— Cal n'a pas repris le flambeau de l'entreprise familiale, expliqua Reynolds en adressant à Min un sourire de connivence.

Et toi, tu es l'idiot fini qui dit tout haut ce que les autres ont la décence de garder pour eux, fulmina-t-elle.

— Et alors, bon sang ! Pourquoi l'obliger ? se révolta-t-elle.

Elle retira sa main du dos de Cal. *Je ne reverrai jamais ces gens-là alors qu'ils aillent au diable.*

— Pourquoi devrait-il rester dans l'entreprise familiale ? interrogea Lynne en haussant un sourcil, ce qui énerva Min qui était persuadée de ne pas savoir le faire sans lever l'autre. Mais parce que c'est son héritage !

— Faux ! s'écria la jeune femme et en face d'elle les yeux de Bink s'écarquillèrent de plus belle. Ce serait une très mauvaise chose pour lui. Il paraît évident qu'il a fait le bon choix.

Elle se tourna vers Cal pour lui sourire mais celui-ci avait le regard vide rivé droit devant lui quelque part entre Bink et Harry. *D'accord, on l'a perdu*, songea Min avant de regarder Harry. Le garçon était toujours agrippé à sa fourchette et scrutait chaque visage. Le pauvre avait de bonnes raisons de vomir sans arrêt.

Jefferson se racla la gorge.

— Une mauvaise chose ? D'accepter un poste au sein d'une entreprise juridique respectée et prospère ? C'est absurde. La tradition des Morrisey prévaut.

Min le regarda d'un air ahuri.

— Vous avez repris l'affaire de votre père ? Mais je croyais que vous et votre partenaire l'aviez créée.

De l'autre côté de la table, Bink parvint à faire l'impossible : prendre une expression encore plus impassible qu'elle ne l'était déjà.

— C'est le cas, répondit Reynolds en face d'elle, d'une voix scandalisée. Ce sont eux qui ont commencé la tradition.

— Deux générations, ça me semble un peu maigre pour appeler ça « une tradition », rétorqua Min d'un ton qu'elle voulait dubitatif comme si elle réfléchissait tout haut, puis elle se tourna vers Harry. Tu veux devenir avocat, Harry ?

Le garçon lui lança un regard sceptique.

— Non, je veux être ichtyologiste.

Min le regarda à son tour d'un air interrogateur.

— Les poissons ?

— Ouais, affirma Harry en levant le menton avec un grand sourire.

— Très bonne idée, l'encouragea-t-elle.

— Harrison est encore un enfant, objecta Lynne. La semaine prochaine il voudra devenir pompier.

Elle sourit au garçon presque gentiment.

— Non, la semaine prochaine je voudrai devenir ichtyologiste, insista Harry, puis il termina ses pommes duchesse.

Toi, je t'adore, songea Min.

— Harrison, lâcha sa grand-mère sèchement. Pourquoi n'irais-tu pas prendre le dessert à la cuisine avec Sarah ?

— D'accord, murmura-t-il en glissant de son siège. Puis-je sortir de table ?

— Oui tu peux, mon chéri.

Min le regarda trottiner jusqu'à la cuisine. *Espèce de petit chanceux.*

— Bien, se reprit Lynne en reportant son attention à la tablée avec un sourire de reptile. Je m'excuse de vous avoir interrompue, Minerva. Vous disiez ?

Et elle lança un regard à Min qui semblait signifier : « Je vous laisse une chance de vous rattraper, saisissez-la. »

Min lui sourit en retour : « Dans tes rêves, ma grande. »

— Je vous disais que si l'on prend la peine d'analyser la situation, on s'aperçoit très vite que Cal n'avait aucune arme pour entrer dans la boîte.

Jefferson reposa sa cuillère, Min saisit son verre de vin.

— Tout d'abord, il est le benjamin. Les aînés suivent toujours la volonté de la famille pour la satisfaire, ce qui explique qu'ils soient si carriéristes. Ensuite, ils s'efforcent d'attirer leur part de respect et d'attention pour attribuer leur réussite à une sorte de destin tout tracé. (Elle adressa un sourire à Reynolds, puis sirota une gorgée de vin alors qu'ils l'observaient tous à un degré de rigidité variable selon les personnes.) Alors que les plus jeunes apprennent à leurs dépens qu'ils doivent travailler plus dur pour attirer l'attention, ce qui explique leur tendance à violer les règles.

— Je vous soupçonne d'étaler une philosophie qui n'est en aucun cas naturelle, objecta Jefferson en lui adressant un sourire hypocrite.

— Effectivement, c'est inné chez moi. La preuve de ce que j'avance est partout autour de nous, on en parlait déjà dans les vieilles légendes. Après tout, c'est toujours le plus jeune des fils qui part en quête de sa destinée, dans les contes de fées.

— Les contes de fées ? gloussa bêtement Reynolds alors que Bink poursuivait son imitation de chouette pétrifiée.

Min se tourna vers Jefferson.

— Analysons la personnalité de Cal : ses amis m'ont confié qu'il tient rarement un pari qu'il n'est pas sûr de gagner, d'instinct on pourrait donc croire qu'il est très joueur sauf que c'est totalement faux. S'il était joueur il perdrait une fois sur deux, or ses calculs sont précis et il connaît ses chances de réussite, il ne prend de risques que lorsqu'il est certain d'en tirer du bénéfice. (Elle lança un regard à Reynolds de l'autre côté de la table.) En tant que plus jeune fils de l'entreprise familiale, il n'a aucune chance de grimper les échelons jusqu'au sommet. Le risque est trop grand ; à mon avis, l'idée de rejoindre la boîte ne lui a même jamais traversé l'esprit.

— Il aurait fait un bon collaborateur, argua Jefferson sans plus aucun effort pour rendre la discussion légère.

— Collaborateur de troisième rang, oui peut-être, mais seulement en vous suivant partout, vous et Reynolds. Et encore, il lui faudrait d'abord lutter contre l'accession à ce poste de votre proche collaborateur et de ses enfants.

Au sein de la famille, il est et restera le petit. Il lui fallait sortir de là. Et enfin, bien sûr, il y a le problème de la dyslexie.

Ses derniers mots jetèrent un silence glacial, si bien que Min fut presque impressionnée de ne pas observer de stalactites sur les visages de chacun. Elle s'empara de sa fourchette et de son couteau, et lança un nouvel assaut contre son filet de bœuf, souhaitant vivement pouvoir demander les restes dans un Tupperware et rentrer chez elle.

— Nous aimerions éviter le sujet du handicap de Cal, posa Lynne de manière irrévocable.

Avant de répondre, Min prit le temps de terminer sa bouchée de viande.

— Et pourquoi ça ? Cela fait partie de lui et de ce qui a forgé sa personnalité, il n'a pas à en avoir honte. Et puis il n'est pas le seul, plus de dix pour cent de la population est dyslexique. Vous devriez savoir que cette particularité a largement contribué à la création de son entreprise : quatre-vingt-douze pour cent des dyslexiques montent leur propre boîte. Le monde professionnel classique est si inadapté à leurs besoins qu'il leur est hostile, c'est pourquoi ils préfèrent maîtriser leur environnement de travail en étant leur propre patron. Souvent, cette décision leur réussit et ils mènent une carrière brillante parce que les dyslexiques sont généralement des personnes perspicaces et empathiques. (Elle prit son verre d'eau.) Vous avez la chance d'avoir un fils intelligent, travailleur, brillant, populaire, en bonne santé, charmant et particulièrement agréable à regarder. Je suis surprise que vous ne vous amusiez pas à faire tourner sa photo parmi vos amis pour vanter ses mérites. En tout cas, moi je vanterais ses mérites s'il était mon fils et si j'avais une photo de lui à montrer à tout le monde.

En se retournant vers Cal le sourire aux lèvres, elle découvrit qu'il l'observait, le visage totalement de marbre.

— Nous sommes plutôt fiers de Calvin, vous en conviendrez, marmonna Lynne d'une voix maussade.

— Tant mieux, dit Min en retournant à son assiette. Et il a raison pour autre chose : votre filet est fabuleux.

— Je vous remercie, répondit Lynne avant de se tourner vers Reynolds pour prendre des nouvelles de son travail.

Un quart d'heure plus tard, le dessert était servi, Lynne, Reynolds et Jefferson discutaient de l'entreprise, Cal demeurait muré dans son silence, Bink avait mangé trois bouts de carotte et englouti tout son vin, et Min arrivait à saturation.

Elle posa sa serviette à côté de son assiette.

— Vous savez, je suis l'invitée de Harry alors si vous voulez bien m'excuser, je m'en vais le rejoindre.

Puis elle se leva de table et sortit de la pièce à la recherche de la cuisine.

Lorsqu'elle trouva finalement le cœur de la maison, elle découvrit Harry qui terminait sa glace sous l'œil protecteur de la femme qui leur avait servi le repas.

— Salut, l'homme aux poissons, lança Min. Il reste un peu de glace ?

Harry hocha la tête vers la dame.

— C'est elle, Sarah.

— Je vois, fit celle-ci en examinant Min de la tête aux pieds. Que voulez-vous sur votre glace ?

— Du chocolat, annonça la jeune femme en prenant place à côté de Harry. Le chocolat, ça ne fait jamais de mal.

Harry gratta le fond de son bol avec sa cuillère puis s'enfonça dans son siège en silence, le regard sur Min, avec ce même air de chouette que sa mère. Sarah posa un bol de glace devant Min : il était bien rempli.

— Merci, souffla-t-elle, surprise. Au fait, je m'appelle Min.

Elle tendit la main à la cuisinière.

— Sarah, répondit cette dernière en serrant la main qu'elle lui tendait. Mangez avant que ça se mette à fondre.

Sans se faire prier, elle enfonça sa cuillère dans la glace. Elle était divine, riche en calories et d'une douceur incroyable, le chocolat fondait dans sa bouche avec une pointe douce-amère. Elle devait bien le reconnaître : Lynne Morrisey proposait une nourriture de très haute qualité.

Sarah s'adossa à l'évier.

— Alors comme ça vous avez osé répondre à la Reine des neiges ?

L'idée de prétendre ne pas comprendre lui traversa l'esprit, mais finalement Min haussa les épaules.

— Nous avions un petit différend.

Sarah secoua la tête.

— Dans ce cas, vous ne reviendrez plus ici.

— Heureusement !

Harry reposa brusquement sa cuillère.

— Mais tu viendras toujours au parc, pas vrai ?

— Oui, le rassura-t-elle. Bien que je ne sois pas sûre que ton oncle Cal accepte encore de m'adresser la parole.

— Il m'a l'air d'être un homme bien, affirma Sarah. C'est quelqu'un de discret, on ne le voit pas souvent.

— Je veux bien vous croire. Salut, toi ! lança-t-elle à Cal en agitant sa cuillère lorsqu'il apparut dans la cuisine.

Je découvre que ta mère a également très bon goût en matière de glace.

C'était logique, quand on y pensait.

Cal hocha la tête, toujours de marbre.

— Tu es prête à partir ? lui demanda-t-il.

Un soupir échappa à Min tandis qu'elle dévorait des yeux son bol encore rempli de sucre et de matière grasse d'excellente qualité.

— Oui, murmura-t-elle finalement en reposant sa cuillère en jeune fille raisonnable.

Si elle était à la place de Cal, elle hurlerait pour qu'on la laisse partir de là, donc elle pouvait comprendre.

Cal sortit de la cuisine pour rejoindre l'entrée et Harry se tourna vers Min.

— Est-ce que je peux finir ta glace ?

— Tu ne risques pas de tout rendre ?

Il secoua la tête.

— Non, jamais la glace.

Elle poussa le bol vers lui puis se leva.

— Dans ce cas, fais-toi plaisir. J'ai été ravie de vous rencontrer, Sarah.

— Ouais, répondit cette dernière. Bonne chance à vous.

Min sortit retrouver Cal dans l'entrée, il lui ouvrit la porte sans dire un mot. Ils étaient presque arrivés en bas des marches quand Bink apparut à la porte.

— Eh bien ? lança-t-elle à Cal.

Pour toute réponse, il secoua la tête.

— Je suis contente de vous avoir revue, dit-elle à Min en lui souriant, presque comme si elle le pensait vraiment.

Cal lui tourna le dos et descendit les dernières marches alors que Bink disparaissait dans la maison.

Persuadée qu'une dispute se profilait à l'horizon, Min emboîta le pas à Cal en silence.

En fait, elle ne regrettait absolument rien. Elle se glissa dans la Mercedes de Cal et s'installa confortablement dans le siège de cuir. D'accord, elle pouvait l'avouer : cette voiture allait lui manquer. Tout comme la nourriture, même si rien ne l'empêchait d'aller à *La table d'Emilio* sans lui. Et…

Cal entra à son tour dans le véhicule, claqua la portière et resta assis là, en silence. Min observa son profil crispé en songeant : *Et toi. C'est toi qui me manqueras le plus.*

— Que voulait Bink ? demanda-t-elle prête à esquiver la tempête qui s'annonçait.

Il se tourna pour la regarder et lorsqu'il se mit à parler la tension avait tellement fatigué sa voix qu'elle s'était enrouée.

— Je suis tellement désolé de t'avoir infligé ça.

— Quoi ? souffla Min, déconcertée.

Il ferma les yeux et reprit la parole avec un soudain élan de colère.

— Ma famille. D'habitude, mes parents sont presque trop polis devant les invités.

— Je pense que je n'étais pas leur genre, assuma-t-elle d'une voix légère. Et puis, j'ai été un peu effrontée. En revanche, la bonne nouvelle, c'est que j'ai mangé un délicieux repas et que je ne reverrai plus jamais ces gens. Est-ce que tu connais la marque de glace que ta mère achète ? Parce qu'elle était tout simplement phénoménale, bien que bourrée de calories, j'imagine.

— Tu t'en fiches ? s'étonna Cal.

— De quoi ? Que ta mère soit une sorcière, ton père un idiot et que ton frère soit une tête d'abruti dédaigneux ? Bien sûr que oui, je m'en fiche. Pourquoi est-ce que ça devrait m'atteindre ? Ce n'est pas ma famille, d'ailleurs, la mienne me paraît beaucoup plus saine maintenant, je te dois au moins ça. Pour en revenir à la glace…

Il se pencha vers elle et l'embrassa avec une force inhabituelle. Min posa la main sur sa joue pour lui rendre son baiser. Ensemble, ils se laissèrent emporter par ce petit instant de bonheur où Min savourait de pouvoir le toucher de nouveau, de sentir sa main se glisser dans ses cheveux bouclés, d'être près de lui. Lorsqu'il rompit la magie, elle garda la tête proche de la sienne parce qu'elle ne voulait pas le laisser déjà repartir.

— C'est parce que j'ai insulté ta mère ? demanda-t-elle, encore étourdie. Parce que j'ai encore beaucoup de choses à dire sur elle, si tu veux.

Le sourire qui se dessina sur le visage de Cal la rassura : il redevenait le Cal qu'elle avait connu.

— Non, j'aime t'embrasser, c'est tout.

Peu à peu, elle reprit ses esprits.

— Ah, tant mieux. Mais tu vas devoir arrêter parce qu'on ne s'aventure pas sur le bon terrain. Je suis rassurée, je croyais que tu ne voulais plus jamais me revoir. Une chose est sûre, c'est le cas de ta famille.

Il mit le contact et démarra la voiture.

— Si, certains comptent bien te revoir.

Elle s'enfonça dans son siège et s'efforça de penser à autre chose qu'à ses baisers.

— Harry. C'est parce que je lui ai donné de la glace, c'est tout.

Cal ralentit.

— Il a mangé la sienne *et* la tienne ?

— Oui, avoua Min. Il m'a assuré qu'il ne vomissait jamais la glace.

Cal arrêta le véhicule.

— Il a menti. Ses vomissements sont provoqués par le sucre de manière générale.

— Est-ce qu'il faut y retourner ? s'affola Min.

— Ah, non !

Il sortit son téléphone de sa poche. Une fois Bink alertée de la crise de vomissements imminente, il redémarra le moteur.

— Génial, j'ai empoisonné son petit. Maintenant, elle aussi doit me détester.

— Mais non, elle connaît le faible de son fils pour les sucreries. Elle t'aime bien.

— On ne croirait pas.

— Si, je te jure qu'elle t'aime bien, lui affirma-t-il en sortant la voiture de son créneau précipité. Elle m'a proposé 100 000 dollars pour que je te demande en mariage.

Min éclata de rire.

— Quoi ? Je ne pensais pas qu'elle avait le sens de l'humour !

La Mercedes prit de la vitesse en quittant la propriété de ses parents.

— Elle a beaucoup d'humour, mais en l'occurrence elle ne plaisantait pas. Elle a les moyens de relever le défi. Ouf, on est enfin sortis de là, soupira-t-il.

— Attends une minute, lâcha Min en cessant de rire. Elle t'a sérieusement proposé…

— Ça fait dix ans qu'elle vient ici tous les dimanches midi et c'est la première fois qu'elle s'amuse, expliqua-t-il. Faisons le calcul : mes parents ont une bonne cinquantaine d'années et ils sont susceptibles de tenir encore au moins trente ans, Bink s'attend à assister à encore au moins six cents dimanches plus tristes les uns que les autres. Ajoute à ça les vacances scolaires. Les 100 000 reviendraient à 60 dollars le repas, une broutille pour son portefeuille. En fait, ce serait une broutille pour moi aussi mais rien au monde ne réussira à me faire manger chez mes parents tous les dimanches, réfléchit-il.

— Eh ben…, murmura Min.

— En plus, Harry ne faisait que chanter *« Hunka Hunka burning love »* depuis hier, après sa découverte d'Elvis au restaurant. Bink m'a assuré que rien que la grimace de mes parents valait déjà 100 000 dollars.

La colère avait laissé place au rire dans la voix de Cal.

— J'avoue que ça a dû les troubler.

Quelques kilomètres passèrent avant qu'il reprenne la parole.

— D'autres choses les ont troublés, ce midi, murmura-t-il enfin. Qui t'a dit que j'étais dyslexique ?

— Roger en a parlé à Bonnie, alors je suis allée en apprendre davantage sur Internet. Après, tu as refusé de m'écrire la recette du poulet au marsala que je t'avais demandée. Puisque tu ne me refuses jamais rien, je me suis dit que ce devait être quelque chose que tu es incapable de faire. Tu m'en veux ? souffla-t-elle en roulant la tête sur son appuie-tête pour le regarder.

— Non. Mais c'est vrai, ce que tu as dit à propos des dyslexiques qui créent leur propre entreprise ?

— Oui, répondit Min. Tout ce que j'ai dit était vrai. Et toi, comment as-tu su pour mes promotions ?

— Bonnie l'a raconté à Roger, expliqua Cal alors qu'il se garait sur le parking d'un magasin.

Min plissa les yeux devant la devanture. La boutique semblait réservée à une clientèle de riches prétentieux.

—Je reviens tout de suite, lança-t-il en sortant de la voiture.

Quinze minutes après, il ressortit du magasin avec un sac en papier glacé estampé de lettres d'or qu'il posa sur les genoux de Min pour mettre sa ceinture de sécurité.

—Qu'est-ce que c'est ? demanda-t-elle en soulevant le paquet.

Le poids du sac attisa sa curiosité, elle jeta un œil à l'intérieur et découvrit de petites boîtes carrées scellées par des étiquettes dorées.

—La glace que ma mère achète toujours, révéla Cal en quittant le parking. Il y a huit parfums. Je t'enverrai aussi des fleurs, mais tu méritais d'avoir ces glaces tout de suite.

—Oh.

Min serra le sac contre elle ; c'était donc vrai, il ne lui en voulait pas. Soulagée d'un énorme poids, elle comprit alors à quel point elle désirait garder cet homme dans sa vie. Une telle prise de conscience n'était pas bon signe.

—Tu vas bien ? s'inquiéta Cal et elle se força à lui sourire pour le rassurer.

—En fait non ! dit-elle en feignant l'outrage. Où est la cuillère ?

Sans quitter la route des yeux, il glissa une main dans la poche de sa veste de costume et lui tendit une petite cuillère en plastique.

—Je suis folle de toi, déclara-t-elle spontanément.

—Tant mieux, parce que je suis fou de toi aussi.

—De façon amicale bien sûr, se rattrapa-t-elle.

—C'est ça, sourit Cal en secouant la tête.

—Je tenais seulement à le préciser, murmura Min et elle ouvrit la première petite boîte.

— Il l'appelle « Minnie », s'affola Cynthia, lorsque David décrocha le téléphone ce soir-là. Et il lui a donné sa casquette de base-ball !

— Eh bien, s'il lui donne son tee-shirt fétiche tiens-moi au courant, rétorqua David d'un ton las. Tu ne peux pas me laisser au moins un dimanche tranquille ?

— Je ne sais pas, David, souffla Cynthia d'une voix menaçante. Est-ce que tu veux passer les prochains week-ends avec Min ?

— Oui. Mais le repas qu'on a partagé était désastreux et elle ne répond plus au téléphone. Écoute, Cal finit toujours par rompre au bout de deux mois, le plus raisonnable serait donc d'attendre qu'il la largue pour ensuite aller la réconforter.

— Et ça ne te dérange pas de savoir qu'ils vont s'envoyer en l'air non-stop pendant deux mois ?

David se redressa.

— Eh ! Ce n'est pas…

— Tu n'as aucune idée de ce dont cet homme est capable au lit. Qu'est-ce qui te fait croire que tu seras à la hauteur en passant après lui ?

— J'ai aussi mes propres qualités au lit, s'indigna David.

— Cal a bien plus que des qualités. Si j'étais toi, je n'attendrais pas que Min le découvre.

— Cynthia, ce que tu dis est écœurant.

— Très bien, alors laisse-le gagner.

Sa voix crissait comme un ongle sur un tableau noir.

— Ça n'a rien à voir avec le fait de gagner ou de perdre, se défendit David tout en pensant : *Ce sale type va gagner.*

Et Min était sur le point de lui échapper. Tout ça, c'était sa faute. Elle était de celles qui demandent à être au centre de tout ; maintenant que Cal Morrisey l'inondait de petites attentions pour gagner un pari, elle était comblée et flattée. David songea à la reconnaissance qu'elle lui témoignerait s'il allait la récupérer et lui portait un peu d'attention à son tour. Cette femme n'était pas compliquée, ce qui expliquait que Cal puisse l'approcher aussi facilement, et c'était aussi la raison pour laquelle David devait à tout prix arrêter cet imposteur pour la sauver.

— David, tu veux la récupérer, oui ou non ? le poussa Cynthia.

— Oui.

— Alors rends-toi chez elle et éblouis-la. Dis-lui à quel point elle est importante à tes yeux. Offre-lui un cadeau, elle aime les boules à neige alors débrouille-toi pour lui en offrir une. Apporte-lui de la joie, bon sang !

— Une boule à neige, répéta David en se rappelant qu'effectivement elle en avait un certain nombre sur le manteau de sa cheminée.

— Si elle résiste, oublie quelque chose chez elle pour avoir une raison d'y retourner plus tard et recommence l'opération le lendemain. Je ne sais pas, moi. Ta cravate, par exemple.

— Pourquoi est-ce que j'enlèverais ma cravate chez elle ?

À l'autre bout du fil, il y eut un bref silence. Puis Cynthia reprit :

— Fais-le et puis c'est tout. Je ne suis pas là pour te donner des leçons de rattrapage en séduction.

— Bon d'accord, soupira David. J'irai la voir après le travail et je tenterai de la surprendre. Je lui parlerai mariage.

L'exaspération rongeait Cynthia.

— Parler ?! Pour une fois dans ta vie, ne peux-tu pas faire plus que simplement parler ?

— Je ne vais pas non plus me conduire comme un homme des cavernes !

— Tu as déjà essayé ?

— Non, bien sûr que non.

— Alors comment peux-tu savoir que ça ne fonctionne pas ?

— Euh… Bon d'accord. Je l'embrasserai. Elle embrasse très bien.

— Ravie de l'apprendre. Ne gâche pas ta chance, David.

— Mais je ne compte pas la gâcher, se défendit-il mais Cynthia avait déjà raccroché. Tu es une véritable sorcière, grogna-t-il au « bip » répétitif, puis il raccrocha à son tour.

Le lundi matin, Nanette appela sa fille pour savoir comment s'était passé le repas chez les Morrisey.

— Dis-moi tout !

— Maman, je suis au travail, protesta Min.

— Oui mais on s'en fiche, ton père ne te licenciera jamais. Il ne te trahirait jamais, *lui*.

— Maman !

— Comment est leur maison ? Sa mère t'a trouvée comment ?

— Leur maison est magnifique et sa mère me déteste.

— Min, si elle doit devenir ta belle-mère…

— Ça n'arrivera jamais.

— … tu auras besoin d'elle dans les moments difficiles. Non pas que ta grand-mère m'ait jamais aidée le moins du monde, mais…

— Ah bon, parce que avec papa vous avez déjà eu besoin de son aide ?

— Oui, maintenant par exemple, la provoqua Nanette.

— Eh bien, maintenant, elle est morte alors elle ne peut plus t'aider. Qu'est-ce qui ne va pas ?

Un long silence tomba à l'autre bout du fil, puis Nanette reprit d'un ton dramatique :

— Il a une maîtresse.

— Mais bien sûr que non, la rassura Min. Franchement, maman, quand est-ce qu'il aurait le temps de te tromper ? Tu sais exactement ce qu'il fait à chaque instant de la journée.

— Ce sont ces déjeuners, murmura sa mère sombrement.

— Il déjeune avec Beverly. La même Beverly qui adore son mari et qui donnerait n'importe quoi pour arrêter de travailler pendant le repas de midi. Il ne te trompe pas pour elle.

— Tu es tellement naïve, Min.

— Et toi, tu es tellement paranoïaque, maman. Qu'est-ce qui te fait penser qu'il te trompe ?

— Ce n'est plus le même qu'avant, on n'arrive plus à se parler.

— Tes seuls sujets de conversation sont les vêtements, le mariage qui approche et mon poids : ça ne l'intéresse pas. Parle de golf, tu verras que tu ne pourras plus l'arrêter.

— Je savais que tu ne comprendrais pas, se lamenta Nanette. Après tout, tu as Calvin.

— Non, je n'ai pas Calvin ! clama Min en attrapant un trombone dans son tiroir. Et je ne le reverrai pl… aïe !

Elle retira vivement sa main : une agrafe s'était plantée dans son pouce.

— Tu n'as plus le temps de penser à ta vieille mère, continuait de se lamenter Nanette.

— Non mais je rêve ! Pitié, retourne à tes soucis de mariage et ne fais rien de stupide du genre quitter papa, parce que crois-moi, il ne te trompe pas. Je le jure devant Dieu, cet homme est innocent.

— Les filles sont toujours les dernières au courant, fit remarquer sa mère avant de raccrocher.

— Cette femme est complètement folle, soupira Min en reposant le combiné avant d'essuyer son pouce avec un morceau de papier brouillon.

Le téléphone sonna presque aussitôt. Lorsqu'elle décrocha, Diana était à l'autre bout du fil.

— Salut, lança cette dernière d'une toute petite voix.

— Qu'est-ce qui ne va pas ? s'inquiéta Min en épongeant encore un peu de sang sur le papier.

— Je n'ai pas trop le moral, murmura Diana. On peut faire quelque chose toutes les deux ?

— Absolument. Ce soir ?

— Pas ce soir, je ne peux pas. Je suis invitée chez les parents de Greg pour le dîner. D'ailleurs, comment c'était chez ceux de Cal ?

— Horrible. On se voit demain soir, alors ?

— Non plus, soupira Di. Susie et Karen organisent une réunion *sex-toys* pour moi.

— Navrée de rater ça, mentit Min en essayant de ne pas penser à Couine avec un vibromasseur entre les mains.

— Mercredi, tu es disponible ? Je sais que tu as prévu de sortir avec Aigre et Douce, mais est-ce que je peux venir avec vous ?

— Oui, répondit Min en pouffant de rire. Surtout si tu me promets de les appeler « Aigre et Douce ».

— Liza me tuerait si elle savait ça, s'exclama Diana d'une voix soudain plus enjouée.

— Passe d'abord chez moi. Ensuite on sortira et tu pourras rester dormir à la maison, comme au bon vieux temps. Sauf que là, on devra plier tes boîtes à gâteau parce que je viens d'apprendre qu'elles ne sont pas assemblées.

— D'accord. Je me sens beaucoup mieux, je dois être victime de cette célèbre frousse d'avant le mariage.

— Sûrement. Tu n'as pas parlé à maman, récemment, si ?

— Si, je te rappelle que je vis avec elle.

— Non, je veux dire parler vraiment, discuter. Parce qu'elle vient de m'appeler, elle est persuadée que papa la trompe.

— Oh ! fit Diana, stupéfaite. Non, elle ne m'a rien dit.

— Tant mieux. Parce que ça impliquerait qu'il saute des repas, Di, et est-ce que tu l'imagines ne pas manger ?

Elle rassura Diana en lui expliquant que leur père ne couchait pas avec sa secrétaire puis elles raccrochèrent en se promettant un mercredi soir plus qu'amusant.

Min resta ensuite assise les yeux sur le téléphone, prête à l'entendre encore sonner. Elle avait demandé à Cal de ne pas l'appeler, prétextant qu'elle voulait passer un lundi paisible, mais il n'était pas du genre à se laisser commander, alors peut-être…

À 17 heures, il parut évident que cet idiot avait enfin appris à se laisser commander. Min rentra chez elle et entendit chanter Elvis avant même d'ouvrir la porte de son appartement. En entrant, elle découvrit avec surprise le chat allongé contre le dossier du canapé les quatre fers en l'air et les oreilles tout contre les haut-parleurs de la chaîne.

— Alors comme ça tu l'as encore écouté toute la journée ? lança-t-elle.

Les caresses qu'elle lui fit ne remplaçaient pas une journée entière d'absence, mais l'animal n'en sembla pas très affecté. Puis la petite soirée qu'elle avait prévu de passer avec son chat put commencer par un bon plat de spaghettis, une oreille toutefois à l'affût de coups à la porte, juste au cas où. Lorsque, effectivement, quelqu'un toqua, elle se sentit à la fois heureuse et exaspérée. D'accord, Cal n'était pas du genre à se laisser mener par le bout du nez, ça avait ses inconvénients, mais elle était contente qu'il soit venu.

La surprise de découvrir David au lieu de Cal derrière sa porte effaça tout sentiment de bonheur pour ne garder que l'exaspération.

— Qu'est-ce que tu fais ici ?

Il entra dans le salon et s'arrêta net, les yeux rivés sur le canapé.

— Il faut que je te parle. Eh, qu'est-ce que c'est que cette horreur ?

Elle referma derrière lui.

— C'est Elvis, mon chat. Je l'aime, alors à la moindre insulte je te catapulte hors de ma vie.

David prit place sur le canapé, aussi loin d'Elvis que possible.

— J'ai beaucoup réfléchi à nous deux, commença-t-il en dénouant sa cravate.

— Il n'y a pas de « nous deux ». Il n'y en a jamais eu. La meilleure chose que tu m'aies jamais apportée, c'est notre rupture. Je devrais t'en être reconnaissante même si je suis toujours furieuse contre toi.

Il défit le nœud de sa cravate. Min ne l'avait jamais vu dans un tel état, il était pathétique.

— Je sais, je sais et je le mérite. C'est la pire bêtise que j'aie jamais faite. Viens t'asseoir, j'ai à te parler, quémanda-t-il en tapotant la place vide à côté de lui sur le canapé.

Min s'exécuta et prit place à côté de David.

— Fais vite, lui ordonna-t-elle. Elvis et moi avons prévu une très bonne soirée tous les deux. Tout doux, mon félin. Il s'en va bientôt.

Reconnaissant son nom, le chat se traîna sur le canapé et s'installa près d'elle avec un petit grognement. Elle posa la main sur sa tête et le gratta entre les oreilles. David se rapprocha de Min en gardant un œil sur l'animal.

— Min, je veux t'épouser.

Elvis sortit une griffe et l'enfonça dans la manche de David.

— Putain ! hurla-t-il en faisant un bond en arrière. Qu'est-ce qui lui prend ?

— Elvis n'a pas envie de se marier, répondit-elle. Je crois que Priscilla lui a brisé le cœur, il l'aimait encore, tu sais ?

— Ce n'est pas drôle.

— Qui a dit que c'était drôle ?

Il plongea la main dans la poche de sa veste et en ressortit un petit paquet.

— Min, je suis sérieux. En voilà la preuve.

— Ce n'est pas une alliance j'espère ! s'écria Min avec horreur.

— Non, la rassura-t-il.

Elle déchira le papier qui couvrait une petite boîte ; à l'intérieur se cachait une boule à neige de huit centimètres visiblement hors de prix avec une petite tour Eiffel.

— La tour Eiffel ?

Ce type ne connaît absolument rien de ma vie.

— C'est là que nous passerons notre lune de miel, expliqua David en se rapprochant d'elle doucement. À Paris. Notre existence sera merveilleuse, Min. Et je suis prêt à fonder une famille dès maintenant, là tout de suite si tu le veux. On pourrait…

— Je ne veux pas d'enfants, le coupa Min, les yeux scrutant la neige qui retombait lentement. David, ce n'est pas du tout le genre de…

— Bien sûr que si, tu veux forcément des enfants, tu es née pour être mère.

Elle reposa la boule sur la tablette près du canapé et se tourna vers son chat.

— Imagine, Elvis : deux hommes sont face à toi. L'un te considère comme « l'ange de la sensualité » et l'autre comme une femme « née pour être mère », lequel choisirais-tu ?

— Tu es bien plus que ça, c'est évident, se défendit David. Mais…

Il s'interrompit au moment où le félin sauta du dossier du canapé pour descendre et se frotta au passage contre sa manche en y laissant des touffes de poils roux.

— Ton chat vient de me couvrir de poils dégoûtants.

— C'est pour te rendre la monnaie de ta pièce. Ton costume vient de le couvrir de bouloches de luxe.

— Min, je suis au courant pour toi et Cal Morrisey.

— Vraiment ? fit Min innocemment.

Espèce de misérable crétin, tu essaies encore de gagner ce pari.

Coucher avec Cal suffirait à rendre David fou de rage et à se venger de lui. Cette pensée se révéla beaucoup plus excitante que prévu.

— Tu ne devrais pas fréquenter Cal, poursuivit David d'un ton grave. Il ne faut plus jamais que tu le revois.

Le matou sauta sur la tablette près du canapé et poussa la boule à neige du bout de son museau, avec juste ce qu'il fallait de force pour la faire basculer contre les dalles de pierre devant la cheminée, la boule explosa et l'eau jaillit dans la pièce.

Min s'élança hors du canapé pour chasser le chat.

— Elvis ! Fiche le camp, il y a des éclats de verre partout !

— Il l'a fait exprès ! hurla David, scandalisé.

— C'est ça, le chat monte un complot contre toi.

Elle repêcha la base de la boule baignant dans l'eau et les éclats de verre pour la reposer sur la table. Puis elle partit chercher sa poubelle et entreprit de ramasser tous les morceaux étalés au sol.

— Ce chat…, bafouilla David.

— Oui ? dit Min en attrapant le plus gros morceau de verre.

— Non rien. Tu ne sais pas ce que Cal Morrisey a l'intention de faire.

— Bien sûr que si, répondit Min, toujours occupée avec sa poubelle. Il veut coucher avec moi.

— Il y a ça, mais ce n'est pas tout.

— Je sais, soupira-t-elle en repêchant le troisième et dernier gros morceau, puis elle jeta un œil au reste. Tu veux bien me donner le magazine posé là, s'il te plaît ?

David le lui tendit et elle en déchira la couverture alors qu'il lui expliquait :

— Non, tu n'as aucune idée de ce dont il est capable.

— C'est l'impression qu'il m'a donnée.

En glissant la couverture sous le tas de verre, elle se servit du reste du magazine comme d'une balayette.

Tout son butin partit à la poubelle et elle aperçut un éclat oublié dans un coin du salon.

— Bon, écoute, David. Tu n'as pas à t'inquiéter pour moi, parce que je ne suis pas amoureuse de Cal Mor… aïe ! Mais qu'est-ce que… ?

Le bout de verre qui venait d'entailler son pouce rejoignit les autres et Min se dirigea vers la cuisine pour passer sa main sous l'eau.

— Est-ce que tu m'as écouté ? demanda David.

— Non, admit Min, la main sous le filet d'eau fraîche. Je suis blessée alors va-t'en. Je ne veux pas t'épouser.

Elle referma le robinet, enroula une serviette en papier autour de sa main et retourna vers David avec la ferme intention de se débarrasser de lui.

— Min, protesta David en se levant. Tu ne me prends pas au sérieux.

— Bien sûr que non, répondit-elle en lui ouvrant la porte. Tu es un homme gentil, David. En fait, non. Va-t…

— Min, je refuse, souffla-t-il d'une voix rauque et grave.

Puis il la prit dans ses bras et l'embrassa fougueusement.

Chapitre 11

David tenait le visage de Min entre ses mains si fort qu'elle ne parvenait pas à se libérer, alors elle leva la main pour le gifler. Effrayé, il s'exclama en reculant d'un pas pour esquiver la claque.

À ses pieds, Elvis poussa un grognement et lui enfonça les griffes dans les tibias.

Min se frotta la bouche alors qu'il donnait un coup de pied pour se débarrasser de la bête.

— Tu es répugnant ! s'écria-t-elle. Comme je te le disais, va te trouver une femme qui remplit tes critères de femelle parfaite et épouse-la. J'ai un chat de garde et la vipère qui sommeille en moi commence à se réveiller, alors je te conseille de déguerpir si tu tiens à la vie.

— Je suis sincèrement désolé, insista David. J'ai tellement envie de te récupérer.

— Ouais, c'est ça. Refais ça et je t'attaque au gaz lacrymogène. Maintenant, fiche le camp.

— Promets-moi d'abord que tu ne retourneras pas voir Cal Morrisey, supplia-t-il.

Derrière elle, il aperçut Elvis qui baissait la tête sur le canapé et le regardait en grognant.

— Non, David, je ne te promets rien du tout, maugréa-t-elle en pointant la porte du doigt. Fous le camp ou je demande une ordonnance restrictive !

— Réfléchis-y, c'est tout ce que je te demande.

— Non.

Elle le poussa vers la porte et la referma derrière lui. Enfin au calme, elle se tourna vers son chat qui était maintenant affalé sur le dossier du canapé, la tête contre sa chère et tendre chaîne hi-fi. Il tapota ses coussinets contre les boutons jusqu'à ce que le système s'enclenche, laissant *Heartbreak Hotel* résonner dans tout l'appartement.

— Éteins ça ! ordonna Min, puis elle se souvint qu'elle parlait à un chat alors elle s'approcha et baissa le son elle-même. Elvis, tu es vraiment bizarre.

L'animal appuya la patte contre le bouton « Suivant », encore et encore, jusqu'à entendre les premières notes de *Love me tender*.

— En même temps, ça pourrait être pire, murmura Min en regardant son matou se prélasser sur le dossier du canapé. Tu pourrais être un fan des bandes originales de films avec Julia Roberts.

La queue d'Elvis se balança au rythme de la chanson ; Min déclara forfait pour aller panser sa blessure à la main.

Le mardi, Cal n'avait toujours pas appelé et Min se félicita ce soir-là de se sentir enfin libérée de l'emprise de cet homme. Elle s'était comportée comme une idiote.

Quelqu'un toqua à la porte. Elle redonna un tour de cuillère pour la cuisson de son poulet au marsala avant d'aller répondre, armée de sa bombe de gaz lacrymogène. Après quarante-huit heures sans coup de fil, elle espérait presque découvrir un cambrioleur pour lui gazer le visage et relâcher toute la tension qu'elle avait accumulée. Mais lorsqu'elle ouvrit, Cal était appuyé contre le mur, toujours le même sac de *La table d'Emilio* dans une main et un autre sachet plastique dans l'autre. Ses traits étaient tirés, Min ne l'avait jamais vu aussi fatigué. Le premier bouton de sa chemise était ouvert, sa cravate défaite pendait autour de son cou, ses manches étaient relevées et son air débraillé le rendait plus sexy que jamais. Le cœur de Min s'emballa, gonflé par cet intense bonheur de le revoir, juste là en face d'elle.

Il la salua et aperçut la bombe de gaz.

— Tu peux simplement dire « non », je comprendrais.

Mais elle lui ouvrit la porte en grand et il entra avant de déposer un baiser sur son front. Elle se blottit contre lui, contre sa stature rassurante, profondément heureuse de le revoir, puis, laissant parler son instinct, elle se dressa sur la pointe des pieds et l'embrassa doucement, tendrement, un baiser naturel et approprié comme pour lui dire : « Bonjour, tu vas bien ? »

Lorsqu'elle recula, Cal était stupéfait.

— Quoi ? demanda-t-elle. C'était un baiser amical.

Il secoua la tête et referma la porte d'un coup d'épaule.

— C'était… agréable, bafouilla-t-il en lui tendant le petit sac en plastique. Je te fais la cour, tu as donc droit à des cadeaux.

Min prit le sac, le visage décomposé.

— Je t'ai mal embrassé ? Qu'est-ce qui n'allait pas ?

— Rien, sourit-il, visiblement fatigué. Toi, mal m'embrasser ? Impossible, affirma-t-il et son sourire s'estompa. C'est juste que c'était la première fois.

— Bien sûr que non, ça fait des jours qu'on s'embrasse.

— Faux, ça fait des jours que *je* t'embrasse, rectifia-t-il en jetant sa veste sur le dossier d'un fauteuil avant de poser le sac d'Emilio sur la table. Mais là, c'est la première fois que *toi* tu m'embrassais. C'est quoi, cette délicieuse odeur ?

— Du poulet au marsala. Je crois que j'ai enfin compris comment le faire. Mais comment ça, la première fois ? Je…

Sa voix se cassa lorsqu'elle y réfléchit. Il avait raison : c'était toujours lui qui l'avait embrassée.

— Ne t'inquiète pas pour ça, dit Cal en se rapprochant d'elle. Sinon…

Min laissa tomber le sac qu'elle avait dans la main et se dressa sur la pointe des pieds pour l'embrasser encore, cette fois avec toute la fougue qui la rongeait. Un frisson lui fit tourner la tête, alors elle s'agrippa à la chemise de Cal pour garder l'équilibre et il la prit dans ses bras, lui rendant son baiser jusqu'à laisser la jeune femme brûlante et tremblante de la tête aux pieds.

— Je ne compte pas, mais ça fait deux, observa Cal, le souffle coupé.

— Il y aurait dû y en avoir plus, affirma Min en tentant de reprendre sa respiration. Enfin, non. Il faut qu'on arrête, mais je veux dire que je n'aurais pas dû te laisser faire le sale boulot chaque fois.

— Ça ne me dérangeait pas. Et puis, ça me plaît.

Il l'attira contre lui. Elle savait qu'elle aurait dû résister mais elle n'en avait plus envie, elle se sentait beaucoup trop bien dans ses bras.

— C'est juste que je ne voulais pas que tu croies des choses, murmura Min en posant la tête contre son torse.

— Quelles choses ?

Elle sourit en savourant le baiser qu'il déposait encore sur son front.

— Sur mes intentions, que tu puisses te figurer que je veux… plus que ça, tu comprends ?

— C'est ça, ricana Cal. Juste amis, tu parles. Embrasse-moi encore.

Un large sourire se dessina sur le visage de Min et elle leva le menton.

— Si tu me le demandes, ça ne compte pas.

— Si, ça compte toujours, rétorqua Cal et il l'embrassa.

Tout s'effaçait autour d'elle, le temps se brouillait, seule importait la sensation de se sentir enveloppée dans ses bras alors qu'elle se laissait emporter par ce délicieux tourbillon. Il rompit leur baiser pour reprendre sa respiration et lui chuchota :

— En fait, je crois que je me fais des idées sur tes intentions.

— Non ! protesta Min en reculant d'un pas. Ne fais pas ça, oublie ce qui vient de se passer. Je suis armée, fit-elle remarquer et elle braqua devant lui sa bombe de gaz.

Il lâcha prise et se dirigea vers le canapé pour s'y affaler.

— C'est ça. Elvis, mon pote, comment ça va ? Tu sais que ce chat est vraiment adorable ?

Il tendit la main pour le gratter entre les oreilles et Min faillit s'écrier : « Non ! » en se souvenant de ce qui était arrivé à David. Mais Elvis baissa doucement la tête pour l'encourager et ronronna de plaisir.

Min s'efforça de calmer les battements de son cœur alors qu'Elvis se roulait aux pieds de Cal.

— Oui, je sais. Je me demande comment j'ai fait pour vivre sans lui jusqu'à maintenant, admit-elle en ramassant le sac qu'elle avait laissé tomber.

Puis elle prit place à côté de Cal sur le canapé.

— Bon, alors. On m'en a parlé, annonça-t-elle en ouvrant l'emballage. Tu m'as apporté une chose dont j'avais besoin sans même le savoir.

— Comment ça, on t'en a parlé ? s'étonna Cal, mais Min l'ignorait pour dégager la boîte à chaussures de son emballage.

— Mes goûts en termes de chaussures sont très particuliers, le prévint-elle en secouant la tête. Il y a de très fortes probabilités d'échec.

— J'aime prendre des risques.

Elle ouvrit la boîte. À l'intérieur, elle découvrit une paire de mules à talons bobines – ses talons préférés – mais couvertes de fausse fourrure blanche.

— Quelle horr..., commença-t-elle mais elle s'interrompit en les sortant de leur boîte.

Sur le bout poilu des chaussures, de petites têtes de lapins très mignons la regardaient d'un air un peu bête.

— Des pantoufles en lapins ? s'exclama Min en les levant pour mieux les examiner. Tu m'offres des pantoufles ouvertes en lapins ? Elles sont *géniales* !

— Je sais, admit Cal en grattant le ventre d'Elvis. Il y a aussi un CD dans le sac.

— Laisse-moi deviner, jubila Min en fouillant dans le sac. Elvis Costello ? proposa-t-elle puis elle retira le CD du paquet et lut le titre de la pochette : « Elvis Presley : les cinquante plus grandes chansons d'amour », elle leva les yeux vers Cal. Tu m'as acheté du Elvis Presley ?

— C'est ce que tu aimes, non ? fit-il remarquer alors que le chat s'éloignait en roulant sur lui-même. Pourquoi t'offrirais-je un disque que moi j'aime ?

— J'avoue que tu es vraiment doué, observa-t-elle en regardant ses pantoufles. J'adore ces chaussures.

— Toutes les femmes devraient avoir leur paire de pantoufles en lapins, annonça-t-il en prenant l'une des chaussures dans sa main. En tout cas, toutes les femmes avec d'aussi beaux orteils que les tiens, ajouta-t-il.

Il se baissa alors pour attraper le pied de Min, retirer sa chaussette de sport et enfin libérer ses orteils aux ongles vernis de rose qui gigotaient sous son nez au contact de cette fraîcheur soudaine.

— Tu as des orteils très sensuels, Minnie, murmura-t-il en passant doucement son pouce sous la plante du pied.

— Ça chatouille, sourit-elle.

Elle essaya de se libérer mais il glissa la pantoufle à son pied avant qu'il puisse s'échapper ; la doublure en fausse fourrure était si douce contre sa peau qu'elle soupira de délice.

— Un vrai bonheur, souffla-t-elle en faisant bouger ses orteils sous le museau du petit lapin. Elles sont parfaites.

— Je sais, dit-il avec fierté et il libéra son pied.

Min retira sa seconde chaussette et enfila l'autre pantoufle.

— Tu es vraiment un génie pour ce genre de choses. J'attendrai que tu partes pour écouter le CD, histoire de t'épargner.

— J'aime bien Elvis, commença-t-il mais Elvis le chat l'interrompit en se faufilant sur l'accoudoir du fauteuil et, à l'aide de son museau, poussa vers le canapé un objet posé sur le guéridon de machine à coudre.

— Attention le matou, tu vas… ! souffla Cal en tendant le bras pour empêcher l'objet de tomber, puis il se tut en ramassant la petite figurine. Qu'est-ce que tu fais avec une statue de la tour Eiffel ?

— Quelqu'un m'a offert une boule à neige avec la tour Eiffel, hier soir, expliqua Min les yeux toujours rivés sur ses orteils qui gigotaient sous le menton des lapins. Elvis l'a cassée.

— C'est un bon chat, déclara Cal en lui tendant la statuette qu'elle jeta dans la poubelle avant de retourner à la contemplation de ses nouvelles chaussures. Alors, qui est assez bête pour t'offrir une boule à neige sans personnages à l'intérieur ? Greg ?

— Non, répondit-elle gaiement tout en sentant arriver l'orage. Tu sais quoi ? Je crois que j'ai réussi mon poulet, annonça-t-elle en se relevant, les pieds parfaitement à l'aise dans leur fourrure. Ces chaussons sont pile poil à ma taille !

— Minerva, insista Cal. Tu me caches quelque chose.

— *Beaucoup* de choses, à vrai dire, argua-t-elle avant de se faufiler vers la cuisine, concentrée sur la manière dont ses semelles touchaient le parquet brut de son sol. Il y a des chances pour que je les garde aux pieds pour toujours.

Derrière elle, les premières notes de *Love me tender* résonnèrent et Cal s'exclama :

— Ton chat sait comment allumer la chaîne ?

— Il connaît le bouton « Marche », confirma-t-elle de la cuisine. Et le bouton « Répéter » aussi, hélas. J'ai eu droit à *Love me tender* quatre fois d'affilée hier soir avant de finalement retirer le CD.

Un nouveau tour de cuillère dans le poulet et elle goûta son œuvre. *Je crois que là, on y est,* songea-t-elle en souriant. Elle goûta encore une fois pour s'assurer qu'elle pouvait l'appeler.

— Tu devrais venir goûter ça !

— J'y compte bien, grogna-t-il derrière elle. Mais d'abord, dis-moi à qui ça appartient.

En se retournant, elle découvrit la cravate de David dans la main de Cal.

—Où as-tu trouvé ça ?

—Elvis jouait avec.

Elle lui prit la cravate des mains et la jeta dans la poubelle.

—À qui ça appartient, ça ne te regarde pas.

—Je sais, admit-il.

—Tu ne peux pas être jaloux.

—Pourtant je le suis, à mon grand dégoût, annonça Cal en croisant les bras. D'accord, je n'ai pas à te poser la question.

—Exactement.

—C'est qui ?

Elle s'adossa à sa cuisinière et s'aperçut qu'elle était contente de le savoir jaloux. *Min, tu es pathétique*, pensa-t-elle.

—Minnie, insista-t-il.

—Mon ex. Il est passé me voir pour me demander en mariage.

—C'est vrai ? murmura-t-il d'un ton faussement calme, alors que sa mâchoire qui se crispait peu à peu le trahissait.

—Oui, c'est vrai, confirma Min en savourant ce moment. Il m'a apporté cette espèce de presse-papiers en me laissant croire que nous irions à Paris pour notre lune de miel.

—Très attentionné de sa part, grinça-t-il entre ses dents.

—Non, pas vraiment, répliqua-t-elle en se redressant. Je ne veux pas de lune de miel à Paris.

—Tu le lui as dit ?

— Non, répondit Min à bout de patience. Je lui ai dit que je ne voulais pas me marier et je l'ai jeté dehors avec un coup de pied aux fesses.

— Je vois.

— Il est parti, alors c'est terminé.

— Non, c'est loin d'être terminé, rectifia Cal.

— Si, je t'assure que…

— Min, il a laissé *sa cravate*.

— Et alors ?

— Et alors, il l'a laissée pour pouvoir revenir la chercher.

— C'est tout à fait…, protesta-t-elle tout en réfléchissant à cette option. Possible.

— Donne-moi la cravate.

— Pourquoi ? lança-t-elle, exaspérée.

— Pour que je la renvoie à son crétin de propriétaire dès demain. C'est qui ?

— Tu as perdu la tête ?

Il ferma les yeux.

— Oui.

— Nous y voilà. La première étape pour régler un problème est d'admettre qu'on *a* un problème.

— Je ne veux plus que tu le voies, articula Cal comme une demande plus que comme un ordre.

— Je n'en avais pas l'intention. Je n'apprécie même plus ce type.

— Est-ce que je peux lui renvoyer sa cravate, s'il te plaît ?

Il lui tendit la main et Min repêcha l'objet dans la poubelle.

— Tiens. Il s'appelle David Fisk et travaille pour une… (L'expression décomposée de Cal la coupa net.) Quoi ?

— David Fisk est ton ex ? bafouilla-t-il.

Soudain, elle se rappela le pari.

— Oui, pourquoi ? Tu le connais ?

Il marqua une pause, Min retint son souffle.

— Oui. C'est… c'est un client.

— Oh.

Le pari. Bon sang, il ne va toujours pas me parler de ce foutu pari.

Cal froissait la cravate entre ses mains.

— Je la lui enverrai. Comment va le poulet ?

— Je pense qu'il sera excellent, répondit Min le moral au plus bas en écoutant Elvis chanter l'amour, le vrai.

Cal attrapa une cuillère dans l'égouttoir et la plongea dans la sauce.

— En tout cas, ça en a tout l'air.

Alors qu'il portait le couvert à sa bouche, Min retenait son souffle, un peu trop dépendante de son point de vue.

— Mais c'est délicieux ! s'exclama-t-il, surpris. J'ai même l'impression qu'il est meilleur que celui d'Emilio. Est-ce que tu as modifié la recette ?

— Oui, admit-elle. Mais c'est un secret. Tu as des secrets, moi aussi.

— Je n'ai pas de secrets, protesta Cal.

— À table, lança-t-elle en allant mettre le couvert alors que *Love me tender* reprenait du début.

Pendant le repas et jusqu'à ce qu'ils eurent fini la vaisselle ils papotèrent de tout et de rien. Min s'efforça de ne pas trop savourer ces instants et de repenser au pari, mais cette soirée passée simplement en sa compagnie était bien trop agréable et elle oubliait le pari malgré elle. Cet homme était parvenu à se glisser dans sa vie, jusque sous sa peau et elle en était ravie tout en étant consciente que tout ça faisait partie de son plan depuis le début. *Moi, je n'ai aucun plan,* songea-t-elle et cette sensation la ravissait, si bien qu'elle abandonna toute sombre pensée et profita de la soirée, lui sourit et, lorsqu'il s'apprêta à s'en aller, l'embrassa sur la bouche pour lui souhaiter « bonne nuit » sans aucune gêne. Dans l'embrasure de la porte, il se pencha vers elle et lui chuchota à l'oreille :

— Minnie, cette histoire de « rester amis »...

Elle le poussa doucement dans le couloir et referma la porte pour s'empêcher de lui répondre : « Oublie ça, c'était une idée stupide. Fais-moi l'amour. »

Parce que lui dire ça aurait de très graves répercussions, pensa-t-elle en retournant vers son chat.

Le mercredi soir à 19 heures, David avait ôté sa veste pour se concentrer sur deux cargaisons de marchandise égarée tout en réfléchissant aux goûts de Min pour reconquérir son cœur ; elle lui avait un jour apporté une salade César sans croûtons. La porte de son bureau s'ouvrit brusquement sur une Cynthia plus ravissante que jamais dans un nouveau tailleur, rose cette fois-ci.

— Ah, c'est toi, génial ! maugréa-t-il sombrement.

— Ils se voient encore, déclara-t-elle en refermant derrière elle. Tu étais censé agir.

— C'est ce que j'ai fait, mais elle m'a repoussée. Et j'ai laissé ma cravate là-bas mais Cal me l'a renvoyée. Mon plan est donc tombé à l'eau. En revanche, elle m'a avoué ne pas avoir l'intention de coucher avec lui, alors je pensais que si on laissait les choses se tasser un peu...

— Attends de savoir la suite : il l'a présentée à sa mère.

Un frisson lui glaça le sang et il se raidit sur sa chaise.

— Quoi ?

— Il lui a fait rencontrer sa mère, répéta Cynthia. Avec moi, ça lui a pris sept mois pour me présenter à ses parents. Il ne connaît Min que depuis trois semaines. David, je suis en train de le perdre.

Le salaud, il ferait n'importe quoi pour gagner ce pari.

— Sa mère ? marmonna David. Et merde ! (Il leva les yeux vers elle, confus d'avoir juré tout haut.) Désolé.

— Non, souffla Cynthia en se plantant devant lui. Tu n'es pas désolé, tu es furieux.

Penser à Cal Morrisey le rendit plus enragé encore. Ce genre de types, il fallait à tout prix les arrêter. Il se leva.

— Ouais, c'est vrai mais d'après toi, qu'est-ce que je peux faire ?

— Bats-toi pour elle. C'est ta petite amie, récupère la.

— J'ai essayé, marmonna David découragé. Mais Cal compte vraiment pour elle.

— Tu es le crétin le plus passif que je connaisse ! l'insulta Cynthia. Ce n'est pas étonnant qu'elle n'ait pas voulu coucher avec toi, tu ne le lui as sans doute jamais demandé.

— Je te remercie, répondit-il sombrement. C'est pourtant toi qui t'es fait larguer après avoir écarté les jambes pendant neuf mois. On dirait que prendre les devants ne t'a pas trop réussi, à toi. C'est peut-être toi celle qui a un problème de libido.

— Écoute-moi bien. J'ai un corps de rêve et je suis une bête de sexe.

— Tu sais quoi ? J'en doute fortement, lança David en contournant son bureau. Et ne t'amuse pas à ouvrir ta petite veste, ce serait du réchauffé.

Cynthia l'observait, stupéfaite.

— Espèce de salaud.

— Va au diable, Cynthia, tu t'attendais à quoi ? Tu débarques dans mon bureau en me hurlant dessus et en me traitant de tous les noms parce que ton ex a emmené la femme que j'aime chez sa mère. Si tu veux vraiment l'arrêter, va le chercher toute seule, et déboutonne ta veste devant lui, pas devant moi, s'emporta David puis il marqua une pause et ferma les paupières. Écoute, je suis fatigué, paumé et privé de sexe depuis trois mois, alors emporte ton corps de rêve chez ce type qui est si bon au lit. Moi, j'ai du travail.

Lorsqu'il s'aperçut qu'elle ne répondait pas, il rouvrit les yeux. Elle le regardait en fronçant les sourcils.

— Ils ne couchent pas ensemble.

— Je sais, fit David avec lassitude. Je ne suis donc pas le seul en manque. Ravi de l'apprendre. Fous le camp.

— Leur manière d'être quand ils sont ensemble trahit ce fait, expliqua-t-elle. (Il se tut.) Je suis allée au *Faux Jeton*, tout à l'heure, Min était là avec Cal. Je les ai bien observés : ils ne l'ont pas encore fait. C'est quelque chose qui se voit, les gens se touchent différemment après avoir couché ensemble, ils ont des gestes plus sûrs, ils… ils n'ont pas encore consommé. On peut encore les récupérer et je connais le meilleur des aphrodisiaques.

Elle se rapprocha de David.

— Oui, je sais. Tu déboutonnes ta veste.

— Non, rétorqua-t-elle, à présent si proche de lui qu'ils se touchaient presque. La douleur. Si la joie ne fonctionne pas, essayons la douleur. La jalousie, par exemple. C'est un indice physiologique très puissant. Je les ai entendus dire qu'ils iraient à *La table d'Emilio.* On y va aussi.

David fit un pas en arrière et buta contre son bureau.

— Cynthia, je ne…

— Mais d'abord, le coupa-t-elle, on va coucher ensemble. Pour moi aussi, ça fait trois mois. C'est pourquoi nous allons partager une partie de jambes en l'air incroyable, athlétique et fatigante, juste là, maintenant, et ensuite nous irons dîner. Cal le remarquera. Les gens sont différents après l'amour.

David se figea et déglutit.

— Eh bien, merci, mais je pense que…

Cynthia déboutonna sa veste et dévoila un soutien-gorge rose étincelant d'une telle finesse qu'il devait être interdit dans plusieurs États d'Amérique.

— … ça ne fera que nous mettre mal à l'aise une fois que… (Sa veste tomba au sol, Cynthia ouvrit la fermeture de sa jupe.) … le frisson du plaisir physique se sera…

La jupe glissa sur ses jambes incroyables et les yeux de David se posèrent sur le corps le plus parfait qu'il ait jamais vu de sa vie.

— volatilisé, conclut-il bêtement.

Elle s'approcha de lui.

— Tu ne me diras pas « non ».

— Je suppose que tu as raison, admit David et il se laissa entraîner sur la moquette de son bureau.

Le soir, tout le monde était réuni au *Faux Jeton* et Diana était de la partie. Sa présence donnait une impression étrange à Min ; c'était un peu comme si deux mondes entraient en collision. De son côté, Di découvrait l'univers qui l'entourait avec des yeux nouveaux, elle souriait gaiement à Shanna, riait à tout ce que disait Tony, adoptait déjà Cal, et demandait où était Liza, comme si elle voulait voir le casting de la vie de sa sœur au complet.

— Elle travaille, lui expliqua Tony. D'abord, elle veut donner un coup de fouet à l'équipe de *La table d'Emilio*, ensuite seulement elle acceptera de venir dîner. Je ne l'ai pas revue depuis qu'elle a commencé à bosser là-bas.

— On devrait tous aller y manger, proposa Roger. Comme ça tu verras Liza.

— Je ne veux pas..., commença Tony.

Mais Min lui coupa la parole.

— C'est une excellente idée ; je suis affamée et Diana n'est jamais allée là-bas.

Tous ensemble, ils migrèrent deux pâtés de maisons plus loin en direction du restaurant. En chemin, Di chuchota à l'oreille de sa sœur :

— Tes amis sont géniaux, je ne savais pas que tu étais dans un groupe aussi soudé.

— Un groupe ? Je t'avoue que j'ignorais être dans un groupe.

Mais elle prit conscience que Diana avait raison ; elle se sentait aussi bien avec Tony qu'avec Cal et avait accepté depuis bien longtemps Roger en beau-frère à titre honorifique, statut que Bonnie allait bientôt lui allouer.

Liza les accueillit à l'entrée, vêtue d'une petite robe noire qui semblait lui avoir coûté des mille et des cents alors qu'elle l'avait sans doute dénichée dans une friperie.

— Bienvenue à *La table d'Emilio*, annonça-t-elle avec un clin d'œil à Diana. Tu vas adorer cet endroit.

— Je n'en suis pas sûr, murmura Cal derrière les deux sœurs. J'ai entendu dire qu'on ne sert pas de sauce *aigre-douce*...

Paniquée, Diana donna un coup de coude à sa sœur.

— Tu étais censée n'en parler à personne !

Mais Cal lui sourit et elle se mit à rire.

— Arrête de faire ton Roméo, le taquina Min.

Alors que Liza les menait à la table près de la fenêtre, Brian apparut, transformé de la tête aux pieds.

— Bonsoir, lança-t-il à l'assemblée. Je suis Brian et c'est moi qui m'occuperai de vous ce soir.

— Brian ?! s'écria Cal.

— Oui, monsieur Morrisey ? répondit le jeune serveur en le foudroyant du regard.

— Ne te laisse pas décourager par les clients, Brian, l'encouragea Liza en posant la main sur son bras. Rappelle-toi : tu vaux bien mieux que ces gens.

— Oui, Liza, fit Brian exhalant son adoration pour Liza à des kilomètres à la ronde.

— Putain…, souffla Cal.

— Tu peux embêter M. Morrisey, je t'en donne la permission, sourit Liza.

— Super !

Armé de la carte des menus, Brian frappa Cal derrière la tête, ce qui fit encore beaucoup rire Diana.

— Mais qu'est-ce que c'est que cet endroit ? lâcha-t-elle gaiement en regardant autour d'elle.

— C'est chez nous, répondit Cal.

En prenant du recul sur sa vie à travers les yeux de sa sœur, Min hocha la tête. Son existence était parfaite, mais elle s'était peu à peu emmêlée avec celle de Cal. *Comment faire lorsqu'il s'en ira ?* Cette pensée la fit frissonner. Elle avait laissé la situation lui échapper et maintenant elle se retrouvait dans de beaux draps. Se sentant soudain faible et en danger, elle garda le silence presque tout le reste du repas, une oreille écoutant Diana papoter avec tout le monde et un œil surveillant Cal. Ce dernier lui souriait sans réserve, la cravate dénouée et les manches retroussées : il était comme chez lui. Contrairement à la minceur branchée de David ou à la sveltesse de gymnaste de Greg, la prestance de Cal en imposait ; il était assis là, sa carrure large et musclée, disponible pour elle, imperturbable et infiniment sexy. *Je pourrais lui dire « oui » avant qu'il disparaisse*, songea-t-elle. Une bouffée de chaleur brouilla ses esprits et elle s'autorisa un fantasme qu'elle savait inconcevable : elle s'imagina sous son corps musclé, sous ses mains brûlantes, passant les bras autour de ses épaules, les yeux mi-clos… Elle se mordit la lèvre à la seule pensée de cette intimité fantasmée. Lorsqu'elle redescendit sur terre, Cal l'observait et ne souriait plus.

— Approche et dis-moi exactement à quoi tu pensais, Minerva, lui ordonna-t-il en se penchant vers elle.

— Même pas en rêve, Calvin, rétorqua-t-elle tandis qu'elle reprenait ses esprits.

— Vous voyez ce que je vois ? lança soudain Tony et toute la tablée suivit son regard. Pourquoi ne pas porter un tee-shirt marqué « On l'a fait », tant qu'ils y sont ?

David et Cynthia venaient d'entrer dans la salle, les joues rosies. Avec la dextérité d'un professionnel, Brian les guida à leur table, Cynthia lui emboîta le pas et David, juste derrière elle, déposa une main au creux de ses reins pour l'accompagner. Visiblement, ce geste ne dérangeait aucunement Cynthia.

— Chut ! lui intima Cal. Ne gâche pas notre moment magique.

Min le dévisagea à la recherche d'une quelconque trace de jalousie.

— Ça ne te fait rien ?

— Non, pourquoi ? Ça devrait ?

— Je ne sais pas, elle…, bafouilla Min sans achever sa phrase.

— … fait partie du passé, termina Cal.

— D'accord.

Elle s'efforça de ne pas se sentir heureuse de l'apprendre.

— Et pour David, qu'est-ce que ça te fait ? lui demanda-t-il.

— Il ne fait même plus partie de mon passé. Ce type m'a offert une boule à neige avec la tour Eiffel, non mais tu t'imagines ?

— On devrait leur faire servir une bonne bouteille de vin, proposa Cal.

— Et pourquoi ça ? interrogea Tony.

— Pour qu'ils s'enivrent et repartent se coucher. Quoi encore ? questionna-t-il Liza qui le regardait d'un mauvais œil.

— Rien, répondit Liza. Je réfléchis.

— Eh bien, réfléchis à quelqu'un d'autre, à Tony par exemple.

— J'ai déjà cerné Tony, alors que toi tu restes un mystère à mes yeux

— Moi aussi, je suis mystérieux, se vexa Tony.

— Et si on faisait l'amour, ce soir ? lui lança Liza.

— D'accord, sourit Tony.

— Aucun mystère, soupira-t-elle puis elle se retourna vers Cal. As-tu un point faible ?

— Oui : Min, répondit Cal en souriant à l'intéressée.

Écœurée, Liza ferma les yeux.

— J'essaie de me rappeler si je t'ai déjà vu pris au dépourvu.

— Il y a eu la fois où Bentley m'a frappé avec la balle, se rappela-t-il.

— Ça y est, je sais ! s'exclama Liza en se redressant derrière la chaise de Cal. Chanter. Tu n'es pas timide et pourtant tu n'aimes pas chanter. Pourquoi ?

— Parce que je chante comme une casserole.

Liza se tourna vers Tony.

— C'est la vérité ?

— Non, totalement faux, répondit celui-ci. Mais fiche-lui un peu la paix.

— Tu prends soin de tes amis et moi, je veille aux miens, se défendit-elle avant de se retourner vers Cal. Alors, pourquoi ne pas chanter ?

— J'ai le trac, avoua-t-il. Le public me fait peur, il me complexe.

— Toi, complexé ? Je ne l'aurais jamais parié, ricana-t-elle en croisant les bras. Qu'est-ce qui peut te faire accepter de pousser la chansonnette ?

— Un flingue pointé sur ma tempe.

— Liza, s'énerva Min lorsqu'elle aperçut dans les yeux de son amie une petite étincelle qui ne présageait rien de bon. Pourquoi est-ce que tu insistes comme ça ?

— Je te propose un marché, souffla Liza dans l'oreille de Cal juste au-dessus de son épaule. Si tu chantes ici et maintenant devant tout le monde…

— Je refuse, l'interrompit Cal.

— … je ne m'interposerai plus jamais entre Min et toi, je vous laisserai tranquilles.

Pendant une longue minute il resta immobile sur sa chaise puis se tourna vers Min.

— Est-ce qu'elle tient ses promesses ? lui demanda-t-il.

— Évidemment, répondit-elle. Mais ce n'est pas une raison pour…

Il leva les yeux vers Liza.

— Quelle chanson tu veux entendre ?

— Pour ça, je te laisse choisir, lança-t-elle en se redressant. Quelle qu'elle soit, ce devrait être intéressant.

— Pourquoi est-ce que tu fais ça ? s'exclama Min, exaspérée.

— Parce que jusqu'à maintenant il ne s'est pas trop mis en danger, expliqua Liza, le regard braqué sur Cal. Je veux voir ce dont il est capable pour toi.

— Jusqu'ici, figure-toi que tout n'était pas si rose pour moi, se justifia Cal.

— Tu n'es pas obligé de faire ça, insista Min. Je t'assure.

— Et pourquoi pas ? Les hommes chantent pour les femmes depuis des siècles et des siècles ; avec les bijoux, ça fait partie de leurs atouts de séduction.

— Alors offre-moi un joli porte-clés à la place.

Il posa une main sur le dossier de la chaise de Min et se pencha vers elle.

— Profite de cet instant, Minnie, parce que ce n'est pas demain la veille que je referai une chose pareille.

— Cal ! supplia-t-elle.

Mais il entonnait déjà les premières notes de *Love me tender* avec un rictus narquois et en prenant une voix grave caricaturale d'Elvis mais qui l'imitait plutôt bien.

— Pitié, pas Elvis ! se lamenta Tony alors que Roger se mettait à rire en levant les yeux au ciel.

Mais s'il y en avait une qui ne riait pas, c'était bien Min. Le souffle court, elle écouta la voix de Cal chanter divinement bien. Il cessa de sourire après le premier couplet pour interpréter la chanson avec son cœur. Autour d'eux, tout disparaissait pour les entourer d'un silence que seule sa voix perçait, il plongeait son regard dans le sien et lui demandait de l'aimer, provoquant une vague de frissons en elle parce qu'elle savait qu'il le pensait sincèrement, quel que soit ce qui se passait entre eux, ce qu'il lui chantait était sincère. Même si ce n'était que pour quelques minutes, *et pour ces quelques minutes seulement*, c'était vrai : il l'aimait. Ce sentiment était plus puissant que tout ce dont elle avait pu rêver, si bien que son cœur en souffrait et se serrait dans sa poitrine parce qu'elle l'aimait aussi, elle l'aimait si fort que c'en était insupportable. *Ne me fais pas ça, je t'en prie,* supplia-t-elle alors qu'il continuait de chanter, *ne me brise pas le cœur, je ne le mérite pas, je t'en prie !* Finalement, il murmura les derniers mots avec une justesse étourdissante : *« I love you, and I always will »*, et l'atmosphère retomba dans un silence assourdissant. *Et merde*, songea Min. Le regard plongé dans celui de Cal, elle y décela la même surprise mêlée de regret et de confusion qu'elle-même ressentait à cet instant. *Ce n'était pas lui, c'était cette chose qui nous hante, il ne pensait pas ce qu'il chantait.*

— Waouh ! s'exclama Diana.

— D'accord, tu as gagné, je suis impressionnée, admit Liza.

Min s'empara de son sac à main et sortit du restaurant en courant.

Chapitre 12

La porte du restaurant claqua derrière Min. La scène qu'elle venait de vivre suggérait un danger oppressant qu'elle voulait fuir à tout prix. Perdue dans ses pensées, elle traversa le trottoir et posa le pied sur la chaussée. Un vacarme de Klaxon retentit et quelqu'un la tira de justesse hors de la route, elle se retourna et se heurta à Cal.

— Je suis désolé, souffla-t-il en la prenant par les épaules. Quoi que j'aie pu te faire…

— Tu vas me briser le cœur, lâcha-t-elle, à bout de souffle.

Le visage de Cal se décomposa.

— Quoi ?! Non ! Je ne pourrais jamais…

— Si, tu vas me briser le cœur, répéta-t-elle. (Puis elle marqua une pause pour reprendre sa respiration.) Je vais tomber amoureuse de toi, et toi tu t'en iras comme d'habitude, parce que tu es comme ça. Mais moi je ne m'en remettrai pas, si je m'autorise à t'aimer ce sera pour toujours tant cet amour sera fort, il me fait déjà souffrir alors que je l'ai à peine laissé s'exprim…

— Min, je ne te ferai *jamais* de mal.

— Volontairement, peut-être pas. Mais tu as le droit de tourner les talons, tu ne m'as jamais promis de rester à mes côtés. C'est comme ça, je le sais. Tu es parfait, tu nous connais et nous tombons toutes amoureuses de toi, puis c'est là que tu t'en vas. Je n'y arriverai pas, Cal. Après ma dernière rupture, je pouvais me rassurer en me disant que David était un idiot qui ne savait rien de moi, mais toi c'est différent : tu me connais.

— Attends, Min.

Il essaya de la prendre dans ses bras.

— Non ! refusa-t-elle en esquivant son étreinte. Personne ne m'a jamais comprise comme toi. Personne ne m'a jamais fait me sentir aussi bien que toi. Tu me connais, tu sais tout de moi, et le jour où tu m'abandonneras, ce sera la vraie « moi » que tu laisseras, celle que personne n'avait jamais remarquée. C'est elle que tu repousseras.

— Qu'est-ce qui te fait croire que je t'abandonnerai ? dit Cal sèchement.

— C'est ce que tu fais chaque fois, tu t'en vas. Est-ce que tu penses vraiment pouvoir me promettre de ne jamais partir ?

— Je ne te connais que depuis trois semaines, ce serait un peu précipité, tu ne crois pas ?

— C'est vrai ! Dans ce cas pourquoi tout ce petit jeu de séduction ? Pourquoi ces pantoufles parfaites et cette chanson parfaite et… (Elle secoua la tête avec frénésie.) Je t'avais prévenu qu'on devait d'abord rester amis, je te l'avais dit !

— Amis, ça ne suffit pas. Tu veux plus et tu le sais très bien, objecta-t-il froidement. C'est d'ailleurs la phrase bateau la plus stupide que tu m'aies jamais dite !

— Écoute, je ne suis pas prête pour toi, supplia Min. Je ne suis pas préparée. Je n'ai aucune défense contre toi lorsque tu t'approches de moi. Il y a tous ces plans que je m'organise et j'y crois vraiment, mais ensuite je t'embrasse parce que je craque, ce qui ne serait pas un tort si je ne tombais pas amoureuse de toi, mais voilà, c'est le cas, je suis au pied du mur et tu le sais, tu sais que tu as déjà gagné mon cœur.

Soudain consciente qu'elle passait presque pour une folle, elle s'interrompit.

— Très bien, souffla Cal, la mâchoire serrée. On pourrait…

— Je veux rentrer chez moi.

— D'accord. Je peux…

— Non. Diana ne devrait pas tarder à sortir pour venir me voir, elle me raccompagnera. On rentrera toutes les deux.

— Min, insista Cal.

— Cette chanson m'a prise au dépourvu, c'est tout. Surtout ta manière de la chanter. Je ne m'y attendais pas.

— Moi non plus, avoua-t-il d'un ton grave.

— Je sais, je l'ai vu dans tes yeux. Tu ne pensais pas ce que tu chantais.

— Bien sûr que si, je le pensais ! s'écria Cal d'une voix brisée alors que Diana sortait du restaurant. Je le pensais, mais je ne m'en suis rendu compte qu'au moment de la chanter. Tout ça c'est la faute d'Elvis et de ses chansons d'amour à la con !

— C'est Elvis, il est comme ça, lança Min en perdant son sang-froid. Tu peux te moquer de ses sandwichs à la banane et de ses combinaisons pailletées, mais tu ne pourras jamais le taxer de menteur ! Lorsqu'il chantait, c'était avec ses tripes, il était sincère ! Avec lui, jamais de ces foutus secrets…

— Mais quels secrets ? s'indigna-t-il.

— … ou de ces foutus mensonges. Alors la prochaine fois que tu veux enfumer quelqu'un, épargne ce pauvre Elvis !

Ses derniers mots encore dans l'air, elle se retourna et s'engagea dans la rue, les talons claquant le sol comme le son d'un métronome.

— Tu sais, moi tout ce que je voulais, c'était qu'on me *foute la paix* ! cria Cal derrière elle. Mais non, il a fallu que je tombe sur *toi* !

Diana se précipita derrière sa sœur pour la rattraper.

— Qu'est-ce qui t'a mise dans un état pareil ? lui demanda-t-elle lorsqu'elle arriva à sa hauteur. (Elle jeta un œil vers Cal par-dessus l'épaule.) C'est la chose la plus romantique que j'aie jamais entendue.

— Je sais, marmonna Min sèchement en accélérant le pas.

— Alors où est le problème ?

Min s'arrêta net.

— Je te le dis si tu me dis quel est le problème entre Greg et toi.

Diana se mordit la lèvre.

— Toi d'abord.

— Tu te rappelles le premier soir où Cal m'a draguée ? (Sa sœur hocha la tête.) S'il est venu me parler c'est parce que David a parié 10 dollars avec lui qu'il serait incapable de coucher avec moi en moins d'un mois.

— Non, c'est impossible, refusa Diana. Il ne ferait jamais ça.

— Je l'ai entendu, Di. Il a relevé le défi. Je sais qu'il y a quelque chose entre nous, maintenant. Mais je ne le connais que depuis trois semaines et je perds déjà mes moyens dès qu'il est près de moi, l'enjeu est beaucoup trop grand. Il… il passe son temps à rompre avec des femmes. Greg avait raison. Je ne veux pas me retrouver avec des envies de suicide s'il me quitte, parce que je sais très bien qu'il finira par me laisser tomber. Mais voilà qu'il se met à chanter comme ça et je… Il est trop…

Les larmes lui montèrent aux yeux, elle essaya de les refouler en clignant des paupières.

— Dangereux, conclut Diana. C'est pour ça que j'ai choisi Greg. Je savais qu'il ne me ferait jamais aucun mal.

— Et qu'est-ce qui s'est passé ?

— Je le soupçonne de ne plus vouloir se marier, avoua-t-elle d'une voix tremblotante. Je lui ai posé la question, je lui ai dit qu'on pouvait repousser la date si besoin, et il ne fait que répéter qu'il est prêt, qu'il veut m'épouser, mais moi je crois qu'il a tout simplement peur de décevoir tout le monde, pourtant il…

— Qu'est-ce que vous faites ? lança Tony en apparaissant de nulle part et elles s'exclamèrent de surprise. Vous restez là, toutes seules dans le noir, à attendre les agresseurs ?

— Est-ce que tu vas récompenser notre patience ? le taquina Min en s'efforçant de reprendre une respiration normale.

— C'est Cal qui m'envoie, expliqua-t-il. Il n'aime pas vous savoir toutes seules dans la rue. Vous avez gagné ma protection.

— Tu n'es pas obligé.

— Tu plaisantes ? Je me retrouve seul, en pleine nuit, avec deux charmantes demoiselles. Lorsque j'aurai tout bien imaginé dans ma tête, le fantasme sera extraordinaire.

— Est-ce qu'il plaisante ? interrogea Diana.

— Non, je ne crois pas, répondit sa sœur. Est-ce que tu pourrais m'imaginer avec quelques kilos en moins, dans ton fantasme ?

— Ah, non ! Tu restes exactement comme tu es, poupée. En revanche, ne répète pas ça à Cal, sinon il va me casser la figure.

— Ta figure ne risque rien, le rassura Min et elle se remit en route.

— Alors, qu'est-ce qu'on fait de beau dans ton fantasme ? demanda Diana à Tony alors qu'ils emboîtaient le pas à Min.

— On commencerait par lire un bon bouquin, parce que les femmes chic dans ton genre aiment les hommes érudits.

Min le prit par le bras.

— C'est gentil de nous raccompagner.

— Je fais ça pour toi, poupée, répondit-il en lui tapotant la main.

Puis il se remit à parler de son fantasme, et Min porta toute son attention sur lui pour ne pas avoir à penser à ce qu'elle laissait derrière elle.

Pendant ce temps-là dans le restaurant, David lança un regard triomphant à Cynthia.

— On leur a fait de l'effet, se vanta-t-il.

— Non, se lamenta Cynthia, le visage soudain pâle. Ce n'était pas nous.

— Min était folle de jalousie, insista David, le cœur léger pour la première fois depuis des semaines. Et Cal s'est ridiculisé avec cette chanson stupide, elle s'est sentie embarrassée. Tu avais raison à propos de nous…

Tu avais raison en proposant la meilleure partie de jambes en l'air de toute l'histoire de l'humanité. Bon sang, je suis très fort, songea-t-il.

— J'aimerais que tu sois dans le vrai, soupira-t-elle, les yeux toujours rivés sur la porte d'entrée.

— Tu sais qu'ils sont dehors en train de se disputer. Pourquoi tu ne te réjouis pas ?

— Il y a certaines disputes qui sont de simples… améliorations à la relation, expliqua-t-elle d'une voix morose. On se querelle, ensuite on se réconcilie et finalement on se retrouve encore plus proches qu'avant. Puis on se querelle de nouveau, et on se réconcilie. Chaque nouvelle dispute apporte un compromis, et à chaque compromis la relation évolue et s'approfondit.

— C'est donc une bonne chose de se chamailler ? résuma David. C'est complètement stupide.

— Quel est le meilleur moment pour faire l'amour, d'après toi ? Celui qui suit la réconciliation. C'est grâce à ce rapprochement, si la dispute s'est révélée constructive. Si elle lui en veut vraiment, tu vas devoir te dépêcher d'agir.

— Je l'appellerai demain, lui promit David. Pour le moment, elle est encore sous le choc de leur dispute. Il vaut mieux attendre qu'elle se calme.

Cynthia regarda de nouveau la porte close.

— Tu as raison, mais fais attention.

— Allez, arrête, murmura-t-il en prenant ses mains dans les siennes. On a gagné.

Elle secoua la tête.

— Personne n'a gagné, ce soir.

Plus tard dans la soirée, après le pliage de deux cents boîtes à gâteau et des heures de bavardage évitant soigneusement le sujet de Cal ou de Greg, Diana partit finalement se coucher, laissant Min seule sur le canapé avec Elvis sur les genoux, à se repasser mentalement ces derniers jours pour dénicher la faille qui avait tout fait basculer. Et si elle n'avait pas accepté ce pique-nique dans le parc ? Et si elle ne lui avait pas rendu son baiser, ou s'il ne l'avait jamais embrassée ? Et si elle n'avait pas rencontré Harry ? Une chose était sûre : avant sa rencontre avec Harry le mal était déjà fait. Peut-être aurait-il mieux valu qu'elle ne joue pas avec David et Cal, et ce dès le premier soir. Elle s'était crue trop maligne. Ce soir-là, avec un peu plus de jugeote elle n'aurait jamais traversé ce bar, elle aurait tout de suite vu dans les yeux de Cal qu'il n'y avait rien de bon à en tirer. Vouloir laisser traîner une oreille et entendre ce pari stupide, voilà la pire des idées. À un moment donné, elle était passée d'imprudente à complètement folle, mais cet instant-là n'était pas évident à déterminer avec précision. Pourtant, elle ne pouvait s'empêcher de croire que lorsqu'elle parviendrait à comprendre quand les événements avaient mal tourné elle pourrait accepter la situation et serait enfin capable de passer à autre chose…

Quelqu'un toqua à la porte, Min se précipita pour aller ouvrir et se trouva nez à nez avec Bonnie : en peignoir de bain, elle tenait un récipient dans ses mains.

— J'ai fait du chocolat chaud, annonça-t-elle et Min sentit les larmes monter. Oh, ma chérie ! s'attendrit Bonnie en entrant dans le salon pour passer un bras autour des épaules de son amie, faisant adroitement passer la chocolatière dans l'autre main. Va t'asseoir, on va discuter un peu, toutes les deux.

— Je me croyais tellement intelligente, sanglota Min en essayant de garder une voix stable mais sa respiration était saccadée. Je croyais rester maîtresse de la situation.

— Si tu veux mon avis, tu t'es plutôt bien débrouillée.

Toujours debout, elle posa la chocolatière sur le guéridon de machine à coudre et sortit une tasse de chacune de ses deux poches, Min éclata de rire entre deux sanglots.

— Où est Roger ? Je ne…

— Il dort en bas, répondit Bonnie en reprenant le récipient. Il s'inquiète beaucoup pour toi mais minuit approche et il est parti pour ses huit bonnes heures de ronflements.

Min se remit à rire puis renifla.

— Si j'avais été un peu moins bête, je me serais emparée de Roger dès le premier soir.

— Tu t'ennuierais à mourir avec lui, la rassura Bonnie en lui tendant une tasse de chocolat chaud. Et moi si j'avais choisi Cal, à l'heure qu'il est, je l'aurais déjà poussé sous un bus lancé à pleine vitesse.

— C'est vrai, tu aurais fait ça ?

— Je t'en prie, M. le Maître du drame universel ? C'est un homme bien angoissé que tu as là, moi je n'ai pas le temps pour ce genre de choses. Je ne veux pas me marier avec un enfant, je veux *faire* des enfants.

— C'est quelqu'un de bien, affirma Min.

Avec la tasse de chocolat chaud dans la paume de ses mains, elle se sentait déjà mieux.

— Je veux bien te croire, un jour il grandira et deviendra un homme honnête et droit. Mais avant ça, il t'a brisé le cœur, je suis donc furieuse contre lui.

— Non, il ne m'a pas brisé le cœur, il a tout fait pour qu'on ne finisse pas ensemble.

— Tout faux, rétorqua Bonnie en s'asseyant à côté de Min sur le canapé, sa tasse à la main. Toutes les occasions du monde de s'éloigner de toi se sont présentées à lui, mais il n'en a saisi aucune pour rester à tes côtés.

— Seulement parce qu'il n'arrivait pas à me faire du charme. Ce n'était pas…

— Arrête de te comporter comme un bébé ! gronda-t-elle. (Min redressa brusquement la tête, ce qui fit peur à Elvis, mais son regard noir ne découragea pas Bonnie.) Écoute-toi, un peu. Tu es dans un état pitoyable, mais ce n'est ni sa faute ni la tienne. Et merde, j'en ai marre.

— Bonnie ! s'exclama Min, choquée.

— Qu'est-ce que tu souhaites, exactement ? Si la vie était un conte de fées, avec une véritable fin heureuse, qu'est-ce que tu voudrais ?

— Je voudrais Cal, répondit Min honteuse de ses propres paroles. Je sais que c'est…

Bonnie leva la main.

— Stop ! Continue, pourquoi voudrais-tu Cal ?

— Parce qu'il me faisait rire, sourit Min en clignant des yeux pour chasser ses larmes superficielles. Il me faisait tellement rire, Bonnie. Avec lui, je me sentais bien, je n'étais jamais grosse.

— Avec Liza et moi, tu n'es jamais grosse non plus.

— Je sais. Il était presque comme vous, à deux détails près : je ne pouvais pas lui faire confiance et il savait éveiller tous mes sens.

— C'est peut-être justement ça qui éveillait tes sens : un homme incontrôlable.

Min se laissa tomber contre le dossier de son canapé.

— Ouais. C'était excitant d'être avec lui, je ne savais jamais ce que nous réservait la suite, et lui non plus d'ailleurs. On se nourrissait l'un de l'autre… quels idiots.

— À ta place, je réfléchirais avant de parler au passé. Revenons-en à notre conte de fées. Raconte-moi ta fin heureuse.

— Je n'en ai pas. Ce qui explique pourquoi je n'en connaîtrai jamais.

— La mienne, c'est mon mariage avec Roger et nos quatre enfants. On vit dans une jolie demeure des beaux quartiers, près d'écoles renommées mais sans les petits uniformes à carreaux.

— Jusque-là, ce n'est pas mal, murmura Min en sirotant son chocolat chaud.

— Je suis mère au foyer, mais je garde mes meilleurs clients et je continue de surveiller leur portefeuille avec mon œil de faucon pour ne pas perdre la main. Le bouche à oreille fait effet, les enfants grandissent et ma liste de clients augmente parce qu'ils sont nombreux à sonner à la porte.

— Ce n'est pas un conte de fées, protesta Min en reposant sa tasse. Tout ça peut arriver.

— Et notre maison, poursuivit Bonnie comme si de rien n'était, devient le point de ralliement de tout le monde, là où on revient pour les vacances et pour les anniversaires. On organise ces grands repas où chacun a sa place autour de la table parce qu'on est une grande famille et qu'on a choisi d'en faire partie. Toi, Liza, Cal et Tony êtes tous parrains de nos enfants, et à chaque spectacle de l'école vous êtes là pour les encourager…

— Tu peux compter sur moi, murmura Min les larmes aux yeux.

— … et personne ne se sent seul parce qu'on est toujours là pour se soutenir les uns les autres, continuait Bonnie. Tu adoreras mes enfants, Min. On les emmènera faire du shopping pour acheter des chaussures.

— Oh, *Bonnie*! sanglota Min et elle plongea la tête dans un coussin pour le tremper de larmes pendant que Bonnie lui caressait les cheveux d'une main et buvait son chocolat de l'autre.

Lorsque les pleurs s'apaisèrent un peu et qu'elle respira en haletant, Bonnie lui dit d'une voix très calme :

— À ton tour.

— Je ne peux pas.

— Il va pourtant bien falloir. On commence avec Cal, pas vrai ?

— Pourquoi ? s'indigna Min en se redressant pour s'essuyer le visage avec sa manche. Pourquoi est-ce que ça doit toujours commencer avec un homme ?

— Parce que c'est un conte de fées, ça commence toujours avec le prince. Ou, dans le cas de Shanna, avec la princesse, enfin bref, tout commence par une énorme prise de risques. Alors que tu es là, tranquillement installée dans ton pouf – ou pour toi ton fauteuil de bureau – voilà qu'un homme débarque dans ta vie et *bam !* Devant toi et en la personne de cet inconnu se tient ton avenir tout entier…

— Et si ce n'était pas lui, le bon ? En admettant que toute ton histoire tienne debout – ce dont je doute fortement – et que toute l'aventure commence par un prince Charmant, comment être sûre qu'il s'agit bien du prince et pas d'une espèce de…

— Brute ? la coupa Bonnie. Ma chérie, tous les hommes sont des brutes.

— Non, pas Roger.

— Tu plaisantes ? À cet instant même, il ronfle comme un ours, sourit Bonnie et, entre deux sanglots, Min laissa échapper un petit rire. Est-ce que tu penses réellement que rencontrer Cal était une erreur ?

Min déglutit.

—Eh bien, la logique voudrait…

—Ne me pousse pas à te renverser mon chocolat sur les genoux ! s'énerva Bonnie.

—Mais je n'ai pas d'autre choix que la logique. Comment pourrais-je savoir si c'était une erreur ?

—Raconte-moi ton conte de fées. Promis, ça restera entre toi et moi, je n'en parlerai à personne. Si tu pouvais avoir tout ce que tu veux, sans aucune justification ni aucune logique, ce que tu veux…

—Cal. Je sais que ça paraît stup…

—Stop ! Bon sang, tu m'impressionnes ! Tu n'arrives même pas à rêver sans te justifier. Raconte-moi ton histoire et puis c'est tout.

Les larmes piquèrent de nouveau les yeux de Min, alors elle prit Elvis dans ses bras et le caressa frénétiquement pour penser à autre chose.

—Mon conte, c'est Cal, reprit-elle finalement. Il m'aime si fort qu'il en souffre presque, tout comme moi je l'aime. Et euh… (Elle ravala ses larmes.) … on… on trouve cette superbe demeure, ici au centre-ville, peut-être même dans cette rue. Une de ces petites maisons typiques de banlieue comme celle où vivait ma grand-mère. Ça me plairait beaucoup. Il y a un petit coin de jardin pour qu'Elvis puisse courser d'autres bêtes. Et peut-être un chien, parce que j'aime les chiens.

Bonnie hocha la tête et Min poursuivit en reniflant :

—Je travaille encore, parce que mon métier est important pour moi, même chose pour Cal, ce qu'il fait lui plaît vraiment. (Elle soupira.) Parfois, il m'appelle pour me dire : « Minnie, je pense fort à toi, retrouve-moi à la maison dans vingt minutes. » Je le rejoins et on fait l'amour comme des fous, comme ça en plein jour…

Après une courte pause, elle renifla encore et Bonnie continua de hocher la tête.

— De temps en temps, reprit Min, on va manger à *La table d'Emilio*. On se retrouve tous là-bas, tous les mercredis par exemple. On rit, on prend des nouvelles des uns et des autres, et lorsque Roger et toi amenez vos enfants, Emilio doit ajouter des tables, et puis il se joint à nous avec sa petite famille, et Brian nous sert. Parfois, on vient tous manger chez toi… (Bonnie sourit et opina du chef.) Les hommes regardent un match en hurlant et en se disputant pendant que Liza, toi, moi et la femme d'Emilio nous asseyons dans la cuisine pour papoter autour d'une bonne tablette de chocolat de ce qu'on a fait, de ce qu'ils ont fait, et on rit…

Alors qu'elle reprenait une profonde inspiration, Min se rendit compte qu'elle pleurait encore.

— Ensuite, Cal et moi rentrons à la maison. (Sa voix se brisa en sanglots.) Il n'y a que nous deux au monde, et on se remet à rire ensemble, on se prend dans les bras, on mange, on refait l'amour et on regarde des films stupides juste pour… pour être ensemble. On se sent bien, juste parce qu'on est ensemble.

Min se frotta les yeux avant de poursuivre :

— C'est tout ce dont j'ai besoin. Nous deux en train de papoter, de cuisiner et de rire. C'est tellement simple. (Après une nouvelle inspiration haletante, elle croisa le regard de Bonnie.) Je peux avoir tout ça, non ?

— Oui, répondit finalement Bonnie.

— Mais seulement si Cal est celui que j'aimerais qu'il soit, supposa Min et son amie acquiesça. Dans ce cas, je dois croire qu'il est celui que *je* crois, et non celui que *lui* croit être.

— Le risque est grand, l'avertit Bonnie.

— Tu t'es déjà posé la question de savoir ce qui se passe après la fin heureuse ? Après que le mariage a été célébré, quand tous les villageois sont rentrés chez eux et que les jeunes mariés ont achevé d'ouvrir tous les cadeaux emballés dans du papier décoré de couronnes dorées, qu'est-ce qui se passe ? L'histoire se termine juste à ce moment-là. Finis la grande quête, la séduction et le traumatisme de l'action. À partir de là, on s'assoit dans un château et on lustre tous les grille-pain reçus en cadeaux de mariage.

— Pour ça, tout dépend du prince, médita Bonnie. Par exemple, je vois bien David lustrer des centaines de grille-pain. (Min éclata de rire.) Alors que Tony les brancherait tous les uns aux autres et calibrerait chacun d'entre eux pour qu'ils sautent à intervalles réguliers.

Min rit de plus belle.

— Et Cal lancerait les paris, enchérit-elle entre le rire et les larmes. Mais seulement après avoir observé Tony faisant sauter ses grille-pain un millier de fois pour calculer les probabilités.

— Quant à Roger, il poserait des scellés de zone de sécurité tout autour de la pièce pour que personne ne reçoive de projectiles de tartine, ajouta Bonnie affectueusement.

— Liza réfléchirait au meilleur moyen de se faire de l'argent avec cette expérience, pendant que Tony achèterait le pain au juste prix pour réinvestir les bénéfices le plus sagement possible.

— Toi, tu assisterais à la scène, calculerais les risques et nous ferais part de ce qu'on aurait manqué.

— Cette idée de concours de grille-pain mérite d'être creusée, sourit Min. Tony est complètement fou, mais il a toujours de bonnes idées.

Bonnie acquiesça de la tête.

Après quelques sanglots refoulés, Min se mordit la lèvre en avouant :

— Je veux vivre mon conte de fées.

— D'accord, tout ce qu'il te reste à faire, c'est prendre une décision.

— Ouais, je peux le faire. Il suffit de peser le pour et le contre, conclut-elle en levant les yeux vers Bonnie. Est-ce que tu vas me verser du chocolat dessus ?

— Non. Tu n'as qu'une chose illogique à faire : y croire. Une fois cette étape passée, tu as de nouveau besoin de tes neurones.

— Tant mieux. Les neurones, j'en ai en stock. Faire acte de foi, c'est possible. Quant au plan, je dois encore le mettre en chantier.

Bonnie hocha encore la tête.

— Tu penses pouvoir dormir, maintenant ?

— Je crois…, murmura Min mais les larmes se remirent à couler. Pourquoi est-ce que je ne cesse pas de pleurer ?

— Quand as-tu pleuré pour la dernière fois ?

— Je ne m'en souviens pas.

— Quand t'es-tu sentie assez touchée pour avoir envie de pleurer ?

— Je ne m'en souviens pas non plus, répondit Min, affolée.

— Dans ce cas, tu as une sacrée séance de rattrapage qui t'attend, annonça Bonnie en se levant. Quant à moi, je dois retourner dormir avec mon ours.

Min lui adressa un sourire humide.

— N'espère pas que je te plaigne parce que tu as Roger.

— Mais je ne veux pas que tu me plaignes, rétorqua Bonnie, joyeusement. Je veux que tu meures de jalousie.

— Pour ça, tu as gagné, admit-elle en repensant à l'homme qu'elle avait laissé furieux de colère sous le clair de lune. Mais c'est Cal que je veux.

Aucun appel de Cal et c'était très bien comme ça, songea Min. Puisqu'il n'appelait pas pour annuler, ça devait signifier dire qu'il comptait toujours venir au dîner de répétition. En plus, le mariage approchait et elle n'avait plus le temps de penser à lui ; à seulement quatre jours de la cérémonie, les coups de fil incessants d'une sœur future mariée en panique faisait chauffer son téléphone, ce n'était donc pas le moment de la distraire.

Mais il lui manquait.

Dimanche, se répétait-elle inlassablement. *Dimanche, Diana sera mariée et je pourrai enfin remettre ma vie en ordre.* La seule chose dont elle n'était pas sûre, c'était la partie « Diana sera mariée », mais puisque sa sœur insistait sur le fait que sa romance était un véritable conte de fées, elle ne pouvait pas grand-chose pour elle mis à part lui tenir la main, lui faire comprendre qu'elle la soutenait et lui montrer qu'elle était là pour l'écouter. Min avait tout prévu : elle réconforta Diana, se rendit au *Dîner des Si* le jeudi soir avec sous le bras le reste de glace soigneusement emballée que lui avait offerte Cal, rassura Liza en lui disant qu'elle n'avait aucune raison de s'en vouloir pour avoir fait chanter Cal puisque leur dispute était inévitable, puis elle réfléchit au meilleur moyen de rectifier le tir sans avoir à le voir ni à lui parler.

Mais lorsque le samedi matin arriva, elle dut se rendre au match de base-ball pour faire plaisir à Harry ; elle enfila ses sandales fraîchement acquises – des mules en plastique clair à talons bobines avec de petites cerises sur les orteils – et se présenta au parc quelques minutes après le début du match. Un siège était libre au bord des gradins, elle prit place aussi discrètement que possible tout en saluant Harry de loin, mais Bink l'aperçut et lui fit signe de venir. Min lui sourit et reconnut l'homme assis près d'elle ; ce n'était pas n'importe quel papa, c'était Reynolds. Cynthia était installée de l'autre côté de Bink près d'un autre parent, ce qui voulait dire que si Min les rejoignait elle se retrouverait assise à côté de Reynolds. *Les dieux s'acharnent sur moi, j'ai dû les décevoir*, se lamenta-t-elle. Malgré tout, elle grimpa en haut des gradins et s'assit.

— Alors, comment ça se passe ? lui demanda-t-elle.

— Ces gosses ne savent pas jouer, répondit Reynolds en secouant la tête. Ils n'ont aucune discipline.

— En même temps, tu sais, ils ont huit ans.

— Pour la discipline il faut s'y prendre tôt, déclara-t-il en levant les yeux vers elle.

On ne risque pas d'être copains, tous les deux, songea Min.

Une balle échappa à Bentley puis roula jusqu'aux pieds de Harry qui la ramassa pour la lancer dans la vague direction d'une base qu'il estimait appropriée.

— Bon sang, *Harry* ! cria Reynolds.

Min aperçut Cal partir sur le bord du terrain et sentit son estomac se nouer. *Je suis ridicule*, pensa-t-elle et elle déglutit difficilement. À côté, Reynolds tendait les bras vers Harry comme pour lui dire : « Qu'est-ce que tu fabriques ? » Son fils haussa les épaules et s'accroupit une nouvelle fois. Cal secoua la tête mais Min voyait dans sa manière de se tenir qu'il n'en voulait pas au garçon. Lorsqu'il tourna la tête, il souriait ; puis il aperçut Min et son sourire disparut instantanément. Ce rejet s'enfonça comme un pieu dans le cœur de la jeune femme.

Aïe ! songea-t-elle. Puis elle reporta son attention vers l'abri de touche où Tony engloutissait un hot dog en hochant la tête, Liza était assise à côté de lui les coudes sur les genoux et les joues posées sur ses poings fermés. Tout en bas des gradins, Bonnie tenait une sorte de compte des scores que Roger utiliserait plus tard pour expliquer aux enfants comment s'améliorer. *Ces petits sont sacrément veinards*, pensa-t-elle. À cet instant, elle aurait donné n'importe quoi pour être en bas avec Bonnie, ou avec Liza, ou encore à faire du shopping pour se trouver de nouvelles chaussures, n'importe où mais pas là, à contempler celui qu'elle n'obtiendrait jamais. Ou plutôt celui qu'elle n'avait pas le courage d'aller chercher. En fait, ça revenait au même.

Pendant tout le reste du match, Reynolds ne cessa d'exprimer son dégoût face à ce qu'il estimait n'être qu'une bande d'incapables. Autour de lui, les autres parents le regardaient d'un mauvais œil, pendant que Min – déjà assez tendue comme ça – refoulait son envie folle de le frapper. Plus les minutes passaient et plus Bink reprenait son expression de chouette pétrifiée, c'était à se demander comment elle arrivait à le supporter. *Moi, ça fait bien longtemps que je l'aurais laissé tomber*, se dit Min.

Sur le terrain, Harry s'empara de la batte. Il leva le regard vers les gradins et elle lui fit signe en souriant. Après deux ou trois petits coups sur le sol, il posa la batte sur son épaule, plus concentré que jamais. Lorsque la balle fusa, il la manqua largement.

— C'est pas vrai, Harry ! hurla son père. Tu peux faire mieux que ça, tu dors ou quoi ?

Ferme-la, Reynolds, songea Min.

Sur le terrain, les épaules de Harry tombaient, tandis que dans les gradins, Bink se figeait de plus belle.

Le garçon rata la balle suivante et Reynolds se remit à hurler.

— Concentre-toi, Harrison ! Tu ne peux pas balancer ta batte comme un crétin, fais marcher ton cerveau !

Min aperçut Cal qui levait les yeux vers son frère l'air déterminé.

Si j'étais toi, je me calmerais très vite, Reynolds, pensa Min. Puis Harry se raidit et fit un lancer si mauvais que la balle ne dépassa même pas le marbre. Reynolds se redressa et cria :

— Harry, c'était ridicule ! Putain, tu ne sais donc rien faire de tes dix doigts ?

Son fils se figea, ses petites épaules pétrifiées de peur, et Cal traversa le terrain à grands pas, tout droit vers son frère, le regard meurtrier.

— Non… non, paniqua Min alors que Cal arrivait au niveau des gradins.

Elle se leva, se posta en face de Reynolds et le frappa d'un grand coup de poing sur le bras.

— Eh ! s'exclama-t-il en protégeant son bras endolori.

— Tu es un père minable ! s'écria-t-elle haletante. On n'humilie pas son fils comme ça, devant tout le monde !

hurla-t-elle de plus en plus fort. Harry est un garçon très intelligent ! Il l'a toujours été ! protesta-t-elle.

Puis elle poursuivit en chuchotant :

— Alors que toi, tu es le salaud le plus stupide que j'aie jamais rencontré.

— Je te demande pardon ? se révolta Reynolds.

— Ce n'est pas de mon pardon que tu as besoin, espèce de minable, murmura-t-elle en s'approchant de lui. C'est de celui de ton fils, celui que tu viens d'humilier devant tous ses amis, et si tu penses vraiment avoir gagné du respect parmi les gens présents ici, c'est que tu as de la merde dans les yeux !

— Tu dépasses les bornes ! s'exclama-t-il.

Mais le doute se lisait sur son visage et lorsqu'il jeta un regard aux autres parents il s'aperçut qu'ils ne s'amusaient pas du tout et il décida de troquer la colère contre la vantardise :

— Pour qui tu te prends, à me parler comme ça ?

— Tout d'abord, elle se prend pour celle qui vient de te sauver la vie, répondit Cal derrière elle. Parce que je t'aurais bazardé par-dessus les gradins si elle ne s'était pas mise en travers de mon chemin.

— Toi, souffla-t-il à Cal alors que Min se tenait encore entre les deux hommes. Qu'est-ce que tu comptes faire ? Tu ne sais même pas entraîner correctement ces gosses…

— Tais-toi un peu, lança Min. Tu sais que tu as fait une erreur et tout ce que tu trouves à faire c'est rejeter la faute sur ton frère ?

— Écoute-moi bien, la menaça Reynolds en pointant son doigt vers elle. Tu n'es pas…

— Tu sais quoi, frangin ? l'interrompit Cal. Dès que tu seras rentré chez toi, tu te rendras compte que tu viens d'offrir à ton fils la même scène humiliante que celles qu'on a vécues étant mômes. Tu es peut-être con mais tu n'es pas méchant, alors tu y gagneras sûrement des cauchemars sur ton inaptitude en tant que père. Mais là, tu cherches la bagarre avec quelqu'un qui ne fait pas de cadeaux, alors si j'étais toi je ferais profil bas.

— On s'en va, dit Bink.

— Je ne vois pas pourquoi…, commença Reynolds mais sa femme le fusilla de son regard gris et glacial.

— Nous partons, insista-t-elle, et nous aurons une petite conversation sur ce qui vient de se passer. Min, Cal, pouvez-vous faire en sorte que Harry rentre bien à la maison ?

— Pas de problème, répondit Cal derrière elle.

Min hocha la tête, soudain prise de tremblements maintenant que l'orage d'adrénaline était passé. Elle fit un pas de côté vers son siège, rongée par la honte et le regret, et lorsqu'elle se retourna pour s'asseoir, Cal descendait déjà les gradins suivi de près par Bink et Reynolds.

Sur le terrain, Harry leur tournait le dos mais Tony s'était agenouillé devant lui pour lui parler, tout allait bien. Évidemment, Tony lui racontait sans doute à quel point son père était un crétin, mais d'après Min, ce n'était pas si mal.

Elle jeta un regard vers Cynthia qui semblait plongée dans ses pensées.

— Salut, lui lança Min après avoir pris une profonde inspiration. Le spectacle t'a plu ?

— Je n'aurais jamais fait une chose pareille, répondit Cynthia, mais je suppose que tu as bien fait. Tu as plus de courage que moi.

— Ce n'était pas du courage, rectifia Min. J'ai un peu dramatisé.

— Je ne suis pas d'accord. Cal dramatisait, mais il ne pouvait pas s'en empêcher. Reynolds a touché une corde familiale sensible et Cal ne l'a pas supporté. Dès qu'on le traite d'idiot, ça le rend fou.

— On les traitait souvent d'idiots quand ils étaient petits ?

— Ce que je sais, c'est qu'ils ont eu une enfance bien pire que ce que l'on pourrait penser. Mais ce n'est pas une raison pour frapper son frère sous les yeux de son neveu.

— Il ne l'aurait jamais fait.

— Qui sait, murmura Cynthia. En tout cas, maintenant ce n'est plus lui mais toi le mouton noir de la famille, tu lui as fait une faveur.

— Avant ça, j'étais déjà le mouton noir, ses parents me détestent.

— Ils n'apprécient pas grand monde, si ça peut te rassurer. Ce n'est pas de la cruauté de leur part, mais ils se regardent tellement le nombril qu'ils ne s'intéressent pas au reste du monde.

— À part ça, puisque tu es psychologue tu vas pouvoir me dire ce qu'on doit faire pour Harry.

— Cal saura gérer la situation, répondit Cynthia avec un mouvement de tête en direction du terrain, où Harry et Cal discutaient assis sur le banc de touche, puis elle pencha la tête vers Min. Ta présence n'a pas arrangé les choses, tu sais ? Harry t'adore tellement que de se faire humilier comme ça devant toi…, soupira-t-elle en hochant la tête. En tout cas, tu as raison, Reynolds n'est qu'un crétin.

— Est-ce que c'est le terme clinique ? sourit Min.

— Dans son cas, oui.

Sous l'abri de touche, Tony s'installa à côté de Liza.

— Avant, je croyais que si je devais me battre dans un bar, j'aimerais savoir que tu me défendrais, mais finalement je crois que Min bat tous les records.

— Je n'irais pas lui chercher des histoires, avoua Liza. Cet homme est vraiment minable.

— Ouais, acquiesça Tony le regard rivé sur le terrain. Mais Harry s'en remettra. Cal, Bink et Min sont là pour le soutenir, leur équipe est vraiment soudée. Bon sang, vise-moi ça ! s'écria-t-il soudain. Eh, Soames ! Regarde où tu lances la balle !

Il secoua la tête mais garda les yeux sur Soames, prêt à intervenir.

Du Tony tout craché, songea Liza. Il se faisait passer pour un bûcheron, mais dès qu'on l'appelait à l'aide il était là.

Il lui manquerait beaucoup.

— Tony ? marmonna-t-elle alors qu'il mordait dans son hot dog, puis elle attendit qu'il finisse sa bouchée, pensant que la nourriture atténuerait la douleur du choc. Nous deux, ça ne peut pas fonctionner.

— Sans blague, qu'est-ce qui te fait croire ça ? demanda-t-il le hot dog dans la bouche et les yeux sur le terrain.

Un soupir de soulagement échappa à Liza.

— Je reste persuadée que tu es quelqu'un de bien…, dit-elle.

— Jusque-là rien de neuf, balbutia-t-il avant d'avaler sa bouchée pour mordre encore dans le sandwich. *Merde !*

Sur le terrain, un enfant manqua un tir et Tony ferma les paupières.

— On s'est retrouvés emportés dans ce truc à trois…, reprit Liza. (Tony arrêta soudain de mâcher et tourna le regard vers elle.) Je veux dire ces trios, vous trois, nous trois, bref tu comprends…

— Ouais, marmonna Tony, et il revint à sa mastication et à son observation du match.

— L'histoire de Bonnie et Roger fait un peu peur, mais Bonnie ne se trompe jamais.

Il déglutit.

— Roger non plus, dit-il. Tout va bien pour eux.

Liza hocha la tête.

— Pour ce qui est de Min et Cal… je ne sais pas trop. Il ne la mène pas en bateau, c'est sûr, alors j'ai décidé de le laisser tranquille.

— Tant mieux.

Concentré sur ses élèves, Tony continuait de manger.

— Mais nous deux c'était passager, conclut Liza.

— Ouais, confirma Tony en secouant la tête. Ce gamin a deux mains gauches.

— Je suis contente de voir que tu le prends comme ça, se vexa Liza.

Il haussa les épaules.

— Je t'aime bien, mais il faut toujours que tu apportes des ondes fortes partout où tu vas, tu crées des perturbations alors que je tiens à ma stabilité.

— La théorie du chaos, en déduisit Liza.

— Exactement. Soit les systèmes perturbés évoluent vers un ordre meilleur, soit ils se désintègrent. Nous, on s'est désintégrés. En plus, tu détestes le sport et ça, c'est grave. Personne n'en veut à personne, alors où est le problème ?

— Dans ce cas, pourquoi n'as-tu pas rompu toi-même ? demanda Liza agacée.

— J'aimais le sexe avec toi. Oh, zut ! (Il fronça les sourcils face à un malheureux garçon qui venait de manquer une balle renvoyée au sol.) Tu sais quoi ? Certains petits devraient s'abstenir de jouer au base-ball.

— En fait, moi aussi j'aimais le sexe avec toi, avoua Liza après réflexion.

— Quand tu veux. Voilà, ça, c'est du muscle ! hurla-t-il en relevant le menton. Bien joué, Jessica !

Jessica lui fit un petit signe puis oublia Tony pour s'accroupir de nouveau et attendre la suite.

Cette petite n'est pas bête, pensa Liza.

— Je t'aime bien, dit-elle à Tony et il la regarda en souriant.

— Moi aussi je t'aime bien, poupée, répondit-il. Si un type t'énerve et que tu veux le tabasser, appelle-moi.

— Merci, fit Liza, touchée. Et si tu as besoin de gifler une nana, tu as mon numéro.

— C'est vrai ? se réveilla-t-il soudain. Et je pourrais te regarder faire ?

— Voilà pourquoi on ne couche plus ensemble, soupira Liza. Alors c'est bon, tu le prends bien ?

— Oui. Non, non et non ! hurla-t-il vers le terrain.

Liza se leva et déposa un baiser sur son front.

— Ne sois pas trop dur avec ces enfants, fit-elle avant de partir. Dans quelques années ils seront les patrons des boîtes pour lesquelles tu travailleras.

Quelques minutes avant la fin du match, Min descendit les gradins jusqu'au grillage où Cal était appuyé contre l'abri de touche. Elle resta là un instant, ne sachant pas vraiment quoi dire, puis elle se racla la gorge.

— Ce que tu as dit à Reynolds, c'était bien, commença-t-elle en glissant ses doigts dans le grillage. Tu as bien fait.

Cal ne quitta pas le match des yeux.

Regarde-moi, bon sang, pensa-t-elle en réfléchissant à ce qui pourrait attirer son attention.

— Tu étais… sexy, mentit-elle et elle déglutit avec peine. Tu m'as excitée. S'il n'y avait pas eu tout ce monde autour, je t'aurais sauté dessus juste ici, sur le banc de touche.

D'abord immobile, Cal finit par se tourner vers elle le visage de marbre.

Oh, oh!

— Donne-moi cinq minutes, dit-il. Je fais évacuer tout le monde.

Elle soupira de soulagement.

— Tu m'as fait peur.

— Désolé. La scène m'a rappelé de mauvais souvenirs.

Il s'approcha d'elle et s'appuya contre le grillage en y glissant la main pour toucher les doigts de Min.

— Ton père ? devina Min en refermant la main sur la sienne, heureuse de pouvoir le toucher de nouveau. J'avais compris. Et Harry, il va bien ?

— Non, mais il survivra.

— Je ne sais pas si on peut en dire autant de Reynolds. Bink ressemblait à l'ange de la mort.

— Il est condamné, annonça Cal. Ce qui n'aide pas vraiment Harry.

— Pourquoi l'a-t-elle épousé ? laissa-t-elle échapper. Pardon, c'est juste…

— Il l'a aveuglée de son charme, sourit-il affectueusement. Il l'a rencontrée à l'université. Un coup d'œil à son argent lui a suffi pour se jeter sur elle, elle n'avait aucune chance de lui résister.

Une vision de Bink en petite chouette effrayée bousculant le superbe et séduisant Reynolds apparut à l'esprit de Min.

— Pourquoi ne l'a-t-elle pas quitté ?

— Parce que maintenant elle l'aime. Devenir père l'a transformé, il a un bien meilleur fonds qu'avant.

— Eh ben ! s'exclama-t-elle. Qu'est-ce que ça devait être, alors…

— Un charmant salaud, soupira-t-il le visage de nouveau sombre lorsqu'il baissa les yeux sur elle. Comme tous les Morrisey.

— Tu n'es pas comme ça.

— Ma puce, parfois si, se lamenta Cal. Bien plus que tu ne crois.

— Je ne t'ai jamais vu comme ça, en tout cas.

— C'est parce que je n'ai jamais été salaud avec toi. Tu as chassé cette possibilité dès le début.

Min sourit.

— Tu l'as cherché, Roméo.

— Merci d'être descendue me voir, dit-il dans un souffle mais Tony l'appela et il dut rejoindre son équipe.

Elle s'assit à côté de Bonnie. Ce ne fut que lorsque son amie posa les mains sur les siennes que Min prit conscience qu'elle tremblait.

— Tu vas bien ? s'inquiéta Bonnie.

— Cette histoire de conte de fées, ce n'est pas pour les enfants, dit-elle.

Après le match, en retournant au parking, Min trouva Harry assis à l'arrière de la voiture de Cal. Ce dernier l'attendait au-dehors, appuyé contre la portière du passager. *Ne te précipite pas sur lui,* pensa-t-elle, *Harry le remarquerait.*

— Quoi de neuf ?

— On va manger, répondit Cal en se redressant. Et on va écouter du Elvis en boucle, parce que grâce à toi c'est devenu le chanteur préféré de Harry.

Il lui ouvrit la portière.

— C'est normal, Harry a très bon goût, fit-elle en levant le menton fièrement, puis elle s'installa sur le siège avant. Alors, l'homme aux poissons ! Il paraît qu'on va au restaurant rétro pour passer du Elvis en boucle, sourit-elle. (Harry hocha la tête.) À ta place, je réclamerais à Cal un plat tout préparé, ou bien une saucisse fumée. Profite, parce qu'il compte t'offrir tout ce que tu voudras.

La surprise se lisait sur le visage du garçon mais il acquiesça.

— Tu es prêt, Harry ? lança Cal en entrant dans la voiture.

Prudent, Harry secoua la tête d'un air grave.

— Je peux avoir une saucisse fumée pour le déjeuner ? demanda-t-il.

— Quoi ? s'étonna Cal en se tournant vers lui.

Harry soutint son regard en prenant une expression affligée.

— Minerva ? gronda Cal en la regardant droit dans les yeux. Tu ne serais pas en train de corrompre mon neveu ?

— Moi ? sourit-elle le souffle coupé. Non. Mais je me disais que puisque les Américains mangent vingt milliards de hot dogs par an, Harry devrait avoir droit au sien.

— Ouais ! l'encouragea le garçon derrière eux.

— Vingt milliards ? répéta Cal en éclatant de rire, ce qui détendit Min.

Sur la route, elle jeta un regard par-dessus son siège vers Harry.

— Alors, quoi de neuf dans le monde aquatique ?

— Est-ce que tu portes tes sandales avec des poissons ? répondit-il.

— Non, je suis tombée sur une offre de chaussures soldées. J'ai trouvé des pantoufles de verre avec des cerises sur les orteils.

Cal baissa les yeux pour les examiner.

— Pas mal, déclara-t-il après une pause. Mais ce ne sont pas des poissons.

Harry approuva.

— Dis-m'en plus sur l'ichtyologie, lui demanda-t-elle.

À partir de là, Harry passa deux heures à expliquer sa passion pendant que Min – feignant d'être intéressée – réfléchissait aux différents moyens de forcer Cal à la toucher. *N'importe où.* Même une petite tape sur la tête la comblerait de délice. En tout cas pour commencer. Malgré son obsession pour Cal, une fois leur repas terminé elle en savait plus sur les poissons que n'importe qui.

— Je pense ne plus jamais manger de fruits de mer, annonça Cal en ouvrant la portière à la jeune femme.

— Peut-être, mais si ce métier rapporte beaucoup, Harry pourra te soutenir financièrement pour tes vieux jours, le taquina Min en s'efforçant de ne pas remarquer comme ils étaient proches l'un de l'autre et elle se faufila dans le véhicule.

Lorsque Cal prit place derrière le volant, Min se tourna vers Harry.

— Tout va bien, derrière ? demanda-t-elle.

— Je peux avoir un donut ? gémit-il en reprenant son air abattu.

— Harrison ! gronda Cal. Tu exagères.

— Emmène-nous acheter des Krispy Kreme, lui dit Min et ce dernier leva le regard au ciel.

Arrivés devant la boutique, ils observèrent l'enseigne illuminée.

Les yeux ronds comme ceux d'une chouette, Harry regarda Min en suppliant :

— Je peux en avoir deux ?

— Harry ! s'exclama Cal.

— D'accord, craqua Min. Aujourd'hui, tu en auras deux.

— Grossière erreur, murmura Cal.

Malgré tout il les suivit dans la boutique, ils savourèrent des milk-shakes accompagnés de donuts glacés au nappage de chocolat tout en parlant de poissons. Le goût du glaçage rappelait à Min l'épisode du parc et elle rassembla toute sa volonté pour ne pas laisser son cœur s'emballer. Quand Harry eut fini son second beignet, il n'avait plus du tout l'air triste.

— Assieds-toi à l'arrière, ordonna Cal à Min une fois de retour à la voiture.

Min s'exécuta sans discuter mais se demanda pourquoi il la punissait. Cal avait-il lu le désir dans ses yeux et essayait-il de se préserver ?

Assis à l'avant comme un adulte, Harry sembla heureux comme un coq en pâte pendant cinq bonnes minutes. Soudain, son visage pâlit.

— Eh oui, soupira Cal et il se gara en double file.

Harry ouvrit la portière, et abandonna deux donuts et une coupe de milk-shake dans le caniveau.

— Oh, mon poussin ! s'exclama Min rongée par la culpabilité. Je suis désolée.

— Ça en valait la peine, dit Harry en s'essuyant la bouche. En plus, j'ai gardé la saucisse.

Cal lui tendit une bouteille d'Évian.

— Rince et crache au moins deux fois de suite, ordonna-t-il.

— Où l'as-tu trouvée ? demanda Min alors que Harry se rinçait la bouche et crachait.

— Je l'ai achetée en même temps que les beignets, je le sentais venir.

Harry s'enfonça dans son siège.

— C'est pas joli, là-dehors. Je peux verser le reste d'eau dessus ?

— Bien sûr, l'autorisa Cal et il croisa le regard de Min dans le rétroviseur. Eh oui, nous les Morrisey nettoyons toujours les caniveaux avec de l'Évian.

— Vous êtes la crème de la grande classe, observa Min.

Ils s'engagèrent dans l'allée qui menait à la demeure de Harry, une copie conforme de celle des parents de Cal. Harry se tourna vers son oncle.

— Merci beaucoup !

— Je t'en prie, Harry.

Puis le garçon se pencha entre les deux sièges pour chuchoter à Min :

— Merci pour les donuts.

— Avec grand plaisir, lui glissa-t-elle en retour.

Puis elle se pencha vers lui et murmura à son oreille :

— Je t'aime beaucoup, Harry.

Il lui décocha un grand sourire et adressa un regard arrogant à son oncle.

— Harrison, si tu commences à draguer ma nana, tu vas avoir de gros problèmes, l'avertit Cal.

Le sourire du garçon s'agrandit encore et il descendit de la voiture.

— À plus ! lança-t-il tandis qu'il claquait la portière.

— Il est un peu jeune pour toi, tu ne crois pas ? demanda Cal en cherchant le regard de Min dans le rétroviseur.

Intimidée, Min déglutit.

— Oui, mais on ne résiste pas au charme d'un Morrisey.

— Je suis d'accord, tout particulièrement lorsqu'il vient de vomir dans le caniveau. Cet épisode était d'un charme indéniable. Tu reviens t'asseoir à côté de moi ?

— Je ne sais pas, j'aime être assise ici, répondit-elle feignant l'indifférence. Direction la maison, Morrisey !

— Ramène tes fesses ici, Dobbs, ordonna-t-il.

Min éclata de rire et sortit du véhicule. Une fois installée à l'avant, elle se tourna vers Cal qui reculait dans l'allée pour rejoindre la route.

— Est-ce que tu penses qu'il s'en remettra ? s'enquit-elle.

— Bien sûr, il a l'habitude de vomir.

— Je parlais de ce qui s'est passé au match.

— Oui… Ce souvenir reviendra le hanter à certains moments délicats de sa vie, mais il saura le gérer. Il a été sauvé juste à temps. Tout le monde est venu le rassurer. Et Bink le soutiendra à la maison. Se faire traiter d'idiot par son père, ce n'est jamais facile.

— J'imagine, murmura Min en détestant profondément Jefferson Morrisey. Et toi, comment tu vas ?

— Moi ? Je vais bien.

— Tant mieux, dit-elle en prenant une profonde inspiration.

Le doute la rongeait depuis trop longtemps et Cal était seul juste à côté d'elle. Cette occasion ne devait pas lui échapper. La meilleure chose à faire était sans doute de tout déballer d'un coup, elle devait commencer par lui dire qu'elle savait pour le pari, ils en parleraient posément, en adultes responsables, et ensuite elle pourrait peut-être lui sauter dessus…

— Quoi ? fit Cal, rompant le silence.

— Quoi ? répéta soudain Min, à nouveau prise de remords.

— Tu es devenue silencieuse brutalement. Crache le morceau.

— Euh…, hésita-t-elle car une approche frontale n'était peut-être pas la meilleure solution, finalement. C'est que… je me disais…

— Oui ? l'encouragea-t-il.

— … qu'on a quelques petits problèmes à résoudre. Enfin, je crois. En tout cas, j'aimerais les résoudre.

— Et ? interrogea Cal comme s'il n'avait aucune idée de ce dont elle parlait mais qu'il soit partant pour jouer le jeu et découvrir ce qui la tracassait.

— Parce que je pense… que peut-être… on pourrait se… se donner une chance, tu ne crois pas ? Qu'on en discute, en tout cas.

Les mains de Cal se crispèrent sur le volant mais il garda les yeux sur la route.

— D'accord, dit-il.

Tu ne m'aides pas, songea Min.

— Est-ce que tu savais que soixante-dix-huit pour cent des couples se cachent des choses ?

— En tout cas, ça ne m'étonnerait pas. Tu viens d'inventer ce chiffre, pas vrai ?

Elle hocha la tête.

— Oui, admit-elle. Mais je parie que c'est presque ça. Est-ce qu'il y a quelque chose que tu me caches ? Qui daterait de…, murmura-t-elle dans un haussement d'épaules. D'avant notre rencontre ?

Il resta silencieux pendant un instant et lorsqu'elle tourna la tête vers lui elle s'aperçut que son visage disait : « Je suis dans de beaux draps. »

— Tu es déjà au courant, lâcha-t-il finalement. Sinon, tu ne me demanderais pas ça.

— Je l'avoue, c'est vrai.

Elle sentit chaque muscle de son corps se crisper.

Pourquoi fallait-il que tu poses la question ? Tous ces gens qui disent : « Parle et tu iras mieux », ce ne sont que des crétins.

— Min, de l'eau a coulé sous les ponts depuis toutes ces années. J'étais dans une période difficile de ma vie et elle a été formidable. Reynolds la traitait tellement mal…

Quoi ! s'écria Min intérieurement, son estomac se noua.

Cal secoua la tête.

— Elle a le cœur sur la main, et j'étais au bout du rouleau.

— Oh, bafouilla-t-elle.

La prochaine fois, essaie d'être plus précise quand tu réclames une confession, espèce d'idiote ! pensa-t-elle.

— Mais il n'y a rien eu entre nous, Min, articula-t-il en tournant la tête vers elle, les mains serrant le volant. Bink ne tromperait jamais son mari, et même si j'ai parfois envie de lui casser la figure, je ne lui ferais jamais une chose pareille. On a beaucoup parlé, mais c'est tout.

— Je vois, souffla Min en s'efforçant de prendre un ton clair et encourageant.

— Il y a des années de ça, maintenant. Elle me disait que j'étais la seule personne à ne pas regarder ses comptes en banque. Tu la connais, maintenant. Tu sais comment elle est. C'est quelqu'un de bien.

— Je vois, répéta-t-elle.

Là, j'aimerais mourir.

— Tu vas bien ?

Elle tourna la tête vers lui et explosa :

— Est-ce que tu l'aimais ?

Il ralentit la voiture et Min songea : *Je suis bête, quand vais-je apprendre à ne pas poser de question quand je n'ai pas envie de connaître la réponse ?*

Il se gara et éteignit le moteur pour se tourner vers elle.

— Oui, déclara-t-il.

— Oh, acquiesça-t-elle. Bon, à partir de maintenant, lorsque je t'interrogerai, tu refuseras de me répondre. D'accord ?

— D'accord.

— Est-ce que tu l'aimes encore ?

— Oui.

— Tu ne m'as pas écoutée ! éclata-t-elle.

— Min, ce n'est pas ce que tu crois. Je ne suis plus amoureux d'elle depuis longtemps. Je pense qu'on a tous les deux compris où ça nous menait, et ni l'un ni l'autre n'a envie de vivre ce cauchemar. En plus, Reynolds est redevenu attentionné envers elle et moi je me suis remis à fréquenter d'autres femmes. Avec le temps, les sentiments se sont apaisés.

— Pas vraiment, corrigea Min. Il y a quelque chose entre vous, un sentiment plus fort qu'un simple rapport beau-frère et belle-sœur.

Cal hocha la tête.

— Oui, c'est vrai qu'elle est importante pour moi. Mais ce n'est pas un sentiment… amoureux. On a dépassé ça il y a bien longtemps, il y a des années.

— Je vois, murmura-t-elle toujours en lutte intérieure.

Cal regarda par la fenêtre.

— Cynthia…, commença-t-il.

— *Ah, non ! On touche le fond !* songea Min.

— Elle ne s'en est jamais rendu compte, poursuivit-il. C'est elle la psychologue, on était ensemble pendant neuf mois et elle n'a jamais remarqué ce qui me liait à Bink. Comment toi tu as fait pour comprendre ?

— J'ai un sixième sens, mentit Min.

Il s'enfonça dans son siège et perdit son regard vers l'extérieur. Min le contempla alors qu'il détendait son corps musclé, elle le désirait plus que jamais.

— Tu sais, reprit-il, Cyn a passé des mois à essayer de comprendre pourquoi je suis devenu un dragueur en série.

— Un quoi ? bredouilla-t-elle en se débattant au milieu de ce mélange de désir et de tristesse.

— C'est comme ça qu'elle appelait cette manie de courir les jupons dont tu m'as largement accusé. Cynthia a décidé que ça venait de mon besoin de retrouver ma mère dans chacune de mes conquêtes, de retrouver l'amour que je n'ai jamais reçu. D'après elle, dès que je reçois cet amour je m'enfuis pour obtenir l'amour d'une autre.

— Sacrée Cynthia, toujours à poser des théories sur tout, dit Min amère et désireuse de reporter cette amertume sur quelqu'un.

Cynthia semblait être la cible idéale.

— Dans ces femmes, je ne cherchais pas ma mère. Je cherchais Bink, avoua-t-il. (Il se tourna vers elle et elle lui sourit pour cacher son envie d'ouvrir la portière et de vomir dans le caniveau.) Je cherchais quelqu'un à qui je puisse parler sans barrière, quelqu'un que je n'aie pas à charmer ni à satisfaire, quelqu'un avec qui je me sente bien. Je ne m'en étais jamais rendu compte avant maintenant.

Il secoua la tête.

— Eh bien, je te souhaite bonne chance, lâcha Min gaiement.

— Fais attention, Minnie. À la minute où tu m'as rejoint sur cette table de pique-nique, mon compte était bon.

Soudain, Min s'aperçut que l'habitacle manquait d'air, ce qui expliquait sans doute ses vertiges.

— J'ai mis du temps à comprendre tout ça, poursuivit-il. Je n'étais pas habitué à fréquenter quelqu'un comme toi, parce qu'il n'existe personne d'autre comme toi.

Respire, Min, respire, pensa-t-elle.

— Et il y a eu ce soir-là, continuait-il, où tu m'as déchiré le cœur devant *La table d'Emilio,* alors j'ai pensé : « Qu'elle aille au diable » pendant cinq minutes. Ensuite, je voulais te revoir. Tu es la seule femme que j'aie jamais voulu revoir. Depuis, je multiplie les idées pour te récupérer. (Haletante, Min se battait pour respirer et ne pas tomber dans les pommes.) Je t'aime. Je sais que c'est de la folie, on ne se connaît que depuis quelques semaines, il nous faut plus de temps, j'en suis conscient. Mais je t'aime, c'est quelque chose qui ne changera pas. Et merde, Min, dis quelque chose !

Elle reprit une profonde inspiration parce que, pour parler, il faut pouvoir respirer.

— Je t'aime aussi, fit-elle dans un souffle. Je t'aime depuis le premier jour.

— Ça me va, sourit-il et il se pencha vers elle.

Chapitre 13

Min passa les bras derrière la nuque de Cal, si heureuse de retrouver enfin la douceur de sa peau qu'elle l'attira contre le levier de vitesse pour le rapprocher d'elle.

— Aïe ! souffla-t-il.

— Pardon.

Elle essaya de reculer.

— Ce n'est rien, dit-il sans la lâcher. Tu m'as tellement manqué.

Il l'embrassa, et comme avant, son baiser embrasa les sens de Min, sauf que cette fois elle ne comptait pas cacher ses sentiments, elle se laissa emporter tout entière. Comblée de bonheur, elle s'agrippa à lui, ne rompant le baiser que pour l'embrasser encore et encore jusqu'à manquer d'air.

— Attends, dit-elle soudain. S'il te plaît, ne me brise pas le cœur.

— D'accord, toi non plus.

Il l'attira de nouveau vers lui et ils s'abandonnèrent à leur étreinte. Enivrée, elle s'autorisa à penser qu'elle l'avait rien que pour elle à partir de maintenant, et que tout rentrerait dans l'ordre. Elle le laissa glisser sa main sous son chemisier pour la placer sur sa poitrine, la faisant frissonner de plaisir, et elle l'embrassa fougueusement alors qu'il la serrait contre lui… Le téléphone de Min sonna.

Le souffle court, il s'écarta d'elle et posa sur elle son regard sombre alors qu'elle ne se libérait pas de son étreinte.

— Ignore-le, dit-elle haletante, c'est Diana. Elle m'appelle dix fois par jour. Reviens près de moi.

Il secoua la tête.

— Décroche, ordonna-t-il entre deux souffles. Il faut qu'on arrête, on est sur la voie publique.

— Je m'en fiche, fit-elle en se rapprochant de lui.

Il enclencha une vitesse.

— Chez toi ou chez moi, Minnie, mais pas dans une voiture.

— Le moins loin des deux, souffla-t-elle avant de répondre au téléphone pour faire taire la sonnerie pendant que Cal rallumait le moteur.

— *Min!* s'écria Diana d'une voix stridente. Min, on a un gros problème!

— Je t'écoute, dit sa sœur encore étourdie. Qu'est-ce qui t'arrive?

— Le dîner de répétition. Greg se chargeait du traiteur parce qu'il avait un bon plan.

— Oh, soupira Min en se tournant vers Cal qui lui semblait maintenant beaucoup trop loin d'elle. Greg devait s'occuper du traiteur pour le dîner de répétition. C'est dans quatre heures.

— Je déteste ce mec, grogna Cal.

Diana était aussi à bout de souffle que Min, mais pas pour les mêmes raisons.

— Maman va tuer Greg alors que c'est déjà une boule de nerfs à l'heure qu'il est. Mon mariage devait être parfait!

— Calme-toi, dit Min. Je réfléchis.

Cal, nu au lit avec moi, non pas cette pensée-là.

— Qu'est-ce qu'on va faire ? Il n'y a aucune solution ! se lamenta Diana.

— J'essaie de réfléchir !

Le regard de Min plongea dans celui de Cal un long moment, si bien que la voiture dériva et buta contre le trottoir, Cal donna un coup de volant.

— Où doit se dérouler ce dîner ? demanda-t-il les yeux maintenant fixés sur la route.

— Dans un gîte près de la chapelle, en bas de la rivière, répondit Min. Pourquoi ?

— Combien d'invités ?

— Quatorze, je crois. (Elle reprit la communication.) Il y aura quatorze convives, c'est bien ça ?

— Oui, acquiesça sa sœur.

— On va y arriver. Dis-lui que ça va aller.

— Tu es sûr ? Qui ça, « on » ?

— Je te rappelle que Tony, Roger et moi avons travaillé pour un restaurant. On va chercher les ingrédients à *La table d'Emilio*, tu fais du poulet au marsala, et les garçons serviront les assiettes. Tes parents ne les connaissent pas, alors ils croiront que ce sont des serveurs. Ça va marcher.

— Moi ? Préparer du poulet au marsala ? paniqua-t-elle avant de se ressaisir. D'accord, je vais faire du poulet au marsala. (Elle reprit le téléphone.) On va tout arranger, détends-toi. Ton travail sera de raconter une histoire à maman si jamais Cal et moi sommes en retard, et de t'assurer que la porte de service reste ouverte. On s'occupe du reste.

— Oh, merci mille fois ! s'exclama Di. Je ne dérangeais pas, au moins ?

— Si, mais ça va. Nous avons deux heures devant nous avant de cuisiner, on peut faire beaucoup de choses en deux…

— Non, tu ne fais rien du tout ! hurla Diana. Tu es folle, ou quoi ? On est en pleines retouches des robes ! On croyait que tu étais en chemin, on t'attend maintenant ! Tu ne peux pas manquer les retouches, maman va te tuer. J'ai besoin de toi, tu ne peux pas…

— D'accord. Maintenant. J'avais oublié.

— Laisse-moi deviner, murmura Cal en ralentissant la voiture.

— Les retouches, lui dit-elle. Je dois y aller tout de suite. Il faut que…

— Pas de problème, soupira-t-il. Je te dépose aux retouches, je vais chercher à manger, on cuisinera, on assistera au dîner, et ensuite seulement…

— Je dois passer la nuit avec ma sœur, le coupa Min en fermant les yeux. Je n'en ai pas envie, mais c'est la dernière nuit avant le mariage et je lui avais promis…

— Très bien, pas de problème.

— Peut-être pas pour toi ! Je te veux maintenant, je… j'essaie d'être…

Mais elle s'interrompit, songeant : *Min, ne fais pas ta grosse voix.* Puis elle prit une profonde inspiration.

— Min ? dit Diana encore à l'autre bout du fil.

— J'arrive, fit-elle avant de raccrocher.

— Je te dépose où ? demanda Cal d'une voix résignée.

— Au rayon des robes de mariée de Finocharo, répondit-elle amèrement. Dommage que Greg ne se soit pas occupé des robes.

Cal déposa Min devant la boutique, l'embrassa plusieurs fois et s'en alla récupérer les ingrédients pour le dîner. Ce ne fut que lorsqu'il disparut au coin de la rue que Min prit conscience qu'ils n'avaient toujours pas discuté du pari.

On n'a pas eu le temps, pensa-t-elle. *Il y a une raison à ça, je ne lui ai pas laissé l'occasion d'en parler. Et même s'il n'y avait pas de raison à ça, je m'en contrefiche. Rien ne viendra gâcher mon bonheur.*

Puis elle entra dans la boutique, prête à affronter sa mère et ce corset de malheur.

— Encore en retard, observa Nanette lorsque sa fille apparut à la porte.

— Bonjour, maman, dit Min prête à incendier sa mère si elle prononçait la moindre parole déplacée.

Nanette lui tendit une pomme.

— Mange ça.

— Pourquoi ?

— Parce que Dieu sait ce que le traiteur de Greg nous a préparé. Il est impossible de compter sur cet homme. Et tu sais comme moi qu'il ne lui a pas dit d'éviter le beurre. Alors remplis-toi l'estomac avec ça.

— Avec ça ?

Min jeta sur la pomme un regard dubitatif, secoua la tête et la reposa sur une table pour aller tenter d'entrer dans le corset, qui la boudinerait à coup sûr. Une demi-heure plus tard, la couturière quitta le salon d'essayage où se trouvait Min et cette dernière resta seule, s'observant dans le miroir, la libido retombée à zéro. *Je mettrais volontiers fin à mes jours, mais j'espérais mieux que cette vision d'horreur pour mes ultimes secondes à vivre*, pensa-t-elle.

Voilà, elle était de nouveau dans cette jupe bleue qu'elle ne pouvait fermer que si elle rentrait le ventre et cessait de respirer. La blouse de mousseline couleur lavande était également de retour avec ses petits boutons prêts à craquer sur sa poitrine, et Min avait droit à ce fameux corset bleu qu'elle n'avait pu lacer jusqu'en haut qu'en retenant sa respiration pendant que la couturière tirait sur les cordons de toutes ses forces. Tant qu'elle portait ce bout de chiffon, il était hors de question de prendre une profonde inspiration : au moindre haut-le-cœur, tout le haut exploserait sous la pression.

Comment Cal peut-il désirer une femme qui ressemble à ça ?

Min sortit du salon d'essayage et Nanette l'examina.

— Ça ne te va toujours pas, observa-t-elle d'un ton sec qui ne présageait rien de bon pour sa trop grosse fille.

— J'ai suivi mon régime à la lettre, je le jure, souffla Min le moral au plus bas. Enfin, presque.

— Tu as eu un an, lui reprocha Nanette avec amertume. Maintenant, tu vas gâcher le merveilleux mariage de ta sœur.

Min tira sur son corset.

— J'ai une idée, annonça-t-elle. Je pourrais me fouler la cheville pour laisser à Karen le soin de jouer à la première demoiselle d'honneur ? Comme ça, la soirée du mariage ne sera représentée que par de belles femmes minces, et…

— Non ! hurla Diana à la porte.

Elles se retournèrent toutes les deux.

— Ne fais pas ta grosse voix, la reprit sa mère.

Di pointa Min du doigt.

— Tu es ma sœur, et tu seras ma première demoiselle d'honneur. Tu seras superbe parce que la couleur lavande te met parfaitement en valeur, et tout sera parfait !

Dans ses yeux brûlait la même flamme d'hystérie que dans ceux de sa mère, alors Min garda le silence.

— De toute manière, tu ne perdras plus de poids avant la cérémonie, se résigna Nanette d'un ton las en se levant. Tu es en retard alors que l'on a encore des centaines de choses à faire. Le dîner de répétition commence dans trois heures, pour l'amour du ciel. Tu devras donc ajuster la robe de ce soir toute seule.

— La robe de ce soir ? s'exclama Min. Qu'est-ce que…

— Je t'ai trouvé quelque chose qui t'affinera, marmonna Nanette en bougeant la tête pour faire clairement comprendre à son aînée à quel point elle était déçue. Fais bien attention à la hauteur de l'ourlet ; s'il t'arrive sur les genoux tes jambes ressembleront à des poteaux électriques.

— Je te remercie, maman, répondit Min trop fatiguée pour se sentir concernée par cette fausse dispute.

Sa mère marqua une pause et la regarda dans les yeux.

— Je sais ce que tu penses, dit-elle. Tu me trouves odieuse. Mais moi, je sais comment fonctionne notre société, et elle ne fait pas de cadeaux aux personnes en surpoids, Min. Et encore moins aux femmes. Je veux que tu sois heureuse et en sécurité, que tu te trouves un bon mari. Si tu ne perds pas ces kilos en trop, tu n'auras jamais tout ça.

— Elle n'est pas grosse ! hurla Diana derrière elle. Elle n'est PAS GROSSE !

— Ne prends pas ta grosse voix ! protesta Nanette, et sa fille lui décocha un regard noir.

— On s'en fout de ma grosse voix. Arrête de lui répéter qu'elle est grosse ! cria Diana.

Puis elle s'interrompit, visiblement aussi surprise que Min et Nanette par ce qu'elle venait de dire, et reprit d'un ton plus calme :

— Laisse-la tranquille.

Sa mère secoua la tête, et prit Min par le bras.

— Je ne veux que ton bonheur, chuchota-t-elle et après un bref silence elle lui serra encore le bras. Est-ce que tu as soulevé des poids, comme je te l'ai dit ? Parce que si tu n'as pas tonifié tes muscles, les manches de mousseline...

— Il faut qu'on y aille, la coupa Diana en poussant sa mère vers la sortie. Tu es superbe, lança-t-elle à sa sœur.

— Ouais, murmura Min avant de se tourner vers le miroir pour contempler encore son reflet.

La blouse de mousseline n'était pas si laide, mais sa poitrine ne ressemblait à rien. *Et merde*, soupira-t-elle en voulant s'asseoir, mais la jupe était trop serrée pour suivre le mouvement.

— Attendez, arrêtez de bouger, bafouilla la couturière en se précipitant derrière Min pour ouvrir la fermeture Éclair et éviter que le tissu ne se déchire.

— J'en ai plus qu'assez, soupira la jeune femme en ôtant la jupe.

— Cette couleur vous va à merveille, lui assura la vendeuse.

Min se retourna vers le miroir en songeant : *Elle a raison, Diana a l'œil pour ce genre de choses.*

— Heureusement, vous avez échappé à la robe verte, poursuivait la couturière tout en délaçant le corset pour libérer la respiration de Min. Lorsque vous marcherez toutes les trois jusqu'à l'autel, les couleurs que vous porterez seront sublimes, le vert, le bleu et votre bleu-violet vont très bien ensemble. Mais la jeune femme blonde est si triste à l'idée de devoir mettre sa robe verte…

Chouine, pensa Min. *Voilà ce qu'on récolte quand on est l'ex du futur marié.*

— Je vous apporte la tenue de ce soir et vous serez fin prête, acheva la vendeuse.

— C'est ça.

Min retira la blouse et observa son reflet un moment : des hanches larges, un ventre arrondi, une belle poitrine… Elle essaya de se rappeler ce que Cal lui avait dit à propos de son corps, mais la voix de sa mère résonnait bien plus fort dans son esprit.

— Nous y voilà, lança la couturière lorsqu'elle réapparut. Nous n'avons plus qu'à vous enfiler ça…

Les yeux de Min ne quittèrent pas son reflet pendant que la femme l'aidait à monter la fermeture Éclair de sa robe. Du noir, évidemment, puisque sa mère l'avait choisie. C'était un fourreau dont l'empiècement blanc vertical qui ornait tout le devant la faisait vaguement ressembler à un pingouin. L'empiècement en forme de V au-dessus des hanches était censé marquer la taille ; au lieu de ça, elle avait l'air d'un pingouin dont le nœud papillon pendait un peu trop bas.

— Cette tenue vous affine énormément, dit la couturière.

— Bien sûr, marmonna Min en s'emparant de la pomme que sa mère lui avait laissée. Elle m'affine…

Derrière elle, la voix de Cal résonna :

— Putain, cette robe est sacrément laide !

Elle se retourna et il était là, adossé contre la porte, avec une bouteille et deux verres de vin à la main.

Le cœur de Min s'emballa.

— Miracle, tu es là !

— Mais à quoi pensais-tu, Minnie ? s'exclama-t-il en s'approchant d'elle le regard plongé dans le sien. Enlève cette horreur, c'est une insulte au galbe de ton corps.

— Seulement une parmi tant d'autres aujourd'hui. Ma mère a choisi cette robe, elle a très bon goût.

— Je n'en suis pas si sûr, rétorqua-t-il en se dirigeant vers la table basse pour déposer les verres. Même moi je saurais en choisir une plus jolie.

— Pari tenu, le défia Min. Je te donne cinq minutes, le temps que je finisse ma pomme. Ensuite, on fera un ourlet à cette horreur pour que mes genoux ne ressemblent pas à des poteaux électriques. Est-ce que tu as apporté un tire-bouchon ? Parce que je ne dirais pas « non » à un petit remontant.

Cal lui prit la pomme des mains.

— Mélanger le goût du vin à celui d'une pomme ? Je refuse, dit-il en jetant le fruit dans la petite poubelle dorée posée à côté du bureau, avant de sortir un tire-bouchon de sa poche. Tes jambes sont magnifiques, enlève cette robe. Il doit bien y en avoir une plus jolie quelque part.

— Oui, à l'étage inférieur, lança joyeusement la couturière en adressant à Cal un regard qui semblait dire qu'il était la meilleure chose qui lui soit arrivée.

Min le regarda aussi et se rappela à quel point il était séduisant.

— Bonjour, sourit-il. Je m'appelle Cal.

— Bonjour, répondit-elle avec un plus grand sourire. Moi, c'est Janet.

Non mais je rêve ! fulmina Min intérieurement.

— Janet, vous m'avez l'air dotée d'un excellent sens de l'esthétique. Je sais que vous n'êtes pas la responsable du choix désastreux de cette tenue.

— Ah, non, c'est certain ! s'exclama Janet pour se décharger d'une telle responsabilité.

— Je suis sûr que vous êtes capable de lui trouver la robe idéale, susurra Cal en plongeant son regard dans celui de la couturière pour lui faire comprendre qu'il était sincère. Quelque chose de rouge vif, peut-être ?

— Non, bleu. Bleu ou violet, ce sont ses couleurs, affirma Janet.

— Adjugé pour bleu ou violet. Trouvez-nous ça pendant qu'on fête la nouvelle avec un petit verre.

Janet hésita.

— Mme Dobbs m'a clairement fait comprendre…

— Je m'occupe de Mme Dobbs, la rassura Cal. Vous, chargez-vous de la robe.

Une fois Janet partie, Cal enfonça le tire-bouchon dans le liège et libéra la bouteille en tirant d'un coup sec, puis il servit le vin.

— Bois, tu es toute tendue.

— C'est normal, ma mère était là il y a quelques minutes à peine, dit-elle en prenant le verre pour détourner son esprit de cette envie qu'il la touche.

Non, je suis trop grosse.

— Voilà qui explique l'expression décomposée de Janet, murmura Cal en jetant un œil par-dessus l'épaule de Min. Mais elle n'est plus là et tu ne m'as pas embrassé depuis une bonne heure, Minerva. Viens par là.

Min descendit de l'estrade pour le rejoindre, pour le laisser amoureusement l'envelopper dans ses bras en faisant barrière à la petite voix qui lui rappelait que les mains de Cal se posaient sur le corps d'une femme potelée. Il l'embrassa fougueusement. Comblée de bonheur, elle soupira en se demandant ce qu'il pouvait bien lui trouver.

Le pari.

Non, impossible, oublie ça ! Je lui fais confiance.

— Quelque chose ne va pas ? demanda-t-il, inquiet.

Elle secoua la tête.

— Les essayages ont été difficiles...

— Laisse-moi deviner, c'est à cause de ta mère ? Oublie-la, pense plutôt à moi.

Un sourire se dessina malgré elle sur son visage ; sous le tendre baiser qu'il déposa sur ses lèvres, son corps entier se détendit.

— Je préfère ça, murmura-t-il en lui caressant le dos. Maintenant, bois ton vin. Une fois que je t'aurai enivrée, je pourrai te faire des choses sous la table pendant le dîner de répétition.

— Si seulement..., soupira Min en sirotant son vin.

Un demi-verre et quelques baisers plus tard, elle se sentait beaucoup mieux et Janet réapparut avec un cintre chargé d'une chose violet foncé et, *a priori,* élégante.

— C'est une blague ? Je vous rappelle que c'est pour moi, lança Min.

— Non, celle-ci est pour moi, rectifia Cal en posant un œil curieux sur le tissu. Je t'accompagne à cette soirée, alors je ne tiens pas à te regarder pendant des heures alors que tu portes une robe qui ne met aucune de tes formes en valeur.

— Sors de la pièce, ordonna doucement Min. Je ne me déshabille pas devant toi.

Pas encore. Elle repensa à Nanette tâtant la mollesse de son bras. *Peut-être jamais.*

— L'espoir fait vivre, lança-t-il en sortant avec son verre de vin.

Lorsqu'il fut parti, Janet s'exclama :

— C'est *ça* votre petit ami ?

— Oui, bafouilla Min soudain consciente de cette vérité.

— Il est canon !

— Et adorable en prime, ajouta Min. Pour en revenir à la robe…

— Elle vous ira à merveille, la rassura la couturière en secouant la tenue devant elle. Votre petit ami la trouve jolie. Est-ce qu'il s'y connaît en vêtements féminins ?

— Ce que je sais, c'est qu'il en a beaucoup manipulé, si vous voyez ce que je veux dire, sourit-elle en se déshabillant.

— Il peut manipuler les miens, je ne dirais pas « non », lâcha Janet avant de se figer. Enfin non, je ne voulais pas vous…

— Ne vous inquiétez pas, la rassura Min en lui tendant le costume de pingouin. J'ai l'habitude. Comment dois-je enfiler celle-ci ?

— Par la tête, répondit la couturière en lui tendant la robe violette. Le haut est drapé.

— Je ne suis pas sûre que ce soit joli sur moi, douta Min en examinant le tissu.

— Essayez, vous verrez. Lui, il aime bien.

— En plus, il m'a apporté du vin. D'ailleurs, où est passé mon verre ?

Après avoir terminé son vin d'une traite, elle enfila la robe en soupirant et se contempla dans le miroir.

Cette toilette avait beaucoup d'atouts : le décolleté drapé affinait sa silhouette et les plis tombant sur sa poitrine la rendaient plus sexy que jamais si elle gardait le dos bien droit. Ce côté drapé avait aussi l'avantage de souligner ses hanches voluptueuses plutôt que de les faire ressembler à l'arrière d'un semi-remorque. Mais ce n'était pas le genre de robe qu'elle devait porter, celle-ci était réservée aux filles minces, aux filles moins…

— L'ourlet asymétrique est une idée géniale, observa Janet. Il a raison au sujet de vos jambes, elles sont très jolies. Très… pulpeuses.

— Merci. Tout est pulpeux, chez moi.

— Cette robe vous donne un côté sexy idéal. Je vais le chercher pour qu'il vienne vous voir.

— D'abord, je vais boire encore un peu de vin, dit Min mais la couturière était déjà partie à la recherche de Cal.

Les yeux rivés sur son reflet dans le miroir, elle sirota un deuxième verre de vin. Comparée au costume de pingouin, cette tenue la changeait du tout au tout. Et puis, ce changement de dernière minute agacerait sa mère, ce qui jouait largement en faveur de cette robe drapée. Encore mieux, Nanette ne pourrait rien dire puisque Cal la préférait à l'autre. *Adjugé pour celle-ci*, soupira Min en portant un toast à son propre reflet et elle but son verre en une gorgée. La chaleur de l'alcool se répandit dans tout son corps pour fusionner avec les réminiscences des baisers de Cal. Elle poussa un profond soupir.

Lorsque Cal réapparut, Min était inclinée sur la table pour se servir un troisième verre.

— On m'a dit que tu étais…, commença-t-il mais il s'interrompit soudain.

— Quoi ? demanda-t-elle en levant les yeux de la bouteille.

Min suivit le regard de Cal ; il était fixé sur son décolleté largement plongeant puisque le poids du drapé le faisait bâiller dès qu'elle se penchait.

— Euh… Tu es à croquer, susurra-t-il d'une voix suffisamment tendue pour que le sous-entendu soit facilement compris.

— Ce n'est pas une robe pour les grosses, déclara la jeune femme en se retournant vers le miroir. Elle ne cache aucune forme.

— On en a déjà parlé, non ?

Il s'approcha derrière elle.

— Oui, mais depuis cette conversation, j'ai revu ma mère. En plus, ce miroir me prouve par a plus b que ma taille n'est pas plus marquée que celle d'une canette de soda.

Il posa les mains sur ses hanches.

— Si, ta taille est marquée. Elle est juste là.

Il remonta vers son ventre et elle frissonna en l'observant dans le miroir. Voir les mains de Cal sur elle changeait sa vision d'elle-même : elle se sentait bien. Lorsqu'il l'attira contre son torse, elle se laissa faire et reposa la tête sur son épaule.

— C'est une robe sexy pour une femme sexy, lui chuchota-t-il à l'oreille avant de déposer un baiser dans son cou.

Elle prit une profonde inspiration. Il remonta jusqu'à son décolleté et glissa les doigts sous le tissu soyeux, provoquant des frissons de plaisir. Son toucher pressant fit grimper la température de Min.

— Il me faut absolument arrêter de boire quand tu es près de moi, murmura-t-elle au reflet de Cal dans le miroir. Parce que je commence à croire toutes ces bêtises que tu me racontes.

Pour toute réponse, il lui décocha un petit sourire en coin, et son reflet apportait à Min autant de réconfort que la sensation de son corps contre son dos.

— J'aime être seule avec toi, dit-elle en se mordant la lèvre. Mais nous devons rejoindre les autres à ce dîner de répétition, nous devons même cuisiner, ensuite je devrai me rendre à la cérémonie dans cette robe ridicule et je retournerai à mes habitudes… Je me sens de nouveau grosse.

— Tu crois être grosse parce que tu refuses d'ouvrir les yeux, lui souffla Cal à l'oreille. Regarde-toi.

— C'est ce que je fais.

Il glissa la main au-dessus de sa taille.

— Non, regarde-toi comme moi je te regarde. Vois comme tu es pulpeuse, comme tu es voluptueuse.

Alors que sa voix rauque lui donnait des vertiges, elle sentit sa main se poser contre sa poitrine.

— Eh ! s'exclama-t-elle en tournant la tête.

Elle leva vivement sa main vers celle de Cal mais il la coupa dans son élan en l'embrassant avec toute la passion qui l'animait, il lui prit la main, et posa sa paume contre son sein bombé et sensuel. *Cette sensation…*, songea-t-elle en se laissant emporter par des tourbillons de plaisir.

— Regarde comme tu es belle, murmura-t-il encore à son oreille tout en emmêlant ses doigts à ceux de Min. Dans cette tenue, tu ferais envie à n'importe quel homme sur terre. Tu es un fantasme ambulant. *Mon* fantasme ambulant.

Il ramena l'autre main de Min contre son ventre pour la faire doucement rejoindre la première contre sa poitrine, et la fit presser ses deux mains contre ses seins pour qu'elle sente ses propres formes. Frissonnante sous ses directives insinuées, elle commençait à le croire. Elle se retourna dans ses bras et rassembla tout son amour pour l'embrasser, le corps blotti contre lui pour effacer toute distance entre eux. Les muscles de Cal se tendirent dans son étreinte, elle se délecta de son désir pour elle, de la chaleur de ses mains viriles glissant dans le creux de ses reins pour la rapprocher de lui. Elle suivit le mouvement en se cambrant, lui mordilla la lèvre en un baiser langoureux et le sentit frissonner à son tour.

— Je te veux, lui susurra-t-elle.

Il répondit par une respiration saccadée alors qu'il l'embrassait au cou et mordait chaque endroit où il déposait un baiser.

— Oups ! s'écria Janet derrière eux et Min se libéra brusquement de leur étreinte, à la fois étourdie et essoufflée.

— La robe est adoptée, lança Cal d'une voix rauque sans prendre la peine de lever les yeux.

— C'est une robe très dangereuse, murmura Min en essayant de reprendre sa respiration.

— Et c'est la raison pour laquelle nous l'adoptons, sourit-il puis il l'embrassa avant de la laisser lui échapper.

Lorsqu'ils arrivèrent au gîte, Diana avait laissé la porte de service ouverte comme c'était prévu.

— La cuisine n'est pas trop mal, observa Cal après avoir déchargé la voiture. On devrait pouvoir y faire du bon travail.

— La cuisine est géniale, tu veux dire ! s'exclama Min avec une pointe de jalousie. Je pense que… (Elle se tourna vers Cal et il l'interrompit par un baiser.) C'est en quel honneur ? sourit-elle contre ses lèvres en se pressant contre lui.

— J'en avais envie, répondit-il les bras autour d'elle.

Le téléphone de Min sonna et il fit un pas en arrière.

— Qu'est-ce que Greg a encore oublié ? ricana-t-il.

Min décrocha.

— Allô ?

— Mais où êtes-vous ? On est déjà tous au gîte et maman s'énerve contre ma robe, chuchota Diana dans tous ses états. Elle veut savoir où vous êtes.

— En bas dans la cuisine, prêts à nous mettre aux fourneaux, répondit Min pendant que Cal l'embrassait dans le cou. Essaie de la faire patienter, ajouta-t-elle en étouffant un petit rire.

— Elle sera furieuse contre toi.

— Comme d'habitude. En plus, elle sera furieuse quoi qu'il arrive lorsqu'elle découvrira ma robe. C'est Cal qui l'a choisie et je ressemble à une traînée.

Derrière elle, il se mit à rire dans ses cheveux.

— Vraiment ? s'étonna Di. De quelle couleur est-elle ?

— Di…

— Je te laisse, je vais faire patienter maman. *Merci.*

— Tu ne ressembles pas à une traînée, protesta Cal lorsque Min raccrocha. Je te comparerais plutôt à une call-girl de luxe. Et moi, j'ai le portefeuille qui correspond…

Il glissa la main jusqu'à ses fesses.

— Dis-toi que cuisiner c'est un peu comme des préliminaires, lui conseilla Min.

Avec un soupir, il déballa les différents ingrédients.

En un quart d'heure, Min avait huilé le fond de quatre poêles à frire chaudes, Cal avait battu seize blancs de poulet pour les aplatir au maximum avant de s'attaquer aux champignons, et Diana avait fait une courte apparition pour leur rappeler de ne pas utiliser de beurre et pour les couvrir de remerciements.

— Au fait, tu lui as dit qu'on était où ? lui demanda Min en saupoudrant la viande de chapelure.

— La voiture de Cal est en panne, vous être coincés quelque part sur l'autoroute, répondit sa sœur.

Indigné, Cal s'interrompit au beau milieu d'un champignon.

— Ma voiture ne tombe *jamais* en panne, je la garde en parfait…

— Merci, Di, ça devrait suffire, le coupa Min pour laisser Diana repartir. Je le sais bien, dit-elle ensuite à Cal. Mais tu ne peux pas ranger ta fierté de mâle au placard juste le temps d'une soirée ?

— Qu'est-ce que j'y gagne ?

— Ma reconnaissance éternelle.

Elle se pencha au-dessus de la table pour l'embrasser, c'était si bon de sentir leurs lèvres se caresser si tendrement.

— Et cette reconnaissance, elle est grande comment ? s'enquit-il en s'inclinant vers elle alors qu'elle se redressait.

— Trop grande pour une seule nuit. Tu veux bien couper quelques morceaux pour la salade, s'il te plaît ?

Elle s'apprêta à déposer une première tranche de blanc de poulet dans l'huile chaude mais se figea à mi-chemin.

— Il y a un problème ? demanda Cal.

— Non, dit-elle finalement en plaçant la viande dans la poêle avant de fouiller dans les sacs d'Emilio pour en sortir une motte de beurre. Tu sais, je pense qu'on ne peut pas cuisiner sans un tout petit peu de matière grasse, déclara-t-elle en ouvrant la barquette.

— Tout à fait d'accord avec toi, lui sourit Cal.

Chacune des quatre poêles eut droit à son gros morceau de beurre puis Min renifla l'odeur exquise. Satisfaite, elle y déposa ensuite tous les blancs de poulet en souriant.

— Personne ne verra la différence, de toute manière, la rassura-t-il.

— Ma mère peut sentir que j'ai mangé du beurre jusqu'à trois jours après le repas en question, elle s'en rendra compte tout de suite. Mais je m'en fiche. Coupe les feuilles de laitue. Je vais faire cuire les haricots.

Une demi-heure plus tard, Tony et Roger débarquèrent dans la cuisine affublés de chemises blanches et nœuds papillons, et suivis de près par Bonnie.

— Quoi ? s'écria Min en étouffant un fou rire quand elle découvrit leurs nœuds papillons.

— C'est ça, rigole maintenant. Mais tout à l'heure, on t'en mettra plein la vue, lança Tony.

Grâce à lui, les verres à eau furent préparés en un temps record et Roger jongla avec quatorze assiettes, les décora de formes géométriques au vinaigre de framboise avant d'y dresser la salade avec le même niveau de présentation qu'à *La Tour d'argent*.

— Je suis impressionnée, souffla Min.

— Moi aussi, avoua Bonnie du haut de son tabouret à l'autre bout de la table où elle était occupée à couper les échalotes en rondelles.

À ces mots, le visage de Roger s'illumina pour sa belle pendant que Tony quittait la cuisine pour servir les verres en salle.

Une fois de retour, Tony fit son rapport.

— Ils sont tous dans le petit salon à se dire des banalités. Di avait l'air de s'ennuyer mais mon nœud papillon l'a tout de suite réveillée.

— Je n'ai pas envie d'y aller, marmonna Min par-dessus sa poêle fumante de haricots. J'aimerais mieux rester ici avec vous. À partir d'aujourd'hui, je cuisinerai tous les dîners organisés par ma mère.

— Lorsqu'elle aura senti le beurre, elle ne te laissera plus jamais faire à manger, fit remarquer Cal en prêtant main-forte à Tony avec les quatorze assiettes d'entrées.

Dix minutes plus tard, les assiettes étaient prêtes à accueillir le poulet, ce dernier mijotait dans sa sauce marron avec une odeur succulente, les haricots mélangés aux amandes étaient accrochés en petits paquets avec les échalotes, et Min parlait toute seule.

— La salade, c'est fait. La viande et les haricots, c'est fait. La *relish* d'Emilio, prête à servir. Les petits pains, tout chauds sortis du four et déjà dans les paniers. Qu'est-ce que j'ai pu oublier ? Mince, c'est vrai : le dessert.

— Le dessert, je l'ai.

Cal souleva le dernier sac et en sortit deux boîtes sur lesquelles était marqué : « Krispy Kreme ».

— Des donuts ! s'exclama Min, horrifiée.

— Donne-moi un plat à gâteau, ordonna-t-il et Bonnie fouilla dans le placard pour lui en trouver un.

Sous leurs yeux ébahis, il dressa un plat de sept beignets fourrés et glacés au chocolat déposés en cercle avec un huitième au milieu, puis il posa par-dessus cinq beignets fourrés au chocolat, couverts de trois donuts au glaçage de vanille surplombés d'un dernier magnifique donut lui aussi glacé au chocolat. Tous étaient unis par une couche de sucre glace que Bonnie saupoudra au-dessus de chaque cercle.

La bouche de Min se mit à saliver.

— J'ai lu un article là-dessus dans le magazine *People*, raconta Bonnie en reculant d'un pas. Il paraît que ce dessert est à la mode.

Cal s'empara d'une petite boîte qu'il avait gardée de côté, déchira l'emballage et en sortit une minuscule figurine d'un couple de mariés sous une arche en plastique. L'objet était ridicule, mais lorsqu'il l'installa sur le plus haut beignet, l'ensemble donnait un dessert drôle et original.

— Je veux le même gâteau pour mon mariage, annonça Min. Il faut savoir que ma mère va nous faire une crise cardiaque, ajouta-t-elle joyeusement en retirant son tablier devant un Cal affectueusement amusé. Tu es un génie, Calvin. Laisse-moi deux minutes pour aller dans le cellier enfiler ma robe, et la fête va pouvoir commencer.

Aussi vite que possible, elle changea de tenue et réapparut dans la cuisine.

— C'est bon, Cal, le rassurait Tony. On a la situation en main, tu peux…

En voyant Min, il s'interrompit net. Puis Roger, interloqué, suivit le regard de Tony et se figea à son tour. Bonnie jeta un œil par-dessus l'épaule de Roger.

— Min, tu es sublime ! s'exclama-t-elle.

— Très sexy, bafouilla Tony en la regardant fixement. (Cal lui donna une petite tape derrière la tête.) Quoi ? J'observe, c'est tout.

Cal tendit le gâteau à Roger.

— C'est bon, les gars, on peut vous laisser gérer la suite ? demanda-t-il.

— Les doigts dans le nez, lança Tony et Min se tétanisa. Qu'est-ce que j'ai dit ?

— Rien, bafouilla Min en secouant la tête.

Pour penser à autre chose, elle se dirigea vers un miroir et vérifia qu'elle n'avait pas de farine étalée sur le visage en guise de fond de teint. La chaleur de la cuisine avait rosi ses joues et faisait friser ses cheveux, elle avait l'air d'une…

— Tu es magnifique.

En se retournant, elle se trouva nez à nez avec Cal, Roger et Tony ; elle prit alors conscience qu'il y avait encore un mois elle ne connaissait aucun de ces hommes, mais aujourd'hui ils étaient tous là pour l'aider à sortir sa sœur d'une mauvaise passe.

— Vous êtes tellement adorables, leur dit-elle. Ce que vous faites pour moi va bien au-delà de la simple amitié.

— On ferait n'importe quoi pour toi, poupée, sourit Tony.

Il se pencha vers elle et l'embrassa sur la joue, et Min rougit aussitôt.

— On arrête là avec le flirt, Minerva, rouspéta Cal en la prenant par la main pour l'emmener vers la porte de service.

Au passage, Roger lui tapota l'épaule pour l'encourager.

— Ces gars sont exceptionnels, murmura Min alors qu'ils remontaient le chemin de gravier jusqu'à l'entrée principale de la maison.

— Oui, je sais, susurra Cal. Maintenant, nous allons dîner avec ta famille.

— Au secours.

En repensant plus tard au dîner de répétition, Min se demanda quel moment était le pire de la soirée.

Il y eut d'abord leur arrivée, lorsque Nanette les repéra à l'instant où ils passèrent la porte ; elle fut tellement choquée par la robe violette de Min qu'elle marmonna :

— Vous êtes en retard…

Puis elle se contenta de foudroyer Min du regard pendant que celle-ci s'efforçait de garder la tête haute.

Mais Cal lui passa une main dans le dos et le témoin de Greg laissa échapper un juron en penchant la tête sur le côté lorsqu'il la vit arriver.

— Merci, souffla Min.

— Je te l'avais dit, lui chuchota Cal à l'oreille. En revanche, ne t'approche pas trop de lui.

Il y eut aussi le moment où Min découvrit Greg et sa nouvelle coupe de cheveux. Cet imbécile avait décidé de se faire la coupe « César » la veille de son mariage, une coupe qui lui donnait un air encore plus bête que d'habitude.

— Ne fais jamais ça, murmura-t-elle à Cal.

— Il n'y a aucun risque.

Ensuite, lorsque Tony et Roger servirent la salade, Di s'exclama avec un petit sourire en coin :

— Très mignons, ces serveurs !

Troublé, Roger manqua de renverser la salade sur les genoux de Greg.

— Attention, bon sang ! fulmina ce dernier.

Et le sourire de Diana disparut instantanément.

— Oui, très mignons, soutint Min en faisant les gros yeux à Greg qui la regarda d'un air ébahi.

Plus tard, la mère de Greg ajouta son grain de sel.

— Ce poulet est délicieux. Quel traiteur as-tu choisi, déjà ?

Tous les regards se tournèrent vers le futur marié. Après quelques secondes délectables, Min le dépêtra de cette situation gênante.

— Tu avais parlé de *La table d'Emilio*, il me semble.

Il saisit la perche qu'elle lui tendait avec tant de désespoir et de reconnaissance qu'elle eut presque pitié de lui.

Juste après, Nanette entra en scène.

— Il y a du beurre, dans cette sauce ! gronda-t-elle.

— C'est exact, repartit calmement sa fille sans cesser de manger pendant que Cal lui caressait doucement le dos.

Mais le pire moment de la soirée était sans doute la fin du repas, lorsque le téléphone de Min se mit à sonner. Elle jeta un œil vers Diana qui était la seule à l'appeler ces derniers temps, puis se rappela soudain le trio qui s'activait en cuisine.

— Je reviens tout de suite, lança-t-elle avant de se faufiler hors de la pièce pour décrocher. Allô ?

— Min, répondit David. J'ai essayé de te joindre toute la journée.

— Pourquoi ? Oublie, je m'en fiche. Je suis au dîner de répétition de ma sœur, David. Laisse-moi tranquille.

— C'est à propos de Cal, insista David. (Min se figea.) Je tiens encore à toi et il y a quelque chose que tu dois savoir sur Calvin Morrisey.

— Vraiment ? lâcha-t-elle d'un ton sec.

— Tu te rappelles la soirée où il t'a abordée ? Il ne l'a fait que pour gagner un pari : celui de coucher avec toi en moins d'un mois.

— Oh, vraiment ?

Tu es tellement ridicule, David, songea-t-elle.

— Le pari tient jusqu'à mercredi soir, Min, insista-t-il avec tant de sincérité qu'elle émanait du combiné. Cal Morrisey ne perd jamais, il ferait n'importe quoi pour gagner. Je me suis dit que tu devais être au courant, je ne veux pas te voir souffrir.

— Mais je t'en remercie, David.

— Tu n'as pas l'air en colère.

— Les mecs, je te jure…

— Je pensais que tu serais choquée de l'apprendre, bafouilla-t-il lui-même en état de choc.

— David, j'étais au courant. Je vous ai entendus faire ce pari. D'ailleurs, ce n'est pas Cal qui l'a lancé, c'est toi. C'était ton idée, tu es donc le pourri en chef dans cette histoire.

— Non ! se défendit vivement David. Non, j'étais troublé par notre rupture…

— C'est toi qui m'as larguée, alors de quel trouble tu me parles ?

— Depuis, je repense à ce pari et je le regrette sincèrement. Mais Cal ne lâchera pas l'affaire.

— Tu lui as demandé d'annuler le pari, n'est-ce pas ? interrogea-t-elle sèchement sans y croire une seconde.

— Des dizaines de fois.

— David ?

— Oui ?

— Va te faire foutre.

Elle lui raccrocha au nez.

Sous le porche du gîte, elle promena son regard sur la petite rivière qui courait en bas. Ce coin était vraiment joli.

— Quelle galère, soupira-t-elle.

Elle faisait confiance à Cal, sincèrement, mais cette histoire de pari…

Je lui poserai la question après la cérémonie, se promit-elle intérieurement. Une fois cet horrible corset au placard, lorsqu'ils seraient seuls tous les deux, lorsqu'ils pourraient enfin discuter sans que Diana ne leur tire la manche pour quémander de l'aide. Là, elle pourrait lui poser la question.

Demain soir, songea-t-elle avant de retourner à table juste à temps pour assister au point culminant de la soirée : la tête que Nanette ferait en découvrant la pièce montée de donuts.

—Alors, pourquoi ce silence radio depuis plusieurs jours ? s'étonna David lorsque Cynthia décrocha le téléphone le dimanche après-midi. Qu'est-ce qui…

—C'est terminé, le coupa Cynthia la voix tremblotante comme si elle venait de pleurer. Ils sont dans l'étape du béguin. Ça peut prendre des années… On a perdu, David.

—Non, on n'a pas perdu. Je ne peux pas perdre.

—Cal est amoureux d'elle, il est sincère avec elle. Il n'y a rien qui puisse…

—Non, il n'est pas sincère, s'emporta David lassé de parler de Cal sans arrêt. Il court après Min pour gagner ce pari de malheur.

—Quoi ?

—Euh…, marmonna-t-il en réfléchissant au meilleur moyen de s'expliquer sans passer pour un pourri.

—Parle, ordonna-t-elle, refusant clairement le moindre bafouillage.

—Le soir de leur rencontre, j'étais furieux et blessé. Je…

—David, je me fiche complètement de ton cas. Raconte-moi cette histoire de pari.

— J'ai parié avec Cal qu'il n'arriverait pas à coucher avec Min en moins d'un mois.

— Cal ne tiendrait jamais un pari aussi stupide, déclara Cynthia d'un ton assuré.

— Bien sûr, il est trop noble pour ça.

— Il a forcément proposé autre chose.

— Effectivement, il a parié en retour qu'elle accepterait une invitation à dîner.

— Elle a quitté le bar avec lui à cause d'un pari ? explosa Cynthia.

— Ce n'était pas ma faute.

— Ça n'a plus aucune importance, marmonna-t-elle en reprenant une voix sombre. Même si tu lui parles du pari, elle ira vérifier auprès de Cal directement.

— Elle était au courant, regretta David. Je lui ai téléphoné hier soir pour tout lui avouer. Elle m'a dit qu'elle nous a entendus faire ce pari. (Cynthia resta silencieuse.) Je la soupçonne d'être partie dîner avec lui pour me rendre jaloux. Après ce premier repas au restaurant, il la trouvait un peu caractérielle ; elle a dû lui faire payer ce qu'elle venait d'entendre. Cynthia ?

Un silence plana.

— Est-ce qu'il sait ? dit-elle finalement d'un ton sec. Est-ce qu'il est au courant qu'elle a accepté leur premier dîner pour lui faire regretter son pari ?

— Je ne crois pas. Il ne m'a jamais appelé pour tout annuler. Or, si elle est au courant, le pari s'annule automatiquement. (Encore un silence.) Cynthia ?

— Est-ce que tu sais où est Cal ?

— Non, mais il sera au mariage de Diana ce soir. Quelle différence ça…

— Je sais comment briser leur couple, annonça-t-elle d'une voix rauque.

— Comment ?

— Emmène-moi au mariage. S'il n'a pas encore couché avec elle, il refoule une frustration immense à l'heure qu'il est. Je les surveillerai, et si la moindre chose vient le contrarier, si elle le laisse une nouvelle fois sur la touche, si quelque chose va de travers…, déclara-t-elle avant de marquer une pause pendant laquelle David l'entendit respirer profondément. Je t'appelle et tu fonces dire à Cal que Min s'est payé sa tête depuis le début. Raconte-lui que tout le monde se moque de lui dans son dos.

— Et ça suffira pour les faire rompre ?

— En tout cas, ça suffira pour donner des cauchemars à Cal pendant les dix prochaines années, répondit-elle d'une voix chevrotante. La logique là-dedans n'est pas évidente, c'est pourtant le déclencheur de colère chez Cal depuis sa plus tendre enfance. Si tu appuies sur ce bouton, il explose. Donc si on parvient à déclencher cette fureur devant tous les proches de Min…

— Waouh ! s'exclama David encore une fois impressionné par ses idées.

— À quelle heure commence la cérémonie ?

— 19 heures. Diana voulait se marier au crépuscule, une histoire de conte de fées ou je ne sais trop quoi…

— Passe me chercher à 18 heures, le coupa Cynthia avant de raccrocher.

Min resta avec sa sœur cette nuit-là. Diana était si excitée qu'elle ne parvenait pas à se coucher et nouait les rubans autour des petites boîtes à gâteau. Finalement, Min arriva à bout de forces et la laissa à son bricolage pour aller s'allonger, si fatiguée qu'elle ne regretta même pas l'absence de Cal. Mais le jour suivant, Diana était étrangement silencieuse. Toujours nerveuse, mais dépourvue de toute énergie.

— Je n'ai pas assez dormi, c'est tout, dit-elle à Min pour la rassurer.

Lorsqu'elles se rendirent au salon d'essayage installé dans la chapelle, Chouine, Couine et Nanette les attendaient de pied ferme. Min esquiva sa mère armée de peignes à cheveux – « Min, tes cheveux ne ressemblent à rien comme ça » – et se dirigea vers la salle des fêtes pour y déposer les boîtes à gâteau puis elle partit se changer dans la salle d'eau de la chapelle. Hors de question de s'éreinter à enfiler cette robe avec les commentaires de Nanette et les gloussements de Couine.

Tout en se débattant avec son corset pour le lacer autour d'elle, elle essaya de comprendre ce qui clochait. Ce n'était pas son enragée de mère, ni l'idiote chouineuse en robe verte de demoiselle d'honneur, ce n'était pas non plus la pièce montée de la grand-mère d'Emilio que Bonnie était en train d'orner de perles et d'orchidées. Ce devait être en rapport avec le futur marié, Min en était presque certaine. *Je dois absolument parler à Di*, songea-t-elle. *Mais pour lui dire quoi ? Tu es déprimée et ton fiancé n'est qu'un bon à rien. Et si on mangeait le gâteau avant de tous rentrer à la maison ?*

— C'est parti, lança-t-elle tout haut tandis qu'elle quittait la salle de bains pour aller retrouver sa sœur.

En entrant dans la pièce, elle tomba sur Couine occupée à refaire son chignon décoré.

— Tu es en retard, lâcha-t-elle sèchement.

— Sans blague, répondit Min en rejoignant Diana. Alors, ma chérie, qu'est-ce qui t'arrive ?

— Rien, marmonna sa petite sœur. Je suis contente que tu sois là, c'est tout.

— Oui, me voilà dans toute ma splendeur, ricana-t-elle en levant les bras pour dévoiler son corset béant.

— Il n'est pas assez serré, observa Nanette en la retournant vers elle. Franchement, Min.

Elle libéra le nœud du décolleté de sa fille et entreprit de tout lacer en partant du bas.

— Ouf, fit Min alors que ses poumons se contractaient sous la pression. Maman…, souffla-t-elle en posant la main sur le dossier de la chaise de Diana pour garder son équilibre alors que Nanette tirait sèchement sur les rubans. Il faudra bien… que je respire… pendant la cérémonie.

Nanette tira sur le haut du corset d'un coup sec, noua les rubans avec une dextérité à faire pâlir un chef scout puis recula d'un pas pour admirer son œuvre.

— Je ne peux pas faire mieux, déclara-t-elle.

Ce qui résume bien toute notre relation mère-fille, songea Min en lui tournant le dos. La main sur la hanche, elle s'efforça de respirer tout en regardant Diana, ce qui n'était pas chose aisée.

— Di ? l'appela-t-elle.

Mais sa sœur ne bougeait pas, alors elle se pencha pour voir son visage, contractant au passage ses poumons plus qu'ils ne l'étaient déjà.

Les yeux écarquillés de Diana regardaient fixement son propre reflet, ses pommettes saillantes soulignaient son si joli minois. Devant la beauté de sa sœur, Min en oublia presque ses difficultés respiratoires.

— Ma chérie, tu vas bien ? lui demanda-t-elle, inquiète.

— Oui, très bien, susurra sa cadette d'une toute petite voix, le regard toujours rivé sur le miroir.

— Tu es magnifique, sourit Min, observant que même ce corset mettait Di en valeur. Tu ressembles à un cygne, ajouta-t-elle en espérant la voir réagir.

— C'est la dépression d'avant le mariage, expliqua Chouine occupée à installer sa couronne de lierre et de boutons d'orchidée blancs sur sa douce chevelure blonde.

Pitoyable.

Couine donna un petit coup de coude à Min.

— Va plutôt mettre ta couronne, lui intima-t-elle.

La sienne était composée de bleuets et d'orchidées, Couine l'avait minutieusement centrée sur sa tête pour qu'elle moule parfaitement son chignon.

— Oh, Min, tu ne l'as pas encore mise ! s'exclama Nanette.

Sa fille saisit la coiffe de lavande et d'orchidées puis la positionna fermement. Au moins, elle sentait bon. Elle y ajouta quelques épingles à cheveux pour la faire tenir, tout en examinant Diana dans le miroir.

En croisant son regard, sa sœur se raidit soudain.

— Dehors ! ordonna celle-ci sèchement.

— D'accord, murmura Min.

— Non, pas toi. Tout le monde sauf toi.

— Quoi ? s'indigna Couine la main statique alors qu'elle s'apprêtait à saisir la couronne de la future mariée.

— Diana ! fulmina Nanette.

Min observa discrètement le visage crispé de sa cadette.

— Petit moment entre sœurs, annonça-t-elle. On vous retrouve toutes dehors dans quelques minutes.

— Mais je suis une demoiselle d'honneur ! s'insurgea Couine avant de s'interrompre devant l'expression figée de Diana.

— Dehors, insista Min en pointant la porte du doigt.

— Je ne sortirai pas, il s'agit du mariage de ma fille, se révolta Nanette.

— Alors vas-y, au mariage ! lui lança Min. Les bancs d'église ne devaient pas être décorés de fleurs, par hasard ?

— Franchement, Min, commença sa mère avant de marquer une pause. Bien sûr que les bancs doivent être décorés de fleurs.

— Dans ce cas, tu ferais bien d'aller vérifier.

Nanette finit par sortir pour se rendre à la chapelle.

Chouine ramassa son bouquet d'orchidées et se pencha vers Diana pour l'embrasser sur la joue.

— Tu es sublime, chuchota-t-elle. On croirait que tu portes une taille trente-six.

Puis elle tendit le bouquet à Couine avant de la pousser vers la porte. Cette dernière perdit soudain son air prétentieux.

Enfin, Diana et Min se retrouvèrent seules.

En s'adossant au mur, Min essaya tant bien que mal de glisser un doigt sous le bord du corset pour gagner un millimètre de respiration ; elle voulait pouvoir dire ce que Diana aurait besoin d'entendre.

— Voilà, soupira-t-elle. Maintenant, tu m'expliques ce qui ne va pas ou j'annule ce mariage.

— J'ai envie d'un donut Krispy Kreme, bafouilla Diana menaçant d'éclater en sanglots.

— Je vais t'en chercher un, acquiesça Min en rassemblant ses esprits. Je sors et je vais…

— Non, c'est impossible, je n'ai pas le droit, se lamenta sa sœur. Il y a douze grammes de graisse dans chaque beignet.

— C'est vrai, mais puisque c'est le jour de ton mariage…

— Tout est parfait.

— Loin de là, soupira Min. Écoute, si tu veux t'enfuir, je vais chercher les clés de la voiture de Cal, et on retourne chez moi pour boire du champagne et nous gaver de Krispy Kreme toute la nuit.

— M'enfuir ? se crispa Diana. Non, non.

— D'accord, mais si tu changes d'avis, sache que je suis sérieuse à propos des clés de voiture et des donuts.

— Je ne changerai pas d'avis. C'est mon mariage de conte de fées.

— Dans ce cas, il faut y aller, la poussa Min en pensant qu'un peu d'action ferait réagir sa sœur.

Di se redressa et Min leva encore les bras pour lui montrer le corset.

— Alors, qu'est-ce que tu en penses ?

— C'était une idée stupide, observa-t-elle d'une voix toujours larmoyante. (Elle haussa les yeux vers Min.) Pourquoi te ferais-je mettre un corset ?

— Pour que ma taille soit marquée, répondit son aînée.

— Ta taille est déjà marquée. Ce n'est pas une taille de guêpe, mais peu importe.

Elle se planta en face de Min pour la regarder dans les yeux, belle à couper le souffle et froide comme la pierre.

— J'en ai assez, Di, souffla Min en lui prenant les mains. Il faut que tu me dises ce qui ne va pas.

— Tout va bien, s'entêta-t-elle. Tout est parfait.

Couine toqua et passa la tête par la porte.

— Vous êtes prêtes ? demanda-t-elle d'un ton hésitant que Min ne lui reconnaissait pas. Parce qu'on devrait déjà se mettre en file indienne.

Di l'ignora totalement.

— On arrive, lança Min.

Couine ouvrit la porte plus grand.

— Tu es magnifique, Diana, lui dit-elle.

Toujours sans répondre, la future mariée ramassa son bouquet.

— Ta couronne, lui rappela Min.

Sa sœur s'empara de la couronne d'orchidées et de roses blanches pour se l'enfoncer sur la tête, le petit voile partant un peu de travers. – Attends, je vais te le…

Mais Diana traversait déjà la pièce jusqu'à la porte.

— Je vais te l'arranger, insista Couine en lançant à Min son regard habituel voulant dire : « Tu t'y prends vraiment mal. »

— Tu n'arrangeras rien du tout, répondit Min et elle ramassa son bouquet pour suivre sa sœur à l'extérieur.

Chapitre 14

Le soleil couchant illuminait le vestibule mais le visage de Di demeurait pâle et impassible sous son voile et sa couronne parfaitement en place. À ses côtés se tenait George ; mal à l'aise dans son costume depuis le matin, il jeta des regards soucieux à sa fille puis fronça les sourcils vers Min en quête de réponse, mais celle-ci haussa les épaules. Il lui faisait de la peine, mais Min avait d'autres personnes à sauver avant lui.

En tête de file, Chouine se tenait près de l'arche. La procession était prête à partir, alors la jeune femme tapota la tournure de son jupon une dernière fois, renifla, plaqua un sourire sur ses lèvres, esquissa un pas et se dirigea vers la chapelle.

Couine fit un pas en avant, attendit son tour pendant quelques secondes, embrassa Diana sur la joue, avança encore, afficha un large sourire de pom-pom girl puis entra elle aussi dans la chapelle.

Min se retourna vers Di.

— Tu es ma sœur et je te soutiendrai quoi qu'il arrive. Si tu veux t'enfuir, je t'y aiderai.

— Min ? l'interpella son père, outré, puis Di hocha la tête.

— Très bien, soupira Min en se repérant sur la musique.

Elle arbora un joli sourire forcé et avança dans la chapelle, mais quelque chose la tira par la tournure de sa robe pour la retenir, à mi-chemin sous l'arche. Elle se retourna et vit la main de Diana agrippée aux froufrous de mousseline lavande accrochés au bas de son dos.

— Diana ? s'exclama son père, perplexe.

Min fit un pas en arrière.

— Papa, lui dit-elle, va sourire à l'entrée de la chapelle pour que tout le monde pense que tout va bien. Toi, viens me parler, ordonna-t-elle à sa sœur en lui prenant la main encore agrippée à sa robe et elle l'entraîna en bas des marches sous le soleil déclinant.

Le bouquet de Diana tremblait dans ses mains.

Greg a couché avec ma demoiselle d'honneur.

— Susie ? s'exclama Min sans surprise mais écœurée par la nouvelle. Je le savais, elle…

— Pas elle, Couine.

— Comment ça elle couine…, souffla Min mais elle se figea net en ordonnant les pièces du puzzle dans sa tête. Karen ?

Di hocha la tête.

— Oh, fit Min tout en réfléchissant à quoi dire alors que la colère bouillonnait en elle. Ma chérie…, murmura-t-elle en la prenant dans ses bras. Dis-moi que ça s'est passé avant sa demande en mariage et pas…

— Cette nuit, soupira Diana d'une toute petite voix.

Corset ou non, Min prit une profonde inspiration.

— Quel enfoiré de première !

— Merci, renifla Diana.

— Cette pute, je jure de lui arracher tous ses cheveux un par un ! s'emporta Min en serrant de plus en plus fort le bras de sa sœur. Je clouerai son chignon à la porte de cette foutue chapelle, à cette misérable conne ! Papa s'occupera de Greg, ça le démange depuis tellement longtemps ! (Di refoula une crise de larmes.) On va prendre soin de toi, ma chérie. Tu n'es pas seule. Liza et Bonnie…

Sa voix se brisa lorsqu'elle prit conscience que faire étalage de ses amies n'était pas la chose la plus indiquée à cet instant. Si l'une d'elles venait à la trahir, elle ne savait pas comment elle réagirait, si Liza couchait avec Cal… même si c'était impossible et que ça n'arriverait jamais, ils ne…

— Je vous ai observés toi et Cal, hier soir, murmura Diana les yeux voilés de larmes. Vous étiez si beaux, si parfaits l'un pour l'autre, vous étiez vous-mêmes, vous riiez, vous vous chuchotiez vos secrets. Pas besoin d'être quelqu'un d'autre, plus mince ou je ne sais quoi. Il t'aime pour ce que tu es, et j'ai voulu parler à Greg, je voulais qu'on soit pareils que vous, alors quand tu es partie te coucher j'ai pris la voiture et je suis allée chez lui. Ils étaient dans la chambre… (Son visage se décomposa.) … ils n'étaient même pas sur le lit.

Min la prit dans ses bras et la serra contre elle.

— Et Karen a osé venir t'embrasser toute la journée ! Quelle pute répugnante.

— Ils ne savent pas que je suis au courant, renifla Di contre son épaule. Ils ne m'ont pas vue, je me suis enfuie.

— Tu as bien fait, c'était très mature de ta part, grogna Min en serrant les dents. Moi, j'aurais taché les murs de sang. C'est bon, je vais annuler ce mariage.

— Non ! s'écria Diana en se redressant soudain. Non, hors de question, soupira-t-elle alors que son corset orné de perles se soulevait au rythme de sa respiration saccadée.

— Quoi ? Pourquoi ?

— Je suis prête, on peut y aller.

— Écoute, j'admire ta manière de gérer la situation, lui dit Min aussi calmement que l'autorisait sa crise de nerfs. Mais je pense qu'épouser ce gros débile pousse la maturité un peu trop loin !

— Il le faut, insista Diana à bout de souffle. Tout est prévu, même les cadeaux. Bonnie a mis des perles sur le gâteau.

— Je le mangerai, moi, ce gâteau ! Je renverrai les cadeaux ! Je peux même mutiler le futur marié, si tu veux.

— Non, refusa sa petite sœur. Ce n'est pas… il n'est pas… C'est la dépression d'avant le mariage qui l'a poussé dans ses bras. Notre couple s'en sortira.

Min prit une profonde inspiration et s'efforça de rester aussi calme que possible.

— Di, la dépression d'avant le mariage, c'est quand tu paniques pendant l'enterrement de vie de garçon, ça ne veut pas dire baiser la meilleure amie de ta fiancée !

Diana secoua la tête.

— Non, non. On n'a pas toutes la chance de se trouver un Cal. Greg est un homme bon. Il a simplement… paniqué. Je veux me marier. J'avais besoin d'en parler, parler ça soulage, bredouilla-t-elle en ravalant ses larmes.

— Oh, fit Min l'estomac noué. D'accord. Mais si tu changes d'avis, même au beau milieu de la cérémonie, pendant votre lune de miel, à la naissance de votre premier enfant, je serai là pour t'aider à t'enfuir. Tu n'as qu'un mot à dire et on s'en va. Tu n'es pas seule. Tu es sûre de toi ? Parce que je…

Elle essaya de reprendre sa respiration mais son corset ne bougeait pas.

Diana acquiesça.

— J'avais simplement besoin d'en discuter. Je vais bien.

— Parfait, parce que moi je ne vais pas bien du tout.

Elle attendit une autre réponse de Diana pour se calmer, mais rien ne vint parce que sa sœur se dirigeait déjà vers le vestibule, ne lui laissant d'autre choix que de la suivre.

Min sourit à son père dont la mine était déconfite, retrouva sa place sous l'arche et se mit à avancer jusqu'à l'autel, à peine consciente que David et Cynthia étaient présents, assis ensemble sur un banc l'air crispés, que Bonnie et Liza étaient au troisième rang à lui lancer des regards interrogateurs sur ce qui venait de se passer au-dehors, que Cal était installé au deuxième rang se délectant de son décolleté plongeant et que Greg le Con se tenait là, debout en face d'elle, visiblement ennuyé. *Meurs, sale traître pervers !* Mais ces pensées étaient déplacées alors elle s'efforça de songer à autre chose et ne prit conscience qu'elle fronçait les sourcils que lorsqu'elle vit les yeux de Cal s'agrandir et Greg faire un pas en arrière.

Son visage s'adoucit. Il y avait toujours cet instant où le pasteur inviterait l'assemblée à parler ou à se taire à jamais, c'était la seule issue de secours qu'il lui restait pour arrêter ce désastre. À ce moment-là, elle pourrait parler. Mais elle gâcherait le mariage de sa sœur, or Min avait l'impression que, pour cette dernière, la cérémonie en elle-même était plus importante que le mariage. Quoi qu'il en soit, c'était le choix de Diana. Min n'allait pas faire comme sa mère et gâcher la vie de Diana à sa place.

Elle se posta à côté de l'autel près de Couine et caressa l'idée de lui frapper la figure avec son bouquet. Elle pourrait toujours dire qu'elle avait glissé. Plusieurs fois.

Couine soupira et secoua la tête en regardant les cheveux de Min puis pointa le doigt vers sa propre couronne.

Sale garce, fulmina Min en remettant sa couronne.

La marche nuptiale débuta et Min se retourna pour regarder sa sœur progresser jusqu'à l'autel ; un ange de Hollywood éclairé en contre-jour par le soleil couchant.

Son visage trahissait son désespoir, Min se sentit triste pour elle.

Elle tourna la tête, et aperçut Cal qui fronçait les sourcils et mimait « Qu'est-ce qui se passe ? » alors elle secoua la tête, au bord des larmes. Même lui ne pourrait pas arranger les choses pour Diana.

La mariée arriva devant l'autel et la cérémonie put commencer, les gens remuèrent dans les rangs comme s'ils sentaient que quelque chose ne tournait pas rond. Il n'y avait pas ce joyeux brouhaha que l'on retrouve habituellement parmi les invités pendant une cérémonie de mariage. Même les froufrous de la tournure de Diana avaient l'air tragiques.

Après quelques belles paroles, le pasteur parvint au point critique.

— Si quelqu'un s'oppose à cette union, qu'il parle maintenant ou se taise à jamais.

Min fit un pas vers sa sœur et cette dernière se tourna vers elle pour croiser son regard. Diana bougea les lèvres : « Fais-le. »

Après avoir marqué une pause, le pasteur reprit ses vœux mais Di tendit le bras pour attraper celui de Min et chuchota à l'ecclésiastique :

— Oui.

Min poussa un soupir de soulagement.

— Ce n'est pas encore à vous, ma chère, lui dit le pasteur.

— Vous n'avez pas compris, rétorqua Min. Fais-le ! ordonna-t-elle à Diana.

Celle-ci déglutit.

— Oui, je m'y oppose, murmura-t-elle mais sa voix était si faible que le pasteur dut se pencher en avant pour l'entendre.

— Elle s'y oppose, répéta Min bien fort.

— Elle s'oppose à quoi ? s'exclama Greg.

— À toi, espèce de sale traître ! se révolta Min.

Les personnes assises aux premiers rangs s'agitèrent. *Attention, Min, ne fais pas ta grosse voix ! Pas ta grosse voix !* songea-t-elle. Puis elle tourna les yeux vers Greg. *Et tant pis, on s'en fiche de ma grosse voix !*

— Je m'y oppose, répéta Diana cette fois avec un volume audible jusqu'au fond de la salle. (Elle se retourna face aux invités.) Je m'oppose au futur marié qui a l'audace de coucher avec ma demoiselle d'honneur la veille de notre mariage. Je m'oppose à lui, cette espèce de…

Sa voix se brisa.

— Cette espèce de gros pervers de traître ! se révolta Min contre Greg, dans le dos de Diana, en prenant sa grosse voix une bonne fois pour toutes.

— Voilà, approuva Diana et elle descendit les marches de l'autel en tenant son bouquet dans ses mains tremblantes.

— En plus, ta coupe est ridicule, ajouta Min avant de descendre à son tour pour rattraper sa sœur.

Greg lui saisit le bras au passage.

— Attends une minute, s'indigna-t-il.

Elle revint sur ses pas pour lui filer une bonne raclée mais Cal s'interposa et repoussa Greg d'un coup d'épaule.

— Karen, tu t'es tapé Greg ? tempêta Chouine derrière eux.

Alors que quelqu'un tapotait l'épaule de l'homme en question pour le faire pivoter, Chouine se jeta sur Couine, Greg se retourna et reçut le poing de George en plein visage. Chouine tira sur le chignon de Couine, celle-ci valsant la tête la première jusqu'au bas des marches.

Cal rattrapa Greg par les épaules juste avant qu'il tombe au sol, et les deux hommes levèrent le menton pour se trouver nez à nez avec Nanette qui s'approchait d'eux dans son tailleur raffiné gris perle.

— Vous êtes un homme *affreux*, déclara-t-elle avant de lui enfoncer le talon de son escarpin dans les côtes.

— Maman ! s'exclama Min.

Mais Nanette continuait de le frapper avec son talon et de lui assener ses reproches, ponctuant chaque mot d'un coup de chaussure :

— Espèce… de… raclure !

Min finit par les séparer. Sa mère vacilla une seconde puis se retourna vers George qui poussait Cal pour revenir à la charge contre Greg.

— Et toi, tu ne vaux pas mieux ! lança Nanette en frappant la tête de son mari avec son sac à main.

— Quoi ? Mais qu'est-ce que j'ai fait ? s'indigna George en levant les bras pour se protéger.

Raide comme un piquet, Nanette quitta l'autel en fulminant.

Derrière George, Chouine hurla à Greg :

— Sale con !

Et elle se mit à lui donner des coups de bouquet au visage pendant que Couine rampait entre les bancs pour sortir de la chapelle.

— Je dois retrouver Diana, souffla Min à Cal. Retiens-le, tu veux bien ?

— Vas-y, répondit-il.

La dernière scène que Min aperçut en s'éloignant fut Cal plaquant Greg au sol pour empêcher George de le cogner, et Chouine menaçant de l'assommer à coups d'orchidées.

Cal retrouva Min plus tard dans la salle des fêtes, où Diana tenait absolument à maintenir la réception pour les invités qui ne se seraient pas enfuis. Elle était assise là, dans cette grande salle déserte, auprès de Liza, Bonnie et d'une Chouine trop joyeuse pour les circonstances, pendant que Roger faisait les allers et retours pour servir tout le monde en champagne, et que Nanette consolait sa fille en lui disant que tous les hommes n'étaient que des pervers infidèles.

— Maman ! protesta Min alors que Cal lui prenait la main pour l'attirer avec lui dans le couloir. Ma mère est complètement folle !

— Ce n'est pas nouveau, observa Cal en essayant de ne pas loucher sur son décolleté maintenant qu'ils étaient isolés. On dirait que ça te fait mal de le reconnaître.

— Bien sûr que ça fait mal, elle a passé la journée à me fouetter avec ses remarques, s'agita-t-elle en lançant des œillades furtives vers la salle. Regarde-moi cette Chouine, elle ne fait que glousser. Quand je pense que j'ai eu pitié de cette sorcière. Tu voulais me parler ?

— Oui, répondit-il étourdi à la vue de sa poitrine qui gonflait au rythme de sa respiration. Surtout maintenant que tu parles de fouet. Quand pourras-tu retirer cette chose ?

— Je pense que ce n'est plus la peine de la garder, mais les nœuds sont si serrés que je n'arrive pas à les défaire, ça me comprime les poumons.

Elle fit courir ses doigts en haut du corset. *Laisse-moi faire*, songea Cal.

— Attends, dit-il en plongeant la main dans sa poche à la recherche d'un couteau suisse.

Il glissa la lame sous le nœud et coupa le ruban d'un coup sec, Min prit une profonde inspiration qui dénoua tout le reste du laçage.

— Hmm, ce que c'est bon, soupira-t-elle enfin.

Sa respiration soulevait par vagues son corset déserré.

— Agréable à regarder, en plus, murmura-t-il.

Malgré sa bonne éducation, il ne put s'empêcher de poser sa main contre cette poitrine suggestive, réveillant le désir qui bouillonnait en lui depuis des semaines.

S'il ne satisfaisait pas très vite les pulsions que la jeune femme lui inspirait, il deviendrait fou.

— Eh ! protesta-t-elle en retenant sa main.

— C'est plus fort que moi, murmura-t-il tout près de sa bouche. Tu me titillais.

Dans un élan dorénavant familier, elle plaqua ses lèvres contre les siennes et son pouls s'accéléra alors que la main de Cal se faisait pressante contre sa poitrine. Un soupir lui échappa quand il poursuivit son chemin de baisers jusqu'au creux de sa nuque ; sa main posée sur elle montait et descendait au rythme de son souffle court.

— C'est tellement bon… Mais je dois…

— Oui, je sais, chuchota-t-il toujours contre elle. Je n'aurais pas dû.

Il l'embrassa encore, son désir pour elle l'empêchait de la laisser partir.

— Si, tu as bien fait, sourit-elle contre ses lèvres. Mais Di…

— Je sais, la coupa-t-il soudain conscient qu'il avait une mission. Je voulais justement t'en parler. Greg est dehors, un chauffeur doit le ramener. Est-ce que Diana veut le revoir avant qu'il s'en aille ? Il tient à s'excuser.

— Quoi ? Hors de question ! s'exclama Min en reculant d'un pas. Qu'est-ce qu'il lui dirait ?

— « Je suis le pire cliché de l'histoire des mariages qui finissent mal » ? proposa Cal déjà en manque de la chaleur de son corps. Si ça peut aider, sache que même le chauffeur trouve ce qu'il a fait révoltant.

— Je le hais, dit-elle les dents serrées et les yeux tournés vers la salle des fêtes.

— Comment va-t-elle ? demanda Cal en suivant son regard.

Un sentiment de culpabilité l'envahit lorsqu'il comprit qu'il se laissait ronger par des pensées charnelles à l'heure où Diana était au plus bas.

— Je crois qu'elle est presque soulagée, répondit Min en regardant sa petite sœur. Le bonheur est bien loin et les larmes ne tarderont pas, mais au fond d'elle, elle savait qu'elle était plus intéressée par l'idée du mariage que par Greg.

— Elle est intelligente. Et puis, qui voudrait de Greg ?

Min se leva sur la pointe des pieds et l'embrassa encore une fois.

— Je vais rester avec elle, ce soir.

— Je m'en doutais, grogna Cal contrarié par cette perspective. (Puis il passa les bras autour d'elle pour la serrer fort contre lui.) J'ai envie de toi, Minerva.

— Demain soir, je serai libre, lui sourit-elle. Va te débarrasser de ce bon à rien et reviens prendre une coupe de champagne.

— J'arrive tout de suite, promit-il en déposant un dernier baiser sur ses lèvres.

Il était si surprenant de voir comme les choses paraissaient simples, tout était devenu naturel entre eux. *Il y a forcément un problème quelque part*, songea-t-il. Il lui sourit malgré tout et retourna à la voiture pour dire au chauffeur d'emmener Greg.

De retour dans le couloir qui menait à la salle, Cal tomba sur David.

— La fête est finie, David, maugréa Cal sans trop lui montrer ce qu'il pensait de lui. Tu peux rentrer chez toi.

— Impossible, repartit l'importun en prenant un air héroïque. D'abord, il y a quelque chose que tu dois savoir.

Quel cauchemar, se dit Cal.

— Quoi ?

— Le pari qu'on a lancé ce fameux soir, tu devais coucher avec Min avant un mois, lui rappela David.

— De quoi tu parles ? souffla Cal, visiblement confus. Quel pari ? On n'a rien parié, c'était ton idée un soir de beuverie.

— Min est au courant. (Cal sentit un frisson lui parcourir l'échine.) Elle nous a entendus, c'est pour ça qu'elle a accepté d'aller dîner avec toi : pour se venger de nous deux et en tirer au moins un bon repas. Elles étaient toutes au courant et se paient notre tête depuis le début : Liza, Bonnie, sa sœur, tout le monde.

Le couloir sembla soudain trop étroit, Cal manquait d'air, il faisait frais pour un mois de juin.

— Il fallait que je te le dise, continuait David, parce que si elle est au courant, le pari est annulé. Tu n'avais aucune chance de gagner ; tout ce temps, elle jouait avec toi.

— Non, s'étrangla Cal. Elle ne ferait jamais ça.

Le vieux démon de la honte et de la haine de soi remonta à la surface pour le frapper en plein visage. *Comment as-tu pu être aussi stupide ?* Il avait beau savoir que David brisait volontairement sa vie, que Min ne ferait jamais une chose pareille…

— Regarde la vérité en face, insista David en lui tapotant l'épaule. Elle s'est moquée de nous. Enfin, surtout de toi parce que finalement ce n'est pas moi qui ai tout fait pour coucher avec elle, mais je me sens aussi bête.

Cal le regarda droit dans les yeux, rongé par la haine.

— Enfin, tu t'en rends compte ?

Elle est au courant. Elle se paie ma tête.

David leva les mains.

— Ne t'en prends pas à moi ! Ce n'est pas moi qui te fais passer pour un idiot depuis presque un mois.

Cal sursauta et tourna les talons pour rejoindre les autres. C'était un tissu de mensonges, Min n'aurait jamais fait ça. Seulement, beaucoup de choses jusque-là inexplicables s'éclairaient soudain.

D'un pas décidé, il traversa la salle déserte jusqu'à Min, occupée à faire barrière entre Nanette et Diana pour protéger sa sœur.

— Je peux te parler une minute ?

Min leva les yeux vers lui.

— Ce n'est pas vraiment le moment…

— Maintenant ! ordonna-t-il devant les yeux ronds de Min qui hocha la tête.

— Je reviens tout de suite, ma puce, promit-elle à Diana avant de le suivre jusqu'au couloir en lançant des regards inquiets vers sa sœur tout en s'éloignant.

— C'est Greg ? demanda-t-elle dans le couloir d'où elle voyait encore Diana. Est-ce qu'il...

— Pourquoi as-tu accepté de dîner avec moi, le soir de notre rencontre ?

— *Quoi ?* s'exclama-t-elle, si surprise qu'elle en oublia presque sa sœur.

— Dis-moi la vérité.

Elle se raidit.

— J'ai..., commença-t-elle en fuyant son regard et en secouant la tête. J'ai accepté de dîner avec toi à cause de ce défi que David t'a lancé : coucher avec moi avant un mois. Et j'avais besoin d'un cavalier pour le mariage. Ensuite on a dîné, j'ai compris que tu étais trop malin pour que je te supporte trois semaines alors j'ai dit « merci », « au revoir » et je suis rentrée chez moi. Pourquoi doit-on discuter de ça maintenant, en revanche, c'est une chose qui m'échappe complètement.

— Pourquoi avoir continué de me voir alors que tu me croyais capable d'une horreur pareille ? s'emporta Cal, rongé par un mois d'abstinence transformée en colère. Pour le plaisir ? Parce que ça t'amuse ?

— Non, soupira Min, agacée. Je ne faisais que t'éviter, je ne voulais pas te revoir. Peut-on en parler plus...

— Si je comprends bien, tu me rejetais pour te payer ma tête, et avec tes copines vous rigoliez bien autour de vos dîners stupides !

— Tu as tout faux ! s'énerva Min bouillonnant d'exaspération. On pensait que tu n'étais qu'un menteur, ce n'était pas drôle du tout.

— Ah ! fulmina-t-il en hochant la tête. Voilà pourquoi Liza me frappait dès qu'elle me voyait !

— Oui, mais je m'en fiche ! cracha-t-elle les dents serrées. Ça n'a plus d'importance !

— Non, tu ne t'en fiches pas, dit-il sombrement. Tu es furieuse. C'est pour ça que tu joues avec moi depuis le début, que tu m'as rendu fou de toi, que tu m'as fait passer pour…

— Eh ! s'indigna Min en pointant son doigt sur lui. J'ai été honnête avec toi sur toute la ligne.

— Tu ne m'as jamais posé de question sur le pari.

— Si, argua-t-elle les bras croisés. Tu changeais de sujet systématiquement.

— Non, tu n'as jamais posé clairement la question, insista-t-il en croisant les bras à son tour. Et tu sais comment je le sais ? Parce que je t'aurais répondu que je n'ai jamais accepté de relever ce défi.

— J'étais là, j'ai tout entendu !

— Alors tu n'as pas bien écouté ! Je lui ai dit « non » !

— Tu as dit : « Les doigts dans le nez ! » rétorqua-t-elle sèchement.

Il prit une profonde inspiration. *Et merde*, songea-t-il.

— Je n'ai jamais dit : « Les doigts dans le nez » de toute ma vie ! C'est une expression débile ! Tu me prends vraiment pour un idiot ! rugit-il. (Min se figea.) Tout le monde me prend pour un idiot !

— « Idiot » n'est pas du tout le bon mot, rectifia-t-elle cette fois avec prudence. Qu'est-ce qui s'est passé ?

— Ils pensent tous que j'ai relevé le défi d'une ordure comme David, vociféra Cal en secouant la tête pour refuser l'étendue de la trahison de Min. Parce que *toi*, tu leur as dit que j'avais accepté ce pari. Ils t'ont tous regardée jouer avec moi, et je suis tombé les deux pieds dans le piège comment un idiot.

— Tu as tenu ce pari, insista-t-elle sans être certaine de ce qu'elle avançait. Je ne te prenais pas pour un idiot mais pour… un salaud. Et puis, tu t'es révélé sous ton vrai jour alors j'ai… Et merde, d'où sort cette conversation ? Tu sais très bien ce que je ressens pour toi. Je t'aime. Cette histoire de pari n'a plus aucune importance.

— Comment ça ? Et toi, tu ne serais pas idiote, par hasard ?

— Quoi ? protesta Min le visage plus sombre. Écoute, je suis consciente qu'on touche à ta corde sensible, mais reprends-toi. Je t'aime et tu le sais, mais je n'ai pas le temps de régler tes petits problèmes maintenant…

— Régler mes « petits problèmes » ? s'emporta Cal en serrant la mâchoire pour s'empêcher de lui hurler dessus parce qu'elle l'avait trahi et qu'il avait toujours désespérément envie d'elle. Ne t'inquiète pas, tu n'entendras plus jamais parler de mes « petits problèmes ».

Fous le camp d'ici, songea-t-il.

— Quoi ? s'exclama Min la tête ballante. (Puis ses traits se déformèrent sous la colère.) Oh, mais bien sûr ! Je comprends tout : tu t'enfuis. Espèce de salaud. Tu as eu ce que tu voulais, je t'ai dit que je t'aimais, la partie est terminée alors tu tournes les talons. Je savais que tu ferais ça. *Je le savais !*

— Ça n'a rien à voir avec moi, souffla Cal en fuyant son regard.

— Bien sûr que si ! Tu es au centre de l'histoire. Cent pour cent de tes relations finissent sur ta fuite. La moindre excuse est bonne pour…

— Eh ! hurla Tony derrière eux.

De l'entrée de la salle, il leur décocha un regard noir. Cal ne l'avait jamais vu aussi furieux.

— Je ne sais pas ce que vous foutez, fulmina-t-il, mais ce n'est sûrement pas plus important que la galère que traverse cette pauvre gamine. Vous avez toute la vie pour vous battre, mais elle a besoin de vous *maintenant*!

— Dis à Min que je n'ai jamais relevé le pari de coucher avec elle en moins d'un mois que cet idiot de David m'a lancé! pesta Cal.

Exaspéré, Tony se tourna vers Min.

— Il n'a pas relevé ce pari.

— Je l'ai entendu de mes propres oreilles, répliqua-t-elle. David l'a défié de coucher avec la fille au veston gris à carreaux dans le mois et Cal a répondu : « Les doigts dans... le nez! » Oh.

Son regard passa frénétiquement de Tony à Cal.

— C'est moi qui ai dit : « Les doigts dans le nez », confirma Tony. J'ai eu tort et je m'en fous. Vous vous disputerez plus tard. Pour l'instant, ramène tes fesses et va soutenir ta sœur. Votre mère l'a privée de champagne sous prétexte qu'il y aurait trop de calories dans une coupe. En plus, cette idiote de demoiselle d'honneur avec sa robe verte ne fait que rire bêtement.

— Tu as raison, admit Min en se dirigeant vers la porte. Mais nous n'en parlerons plus puisque M. Cal a décidé de prendre ses jambes à son cou.

— J'espère que c'est une blague, soupira Tony en les regardant tous les deux avec mépris. Vous êtes deux gros gamins, c'est incroyable.

— Pardon ? se glaça Min.

— Je vous la fais courte : tu es une harpie en guerre contre le sexe masculin tout entier, et, Cal, tu n'es qu'un trouillard effrayé par les femmes. D'ailleurs : arrête ça, tu veux bien ?

— Allez au diable, tous les deux ! s'écria Min et elle partit retrouver sa sœur alors que Cal se tournait vers Tony.

— Les hommes sont tous pareils, expliquait Nanette à Diana lorsque Min réapparut bouillonnante de colère. Il n'y en a pas un pour rattraper l'autre, arguait-elle en faisant de grands gestes avec la coupe de champagne qu'elle tenait dans sa main. Ils te disent qu'ils t'aiment, et le lendemain...

Min s'empara du verre de sa mère.

— Tiens, lança-t-elle en le tendant à sa sœur. Ce soir, on se descendra une bonne douzaine de bouteilles de ce bon champagne, alors tu peux déjà t'y mettre.

— Sais-tu combien de calories..., commença Nanette.

— Écoute-moi bien, la coupa sa fille aînée. Tu vas rentrer chez toi, balancer tous tes magazines de mode à la poubelle et commencer un sevrage illico. Je ne vois pas d'autre solution pour sauver ta peau.

Nanette se raidit.

— Ce n'est pas parce que tu ne perdras jamais un kilo que Diana doit devenir grosse, elle aussi.

— Je ne suis pas grosse, maman ! Mais puisqu'on en parle, ne pas manger pendant cinquante-cinq ans t'a rendue pire que malheureuse. Alors rentre chez toi et croque dans quelque chose, putain ! hurla-t-elle en regardant autour d'elle. Où sont passées les boîtes à gâteau ?

— Je vais les chercher, se précipita Roger aussitôt parti à leur recherche.

— C'est une sage décision, commenta Chouine le visage rayonnant tourné vers Min.

— Toi, pesta Min, va jubiler ailleurs ! Ou plutôt, va retrouver Greg ! Vous êtes faits l'un pour l'autre : c'est un salaud égoïste et toi tu aimes souffrir.

— Tu es injuste, maugréa Chouine en recouvrant enfin sa petite voix pleurnicharde.

— Fiche le camp, Chouine, lança Liza. Tu t'es mise à rire dès que tu as fini de taper sur Couine. Si tu ne tiens pas à soutenir Diana, rends-toi au moins compte qu'on serait bien mieux sans toi.

— Moi, au moins, je ne suis pas Aigre ! pleurnicha Chouine en guise de réponse.

Et elle quitta la pièce.

— Est-ce qu'elle vient de m'insulter ? demanda Liza à Bonnie.

Min s'assit sur le siège que Chouine venait de libérer à côté de Diana.

— Voilà ce qu'on va faire, lui dit-elle en lui prenant la main. On récupère les boîtes à gâteau avec une caisse de champagne et on file chez moi.

— D'accord, murmura Diana au bord de la crise de larmes.

— Puis, nous mangerons et boirons jusqu'à l'ivresse.

— Oh, Min ! protesta Nanette. Vous mettrez des semaines à perdre toutes ces calories.

Min leva les yeux vers sa mère et marqua une pause en songeant : *Quand je pense que ma sœur vit avec cette femme sur son dos chaque jour que Dieu fait.*

— Ensuite, reprit-elle en se retournant vers Diana, puisque tes vacances sont posées pour votre lune de miel, je vais prendre ma semaine aussi, et nous irons à la chasse immobilière.

Diana s'arrêta de pleurer.

— La chasse immobilière ?

— Oui. Je compte m'acheter une petite maison typique avec deux chambres, et tu vas aménager avec moi.

— Vraiment ? s'extasia Diana en se redressant sur sa chaise.

— Oui. Tu vis sous le même toit que la police des calories depuis déjà trop longtemps.

— Cette idée est ridicule, s'interposa Nanette. Elle ne déménagera pas.

— Mais il y aura des règles, poursuivit Min. (Diana, tout ouïe, hocha la tête.) Il y aura toujours une tablette de beurre dans le frigo. Les bandes originales des films avec Julia Roberts seront proscrites. Et à partir de maintenant, nous ne fréquenterons que des hommes laids, précisa-t-elle en jetant un vif coup d'œil en direction de Cal qui remontait les bretelles à Tony.

Diana acquiesça à tout ce qu'elle venait d'entendre.

— Et je te laisserai tranquille les jeudis soir, ajouta-t-elle timidement.

— Pourquoi ? s'exclama Min avec des yeux ronds.

— Pour que vous poursuiviez votre *Dîner des Si*, toutes les trois.

À cet instant, Min prit conscience que la pire chose qui venait d'arriver à Di n'était pas d'avoir perdu Greg, mais d'avoir perdu ses meilleures amies. Elle s'imagina encore comment elle-même se sentirait si Liza et Bonnie l'avaient trahie, et son cœur se serra douloureusement : ce serait pire que tout au monde.

Aussi affreux que de perdre Cal.

— Tu seras la bienvenue à nos soirées, annonça Bonnie en passant le bras autour des épaules de Diana.

Roger réapparut avec un plateau sur lequel étaient posées les boîtes à gâteau et la partie supérieure de la pièce montée. Liza s'empara de la figurine des mariés et la posa au sol devant Diana.

— On t'accueillera sans problème. Maintenant, je demande ton attention, Mini-Stats, car cet instant est crucial. (Alors que Diana levait les yeux vers elle, Liza piétina violemment la tête du futur marié miniature jusqu'à le réduire en poussière.) Voilà, il fait officiellement partie du passé. Et s'il y a un Dieu, il le fera souffrir d'un bon mal de tête.

— À mon avis, ton rêve se réalise déjà : il a reçu pas mal de coups, aujourd'hui ! observa Roger.

— Parfait. Maintenant, allons tous chez Min pour boire jusqu'à plus soif.

Diana se tourna vers sa sœur et la regarda à travers ses larmes.

— Tu me laisseras porter tes pantoufles en lapins ?

— Je te les donne, lui assura Min en repensant à Cal avec un désespoir furieux.

Un coup d'œil vers la porte et elle le vit : toujours dans le couloir, il la regardait aussi. Puis Tony lui bloqua la vue en approchant les bras tendus.

— Bien joué, championne ! lança-t-il à Liza. Mais tu as massacré le minimarié, tu ne pouvais pas t'en empêcher !

— Si tu le défends, tu es un homme mort, menaça-t-elle.

— Aucun risque : ce type était un con, même avant de changer de coiffure.

Diana se mit à rire puis les larmes reprirent le dessus.

Dans le couloir, Cal se retourna et Min aperçut Cynthia derrière lui. Il marqua une pause, puis s'en alla au bras de la brunette.

C'est ça, sauve-toi. Ça n'a rien à voir avec toi alors tu ne restes pas, pas vrai, mon vieux? songea Min avec amertume avant de le chasser de son esprit pour en revenir à sa sœur.

— Tu me traites de trouillard ? rugit Cal lorsque Min le laissa seul avec Tony.

Il était heureux de pouvoir enfin s'attaquer à quelqu'un qu'il pouvait frapper.

— Je n'arrive pas à croire que tu fuies devant celle-ci, répondit Tony. Bon sang, Cal, tu as trente-cinq ans ! Tu n'en as pas marre de te comporter comme un gosse ?

— On a le même âge, je te rappelle, rétorqua-t-il sombrement.

— Peut-être, mais je n'ai jamais eu la chance de regarder une femme comme tu regardes Min. Moi aussi, elle m'énerve avec son discours sur les hommes et leur caractère intrinsèque de porcs vicieux. Sauf que moi à ta place, je le lui dirais, je ne partirais pas en courant ! C'est quoi, ton problème ?

— Ça n'a rien à voir avec moi.

— Tu m'énerves, lança Tony en retournant dans la salle.

— Tu vas où ?

Tony secoua la tête.

— Là où on a vraiment besoin de moi. On est tous concernés par ce fiasco, alors pourquoi *toi*, tu t'en vas ?

Puis il s'éloigna et Cal observa la scène vers laquelle son ami se dirigeait : Min prenait sa sœur dans ses bras et Bonnie restait assise près d'elles. Roger arrivait avec un plateau posé sur une main et tapotait le dos de Diana de l'autre. Liza écrasait quelque chose sous son talon, et Tony s'approchait d'eux en tendant les bras, Diana levait les yeux pour lui adresser un sourire humide de larmes et Cal sut que Tony faisait encore le pitre pour amuser la galerie. *Et merde,* songea-t-il, *je devrais être là-bas avec eux*. Puis Min leva les yeux et croisa son regard, le visage dur et sombre. Cal tressaillit. *Va au diable*, pensa-t-il et il se retourna à la fois furieux et triste comme jamais. Derrière lui, se tenait sur Cynthia, plus belle que jamais.

— Tu vas bien ? lui demanda-t-elle doucement.

— Non.

Elle lui sourit.

— Je connais un endroit où on peut aller prendre un verre.

— Où ça ?

— Chez moi.

— C'est parti, répondit Cal et il s'en alla, conscient que Min le regardait.

Le lundi, Cal passa une grande partie de sa journée furieux contre le comportement odieux de Min, et le mardi ne s'annonçait pas meilleur. Ces deux mêmes jours, les appels répétés de Cynthia n'arrangèrent pas les choses : elle tenait absolument à son invitation qu'il avait déclinée au dernier moment en la déposant chez elle. Ses clients, quant à eux, ne gagnaient pas en intelligence, et ses collaborateurs le regardaient comme s'il avait noyé des chatons. Le pire de tout était que Min lui manquait énormément, il avait tellement envie d'elle que son estomac se nouait jusqu'à le rendre malade. Mais l'apogée de cette merveilleuse journée fut le moment où sa mère l'appela au travail pour savoir s'il sortait de nouveau avec Cynthia.

— Non, lui répondit-il. Je ne la reverrai plus jamais, alors fous-moi la paix avec Cynthia !

— Calvin ! s'indigna sa mère d'un ton si glacial qu'il aurait culpabilisé n'importe quel autre jour.

Mais pas ce jour-là.

— D'ailleurs, puisque tu veux absolument me faire comprendre que je suis la plus grande déception de ta vie, je ne tiens pas à te revoir non plus, maman !

— Calvin ! s'exclama-t-elle avec la même voix stridente.

— Oublie ça, rugit-il et il raccrocha.

Tony s'approcha et débrancha le téléphone.

— Tu récupéreras ta ligne quand tu te seras décidé à la rappeler, annonça-t-il. D'ici là, tu ne parles plus à personne.

— Je ne la rappellerai jamais. Elle a été un boulet toute ma vie, j'en ai plus qu'assez.

— Pas ta mère, idiot. *Min*.

— Elle a été un boulet ce dernier mois et j'en ai plus qu'assez aussi. Qu'elles aillent au diable toutes les deux.

— Voilà qui est mature, observa Tony sur le même ton que Min alors que Roger secouait la tête avant de replonger dans son travail.

Cal décida de les ignorer tous les deux pour éditer une nouvelle offre de formations.

De retour chez lui ce soir-là, il jeta sa veste de costume sur le canapé, se servit un verre de Glenlivet et s'immobilisa en entendant Elvis Costello qui se mettait à chanter *She* dans l'appartement voisin.

— Et merde, je n'en peux plus ! vociféra-t-il en reposant violemment son verre.

Lorsqu'il tambourina à la porte de Shanna, une inconnue lui ouvrit.

— Oh ! s'exclama-t-il. Je croyais… Shanna…

— Oui, elle est ici. Shanna ? appela la jeune femme brune.

Le tendre sourire qu'elle lui décocha lui rappela celui de Min, avec sa petite taille, ses grands yeux et son joli visage rond. Il jeta un regard derrière elle pour voir sa voisine : dans la cuisine, elle remplissait deux verres rouges comme le rubis.

— Cal ! lança-t-elle en souriant lorsqu'elle l'aperçut. Je te présente Linda. Linda, voici Cal, mon voisin de palier. (Elle sourit de plus belle en désignant du menton la chaîne hi-fi en marche.) Musique de fond pour notre premier rencard !

— Oh, souffla-t-il en reculant d'un pas. Mince, désolé…

— Elvis Costello est génial, tu ne trouves pas ? lui demanda Linda.

— Si, si. Bien joué, Shan ! À plus tard.

— Reste boire un verre, proposa Shanna en lui lançant un regard qui criait : « Fiche le camp ! »

— Peux pas, je dois…

À court d'excuses quant à ce qu'il pouvait bien avoir à faire chez lui à part fulminer, il désigna simplement sa porte d'un mouvement de tête.

— Min est là ? s'enquit sa voisine en reposant les verres sur le plan de travail. Tout à l'heure on pourrait peut-être…

— Non, l'interrompit-il sèchement alors que la rage bouillonnait en lui. Min n'est pas là.

Shanna se figea en lisant la colère sur son visage.

— Oh, non, qu'est-ce que tu as fait ?

— Bizarrement, je n'ai rien fait du tout. Pourquoi sous-entendre que c'est moi qui…

— Je m'en fiche. Va la reconquérir.

— C'est terminé entre nous.

— Non, tu as tout faux. Cette fois, tu as vraiment perdu quelque chose de précieux.

— Ça n'a rien à voir avec moi.

— Si, détrompe-toi, cette fois c'est toi. Qu'est-ce qui s'est passé ?

Il secoua la tête.

— Rien d'intéressant, lâcha-t-il d'un ton sec avant de faire un signe de tête à Linda. Ravi de t'avoir rencontrée.

Puis il se retourna pour s'en aller mais Shanna le retint par la manche et le tira brusquement en arrière.

— Tu vas t'asseoir et tout me raconter, ordonna-t-elle. Sinon, je te suis chez toi pour te taper sur les nerfs jusqu'à ce que tu daignes m'expliquer ce qui s'est passé.

Un quart d'heure plus tard, Shanna soupira.

— Difficile de dire lequel de vous deux a été le plus débile, déclara-t-elle.

— Eh !

— Vous êtes fous amoureux l'un de l'autre mais vous n'arrivez pas à l'admettre. Vous n'avez pas conscience de la rareté de votre chance !

— J'espère bien que c'est très rare, ricana Cal. Je ne voudrais pas qu'il y ait une épidémie de cette connerie.

— Arrête ! Tu veux la reconquérir.

— Pourquoi voudrais-je…

— Arrête ! Tu *veux* la reconquérir !

Affalé dans le canapé de Shanna, il laissa peu à peu revenir le souvenir de Min, ce souvenir qu'il refoulait depuis deux jours. Il se prit la tête entre les mains.

— Bon sang, je veux la reconquérir. Ce qui te prouve à quel point je suis stupide.

— Mais cesse avec ces bêtises, appelle-la ! insista Shanna. Dis-lui que tu es désolé.

Il releva brusquement la tête.

— Ah, non ! C'est moi la victime, dans cette histoire !

— Mais bien sûr, et ça te réconforte de penser ça ? Appelle-la. Dis-lui que tu aimerais la voir demain soir. Emporte une bonne bouteille de vin, dis-lui que tu l'aimes, règle ce faux problème et vous vivrez heureux jusqu'à la fin de vos jours.

— Pourquoi demain ? demanda Cal, confus. Si je dois m'excuser pour quelque chose *que je n'ai pas fait*, autant y aller maintenant…

— Parce que demain tu auras perdu le pari, expliqua-t-elle.

— *Je n'ai pas tenu ce pari !* tempêta Cal.

À côté de lui, Linda eut un mouvement de recul sur le canapé.

— Arrête de hurler, c'est un détail, se fâcha Shanna. Tu l'as blessée là où ça fait mal, voilà tout ce qui importe.

— Qu'est-ce qui…

— Ce n'est pas un canon de beauté, le coupa-t-elle. Elle n'est pas mince, elle sait pertinemment que les gens qui la voient à ton bras se demandent comment elle a fait pour te séduire.

— C'est faux, cette femme est exceptionnelle.

— Oui, on le sait. Mais nombreux sont ceux qui ne s'en rendent pas compte, à commencer par son ex qui l'a larguée pour ensuite te lancer ce fameux pari.

— Aïe, fit Linda.

— Dans la foulée, voilà que tu sors de nulle part, séduisant comme un dieu, pour la convaincre de ton amour…

— Je l'aime vraiment !

— … mais il apparaît que tu viens de parier avec David…

— Je n'ai rien parié du tout ! s'exclama Cal en se levant brusquement du canapé.

— … qu'elle accepterait de *dîner* avec toi, poursuivit Shanna. (Cal se rassit.) Elle était persuadée que tu l'invitais pour gagner le pari du sexe sans être au courant de celui du dîner. Au final, lorsque les choses tournent au vinaigre, au lieu de rester avec elle pour l'épauler tu t'en vas au bras de ton ex ultrasexy.

— Mauvais plan…, murmura Linda.

— Quel idiot, se lamenta-t-il en reprenant sa tête entre ses mains. Je me suis fait avoir comme un débutant par ce crétin de David Fisk, je n'arrive pas à le croire. J'ai été tellement stupide !

— Peut-être, mais seulement sur ce coup-là, maintenant tout ira bien ne t'inquiète pas, le rassura son amie. Tout ce qu'il te reste à faire, c'est de perdre le pari. Après tout, tu y perds un peu de fierté et 10 dollars, ce n'est pas la fin du monde.

— Dix *mille* dollars, rectifia Cal.

— Waouh ! On se croirait dans une série télé ! s'écria Linda.

— Tu as parié avec David *10 000 dollars* que tu coucherais avec Min ? articula Shanna, interloquée.

Cal leva les yeux au ciel.

— Personne ne m'écoute !

— Il n'a jamais relevé ce défi, fit remarquer Linda.

— *Merci !*

— Peut-être, mais tout le monde a en tête l'existence de ce pari, rétorqua Shanna. Donc si tu couches avec elle avant… Quand se termine le délai, déjà ?

— Demain soir vers vingt et une heures trente, je ne sais plus exactement, marmonna Cal en essayant de se rappeler l'heure à laquelle ils avaient fait… n'avaient *pas* fait ce pari.

Bon sang, même lui s'y mettait.

— Es-tu prêt à perdre 10 000 dollars pour elle ?

— Cent mille dollars s'il le faut ! affirma-t-il.

— Dans ce cas, tu as ta solution : appelle-la et dis-lui que tu veux la voir une fois le délai passé et le pari perdu, déclara Shanna en croisant les bras pour souligner le caractère irrévocable de ce qu'elle avançait. Et ne m'oblige pas à le faire à ta place.

— Fais-le, insista Linda. C'est romantique et pervers à la fois, j'adore.

— Je vous remercie. Sur ce, je rentre chez moi !

Il se leva et s'en alla, ignorant Shanna qui le suppliait de rester.

Shanna avait tort, se persuada-t-il en se servant un autre verre de scotch, mais il n'était pas très convaincu. En fermant les yeux, il repensa à Min et se força à croire que leur relation n'était fondée que sur des mensonges, mais sa douce voix répétait « Je t'aime » dans son esprit et il savait qu'elle le pensait vraiment.

— Il y en a marre ! s'exclama-t-il tout haut.

Lorsqu'on toqua à sa porte, il ouvrit violemment, prêt à casser le nez de Shanna si elle osait jacasser encore à propos de Min.

Mais c'était Cynthia, plus séduisante que jamais dans son dos nu bleu et sa minijupe noire. Elle leva le menton en repoussant sa chevelure d'un noir étincelant derrière ses épaules.

— Je sais que tu es furieux, susurra-t-elle d'une voix mielleuse. Tu as besoin de compagnie.

— Merci mais je vais très bien, lâcha-t-il alors qu'elle s'approchait de lui.

— Non, tu ne vas pas bien du tout et ton cœur est meurtri, insista Cyn en lui tendant une bouteille de Glenlivet. Viens, on va en parler. Tu te sentiras mieux, après.

Je peux lui demander de faire n'importe quoi pour moi, songea Cal. *Et les femmes comme elle sont très nombreuses sur cette planète. Pourquoi ai-je besoin de Min ?*

Cynthia lui sourit avec son petit air adorable et réconfortant.

— Je peux interroger ? demanda-t-elle.

— Non. J'ai un coup de fil à passer.

Chapitre 15

— Je peux attendre, s'obstina-t-elle.

Soudain, les paroles de Min revinrent en mémoire à Cal : « C'est ce que tu fais chaque fois, tu t'en vas. »

Cynthia leva vers lui son charmant sourire, les yeux remplis d'amour. *Oh, non…*, songea-t-il.

Il secoua la tête.

— Je suis vraiment désolé, Cyn. Quelqu'un m'a expliqué ce que je t'ai fait endurer, et j'en suis navré. Je n'ai jamais voulu te faire de mal, ni à toi ni à personne. Mais je n'ai jamais voulu t'épouser non plus.

Avant de répondre, elle prit une profonde inspiration.

— Ce n'est pas grave. Je peux attendre…

— Il y a quelqu'un dans ma vie, expliqua-t-il aussi gentiment qu'il le pouvait. Je suis désolé, mais j'en aime une autre.

Un frisson la fit sursauter.

— Non, c'est moi que tu aimes.

— Je n'ai jamais dit une chose pareille et tu le sais très bien.

— Peut-être, mais tu m'aimes, insista-t-elle en serrant les mains sur la bouteille de scotch. On est faits l'un pour l'autre.

Le désespoir qui émanait de la jeune femme fit tant de peine à Cal qu'il ferma les paupières pour ne pas le voir.

— C'est Min, je le sais très bien, murmura Cynthia. C'est une femme adorable, mais elle n'est pas moi.

— Je le sais et c'est bien là le problème. Je suis vraiment navré.

Le visage de la jeune femme se déforma de tristesse, il referma la porte sur elle et s'y adossa en soupirant. Il voulait arrêter de penser au mal qu'il avait fait à cette pauvre Cynthia, d'ailleurs il voulait arrêter de penser à qui que ce soit.

Sauf à Min.

Arrange les choses, s'ordonna-t-il intérieurement et il s'assit sur une chaise pour réfléchir à comment s'y prendre.

À l'heure où Shanna faisait la morale à Cal, Min écoutait les compliments de Liza sur la qualité du repas lorsque, attablée dans le salon de Min, celle-ci transperça de sa fourchette un champignon gorgé de sauce.

— Mais tu peux me rappeler pourquoi on fait ça ? s'enquit Liza en levant un sourcil.

— Parce qu'on a pris l'habitude de cuisiner du poulet au marsala le mardi soir, soupira Min en s'attaquant sans conviction à son morceau de viande pendant qu'Elvis se frottait à ses jambes, impatient de récolter quelques restes. Je veux rompre toute association d'idées déclenchée par cette recette.

— L'initiative est louable, observa Liza. Mais tu es trop déprimée pour parvenir à rompre quoi que ce soit, ma chérie.

— Je peux avoir le beurre, s'il vous plaît ? réclama Diana en reprenant une tranche de pain de *La table d'Emilio.*

Bonnie poussa la tablette vers elle.

— Tu as reçu de ses nouvelles ? demanda-t-elle à Min.

— Bien sûr que non, maugréa cette dernière en réveillant sa colère pour oublier les deux jours d'attente interminable sans nouvelles ni coup de fil. Il m'en veut. Vous le croyez, ça ? Il m'en veut, à *moi* ! Je n'ai rien parié, moi, que je sache ! Alors pourquoi…

— Par pitié, arrête avec ça ! gronda Liza. Ça fait deux jours que tu nous bassines avec Cal. Regarde les choses en face : il n'a pas tout à fait tort.

Min reposa sa fourchette et Diana se figea, le couteau de beurre encore sur sa tranche de pain.

— Si, il a tort sur toute la ligne ! objecta Min d'un ton sec. C'est justement parce qu'il a eu tort que je me retrouve dans cet état pitoyable. Tu vas lui donner raison ? Bonnie m'a bernée avec ses contes de fées stupides, mais ça ne suffit pas, il faut que tu t'y mettes aussi…

— Ce n'est pas stupide ! s'insurgea Bonnie. Tu l'as, ton conte de fées. Avec le séduisant prince fou de toi, et tout. C'est une réalité !

— Non, ce n'est pas la réalité ! rugit Min en frappant la paume de sa main contre la table. Il s'est énervé et il est parti. J'ai eu droit à un prince *grincheux*, voilà pourquoi je ne crois pas aux princes, je ne crois pas à ce ramassis de *conneries* ! *Je ne crois pas aux contes de fées, compris ?*

— Si tu veux mon avis, ça n'a plus d'importance, déclara Bonnie plus douce que jamais. Le conte de fées croit en toi, lui.

Min se tourna vers Liza.

— Explique-lui, toi !

Liza posa un coude sur la table pour y reposer sa tête.

— Elle n'a pas tort, admit-elle.

— Non mais je rêve ! Si je n'habitais pas ici, je serais déjà partie en claquant la porte !

— Examinons la situation de son point de vue, proposa Liza. Il n'a pas relevé ce défi. Il a tout fait pour ne pas te revoir, mais il ne pouvait s'en empêcher parce qu'il était déjà fou de toi, en plus tu l'embrassais et le rejetais juste après. Plusieurs fois. Il s'est montré patient, adorable avec tes parents et tes proches, il a retrouvé ta boule à neige, il t'a appris à cuisiner. Et il t'a même offert un chat, pour l'amour du ciel ! Tout ça pour découvrir que pendant qu'il se décarcassait pour toi, tu le prenais pour un idiot.

— Non, c'est complètement faux ! protesta Min mais sa colère s'apaisa d'un coup.

— Cet homme est un ange, ajouta Diana en ôtant un morceau de beurre du coin de sa lèvre.

— Liza a raison, enchérit Bonnie. Tu sais que leur scolarité s'est mal passée pour tous les trois. La stupidité est un sujet sensible, et tu as blessé Cal justement en appuyant là où ça fait mal devant ses amis, devant Cynthia et même devant David.

— Aïe, murmura Min.

Elle essaya de raviver sa bonne vieille fureur contre le pari, mais après deux jours passés à fulminer elle arrivait à court de carburant.

— Je sais que la colère te permettait de mieux gérer ta peine, lui dit Liza. Moi aussi, j'ai souvent tendance à faire appel à elle. Mais si tu veux le récupérer, tu vas devoir t'en remettre. Parce que sans le pari…

— Il n'y a pas eu de pari, admit Min. Je sais qu'il dit la vérité.

— Dans ce cas, il t'a tout donné, et tu ne lui as rien apporté en retour.

— C'est un peu violent, non ? objecta Bonnie.

— Pourquoi ne pas lui avoir posé la question directement, à propos du pari ? s'obstina Liza.

— Je l'ai fait, se défendit Min.

— Vraiment ? Tu lui as demandé tel quel : « As-tu parié avec David que tu coucherais avec moi en moins d'un mois ? »

— Non, avoua-t-elle en fuyant le regard de Liza. Je lui ai demandé s'il me cachait quelque chose.

Bonnie acquiesça.

— Et qu'est-ce qu'il a répondu ?

— Il confessait des choses qui n'avaient rien à voir avec le pari, conclut-elle en s'affalant dans son siège.

— La situation devait être plutôt amusante, sourit Liza. Pourquoi ne pas lui avoir posé directement la question ?

Min se prit la tête entre les mains.

— J'avais peur, d'accord ? Quand tous ces gens disent : « Il suffit de parler de ses problèmes pour les résoudre », je suis sûre qu'ils n'ont jamais essayé ! D'accord, en théorie ça sonne bien, mais dans la pratique les risques sont énormes ! s'emporta-t-elle en levant les yeux vers Liza. J'étais certaine qu'il avait relevé le défi, je l'ai entendu ! Et je… (Elle marqua une pause pour reprendre sa respiration.)… Je savais que je n'avais qu'un mois, et je voulais le passer avec lui.

Elle secoua la tête.

— Tout le monde n'a pas la force d'affronter la vie comme tu le fais, acheva-t-elle.

— Eh bien, pourtant il faudrait, déclara Liza d'un ton sec. Tu t'es plantée lamentablement. Alors maintenant, tu vas devoir ramper pour le récupérer.

— Quoi ? s'exclama Bonnie alors que Min regardait Liza bouche bée et que Diana se délectait de la scène.

Liza se leva de table, récupéra le téléphone de Min et le lui apporta.

—Appelle-le, lui ordonna-t-elle. Dis-lui que tu as eu tort, qu'il a eu raison, et que tu es prête à tout pour te faire pardonner.

Min déglutit avec peine.

—Tu veux que je rampe à ses pieds ?

—Oui, confirma Liza. Je ne te permettrai pas de le laisser filer à cause de ta fierté débile. Appelle-le et propose-lui tout ce qu'il voudra pour le récupérer.

Min se tourna vers Bonnie qui hochait la tête puis contempla le téléphone. Si elle appelait Cal, elle aurait au moins la chance d'entendre sa voix. C'était pathétique, non ?

—C'est pathétique, dit-elle tout haut.

—Seulement si tu laisses passer ta chance, rectifia Liza. Pour une fois dans ta vie, fais quelque chose d'irrationnel et d'imprudent : appelle-le.

Pétrifiée de peur, Min resta immobile. Puis elle prit une profonde inspiration et saisit son téléphone.

Lorsque la sonnerie retentit, Cal répétait encore son discours tout préparé : « Que dirais-tu d'un dîner nocturne demain soir ? » mais quand il décrocha et entendit le timide « Salut » de Min, tout s'envola.

—Salut, répondit-il en se laissant tomber dans le canapé.

—Ne dis rien, s'empressa-t-elle d'ajouter. Je veux te parler de quelque chose. J'ai eu tort de ne pas t'avouer que j'étais au courant du pari et de ne pas te faire confiance. Tu avais raison sur toute la ligne, au mariage. Tout est ma faute. Je veux te récupérer. Je veux qu'on redevienne comme avant. Je t'aime et j'ai besoin de toi… Je veux te voir tout de suite.

Le soulagement fit tourner la tête de Cal. *Oui!* songea-t-il mais la réalité le rattrapa aussitôt.

— Maintenant ? bafouilla-t-il en posant les yeux sur l'horloge.

Encore vingt-six heures avant la fin du temps imparti pour le pari. Accepte de la voir, se persuada-t-il, *elle vient juste de te dire qu'elle n'y attachait plus aucune importance.* Mais il se rappela la fureur de Min lorsqu'ils avaient abordé le sujet dans le couloir de la salle des fêtes.

— Repousser tes avances pendant toutes ces semaines, ça me rendait folle, balbutiait Min. Mais si tu n'es pas encore prêt ce n'est pas grave, je veux seulement te voir. Tu me manques tellement. Est-ce que je peux passer chez toi ? Pour discuter ? Ou pour faire d'autres choses, je t'avoue avoir quelques petites idées, si tu veux plus que parler. Plus, ça me paraît bien. Ou pas. Enfin, je ne sais pas.

Plus que parler, voilà une proposition alléchante, songea Cal et il secoua la tête pour se remettre les idées en place.

— Je me mets à genoux, je te signale, et pas pour les meilleures raisons, marmonna-t-elle en cachant son malaise derrière une fausse gaieté. Je peux venir ?

— Non, répondit-il finalement avant de déglutir. C'est moi qui viendrai, mais plus tard. Demain soir à vingt et une heures trente.

— Pas maintenant ? se lamenta Min d'une voix brisée.

— Non, insista-t-il. Demain, vingt et une heures trente. J'apporterai le dîner.

— Je peux cuisiner maintenant, si tu veux. Je peux faire le dîner tout de suite.

— J'apporte à manger demain soir.

Et merde, j'ai été tellement idiot, pensa-t-il.

— D'accord, comme tu voudras, concéda Min.

Puis elle marqua une pause avant de reprendre :

— Quand même, j'ai un peu faim…

— Demain soir, chez toi, s'entêta Cal en grinçant des dents.

— D'accord. Dans ce cas, à demain, conclut Min.

Au moment où il allait lui souhaiter « bonne nuit » elle l'arrêta dans son élan.

— Est-ce que tu fréquentes toujours Cynthia ? fit-elle.

— Quelle horreur, non ! s'écria-t-il en lançant un regard coupable vers sa porte d'entrée.

— Parce que je t'ai vu partir avec elle, et David m'a dit que tu la revoyais. Sinon, je ne te poserais pas la question, enfin, ça ne me regarde pas.

— Si, ça te regarde ! rétorqua-t-il. Et David est un crétin fini, arrête de lui parler.

— C'est ce que j'essaie de faire.

La tension de Cal se transforma peu à peu en une colère bien plus facile à maîtriser.

— Comment ça, tu essaies ?

— Il m'appelle tout le temps. Bizarrement, toute cette histoire l'a convaincu qu'il devait m'épouser.

— Il a tort, affirma Cal d'un ton sec.

— Merci, je le sais ! s'exclama Min sans plus se forcer à garder son calme.

— Le nom de la personne qui appelle s'affiche sur ton téléphone, alors arrête de décrocher.

— Je ne suis pas stupide à ce point-là.

— À condition d'oublier ta performance du mois qui vient de passer, tu n'es pas stupide du tout.

Il fit la grimace. *Je suis bête, mais que je suis bête !*

— Eh, c'est toi qui as tenu un pari !

— Je n'ai *pas*…

— Le second. Le pari de m'inviter à dîner. Toi aussi, tu as ta part de torts : tu t'es lancé ce défi. D'accord, je me suis plantée, mais tu ne me le feras pas payer éternellement.

Nous y voilà, pensa-t-il. *Bon sang, Shanna avait raison.*

— Non pas que je m'attende à te voir à mes côtés pour l'éternité, se rattrapa Min soudain hésitante.

— Demain soir, lança Cal et il raccrocha avant qu'ils se mettent à dire des choses encore plus stupides.

Il était sûr d'avoir accompli son devoir. *Je suis un véritable cliché de comédie romantique à l'eau de rose,* songea-t-il puis il partit annoncer à Shanna qu'il avait suivi son conseil.

— Je t'aime, soupira Min tristement à la tonalité du téléphone.

— Qu'est-ce qui s'est passé ? s'enquit Liza. Pourquoi t'es-tu mise à parler de David et Cynthia ? Je t'ai dit de ramper, pas de te disputer.

Min reposa le téléphone et attrapa Elvis, à la recherche d'un peu de réconfort.

— Il ne veut pas me revoir avant demain, murmura-t-elle.

— C'est bizarre, si j'avais proposé à Tony de faire l'amour comme tu viens de le faire, il aurait accouru avant même que je raccroche.

— Je ne lui ai pas proposé de faire l'amour.

— Arrête ton char ! s'exclamèrent Bonnie et Liza en chœur.

Même Diana les soutint en affirmant :

— Bien sûr que si !

— Vous ne m'épargnez pas la moindre miette de fierté, s'indigna Min. Il vient de me refuser une proposition érotique, ce salaud !

— Mais non, il a répondu « pas avant demain », la rassura Bonnie en lui prenant la main. Mais j'avoue que je ne comprends pas, murmura-t-elle en fronçant les sourcils.

— Répète-nous exactement ce qu'il t'a dit, intima Liza.

— Il a dit qu'il viendrait demain soir à vingt et une heures trente et qu'il apporterait le dîner, expliqua-t-elle en reniflant. Comme si j'allais avoir faim, c'est stupide. Je déteste cette situation.

— Qu'est-ce qu'il y a de si spécial demain soir à vingt et une heures trente ? réfléchit Liza. Demain c'est mercredi, c'est tout.

— Demain, Roger et mois fêtons l'anniversaire de notre premier mois ensemble, déclara Bonnie. Il commandera du champagne et viendra me draguer au bar comme il l'a fait il y a quatre semaines pour ensuite me demander en mariage.

— Comme vous êtes mignons, sourit Min.

— J'ai trouvé ! s'exclama Liza en se redressant sur sa chaise. Demain soir, ça fera quatre semaines que David aura lancé le pari.

— Mais Cal n'a pas relevé ce défi, la railla Min. J'en ai marre de cette conversation, il n'a pas...

— Oui, mais tout le monde sait qu'il est question d'un pari. Donc si tu te laisses tenter avant les quatre semaines, il gagne. Or, il aime gagner. Il gagne toujours, il ne vit que pour gagner.

— Liza, je ne vois pas où tu veux en venir.

— Il jette l'éponge, il fait en sorte de *perdre*.

— Pourquoi ça ? s'écria Min en se levant brusquement, faisant trébucher Elvis au sol. Pourquoi ferait-il...

— C'est une sorte de geste galant, supposa Bonnie.

— Si tu veux mon avis, il garde les rênes, fit remarquer Liza d'un air dédaigneux. Pour l'instant, c'est lui qui mène le jeu. Qu'est-ce qui s'est passé à 21 h 30 ?

Confuse, Min haussa les épaules.

— On est partis pour le restaurant un peu avant 22 heures, je suppose donc qu'on a quitté le bar dans ces eaux-là.

— Il se garde une marge de manœuvre, acquiesça Liza en fronçant les sourcils. Mais bien plus que nécessaire s'il apporte le dîner. Il y aura des préliminaires, ça lui prendra du temps de te faire…

— Il peut faire ce qu'il veut de moi dès l'instant où il passe le pas de ma porte.

Diana reprit un morceau de pain.

— J'irai au cinéma, demain soir. Tu vas avoir besoin de ton appartement pour toi toute seule, or je ne peux pas rentrer chez nos parents. Maman m'en veut toujours d'avoir aménagé ici. Elle est persuadée que tu me fais manger des glucides.

Elle mordit dans son pain et Min ne put s'empêcher d'éclater de rire, puis elle tourna et retourna la situation dans sa tête. *Et si Cal perd le pari ? Dix dollars, ce n'est pas énorme.*

— Non, se reprit-elle tout haut. Je ne veux pas représenter le pari qu'il aura perdu, c'est un début catastrophique pour une relation. Demain soir, il gagnera le pari et il en sera plus que ravi.

— Alors pourquoi attendre demain soir ? s'enquit Liza.

— Parce que je vais avoir besoin d'une nuisette à lui couper le souffle et d'une bonne dose de courage, deux choses que je n'ai pas pour l'instant. Et il me faut aussi un plan.

— Déballe le plan, ordonna Liza et Min se pencha vers elle pour manigancer un petit stratagème.

— Mais qu'est-ce qui se passe, bordel ! jura David dans le combiné lorsqu'il appela Cynthia le lendemain soir. Je croyais que leur dispute au mariage mettrait un point final à leur histoire !

— On a perdu, soupira Cynthia d'une voix fatiguée. Il l'aime tellement qu'il lui a pardonné.

— Je viens de parler à Min, l'informa-t-il en revivant la scène en détail. D'après ce qu'elle m'a raconté, elle fera tout pour que Cal gagne le pari. Je peux déjà sortir mon carnet de chèques. Elle avait l'air en colère contre moi, tu imagines ?

— David, c'est terminé. Le seul espoir qu'il nous reste, c'est que le béguin s'essouffle et qu'ils passent à autre chose.

— Le béguin dure de six mois à trois ans, c'est ce que tu m'as dit ! Je n'attendrai pas le bon vouloir de Calvin Morrisey !

Penser à Cal le dégoûta. Cet idiot avait bien roulé Min dans la farine : persuadée qu'il voulait perdre le pari, elle faisait tout, au contraire, pour qu'il le gagne. C'était bien joué de la part de Cal. Il avait sûrement… David s'enfonça dans son siège.

— Attends une minute, réfléchit-il. Et si Min découvrait que c'est lui qui la prend pour une idiote depuis le début ? Elle pourrait croire qu'il abuse de sa confiance pour coucher avec elle et gagner le pari.

— Non, murmura Cynthia, fatiguée par ces histoires. C'est terminé, David.

— Je refuse. Ce n'est pas terminé si le pari prend fin à minuit. Et si les proches de Min apprenaient cette histoire de pari ?

— Arrête, David, c'est fini !

— Je n'abandonnerai pas, je vais gagner !

À 20 heures, Cal était armé d'une bouteille de vin et d'une boîte de donuts Krispy Kreme, prêt à se rendre chez Min. Mais il lui restait encore une heure et demie de frustration sexuelle à souffrir, quand le téléphone se mit à sonner.

— Cal ! s'exclama Diana lorsqu'il décrocha. Il faut que tu viennes, Min a de gros problèmes !

— Quoi ? s'étonna-t-il mais elle avait déjà raccroché.

Alors il soupira et, méfiant, se rendit à l'appartement de Min. Une fois arrivé sur place, il toqua à la porte et Diana lui ouvrit.

— Génial, tu as pu faire vite, souffla-t-elle en l'attirant à l'intérieur avant de se faufiler dans le couloir et de claquer la porte derrière elle.

— Mais qu'est-ce qui se passe, ici ? grogna Cal en regardant autour de lui.

Il découvrit Min, adossée au mur vêtue d'une courte gabardine noire, qui lui lançait un regard aguicheur.

— Très drôle, constata-t-il en s'efforçant de se montrer indigné. Est-ce que tu as déjà entendu parler de l'actuaire qui criait au loup ?

— Oui, le loup l'a mangée, murmura-t-elle avec un petit sourire en coin qui ne le laissa pas de marbre. J'ai une nouvelle pour toi, Roméo. Tu ne perdras pas ce pari.

— Oh que si ! rétorqua-t-il en battant en retraite en direction du canapé pendant qu'Elvis observait la scène d'un air hautain. Si on couche ensemble maintenant, on se disputera un jour à cause de la facture d'électricité et tu me reprocheras d'être sorti avec toi pour gagner un pari. Or, je refuse d'en payer le prix pour le reste de ma vie, alors que tout ce que j'ai à faire pour me l'épargner, c'est attendre une heure et demie, argua-t-il et il posa les yeux sur l'horloge. Non, quatre-vingts minutes.

— Le reste de ta vie, hein ?

— Oui, Minerva, le reste de ma vie. Tu penses vraiment que j'aurais tenu bon pendant un mois de cauchemar juste pour une partie de jambes en l'air ?

Min cligna des yeux.

— Euh… oui ?

Il marqua une pause pour y réfléchir.

— D'accord, admit-il, tu marques un point.

— Est-ce que je t'ai dit que je ne portais pas de sous-vêtements ? murmura Min en se rapprochant de lui langoureusement.

Cal recula jusqu'à l'autre extrémité du canapé.

— Tu veux me torturer, pas vrai ?

— Non, je veux t'attirer dans mon lit, rectifia-t-elle. La torture n'est rien à côté de ce que je veux te faire.

— Min…

— Non, le coupa-t-elle. Je refuse d'incarner pour toujours le pari que tu auras perdu. Et puis j'en ai assez de passer pour une femme qui ne prend aucun risque, expliqua-t-elle en retirant un billet de la poche de sa veste. Je te parie 10 dollars que tu seras nu contre moi avant vingt et une heures trente.

À cette pensée, Cal se sentit pris de vertiges et il secoua la tête, mais Min avait déjà posé le billet sur la tablette près du canapé.

— Le pari est lancé, mon vieux. Tu joues ou tu te dégonfles ?

Elle lui souriait, les yeux brillants d'amour et de désir, et Cal éclata de rire.

— Min, on parle de quatre-vingts minutes, pas d'un mois. Tu penses sincèrement que je suis incapable d'attendre si longtemps ?

— Tout à fait, acquiesça Min, les poings sur les hanches.

Il sortit son portefeuille, en retira un billet de dix, s'approcha de la tablette et le posa sur le billet de Min.

— Pari tenu, déclara-t-il en prenant soin de garder la tablette entre eux deux. Montre-moi de quoi tu es capable, Minnie.

Elle détacha sa ceinture, la jeta sur le canapé et retira sa gabardine. Dessous, elle ne portait qu'une nuisette en dentelle sans bretelles.

— Complètement nue, ça aurait eu plus d'effet, je le sais bien, murmura-t-elle en se balançant d'un pied à l'autre avec ses talons pour mettre ses formes en valeur. Mais je ne suis pas encore assez sûre de moi pour ça.

— Finalement, reprit-il en la dévorant des yeux, j'ai décidé de te retirer lentement cette chose pendant les quatre-vingts prochaines minutes, l'idée me paraît exquise. Ça n'a pas l'air très compliqué à enlever.

Il promena son regard sur le haut de la nuisette, où le tissu ajouré se fondait à sa peau.

Min glissa le doigt sous le vêtement et le fit doucement claquer.

— C'est un élastique, il suffit de tirer dessus pour…

— Pas en quatre-vingts minutes, répliqua-t-il en regardant l'horloge. Euh, soixante-dix-sept minutes. Mais que les choses soient bien claires : lorsque le temps sera écoulé, tu seras toute à moi.

— Oh, oui, acquiesça-t-elle.

— Dans ce cas… Tu as lu de bons romans ces derniers temps ?

— Non, répondit Min en se faufilant de l'autre côté de la tablette. Je n'arrive pas à lire parce que je pense trop à toi.

Cal recula vers l'autre bout du canapé.

— Ce doit être pénible.

— Pas du tout, dans ces pensées tu me fais toutes sortes de choses, susurra-t-elle en s'approchant de lui.

Il contourna le canapé.

— Tu sais, je ne suis pas si bon au lit.

Min fit brusquement demi-tour pour le surprendre et l'attrapa par le col de la chemise.

— Ce n'est pas grave, lui chuchota-t-elle. Parce que moi, j'assure.

Elle le poussa vers le canapé et grimpa sur lui à califourchon, ses douces rondeurs l'empêchant de bouger. *Je devrais peut-être faire quelque chose*, songea Cal mais malgré ses idées sages il ne put s'empêcher de faire courir ses doigts sur la dentelle de la nuisette qui couvrait ce corps brûlant.

— Il paraît que ma bouche est miraculeuse, murmura-t-elle en se penchant sur lui.

Sa poitrine se pressa doucement contre son torse et il ferma les yeux pour goûter la saveur de ses lèvres, puis il la serra plus fort et l'attira tout contre lui.

— Tu m'as tellement manqué, dit-il contre sa bouche.

— Toi aussi, avoua-t-elle soudain sérieuse. Je ne veux plus jamais me séparer de toi.

— Fais-moi confiance, je ne te quitterai plus d'une semelle. Promis.

— Merci, sourit-elle. (Puis elle s'assit en arrière sur les genoux de Cal et prit une profonde inspiration.) Écoute, il faut que je te dise quelque chose.

En glissant les mains sous ses fesses pour les saisir délicatement, il remarqua qu'elle ne plaisantait pas : elle ne portait pas de sous-vêtements.

— Prends ton temps, lui dit-il en se relevant légèrement comme pour l'embrasser dans le cou, mais en réalité il lui mordilla tendrement la nuque.

Un frisson secoua Min.

— Tu te rappelles que je t'ai demandé de ne pas me briser le cœur ? reprit-elle. J'ai changé d'avis, tu peux me briser le cœur.

— Eh ! protesta Cal en la serrant plus fort. Je ne…

— Ça n'a plus d'importance, je t'aimerai quand même. Je t'aimais lorsque je croyais que tu tenais le pari, je t'aimais lorsque je croyais que tu jouais avec mes sentiments, je t'aimais même quand je criais contre toi devant le restaurant, je t'aimais lorsque tu es parti du mariage au bras de Cynthia, espèce d'enflure…

— Je l'ai ramenée chez elle et je suis rentré chez moi, je te le jure ! s'affola Cal.

— Ça n'a plus d'importance, c'est ce que j'essaie de t'expliquer. Peu importe ce que tu dis ou fais, je t'aimerai toujours quoi qu'il arrive. (Stupéfait, il la regarda avec des yeux ronds.) Je sais, on est loin du politiquement correct, mais je tenais à te dire que tu ne réussiras pas à tout gâcher.

— Tu crois ? murmura-t-il en voulant la croire.

— Oui, ce qui ne t'épargnera pas mes cris si tu recommences à me taper sur les nerfs. Je suis du genre à hurler en faisant claquer les portes. Seulement, je ne serai pas de l'autre côté de la porte que je claquerai, tu es voué à rester coincé dans la même pièce que moi pour l'éternité.

Le souffle court, il reposa la tête contre l'épaule de Min.

— Je t'aime tellement fort, murmura-t-il.

Elle soupira.

— Tant mieux, parce qu'il y a autre chose que tu dois savoir.

Encore sous le choc, il hocha la tête et elle avala sa salive avant de reprendre :

— Je vais enfler, c'est inévitable. Mes hanches, mes cuisses…

— Non, pas avant 21 h 30, haleta-t-il en s'efforçant de penser à autre chose.

— … mon tour de taille, ajouta-t-elle. (Puis elle s'interrompit.) Quoi ? Pas avant 21 h 30 ? Pas avant mes quarante ans, tu veux dire ! En tout cas, j'espère garder un poids stable d'ici là, mais après…

— Pardon ?

— Je serai grosse, explicita-t-elle devant un Cal interloqué. Enfin… je serai encore plus grosse, se corrigea-t-elle en fronçant les sourcils. Qu'est-ce que tu avais compris ?

— À l'avenir, sache que si tu t'assoies sur moi à moitié nue en me disant que tu vas enfler…

Il éclata de rire.

— Non ! s'indigna-t-elle mais il la renversa sur le canapé et elle se retrouva sous lui, plus sensuelle que jamais. Je ne dirais jamais une chose pareille, ce serait vulgaire.

Alors qu'il passait les bras sous sa nuque, elle le dévora du regard.

— Moi, j'ai bien aimé l'allusion, sourit-il avant de l'embrasser.

— Ce que j'essaie de te dire, s'expliqua Min en reprenant une bouffée d'air, c'est que je vais finir comme ces grand-mères potelées, c'est génétique. Un peu comme la levure : je vais gonfler d'un coup.

— Je n'y verrai aucun inconvénient parce que, pour ma part, je vais finir comme ces vieux pépés vicieux qui coursent les grand-mères potelées autour du canapé.

— Je ne plaisante pas, insista-t-elle avec un grand sourire sur ses lèvres douces qui se présentaient à lui comme une offrande.

— Moi non plus. Tu crois vraiment que ton poids m'importe ? Récapitulons : tu m'as traité de brute, de loup, de démon et de vieux pervers. En plus, ta meilleure amie m'a frappé trois fois…

— Tu m'as cogné l'œil !

— … et tu m'as hurlé dessus en public, pourtant je suis toujours là. Alors si tu crois vraiment que tes rondeurs vont avoir raison de moi…

— Les hommes marchent à l'apparence.

— C'est ça, ricana Cal en passant le doigt sous l'élastique de sa nuisette. D'ailleurs, c'est pour ça que j'adore ce vieux survêtement que tu ne portes pas ce soir, et que j'aimerais avoir l'occasion de te le retirer le jour où tu le mettras, la taquina-t-il mais il perdit très vite son sourire pour essayer de lui donner la même chose que ce qu'elle venait de lui offrir. Tu es tout pour moi, Minnie. Tu es tout ce que je désire. Je veux passer le reste de ma vie à tes côtés.

— Oh, murmura Min en se rapprochant dangereusement de lui.

Il se rappela soudain le pari et s'assit, la libérant malgré lui.

— Le reste de ma vie commence à 21 h 30, ajouta-t-il avant de vérifier l'heure. Ce qui veut dire dans soixante-dix minutes. Qu'est-ce qu'on pourrait faire en attendant, Minnie ? Tu as un Scrabble ?

— Mauvaise idée, je ne ferais qu'utiliser des mots grossiers.

— Ouais, comme « enfler » ? lança Cal en éclatant de rire.

Min leva les yeux au ciel.

— Tu vois, ça fait partie des choses qui n'ont pas d'importance parce que je t'aimerai quand même.

— Cette idée me plaît beaucoup. Et de ton côté, qu'est-ce qui va changer ?

— Je pourrai te dire : « Oui, prends-moi où tu veux quand tu veux. »

Elle se releva et l'attira de nouveau contre elle, mais il se déplaça sur le canapé pour garder de la distance entre eux et se redressa sur quelque chose de dur sous sa hanche. Le baiser que Min déposa dans son cou le fit frissonner. Pendant ce temps il attrapa l'objet sur lequel il s'était allongé : c'était la ceinture de la gabardine qu'il attrapa par la boucle. Sans s'occuper de ce qu'il faisait, elle lui mordilla l'oreille.

— Aïe ! s'exclama-t-il.

Elle lui sourit en se penchant en arrière.

— Tu vas gagner le pari de David et perdre le mien, champion. Vois ça comme une sorte de rééquilibrage des comptes.

Il la regarda dans les yeux. *Elle a raison*, songea-t-il. Puis il baissa le regard sur la ceinture qu'il tenait dans ses mains.

— Tu m'aimeras quoi qu'il arrive et quoi que je fasse, c'est bien ça ? lui demanda-t-il.

— Oui.

Il la fit basculer sur le canapé puis saisit ses deux poignets pour l'obliger à les lever au-dessus de sa tête.

— Parfait, parce que j'aime tenir les rênes, Minnie.

— Oui, ça, je le sais, lui sourit-elle. Je pense pouvoir m'y faire.

Il l'embrassa de plus belle pour la distraire tout en passant la ceinture autour de ses poignets.

— Eh ! protesta-t-elle en rompant leur baiser mais il était déjà trop tard : la ceinture la gardait emprisonnée à l'accoudoir du canapé.

Elle se contorsionna pour regarder ses poignets pendant qu'il terminait son nœud.

— Vous êtes un peu pervers, mon cher Calvin.

— Je ne trouve pas, rétorqua-t-il en se relevant. Tu sais, j'avais prévu de t'apporter une douzaine de donuts, mais tu as crié au loup pour que je me dépêche de venir et maintenant on se retrouve à court de pâtisseries. Mais je te pardonne, parce que notre relation est fondée sur ce type d'imprévus, se moqua-t-il en se dirigeant vers la petite cuisine. Alors, de quoi veux-tu qu'on parle pendant les prochaines… soixante-sept minutes ?

— Cal, supplia-t-elle.

C'est alors qu'il aperçut sur le plan de travail un sac vert et blanc familier.

— Des Krispy Kreme ? Les grands esprits se rencontrent ! se délecta-t-il en apportant le paquet dans le salon. Je te rappelle, ma chère Minnie, que tu as passé ces dernières semaines à me torturer ; tu étais si belle que j'en perdais la tête dès que je te voyais. Avoir autant envie de toi me rendait fou, lui déclara-t-il. (Puis il baissa le regard sur son corps attaché au canapé.) C'est encore le cas, d'ailleurs.

— D'accord, d'accord, je suis désolée, implora-t-elle en tirant sur ses liens.

— Maintenant, on va échanger les rôles : *je* vais te torturer.

Min s'arrêta net de gigoter.

— Ça me plaît, qu'est-ce que tu vas faire ?

Il sortit un donut du sachet.

— Je vais le manger juste sous tes yeux, annonça Cal et il mordit le beignet à pleines dents.

David descendit la rue jusqu'à la première cabine téléphonique qu'il croisa : en ces temps de haute technologie, tout le monde avait cette maudite option révélant l'identité de la personne à l'autre bout du fil. Il composa le numéro des parents de Min, et lorsque la sonnerie cessa il s'empressa de dire :

— Il y a quelque chose que vous devez savoir…

Mais le répondeur lui coupa la parole. Ce n'était pas grave, ils sortaient rarement tard le soir, il lui restait encore du temps pour les avertir. Après le « bip », il décida de laisser un message.

— Il y a quelque chose que vous devez savoir : Calvin Morrisey ne fréquente votre fille que pour remporter un pari. Ils sont chez elle à l'instant où je vous parle.

Puis il raccrocha et réfléchit à ce qu'il venait de faire. *A priori*, tout se passait très bien.

L'esprit léger, il parcourut l'annuaire accroché au téléphone à la recherche du numéro de la famille Morrisey.

Min lança un regard noir à Cal, mais ce salaud ne faisait que sourire en retour, plus séduisant que jamais alors qu'il savourait son deuxième donut. *Très lentement.*

— Tu voulais savoir pourquoi je refusais de coucher avec toi ? s'insurgea-t-elle. C'est parce que je percevais ce sadisme qui sommeille en toi.

Elle se déplaça sur le côté pour trouver une position plus confortable et se rendit compte que lorsqu'il la regardait bouger, sa mâchoire se crispait. *Je vois*, songea-t-elle en remuant encore un peu pour le titiller.

— Je n'ai pas vu Elvis depuis un moment, lui fit-il remarquer sans la quitter des yeux. Il a dû repartir par la fenêtre. Quelles sont les statistiques sur les chats d'extérieur ?

Elle décida de changer de stratégie.

— Je t'avoue que ça me fait un peu peur, murmura-t-elle. Il y a un inconnu dans mon salon et je suis attachée à mon canapé. Je suis terrifiée !

Elle essaya de parler sur un ton effrayé mais il lui était difficile de cacher le désir qui émanait de sa voix.

— Très drôle. De mon point de vue, tu as plutôt l'air énervée, ricana Cal en attrapant la télécommande. Tu veux regarder la télé ?

Min grinça des dents.

— Certaines lois punissent ce que tu me fais.

— Pour être puni, il faut être arrêté. À cette heure-ci, j'ai l'habitude de regarder CNN, lança-t-il avant de baisser les yeux sur elle. Mais c'est parce que, d'habitude, je n'ai rien de mieux à regarder. Tu as vraiment un corps magnifique.

— Arrête de raconter des bêtises. Je sais que tu veux t'envoyer en l'air, mais ne dis pas de…

— Les mecs achètent des magazines pour pouvoir lorgner des poitrines comme la tienne. Tout d'un coup, CNN perd de son intérêt.

Il reposa la télécommande sur la table basse.

— Dès que je serai libérée de ce canapé, menaça Min entre ses dents, je t'avertis que tu ne verras plus jamais cette poitrine. Maintenant, détache-moi.

— Tu n'es pas crédible, essaie encore.

— Calvin !

— Est-ce que tu as la moindre idée de la volonté qu'il me faut pour me retenir de poser les mains sur toi ? dit-il sur le ton d'une conversation banale.

— Alors relâche-moi et c'est parti, lança-t-elle avec un renouveau de gaieté.

— Quarante-cinq minutes, de quoi veux tu qu'on parle ?

D'accord, songea Min. *Réfléchis bien, c'est toi qui mènes la danse, bien que tu sois attachée à un canapé. Il a ce désir qu'il peut facilement satisfaire. Tu n'as qu'à déclencher les hostilités.*

— Je t'ai profondément désiré aussi, tu sais ? le charma-t-elle en détendant langoureusement son corps contre les coussins.

— Mais oui, répliqua-t-il en reprenant un donut. Et c'est pour ça que tu me repoussais sans arrêt ?

— Je te repoussais à cause du pari. Tu te souviens de ce pique-nique dans le parc ? J'avais envie de te plaquer au sol, de t'arracher tes vêtements et de te mordre à pleines dents.

Cal se figea, le beignet à mi-chemin de sa bouche.

— Souvent, continua-t-elle, je fermais les yeux et t'imaginais nu contre moi, me faisant plein de jolies choses. (Il s'écarta d'elle légèrement.) En particulier à mes seins. Ils sont très sensibles, je te l'avais déjà dit ? Rien qu'en t'imaginant la bouche contre ma…

— Tu triches, déclara-t-il sombrement.

— Moi ? Non, je te rappelle que c'est moi qui suis attachée à un canapé ! Tu appelles ça jouer fair-play ? s'exclama-t-elle en essayant de se redresser.

— Je l'avoue, ce n'est pas fair-play, et c'est justement une des raisons pour lesquelles ça me plaît.

Frustrée au possible, elle souffla d'exaspération. Il la contempla un moment, se leva, puis contourna la tablette pour s'asseoir à côté d'elle. Du bout de l'ongle, il gratta le coulis de chocolat du donut.

— Tu n'imagines pas le nombre de fantasmes que ton corps m'a inspirés, murmura-t-il lentement tout en étalant le coulis autour de son sein sous le tissu de dentelle. Ce fantasme-là n'en faisait pas partie, poursuivit-il en s'attaquant à l'autre. Mais il aurait dû.

— Ça colle, gémit-elle, incapable de construire une phrase plus longue dans l'immédiat.

— Ne t'inquiète pas, la rassura-t-il en se penchant sur son œuvre. Je te l'enlève tout de suite.

— Pervers, articula Min en fermant les paupières, frôlée par cette langue impatiente.

— J'assume, mais avoue que tu aimes ça.

Il tira légèrement sur la dentelle pour la faire descendre plus bas.

— Ah, souffla-t-elle.

Cal se redressa pour plonger ses yeux dans ceux de Min.

— Tu veux que j'arrête ? demanda-t-il en faisant courir son pouce sous sa poitrine brûlante jusqu'à l'élastique de la nuisette.

— Je veux que tu me donnes tout ce que tu as, détache-moi.

À ces mots, le regard de Cal s'assombrit et ses doigts se firent plus pressants.

— Non, refusa-t-il.

Elle se cambra vers lui mais il la repoussa contre le canapé, la respiration de plus en plus saccadée, et se pencha de nouveau sur elle. Mais cette fois, il abaissa tout le haut de la nuisette et lorsqu'il posa sa bouche sur sa peau elle s'arqua vers lui, laissant son corps s'embraser de délices.

Alors que Min s'arc-boutait vers lui, il recula pour mieux la contempler et sentit qu'il peinait de plus en plus à respirer. À peine eut-elle le temps de deviner son regard sur sa poitrine qu'il retira le reste du morceau de dentelle jusqu'à ses hanches.

— Eh ! protesta-t-elle avec un mouvement instinctif pour se protéger de son regard.

Elle se rappela alors qu'elle n'était pas libre de ses mouvements.

— Tu es tellement belle, souffla-t-il les yeux toujours posés sur ses seins.

Partagée entre la gêne et le désir, Min tira sur la ceinture, mais lorsqu'il prit sa poitrine dans ses mains, le désir l'emporta sur la gêne. Les paupières closes, elle se laissa submerger par les vagues voluptueuses que déclenchait le contact de sa bouche sur sa peau puis elle se pencha contre lui en priant pour qu'il ne s'arrête pas en si bon chemin.

Les Morrisey n'apparaissaient pas dans l'annuaire, alors David appela Cynthia.

— J'ai besoin du numéro des parents de Cal.

— Pourquoi ? demanda Cynthia d'un ton sec.

— Ça ne te regarde pas. Je suis sûr que si Cal apprenait que tu m'as dit comment déclencher leur dispute de dimanche il serait furieux contre toi. Donne-moi le numéro ou je lui raconte tout.

Après un long silence, elle posa le téléphone. Lorsqu'elle revint au bout du fil, elle lui dicta le numéro.

— Merci, lâcha-t-il.

Puis il raccrocha avant de composer le numéro des Morrisey et s'empressa de parler dès que la tonalité s'arrêta.

— Il y a quelque chose que vous devez savoir…, commença-t-il.

Le répondeur lui coupa la parole.

— C'est ridicule ! jura-t-il mais il se reprit juste après le « bip ». Il y a quelque chose que vous devez savoir : à l'instant où je vous parle, votre fils fait la cour à une femme uniquement pour gagner un pari. Elle s'appelle Min Dobbs, elle est du genre rancunière et procédurière.

Puis il donna l'adresse de Min et raccrocha.

— Pas mal, se congratula-t-il à voix haute, puis il reprit le téléphone, plus persuadé que jamais qu'il était quelqu'un de très malin.

Parce qu'il allait gagner.

Quinze minutes plus tard, Cal en était à son troisième donut et Min ne savait plus où elle habitait.

— Mais qu'est-ce que tu fais ? geignit-elle.

Il mordit dans la pâtisserie.

— Je prends mon temps, répondit-il visiblement fatigué. Je me dis que tant que j'ai ça dans la bouche je me retiendrai de te toucher, expliqua-t-il en avalant le morceau. (Puis il vérifia l'heure.) Il nous reste une demi-heure à tuer, je crois que tu n'as pas acheté assez de beignets.

— Peux-tu au moins remonter ma nuisette ? supplia Min alors que la gêne remplaçait peu à peu le désir.

— Non, répondit-il simplement en terminant sa dernière bouchée. Tu devrais rester les seins nus tout le temps.

— Au moins, ça dynamiserait un peu l'ambiance au travail, sourit-elle mais elle se rappela soudain qu'il n'y avait rien d'excitant chez elle. Enfin non, je…

— Pas en public, andouille ! Seulement à la maison. On mettra ça dans les vœux du mariage. Tu me promettras amour, honneur, tendresse et seins nus tous les soirs.

— Les vœux du mariage ? répéta Min en essayant de s'asseoir.

— Évidemment, les vœux du mariage ! s'exclama Cal tandis qu'il la contemplait d'un petit air coquin. Tu crois vraiment que j'attacherais une femme pour qui je ne ressens rien de sérieux ?

— Mais tu n'as pas fait ta demande ! se révolta Min en tentant d'arracher la ceinture.

— Veux-tu m'épouser ? dit-il les yeux toujours posés sur le galbe de sa poitrine.

— Non ! rugit-elle déchirée entre l'amour et l'envie de le tuer.

— Ah, oui, parce que lorsque Harry t'interrogera, dans quelques années, sur la façon dont oncle Cal a fait sa demande, tu ne veux pas avoir à lui répondre : « Eh bien, il m'a attachée au canapé, m'a mise toute nue et a dévoré des donuts sur ma poitrine, ensuite il m'a demandée en mariage. »

Il mordit dans un nouveau beignet.

— Tout ce que je souhaite, c'est qu'on fasse l'amour pour mettre ce maudit pari derrière nous et pour enfin commencer une vraie relation sérieuse, se lamenta Min. Même si, après ça, on aura du mal à se rattraper pour ce qui est du côté « sérieux » de la relation.

— Ah, non, rétorqua-t-il avec un calme presque insupportable. On s'est mis d'accord : rien ne pourra gâcher cette belle histoire. C'est un peu bizarre, mais j'avoue que ça me plaît.

— C'est toi qui es un peu bizarre. Moi, je suis tout à fait normale. Maintenant détache-moi et fais-moi l'amour comme une bête.

Ces mots troublèrent Cal qui peina à garder ses esprits et Min songea : *Prends-moi*, mais il mordit encore dans sa pâtisserie juste pour attiser encore la colère de la jeune femme qui fulminait d'impatience.

— Quel égoïste, je ne t'en fais pas profiter, observa-t-il en arrachant un bout de donut. Ouvre grand.

— Écoute, je ne…

À peine ouvrit-elle la bouche qu'il y glissa le morceau. Un gémissement lui échappa alors que le sucre fondait sur sa langue et que le chocolat éveillait en elle un torrent de plaisir.

— Mon but ultime est de te faire gémir comme ça mais sans chocolat.

Elle avala sa bouchée.

— Tu y arrives déjà, mais tu ne m'as encore jamais regardée au moment où tu me faisais cet effet.

— Vraiment ? murmura Cal en reposant les mains sur ses seins pour y faire courir doucement ses pouces.

Min sentit l'onde de chaleur familière monter en elle, sauf que cette fois, lorsqu'elle ouvrit les yeux il la dévorait du regard et elle rougit de pudeur, de frissons et de désir charnel.

— Bon sang, tu as raison, observa-t-il et il se pencha pour l'embrasser.

Son baiser chassa la gêne de Min qui se cambra pour le dévorer de plus près et soupira sous ses caresses.

— Détache-moi, lui souffla-t-elle dans l'oreille.

Il jeta un œil par-dessus le dossier du canapé.

— Non, il nous reste une demi-heure à tuer, s'obstina-t-il en glissant la main jusqu'au bas de ses jambes. Ce coup-ci, je pense commencer par les orteils. Je n'ai jamais autant désiré les orteils d'une femme, alors c'est une première pour moi.

— Tu comptes me lécher les orteils pendant une demi-heure ? s'exclama Min, sceptique.

— Je vais *commencer* par les orteils, mais ensuite je remonterai petit à petit.

— Tu remonteras ?

— Comme ça, dans un quart d'heure, tu feras glisser le reste de ta nuisette.

— Avec les lumières allumées ? ronchonna-t-elle.

Mais sans se laisser décourager, il se mit à rire et se pencha vers ses pieds.

En composant le numéro de Diana, David était persuadé qu'après le fiasco de son mariage, elle serait plus que partante à l'idée de massacrer le premier homme qui croiserait son chemin, encore plus si cet homme projetait de faire du mal à sa sœur. Dès que la tonalité cessa, il se dépêcha de parler.

— Diana, il y a quelque chose que vous devez savoir…

Le répondeur lui coupa la parole.

— Mais personne ne reste à la maison le mercredi soir ! gronda-t-il à bout de patience. (Le « bip » du répondeur l'interrompit.) Diana, il y a quelque chose que vous devez savoir : à l'instant où je vous parle, Calvin Morrisey tente de séduire votre sœur pour gagner un pari.

Puis il raccrocha en pensant déjà à l'appel suivant, le dernier mais aussi le plus pénible et le plus angoissant.

Ce sera de manière anonyme, songea-t-il, *elle ne saura jamais que c'est moi.*

Il rentra d'abord chez lui pour se donner du courage avec un bon verre de whisky.

À 21 h 15, Cal avait parcouru le corps entier de Min jusqu'à des endroits auxquels elle n'avait jamais pensé et il entreprit enfin de la détacher.

Elle s'assit aussitôt bien droite dans le canapé et lui frappa le bras.

— Ne refais plus jamais ça !

— Aïe !

Elle le repoussa en arrière, et grimpa sur lui pour l'embrasser fougueusement et rapprocher au maximum leurs corps assoiffés d'ivresse.

Lorsqu'elle releva la tête pour reprendre sa respiration, elle le tapa à l'épaule.

— Je suis sérieuse, ne refais plus jamais ça ! lança-t-elle avant de reprendre possession de sa bouche dont elle ne pouvait plus se passer.

Une minute s'écoula avant qu'elle rompe encore leur baiser pour le frapper de nouveau, à bout de souffle.

— Plus jamais, tu entends ? gronda-t-elle.

— Tu es sûre ? sourit-il, aussi essoufflé qu'elle.

Avant de répondre, elle jeta un regard à l'accoudoir du canapé où la ceinture était encore accrochée et un frisson lui parcourut l'échine.

— Disons, pas dans le salon, et pas aussi longtemps ! Et puis sans toutes ces lumières…

Il la fit basculer en arrière et la plaqua fermement contre les coussins.

— Lorsqu'on le refera, l'avertit Cal en lui bloquant les bras de ses mains brûlantes, ce sera où je voudrai, quand je voudrai et avec des projecteurs si j'en ai envie.

— Je ne crois pas, non, rétorqua-t-elle mais il lui coupa la parole d'un baiser enivrant.

Oh, et puis je m'en fiche, fais ce que tu veux de moi, songea-t-elle en lui rendant son baiser.

— Je fais ce que je veux de toi, lui murmura-t-il à l'oreille.

— D'accord, mais est-ce qu'on peut commencer maintenant ?

— Bientôt, répondit-il en soufflant dans sa nuque, plus que quinze…

— Tu veux connaître mon fantasme préféré ? chuchota-t-elle. Il grogna de curiosité.

— C'est toi qui entres lentement en moi, susurra-t-elle alors que les mains de Cal se crispaient sur sa peau. C'est la partie que je préfère dans l'amour, la sensation que procure le tout début, et je sais qu'avec toi ce sera parfait parce que tout ce que j'ai vécu avec toi était parfait, mieux que tout ce que j'ai pu connaître. J'aime ta façon de me toucher, ta façon de m'embrasser, et je sais que lorsque tu…

Il l'embrassa plus fort encore, la tenant fermement contre les coussins, lui coupant la parole comme le souffle, et lorsqu'il reprit sa respiration, il se pencha à son oreille.

— Tais-toi, murmura-t-il, on a encore quinze minutes.

Puis sa bouche quitta ses lèvres et commença à descendre le long de son cou, puis entre ses seins et de plus en plus bas.

— Hmm, gémit-elle alors que la fièvre lui donnait des vertiges. Que comptes-tu faire pendant quinze minutes ? (Pour toute réponse, il lui mordilla la cuisse puis écarta ses jambes avec la paume de sa main.) Bon sang, je vais perdre 10 dollars.

Elle soupira de plaisir alors qu'il passait la langue contre sa féminité.

Dans la cuisine d'Emilio, le portable de Liza se mit à sonner et Tony le sortit de son sac à main pour le lui tendre, mais sans lâcher la fourchette qu'il avait plantée dans son assiette de spaghettis.

— Tu es vraiment sûr qu'on ne sort pas ensemble ? s'enquit Liza en prenant le téléphone qu'il lui tendait. Parce que je trouve que tu viens souvent ici.

— Je mange ici, rectifia Tony en enroulant les pâtes autour de sa fourchette. Et je te drague un peu, c'est tout.

— Ben voyons, soupira Liza en décrochant. Allô ?

— Liza ? répondit une voix d'homme. Il y a quelque chose que vous devez savoir : Cal Morrisey se sert de Min pour gagner un pari.

— Quoi ? Qui est à l'appareil ?

— Le pari se termine à minuit, poursuivit la voix dédaigneuse et familière. Il veut absolument le remporter.

— David ? demanda Liza.

La personne raccrocha et Liza se trouva seule face à une tonalité incessante.

— Comment ça, David ? s'étonna Tony en levant les yeux de son assiette.

— Emilio ? cria Liza pour couvrir le vacarme de la cuisine. Je fais une pause !

— Oh, non, se lamenta Tony.

— Toi, mange tes pâtes, ordonna-t-elle en se dirigeant vers les portes battantes.

— *Et merde*, soupira-t-il et il abandonna sa fourchette pour lui emboîter le pas.

Chapitre 16

Alors que Min tremblait d'une fièvre exaltante, Cal glissa les doigts dans sa chevelure pour lui faire tourner la tête vers l'horloge murale.

— Il est 21 h 35, annonça-t-il d'une voix rauque. J'ai perdu le pari de David, c'est terminé.

— Quoi ? On a gâché cinq minutes ? rugit-elle.

— Tu n'avais pas l'air de t'en plaindre, la taquina-t-il en reposant la tête sur son ventre.

— Emmène-moi sur le lit ou fais-moi l'amour sur ce canapé, mais je te veux *maintenant*, ordonna-t-elle le souffle court.

— Pas de doute, je veux t'épouser, lança-t-il en l'aidant à se relever du canapé pour l'entraîner vers la chambre.

Elle trébucha derrière lui puis poussa un soupir lorsqu'il la fit basculer sur l'édredon satiné. Alors qu'elle cherchait son équilibre sur le tissu frais et bombé, Cal se déshabilla et dénicha un préservatif, puis il se coucha près d'elle, contre elle, et elle ferma les yeux pour savourer chaque instant où leurs corps se touchaient, frissonnants de ce désir impatient.

— Ne me fais pas attendre plus longtemps, susurra Min.

Les mains viriles de Cal se promenèrent partout sur elle, se faufilèrent dans chaque recoin et réveillèrent tous ses sens qui hurlaient à la délivrance. Lorsqu'il glissa de nouveau ses doigts en elle, elle s'ouvrit à lui sans plus réfléchir, tremblante des pieds à la tête, et il s'allongea enfin entre ses cuisses, son regard sombre plongeant dans le sien. Elle se cambra vers lui, saisie d'une frénésie ardente de le sentir entrer en elle. Lui non plus ne pouvait attendre plus longtemps, il reprit possession de sa bouche en un baiser voluptueux tout en lui soulevant les hanches pour se glisser en elle de toute la puissance de son désir ; haletante, elle poussa un gémissement et s'agrippa à lui alors que le choc délicieux lui confisquait toute maîtrise de ses sens.

Il s'arqua en arrière et s'enfonça de plus belle dans son intimité. Elle se mordit la lèvre, affaiblie par une vague de chaleur et par le désir qui forçait chaque partie de son corps à se tendre de plaisir, puis peu à peu elle suivit le rythme de Cal, époustouflée par son assurance, enivrée par le naturel de leurs mouvements, comme s'ils étaient destinés l'un à l'autre. Se mouvant contre elle, il s'approcha pour murmurer à son oreille combien il l'aimait, combien elle était belle, et qu'elle lui appartenait, encore et encore, jusqu'à ce que le vertige de la passion embrume le cerveau de Min. Sa voix rauque, son souffle chaud, ses mains brûlantes et son corps exigeant, il l'aimait de tout son être et la submergea de cette soif charnelle. Elle passa la langue sur les lèvres de Cal et lui chuchota qu'elle l'aimait aussi, pour toujours et à jamais. Leurs deux corps étourdis se mêlaient, s'épousaient dans une danse effrénée de désir, et ils se laissèrent transporter par cette tension fiévreuse où tout prenait sens, où chaque instant trouvait sa place logique au cœur de leur passion. Alors qu'il poursuivait ses va-et-vient incessants elle planta ses ongles dans sa peau et cria son nom. Encouragé par ses cris il s'abandonna de plus belle jusqu'à la libérer enfin. Prise de spasmes, elle se cambra sous ses mains qui la gardaient plaquée contre le matelas. Il se laissa à son tour emporter par la puissance de son plaisir. Quelques secondes passèrent alors qu'elle le serrait toujours vivement, essoufflée par cette extase bouleversante. Il se mit alors à trembler avant de se laisser tomber dans ses bras.

— Oh, putain ! exhala Min lorsqu'elle put de nouveau parler.

— C'était bon ? s'enquit-il dans un souffle.

Elle hocha la tête.

— Très bon, extraordinaire. Phénoménal, même ! répondit-elle avant de prendre une profonde inspiration pour calmer ses palpitations.

Lorsqu'il glissa la main sur ses tétons durcis elle posa sa main sur la sienne, l'obligeant à serrer plus fort pour lui montrer qu'il était en terrain conquis.

— Je t'aime si fort, souffla-t-elle.

— Tant mieux, sourit-il visiblement épuisé. Parce que moi aussi je t'aime. Désolé, je n'ai pas pris le temps de te demander ce que tu voulais.

— C'est ça que je voulais, le rassura Min entre deux inspirations.

— Dans ce cas tu l'as eu, lança Cal en tournant la tête sur l'oreiller pour regarder l'heure. Oh, non !

Min leva les yeux vers sa tête de lit tressée de cuivre et poussa un profond soupir.

— Je ne dirais pas « non » à être attachée à cette tête de lit, un de ces jours, admit-elle.

— Je dois te préciser quelque chose : d'habitude, je tiens plus de sept minutes, se défendit-il en laissant retomber sa tête sur l'oreiller. En même temps, les préliminaires durent rarement un mois entier, soupira-t-il. Vas-y, révèle-moi les statistiques sur le temps moyen que durent les préliminaires.

— Jamais assez longtemps. Tu es une exception en or massif. La prochaine fois, peut-être que *tu* seras attaché au lit pendant que *je* jouerai avec le coulis de chocolat.

Cal ferma les paupières.

— Avec plaisir, j'adorerais ça. Dresse une liste, pour qu'on pense à tout faire. Peut-être pas ce soir, mais très bientôt en tout cas.

Lovée contre lui, Min sentit enfin son pouls ralentir.

— Je suis tellement heureuse. Je suis folle de toi et ça me rend heureuse.

Pour se rapprocher d'elle, il roula sur lui-même et déposa un baiser sur ses lèvres douces. Elle se recroquevilla contre son torse, en sécurité contre la moiteur tiède de son corps, et comblée de bonheur.

— Je t'aime, lui murmura-t-il.

Elle ouvrit la bouche pour répondre qu'elle l'aimait aussi mais quelqu'un tambourina contre la porte.

— Mais qu'est-ce que c'est, bon sang ? rugit-il.

— Ma porte d'entrée.

— Diana a oublié sa clé ? demanda Cal en se redressant pour s'asseoir en tailleur. Aïe ! Eh bien, vous êtes sacrément athlétique, Minerva Dobbs !

— « Athlétique » n'est pas le mot, non. J'étais la pire de ma classe en cours de gym.

Le téléphone sonna.

— C'est parce que personne n'a compris ton sport de prédilection, sourit-il puis il lui tapota la hanche et chercha son pantalon. Tu réponds au téléphone, moi je m'occupe de la porte d'entrée. On se retrouve ici juste après. Interdiction de te rhabiller.

Alors qu'il traversait le salon de Min en reboutonnant sa chemise, Cal s'efforça de se convaincre que hurler sur sa future belle-sœur n'était pas une bonne idée. Du coup, il fut presque heureux lorsqu'il ouvrit brusquement la porte de découvrir David. Contre cette tête de con, il pouvait hurler autant qu'il le souhaitait.

— Min est ici ? demanda David l'air dédaigneux.

— Oui, fous le camp, répondit Cal sèchement. (Il s'apprêtait à refermer la porte lorsqu'il se rappela un détail.) Au fait, tu as gagné. Je t'envoie le chèque demain. Maintenant fous le camp.

— Je ne crois pas, non, rétorqua David en bloquant la porte. Il faut que je voie Min.

— David ? lança Min derrière eux et quand ils se retournèrent Cal en eut le souffle coupé.

Elle s'était enveloppée du dessus-de-lit en satin bleu-violet mais ses épaules étaient nues et Elvis se frottait à ses mollets. Dans ce tissu froissé et sous ses boucles aux reflets dorés tout ébouriffées, Min avait les pommettes roses et les lèvres pulpeuses. *C'est moi qui ai fait ça*, songea Cal déjà en manque d'elle, si bien qu'il fit un pas vers elle.

— Waouh, murmura David, bouche bée.

— C'est la mienne, s'insurgea Cal. Fiche le camp d'ici.

— Tu as gagné, annonça David en lui tendant le chèque.

— Quoi ? s'étonna-t-il en fronçant les sourcils. Non !

— Le pari tenait jusqu'à minuit, précisa David les yeux toujours sur Min. Il vous reste encore deux bonnes heures, déclara-t-il le sourire aux lèvres. Je vois que Calvin le Grand est aussi Calvin le Rapide.

— Non mais je rêve ! se révolta Cal.

Elvis cracha devant David et ce dernier recula d'un pas.

— C'était pour *minuit* ? s'écria Min d'une voix suraiguë en s'approchant d'eux, et elle manqua de trébucher en se prenant les pieds dans son dessus-de-lit.

Minerva, qu'est-ce que tu manigances ? pensa Cal tout en la regardant avec un regain de désir charnel.

— Évidemment, minuit ! se délecta David avec un sourire triomphant. Tous les paris se terminent à minuit.

— Alors si je comprends bien, reprit Min d'une voix cassée en se recouvrant du tissu satiné, tu veux dire que *Cal a gagné ce pari ?*

— Oh, oui ! répondit fièrement David.

— Waouh, merci ! fit-elle d'une voix normale et elle lui arracha le chèque des mains. Je ne dirais pas « non » à 10 dollars.

— Quoi ? s'exclama David soudain moins fier.

Min lui adressa un charmant sourire.

— Je sais que Cal a remporté le pari, mais on s'est mis d'accord sur le fait que je gagne tous les sous qu'il empoche sur mon dos. J'avoue que ça me rapporte un peu de monnaie, donc là… *Oh, putain !*

En posant les yeux sur le chèque, elle en perdit presque son drap.

— Ce n'est pas 10 dollars, précisa Cal en remontant le dessus-de-lit qui était en train de glisser.

Min leva vers lui un regard consterné.

— Tu as parié *10 000 dollars* que tu coucherais avec moi ?

— Non. Je vais finir par m'acheter un tee-shirt qui porterait l'inscription : « Je n'ai pas accepté de relever ce défi. »

— Dix mille dollars, murmura-t-elle en regardant encore le chèque. Si tu m'en avais parlé dès le premier soir en me proposant de faire fifty-fifty, j'aurais couché avec toi sur-le-champ.

— C'est vrai ?

— Non.

— Je m'en doutais, ricana Cal en lui reprenant le chèque des mains pour le tendre à David. Fiche le camp, maintenant.

— Qu'est-ce que c'est que ça ? interrogea David en pointant du doigt le canapé.

En se retournant, Cal aperçut la ceinture de Min toujours enroulée autour de l'accoudoir.

— Il m'a attachée au canapé, répondit-elle avec douceur. Puis il a arraché ma nuisette et a étalé du coulis de chocolat sur mon corps pour le lécher. C'était un véritable cauchemar, ricana-t-elle avant de se tourner vers Cal. Lorsqu'il s'en ira on recommencera, pas vrai, Cal ? Nous ne sommes pas encore à court de donuts, si ?

— S'il en manque j'irai courir en acheter. Mais en courant vraiment très vite.

Stupéfait, David ne trouva pas ses mots.

— Je… Ça ne…, bafouilla-t-il. (Min attendit patiemment la fin de la phrase.) Ça ne te ressemble pas.

— Avant, peut-être que ce n'était pas mon genre, mais maintenant si.

— Mais…, bégaya-t-il.

Derrière lui apparurent soudain Nanette et George dans le couloir qui le poussèrent pour entrer dans le salon.

— Génial ! soupira Cal en sentant ses derniers élans d'excitation s'évaporer alors que George l'examinait de la tête aux pieds.

— Je venais justement te prévenir, expliqua Min à Cal en serrant son dessus-de-lit très fort contre elle. David a téléphoné à Diana qui vient de m'appeler pour me prévenir qu'il a dû ameuter d'autres personnes.

— Vous ! s'exclama George en s'avançant tout droit vers Cal et Min s'interposa entre les deux hommes.

— S'il te plaît, papa, ne dramatise pas.

— Je n'ai jamais aimé ton appartement, ma chérie, se désola Nanette en regardant autour d'elle. (Soudain elle aperçut le sac vert et blanc posé sur la table.) Des *donuts* !

— C'est vrai, Cal, franchement, tu aurais mieux fait de me nourrir de cocaïne plutôt que de pâtisseries. Il paraît que ça fait maigrir.

— Min, s'obstina George, David m'a dit que cet homme avait parié qu'il te...

— Non, le coupa sa fille. *David* l'a forcé à faire ce pari mais Cal a refusé, alors va plutôt t'en prendre à David.

— Dans ce cas, qu'est-ce que ça fait là ? s'insurgea son père en prenant le chèque des mains de Cal. Il s'agit de... (Il jeta un œil à la somme inscrite sur le papier.) ... *dix mille dollars ?* Mon jeune ami, vous n'êtes pas seulement un être immoral, vous êtes également complètement irresponsable avec l'argent !

— Je n'ai jamais tenu ce pari, se défendit encore une fois Cal. Mais personne ne veut le croire.

— Moi je te crois, lui sourit tendrement Min.

— Dans ce cas, tous les autres peuvent aller au diable ! déclara-t-il en se rapprochant d'elle.

George fit un pas vers sa fille.

— Minerva, ramasse tes vêtements. Tu reviens à la maison.

— Papa, non ! J'ai trente-trois ans ! explosa-t-elle en lui saisissant le chèque. Rentre chez toi et emmène maman avec…

— Calvin ? appela une voix glaciale dans le couloir.

Cal regarda par-dessus George et aperçut sa propre mère.

— Voilà qui est parfait ! s'exclama-t-il avant de baisser les yeux vers Min. Le fantasme idéal : je parviens enfin à attirer la femme que j'aime dans mon lit et ma mère apparaît la minute d'après.

— En même temps, lui sourit Min en s'agrippant de plus belle à son dessus-de-lit, une fête n'est pas une fête sans quelqu'un qui apporte les glaçons.

— Excusez-moi, les coupa Nanette en poussant George pour aller à la rencontre de la mère de Cal. Vous êtes Lynne Morrisey, c'est bien ça ?

Lynne baissa les yeux sur Nanette comme s'il s'agissait d'une femme de chambre empotée. Sans se laisser décourager, Nanette lui tendit la main.

— Je suis la mère de Min, Nanette. Ravie de vous rencontrer.

— Enchantée, répondit froidement Lynne sans saisir la main qu'on lui tendait puis elle se tourna vers son fils. Calvin ?

— Bonsoir, maman. Tu as en face de toi la femme avec qui je compte passer le reste de ma vie. Si tu désapprouves ce choix, chaque troisième dimanche du mois nous déjeunerons chez nous en écoutant du Elvis Presley en boucle. C'est toi qui vois.

L'espace d'un instant sibérien, Lynne contempla son fils en silence, puis Cal aperçut Cynthia qui entrait à son tour dans le salon, le teint livide.

— Cynthia ? s'exclama-t-il.

— C'est moi qui l'ai appelée, l'informa sa mère. Je me disais que…

— Non ! s'écria Cal pour toutes les deux.

— Sérieusement, tu ne peux pas…, commença Lynne.

— Lynne, ne le forcez pas, l'interrompit doucement Cynthia. C'est pour vous dire cela que je suis venue. Ce n'est que l'étape du béguin, ça leur passera. Laissez-lui du temps.

Exaspéré, Cal leva les yeux au ciel et poussa Min en direction du canapé pour l'éloigner de toute cette équipe de malades.

— Moi, je laisserai le temps faire son œuvre, marmonna George en le foudroyant du regard. Je laisse le temps à ce salaud…

— Oh, bien sûr, tu lui accordes cette faveur ! rétorqua sèchement Nanette. Parce que tu vaux mieux que lui, peut-être ?

— Pardon ? s'étonna George.

Recroquevillée sur le canapé près de Cal, Min emmêla ses doigts autour de ceux de l'homme qu'elle aimait.

— En résumé, je te dois 10 dollars puisque tu as réussi à patienter jusqu'à 21 h 30, susurra-t-elle.

— Exact, répondit-il en lui serrant la main. Mais puisque c'était un pari qui te concernait, tu les récupères illico.

— Je vois très clair dans ton petit jeu, rugit Nanette plus en colère que jamais contre son mari.

— Mais je… je crie contre le salaud qui tente de séduire notre fille ! se défendit George en accusant le coup.

— Non, je parle de ce que tu fais *pendant tes pauses-déjeuner !* hurla Nanette les yeux injectés de sang.

— Je mange ? répondit George, perplexe.

— Oui, mais tu manges *qui* ?

Min grimaça de colère.

— Bon sang, maman !

Lynne regarda Nanette avec mépris, Cynthia ferma les paupières, David prit un air à la fois frustré, confus et furieux, puis Liza apparut talonnée par Tony et s'immobilisa derrière eux, les foudroyant tous du regard.

— Mais qu'est-ce qui se passe, ici ! s'exclama-t-elle.

— Tony ? murmura Cal, désemparé.

— Juste pour information, lui précisa Tony, j'ai essayé de l'arrêter !

— Pourquoi ne pas avoir fermé la porte à clé pour que personne n'entre ? demanda Liza à Min.

— C'était fermé. Cal a ouvert, crie-lui dessus.

— Non, frappe-moi plutôt, histoire de nous faire gagner du temps.

— Qu'est-ce que tu sous-entends ? demanda George à sa femme.

— Tes « déjeuners », reprit Nanette d'une voix stridente. Tu invites ta secrétaire à déjeuner tous les jours !

— Ne fais pas ta grosse voix, lui reprocha Min en pensant aux voisins. Pas ta grosse voix !

— Ce sont des repas d'affaires, expliqua George. J'ai besoin d'une secrétaire pour *travailler*.

— *Tu ne m'emmènes jamais déjeuner !* hurla Nanette.

— Parce que *tu ne manges pas* ! répondit George en hurlant à son tour.

Min tendit le cou pour apercevoir Liza derrière tout ce beau monde.

— Tu sais quoi ? lui lança-t-elle. Le pari était de 10 000 dollars.

— Tu rigoles ? s'exclama Liza en regardant Cal l'air surprise. Tu as parié 10 000 dollars que tu…

— *Non!* Mais c'est pas vrai! Regarde, ordonna-t-il sèchement en prenant le chèque des mains de Min avant de le déchirer en deux. Voilà, tu vois? Plus de pari!

— Mais ça pouvait toujours être utile, se lamenta Min sans pour autant paraître trop contrariée.

Ils se mirent tous à bavarder et Cal se tourna vers elle. *Tout ce que je demande, c'est d'être seul avec elle pour le reste de ma vie*, songea-t-il.

— Eh! cria-t-il par-dessus le brouhaha.

Ils pivotèrent tous vers lui avec des degrés différents de mépris, de désespoir ou de colère, puis Cal attrapa un donut, se retourna vers Min et déclara:

— Minerva Dobbs, je t'aime et je t'aimerai pour toujours. Veux-tu m'épouser?

— C'est un peu soudain, sourit-elle.

— Nous avons un public, Minnie. Alors c'est oui?

— C'est oui, répondit-elle.

Alors il lui prit la main, détendit ses doigts et glissa le donut autour de son annulaire, persuadé pour la première fois qu'il faisait exactement ce qu'il fallait.

— Je te trouverai une belle alliance plus tard, la rassura t-il en plongeant son regard dans les yeux si sombres et si mystérieux de la jeune femme. Et je ferai ça un peu mieux, aussi. C'était juste pour nous débarrasser de tous ces gens.

— Dans ce cas, sache que quand tu feras ça un peu mieux, ma réponse sera « oui ».

— Merci, lui murmura-t-il et il l'embrassa pour se rapprocher de la chaleur si sensuelle de son corps. Bon sang, je t'aime tellement fort, lui chuchota-t-il à l'oreille. J'ai du mal à croire à quel point je t'aime.

— Bon, le spectacle est terminé! lança Liza à l'assemblée avant de se tourner vers Lynne. Soyez une mère pour votre fils et ne cherchez pas la bagarre avec Min. Si Cal l'a choisie…

—Elvis…, soupira Lynne d'une voix neutre puis elle se retourna et quitta l'appartement.

—Quelle femme charmante, observa Liza avant de s'adresser à Nanette. Maintenant à vous : votre mari ne vous trompe pas, je connais les hommes et ce n'est pas son genre, déclara-t-elle en regardant George. Vous, arrêtez de travailler pendant les repas et emmenez votre femme au restaurant, à la place. (Elle se retourna vers Nanette.) Et vous, mangez !

Le visage de Nanette se décomposa et George passa le bras autour de ses épaules.

—Je ne te trompe pas, lui murmura-t-il. Je n'ai pas le temps, pour ça.

—*Papa*, gémit sa fille.

Mais sa mère renifla et sourit à son époux.

—C'est vrai ?

—Je ne pensais pas te trouver ici, dit Liza à Cynthia sans méchanceté. C'est pour le livre, n'est-ce pas ?

—Non, bafouilla Cynthia les yeux tristement rivés sur le donut écrasé autour du doigt de Min. Non…

—Écoute-moi bien, la secoua Liza. Personne n'a envie de lire les histoires d'une femme superbe qui met le grappin sur un homme superbe, c'est futile au possible. Alors écris plutôt comment tu as perdu l'amour de ta vie puis comment tu t'en es remise, ce sera beaucoup plus utile à ton lectorat.

—Je…

—C'est terminé, Cynthia, insista Liza. Il est parti pour toujours.

La tristesse déforma le visage de Cynthia et Liza se tourna vers David.

— Quant à toi, tu es la pire sorte de raclure qui puisse exister. Alors rends-toi utile : ramène Cynthia chez elle.

— Min, tu fais une grave erreur, avertit David. Tu ne sais pas ce dont cet homme est capable.

— Si, répondit Min en arrachant un petit morceau de chocolat de sa bague de fiançailles. Mais tout va bien, nous évoluerons ensemble.

— Dehors ! ordonna Liza à David, tandis que Cynthia se faufilait vers l'escalier. Eh bien, raccompagne-la, espèce de pauvre type. Fais quelque chose de gentil au lieu de passer des appels anonymes.

David se rebiffa.

— Je n'ai pas…, commença-t-il.

Liza croisa les bras alors il reporta son attention vers Min.

— Il profite des gens, Min !

— Non, tu as tout faux. C'est un vrai prince. Et toi, tu es le gros minable qui appelle les gens en masquant son identité.

— Tu ne m'as jamais compris, pleurnicha David en se retirant vers le couloir.

— Non mais quel crétin ! s'exclama Liza.

— Tu comptes sérieusement épouser cet homme ? interrogea George, dubitatif.

— Oui. Et ne sois pas méchant avec lui, sinon on t'abandonnera aussi pour écouter Elvis le dimanche midi.

George lança à Cal un regard signifiant clairement : « Je t'ai à l'œil, petit malin » puis tourna les talons et s'en alla.

— Je suppose que vous aurez de très beaux enfants, déclara Nanette en voulant détendre l'atmosphère.

— Nous n'aurons pas d'enfants, lui annonça Min. (Sa mère lui jeta un regard interrogateur.) Parce que tu sais très bien que je ne perdrais jamais les kilos accumulés pendant une grossesse.

— Tu as raison, admit sa mère puis George réapparut pour la tirer vers l'extérieur.

— Bon, très bien, soupira Liza en examinant autour d'elle l'appartement enfin désert. Mon travail ici est terminé.

— Qui es-tu exactement ? lui lança Cal en plissant les yeux. Parce que tu ressembles à celle qui n'arrêtait pas de me frapper, mais on dirait que là tu es de mon côté. Tu n'aurais pas une jumelle diabolique, par hasard ?

— Je suis la fée marraine qui protège la princesse Min, Roméo ! répondit Liza en fronçant les sourcils. Et si tu t'avises de ne pas lui offrir sa fin heureuse, je reviendrai te frapper avec une boule à neige.

— Pourquoi elle n'a pas chanté « Bibbidi bobbity boo », plutôt ? demanda Cal à Min.

— Parce que Disney n'est pas un documentaire, mon chéri.

Liza se tourna vers la porte et s'arrêta net en voyant Tony qui l'observait les bras croisés.

— Viens, on retourne au restaurant, lui dit-elle. Tu pourras me gronder sur le chemin.

— Ah, non ! Tu as fait ce qu'il fallait, remarqua Tony avant de se pencher vers elle. Tu es très sexy quand tu te mets en colère.

— Je ne coucherai pas avec toi, l'avertit-elle et elle passa le pas de la porte.

— L'espoir fait vivre, murmura Tony en la suivant hors de la pièce puis il referma la porte derrière eux.

Le silence retomba peu à peu dans l'appartement.

— Je n'oublierai jamais notre première fois, déclara Min en retirant le beignet de son doigt. La terre a tremblé : voilà que ma mère a demandé à mon père qui il se tapait pendant ses repas.

— Oui, on vient de vivre un grand moment, acquiesça Cal.

Min secoua la tête.

— On ne se débarrassera jamais de cette fine équipe.

— Je sais.

— Heureusement qu'on peut compter l'un sur l'autre, lui murmura-t-elle en levant le regard vers lui. Je t'aime.

— Merci, répondit-il avant de l'embrasser.

— Tu sais quoi ? Je vais acheter une maison. Ce sera une de ces petites maisons typiques comme celle où vivait ma grand-mère, tu serais tenté ?

— Ça dépend, tu seras dedans ? (Elle hocha la tête.) Alors ça me va. On peut retourner au lit, maintenant ?

— Oui, apporte les donuts.

Une heure et demie plus tard, Min était recroquevillée contre le ventre de Cal et Elvis dormait à leurs pieds telle une carpette de velours rousse sur le satin bleuté. La respiration de Cal était presque assez forte pour être appelée « ronflement », Min lui caressa tendrement l'épaule. *Il y a un mois, je ne le connaissais pas,* songea-t-elle plongée dans ses rêveries, *et maintenant il est toute ma vie.*

Cette pensée la fit tressaillir. Ça pouvait paraître ridicule, ou même complètement irrationnel. *Au diable la rationalité,* se dit-elle, mais cette idée refusait de la quitter. C'était insensé d'organiser son existence autour d'une personne que l'on ne connaissait que depuis un mois, surtout une personne avec le passé de Cal.

Elle fit doucement glisser le bras de Cal sur le drap pour se lever et ramasser sa chemise par terre. Lorsqu'elle la passa, il manquait quelques bons centimètres pour la boutonner sur sa poitrine. *Pourtant, ça marche toujours dans les films*, ronchonna-t-elle intérieurement et elle la reposa au sol. Finalement, elle tira le dessus-de-lit ; ce qui énerva Elvis mais ne réveilla pas Cal qui était confortablement couvert d'un drap. On était en été, il n'allait pas attraper froid.

Puis elle se dirigea vers le salon pour s'asseoir dans le canapé de sa grand-mère, enveloppée dans son dessus-de-lit en satin en essayant de réfléchir à la situation. Sur ses petits coussinets, Elvis vint la rejoindre et se coucha en boule sur le dossier du canapé, Min bougea légèrement la tête pour le caresser et l'écouter ronronner.

Grosso modo, songea-t-elle, *la situation fait que j'ai choisi le plus gros joueur de la ville pour vivre mon grand amour qui durera toujours. Quelles sont les statistiques là-dessus ?* Devant elle, les aiguilles de l'horloge se rencontrèrent en un petit « clic » pour annoncer minuit.

— Eh, appela doucement Cal.

Elle leva les yeux vers la porte de la chambre pour le voir réprimer un bâillement.

— Qu'est-ce que tu fais ? s'enquit-il.

— Il est minuit, répondit-elle en se forçant à sourire. Je vais me transformer en citrouille.

— Voilà qui explique le canapé.

Il s'assit à côté d'elle, passa un bras autour de ses épaules et l'attira vers lui pour l'embrasser sur le front. Les yeux clos, elle se pencha vers lui, affaiblie par son amour. *Je me mets dans de beaux draps*, pensa-t-elle.

— Quelque chose ne va pas ? s'inquiéta-t-il. Je croyais que tout irait bien une fois que ces malades seraient partis ?

— Tout va bien, je réfléchissais simplement à ce que la suite nous réserve.

— La suite ? répéta-t-il en hochant la tête puis il lui prit la main en bâillant. Eh bien, demain j'appelle ma mère pour qu'elle ne nous jette pas une malédiction et ensuite nous irons dîner chez tes parents pour nous assurer qu'ils sont revenus à leur état normal.

— On peut toujours espérer, soupira-t-elle.

Le tissu glissa sur son bras, révélant son épaule et, du bout des doigts, Cal dessina paresseusement de petits ronds sur sa peau tout en continuant de parler.

— Ensuite, on cherchera cette fameuse maison dont tu m'as parlé, mais elle n'aura pas plus de six marches à partir de la rue, expliqua-t-il en faisant un petit mouvement en arrière avant de poursuivre pour ne pas se prendre de coups. Et on achètera un nouveau canapé.

Min se sentit sourire : malgré ses craintes elle respirait de bonheur. Il la serra plus fort contre lui.

— Et on se mariera pour vivre heureux jusqu'à la fin de nos jours, conclut-il.

Elle se figea alors qu'il attirait ses doigts à sa bouche pour embrasser chacune de ses articulations.

— Oui, murmura-t-elle, c'est justement cette partie de l'histoire qui me fait réfléchir.

La main de Cal se crispa sur ses doigts.

— Tu crois qu'on aura des problèmes ?

— Je ne sais pas trop, avoua-t-elle en le regardant dans les yeux. Ce que je crois, c'est qu'on s'aimera jusqu'à la fin de nos jours, mais je ne sais pas si ça suffit. La vie n'est pas un conte de fées.

— Attends. Il est minuit, la soirée a été très longue et j'ai un peu de mal à te suivre. Qu'est-ce qui te fait peur, au juste ?

— La fin heureuse, murmura-t-elle consciente qu'elle avait l'air d'une idiote. Tout ce qu'on vient de vivre, la romance, les trucs de contes de fées, tout ça. Je sais comment ça marche, j'ai lu toutes ces histoires.

— Les trucs de contes de fées ?

— Mais ils ne disent pas ce qui se passe après la fin heureuse. Moi, je sais que c'est là que tout se casse la figure. Un mariage sur deux se solde par un divorce, bien sûr les chiffres sont faussés par les divorces répétés, mais…

— Il est minuit et on me parle de statistiques ? soupira Cal en s'adressant au chat.

— … ça me fait peur. Les fins heureuses n'existent pas. Elles s'arrêtent là où le plus difficile commence.

— D'accord. Et ?

— Et…, reprit Min en croisant son regard. Qu'est-ce qu'on peut y faire ?

— Tu veux vraiment que je réfléchisse à l'avenir avec philosophie ? Maintenant ? Je ne sais même pas où j'ai laissé traîner mon pantalon.

Elle l'observa un instant. Malgré ses cheveux en bataille et ses mauvaises blagues qui ne faisaient pas avancer le problème, elle l'aimait. *Je l'aimerai quoi qu'il arrive,* songea-t-elle et elle lui sourit.

— Non, répondit-elle finalement en s'agrippant à son dessus-de-lit. Je ne sais pas à quoi je pensais, retournons nous coucher.

— On prendra chaque jour comme il viendra, lui murmura Cal en la serrant fort. Moi non plus, je n'y connais rien et je n'ai pas prévu de plan pour nous, mais on doit rester soudés, c'est tout ce que je sais. On doit prendre soin l'un de l'autre, faire face à la vie ensemble, la rassura-t-il.

Comme elle n'avait pas l'air convaincue il lui adressa un large sourire, ses yeux pétillants d'amour et elle se sentit déjà beaucoup mieux.

— Je te parie 10 dollars que notre histoire va marcher, reprit-il.

Quelles sont les chances de gagner ? se demanda-t-elle puis un éclair de lucidité lui fit prendre conscience qu'elle ne voulait pas du revers du pari et que seul un perdant oserait parier contre leur amour. *Voilà, on y est*, pensa-t-elle stupéfaite. *C'est vraiment pour la vie, et cette fois j'y crois.*

— Min ? s'inquiéta-t-il mais elle l'embrassa de tout son cœur.

— Pas de pari, répondit-elle sur un baiser. Tes chances de l'emporter sont trop grandes.

— *Nos* chances, tu veux dire, rétorqua-t-il et il l'entraîna vers la chambre.

Chapitre 17

Au cas où vous vous poseriez la question…

David se remit de sa rupture avec Min assez rapidement, malgré son profond dégoût de savoir que Cal avait gagné : une pilule qui aurait du mal à passer pendant quelques années. Quatre mois plus tard, il rencontra une femme qui accepta tout ce qu'il voulait et qui coucha avec lui dès le troisième soir. Ils se marièrent six mois après. Elle ne cuisine jamais au beurre.

Cyn mit plus de temps à oublier Cal : elle l'aimait vraiment. Elle se terra dans son appartement pendant des mois, à se nourrir de carottes à la sauce allégée, jusqu'à ce que Liza vole à son secours et la force à mettre le nez dehors. Elle la poussa à écrire un ouvrage sur sa rupture, appela à la rescousse l'un de ses nombreux anciens patrons pour mettre le manuscrit dans les mains d'un éditeur. L'homme en question, un type à lunettes plus petit que Cynthia et légèrement enveloppé la fit réécrire son histoire quatre fois avant de lancer toute la force promotionnelle de sa maison d'édition pour la sortie du livre. Ils se marièrent la veille du jour où le bouquin arriva en tête des ventes littéraires. Ils vivent actuellement à New York dans une petite villa et ne mangent que dans les plus grands établissements gastronomiques.

En laissant Liza faire son œuvre pendant un an, Emilio propulsa son restaurant en haut du classement des endroits incontournables de la ville. Il lui proposa une collaboration, mais puisque les choses tournaient bien elle finit par s'ennuyer ; elle lui présenta alors une amie diplômée dans le management d'entreprises et s'en alla aider quelqu'un d'autre.

George cessa ses déjeuners d'affaires avec sa secrétaire surexploitée, elle lui en fut reconnaissante même si la nourriture hors de prix allait lui manquer. Il déjeune dorénavant avec Nanette trois fois par semaine. Et elle mange.

Reynolds passa beaucoup de temps avec Min, Cal et Bink dans des soirées, et ces derniers le traitèrent tellement d'abruti qu'il finit par arrêter de se comporter comme tel en leur présence. Le reste du temps, c'en est toujours un, mais Bink l'aime quand même.

Shanna et Linda se séparèrent d'un commun accord après un an de relation. Peu de temps après, Shanna fut embauchée par Emilio et rencontra la manageuse diplômée qui se révéla adorer Elvis Costello. Quatre mois plus tard, elles emménagèrent ensemble dans un loft somptueux en plein centre-ville, puis, un an après, elles adoptèrent une petite fille à la suite d'un voyage en Chine. Shanna est une mère au foyer comblée, et prête main-forte à Emilio lorsque ce dernier est débordé. Chez elle, son bocal de biscuits Betty Boop est toujours rempli d'Oreo.

Harry connut un pic de croissance à quatorze ans, expérimenta quelques drogues et prit un peu de poids. Aujourd'hui, il est le portrait craché de son père et de son oncle, sauf que ses cheveux lui tombent toujours sur le front et qu'il porte des lunettes. Il est devenu ichtyologiste, a rencontré une fille toute en rondeurs lors d'un séjour de plongée aux Bahamas, en est tombé amoureux et l'a épousée un mois plus tard. Elle est brune avec des reflets dorés, a un esprit logique et un fort penchant pour les jolies chaussures. Il ne peut toujours pas manger plus d'un donut à la fois.

Roger et Bonnie se marièrent et déménagèrent dans les beaux quartiers pour élever leurs quatre enfants. La bande d'amis se retrouve dans leur grande demeure pour les vacances.

Diana connut deux autres relations qui se soldèrent par des fiançailles qu'elle rompit avant le jour du mariage. Après chaque rupture, elle pleura dans les bras de Tony qui ne cessa de lui dire qu'elle avait de très mauvais goûts pour les hommes et qu'elle devrait trouver mieux la prochaine fois ; elle le demanda donc en mariage. Consterné, il refusa. Six semaines plus tard, ils s'enfuirent ensemble dans le Kentucky parce que Tony avait dégotté des places pour la grande course hippique du Derby. Ils ont trois filles superbes aux épaules bien carrées qui excellent dans tous les domaines auxquels elles s'attaquent, sans doute parce qu'elles ne se privent pas de glucides.

Liza poursuit sa vie mouvementée, exaltante et très instable. Une vie bien trop compliquée pour être résumée en un paragraphe.

Cal offrit à Min une alliance ornée de six diamants parfaits sertis en cercle. Elle ne ressemblait pas du tout à un donut, mais Min s'en accommoda très bien. Ils se marièrent et partirent vivre dans une petite maison typique, à quelques mètres de l'appartement de Min. Trente-sept marches séparent la rue de la porte d'entrée. Pour remplacer le canapé, ils achetèrent une banquette

Mission comme celle de Bonnie et de temps en temps quelqu'un se retrouve attaché à l'accoudoir. Chaque jeudi soir, ils se rendent à *La table d'Emilio* pour rejoindre Roger et Bonnie, Tony et Diana, et Liza accompagnée de son flirt de la semaine. La mère de Cal tolère Min. La mère de Min raffole de Cal. Ils n'ont pas d'enfants, mais ont recueilli un petit labrador noir à la SPA, ils l'ont appelé « La Brute ». Elvis s'y habitue difficilement.

Et ils vécurent heureux jusqu'à la fin de leurs jours.